ALAFAIR BURKE

DIE PERFEKTE SCHWESTER

AF201969

 aufbau taschenbuch

ALAFAIR BURKE studierte Psychologie am Reed College in Portland / Oregon und machte einen Abschluss an der Stanford Law School. Danach war sie lange für die Staatsanwaltschaft in Portland tätig. Sie ist die Tochter von James Lee Burke und lebt mit ihrem Ehemann in New York. Im Aufbau Taschenbuch ist bisher ihr Thriller »The Wife« erschienen.

KATHRIN BIELFELDT ist Texterin und Übersetzerin und spricht fünf Sprachen. Sie hat unter anderem Romane von Elisabeth Elo, Pete Dexter und James Sallis ins Deutsche übertragen.

Chloe scheint alles gewonnen zu haben. Ihre Karriere als Verlegerin eines auflagenstarken Magazins ist auf einem Höhepunkt, ihre Ehe mit dem Anwalt Adam wirkt glücklich, ihr sechzehnjähriger Sohn Ethan ist ein guter Schüler. Dann wird Adam in ihrem Haus ermordet, und die Polizei ist überrascht, dass er zuerst mit Nicky, Chloes älterer Schwester, verheiratet war und Ethan in Wahrheit Nickys Sohn ist. Während die Ermittlungen laufen, verstrickt Ethan sich in Widersprüche. Er wurde von seinem Vater bedroht und hat für die Tatzeit kein Alibi. Dass seine leibliche Mutter plötzlich auftaucht, bringt die Dinge vollends aus dem Gleis.

ALAFAIR BURKE

DIE PERFEKTE SCHWESTER

THRILLER

Aus dem Amerikanischen
von Kathrin Bielfeldt

aufbau taschenbuch

Die Originalausgabe unter dem Titel
The Better Sister
erschien 2019 bei HarperCollins Publishers, New York.

MIX
Papier aus verantwor-
tungsvollen Quellen
FSC® C083411

ISBN 978-3-7466-3675-7

Aufbau Taschenbuch ist eine Marke
der Aufbau Verlag GmbH & Co. KG

1. Auflage 2020
© Aufbau Verlag GmbH & Co. KG, Berlin 2020
© 2019 by Alafair Burke
Umschlaggestaltung www.buerosued.de, München
unter Verwendung eines Bildes von © plainpicture / Gordon Spooner
Gesetzt aus der Whitman durch Greiner & Reichel, Köln
Druck und Binden CPI books GmbH, Leck, Germany
Printed in Germany

www.aufbau-verlag.de

Für Jennifer Barth
Lektorin, Schwester im Geiste

Vierzehn Jahre zuvor

Ich stand in einem perlenbesetzten Kleid von Versace (geliehen) und zwölf Zentimeter hohen Stilettos (nie mehr getragen) auf den Stufen des Metropolitan Museum of Art – und fiel damit meiner eigenen Schwester in den Rücken.

Damals hätte ich nie eine persönliche Einladung erhalten oder wäre auch nur in der Lage gewesen, mir eine Eintrittskarte zur Met Gala zu leisten, doch ich war Gast meiner Chefin, Catherine Lancaster, Chefredakteurin der Zeitschrift *City Magazin*. Sie war noch nicht einmal meine direkte Vorgesetzte. Sie war die Chefin meiner Chefin, doch aus irgendwelchen Gründen hatte sie mich persönlich eingeladen.

Na ja, nicht direkt persönlich. Ihre Assistentin kam bei mir vorbei, bei meiner Bürozelle, um mir die Nachricht zu überbringen, was gut war, denn meine spontane Antwort darauf war Gelächter. Schon damals war die sogenannte Party des Jahres der reinste Paparazzi-Porno, ein promitriefendes Modespektakel. Die Vorstellung, dass ausgerechnet ich – der frisch dazugekommene Bücherwurm der Schreibtruppe – mit Rockstars, Oscar-Preisträgern und Supermodels verkehren sollte, war absurd. Also lachte ich.

Die Assistentin gab sich gar keine Mühe, ihre Missbilligung inklusive der verdrehten Augen zu verbergen, und ich versicherte ihr, es sei eine Ehre für mich, die Einladung anzunehmen. Dann, nachdem ich aus dem Archiv Fotos der letztjährigen Veranstaltung aufgerufen hatte, bettelte ich meine Freundin Kate an, die für *Cosmo* arbeitete, für mich ein passendes Kleid herauszuschmuggeln, das ich mir ausborgen konnte. Durch Schein zum Sein, so sagt man doch.

Als sie mir den Kleidersack reichte, grinste sie. »Versace. Und es hat Taschen!«

Catherine bot sogar an, mich von ihrem Fahrer abholen zu lassen. Wäre sie ein Mann, hätte ich mir Gedanken gemacht, auf was ich mich da eingelassen hatte. Stattdessen fühlte ich mich wie Cinderella auf dem Weg zum großen Ball. Weil meine Chefin aber eine Frau war, vertraute ich ihr.

Mein Vertrauen wurde nicht enttäuscht. Vor ihrem Stadthaus in der Upper East Side setzte sie sich zu mir in den Fonds und erzählte mir, sie habe mich eingeladen, weil sie von einem Artikel beeindruckt gewesen sei, den ich über Take-Back-the-Night-Events an Colleges geschrieben hatte. Er handelte von zwei Kinderstars – berühmte Zwillinge –, die ihre Karriere an der NYU begonnen hatten. Doch als ich herausfand, dass eine der Schwestern aktiv an der Organisation des jährlichen Events für die Opfer sexuellen Missbrauchs an der NYU beteiligt war, hatte ich die Idee bei *City Woman* eingebracht.

Catherine sagte, ich hätte ein »gutes Bauchgefühl«, und zu lernen, darauf zu vertrauen, sei der beste Rat, den sie mir geben könne. Die Zeiten würden sich ändern. »Die Leute glauben, wir sehen uns *Sex and the City* wegen der Klamotten und der Orgasmus-Scherze an, aber tatsächlich ist es Feminismus getarnt als Tragikomödie. Eine neue Welle zeichnet sich ab. Es ist nur eine Frage der Zeit, bevor die Dämme brechen und Frauen wie du diejenigen sein werden, die Artikel schreiben.«

Noch viel besser als Cinderella – sie bekam an dem Abend nur einen Prinzen, ich aber eine Karriere.

Bei unserer Ankunft erregte nicht einmal Catherine die Aufmerksamkeit der Presse, die am Eingang Fotos schoss. Doch im Innern rief jemand: »Oh, Catherine, perfektes Timing. Komm mit ins Bild.«

Als sie mich für die offiziellen Veranstaltungsfotos allein zurückließ und vor das Logo-Banner trat, warf sie mir ihre Handtasche zu und sagte: »Danke, besorgen Sie mir was von der Bar?« Die Tasche war eine paillettenbesetzte Clutch auf der ein Venus-Symbol prangte, das auf dem Zeitschriftentitel der *City Woman* anstelle des O stand. Es war ein cleveres Accessoire für den Anlass, aber ich erlaubte mir einen Anflug von Stolz, dass in den Taschen meines Kleides genug Platz für Lippenstift, Bargeld und das Firmenhandy war. Handtasche überflüssig.

Ich ging also zur Bar, wo mir dann dämmerte, dass ich überhaupt keine Ahnung hatte, was Catherine trinken wollte. Im Nachklang ihrer Erwähnung von *Sex and the City* vorhin im Wagen bestellte ich zwei Cosmopolitan, klemmte mir ihre Clutch unter die Achsel und kämpfte mich durch die Menge zurück zur Fotowand. Als sie sich schließlich von der Fotosession loseiste, hatte ich meinen Drink bereits getrunken und war kurz davor, mit ihrem weiterzumachen. Als sie zu mir trat, griff sie sich zwar den Drink, jedoch nicht ihre Handtasche.

»Catherine …« Ich hob die paillettenbesetzte Handtasche.

Sie umarmte gerade einen Modedesigner.

»Brauchen Sie nicht Ihre …«

Dann war der Bürgermeister an der Reihe.

Es endete damit, dass ich den gesamten Abend mit der blöden Tasche hinter ihr herdackelte und mich nur entfernte, um weitere Drinks zu holen, die mit fortschreitender Zeit immer exotischer wurden. Falls sie es mitbekam, erwähnte sie es zumindest mit keiner Silbe – und Catherine Lancaster würde garantiert den Mund aufmachen, wenn ihr etwas nicht passte.

Wenn ich heute meine Assistenten so behandeln würde, hätte ich Sorge, dass sie es twittern oder die Story ohne Nennung von Namen auf der Klatschseite der New York Times unterbringen würden. In den frühen Nullerjahren hielt es eine angehende Journalistin wie ich jedoch für ein Privileg, die Drecksarbeit für jene zu erledigen, die sich einen Platz ganz oben im Impressum verdient hatten. Und so war ich also die auserwählte, stille Taschenträgerin.

Das erste Mal klingelte mein Handy in der Tasche des teuren Designerkleides, als das Abendessen serviert wurde. Meine Eltern. Ich ignorierte den Anruf. In meiner Einfältigkeit dachte ich, sie würden aus Stolz anrufen, weil ihre Tochter an einem so noblen Fest teilnahm. Sie hatten natürlich noch nie davon gehört, aber als ich die Einladung erhalten hatte, hatte ich ihnen geschildert, wie ungewöhnlich es für jemanden auf meinem Level war, daran teilnehmen zu dürfen. Als sie fünf Minuten später wieder anriefen und dann eine Stunde später noch einmal, wusste ich, dass es eindeutig nicht um mich ging.

Ich hatte zwei Optionen: Ich konnte aufstehen und gehen, während Catherine am Tisch der City Woman Hof hielt, oder ich ließ alles auf die Mailbox auflaufen. Möglicherweise war irgendwas mit Mom oder Dad, doch mein Bauch sagte mir, dass es wahrscheinlich eher mit Nicky zu tun hatte. Es ging immer um meine Schwester. Ich blieb, wo ich war.

Als während des Nachtischs ein weiterer Anruf einging, warf ich heimlich einen Blick auf meinen kleinen Nokia-Bildschirm. Diesmal kam der Anruf von Nickys Festnetzanschluss. Jepp, wie schon vermutet ging es einmal mehr um Nickys Dramen, perfekt abgepasst auf eine der besten Chancen, meine Karriere als Journalistin anzuschieben, seit ich nach New York City gekommen war. Diesmal schaltete ich das Handy aus, bevor ich es zurück in die Tasche steckte.

Als Catherine sich vom Tisch erhob, warf sie mir einen kurzen Blick zu, den ich als Einladung interpretierte, ihr zu folgen. Als sie, im Anschluss an eine ungewöhnlich lange Rauchpause vor dem Zelt, zur Damentoilette verschwand, schaltete ich schließlich mein Handy wieder ein und hörte die eingegangenen Nachrichten ab. Dreimal Mom: »Ruf mich zurück«, einmal sofort aufgelegt und dann: »Mist, sie geht immer noch nicht ran.«

Blieb nur noch der letzte Anruf – der von Nicky. Das sah ihr ähnlich, ausgerechnet an diesem Abend zusammenzubrechen.

Doch als ich den Anrufbeantworter abhörte, war es nicht Nickys Stimme. Es war ihr Mann Adam.

Nicht zum ersten Mal wandte sich Adam wegen meiner Schwester an mich, doch diesmal war es anders. So emotional hatte ich ihn noch nie gehört: Wut gemischt mit Erschöpfung und Angst. Die eigentliche Nachricht war kurz. »Ruf mich zurück, wenn du kannst, okay? Es ist wichtig.« Er hinterließ die Nummer seines beruflichen Handys. Ich wiederholte sie mehrere Male und wählte sie dann.

Er meldete sich beim zweiten Klingeln und spulte sofort die Fakten herunter wie ein Anwalt, so gar nicht wie ein Ehemann. Nicky war in der Cleveland Clinic. Während er redete – und ich umgeben war von hochkarätigen Stars und Promis –, stellte ich mir meine Schwester vor. Das lange honigbraune Haar, das an ihren Schulterblättern klebte, die vom Poolwasser völlig durchnässte Kleidung, die an ihrem schmalen Körper hing. Und das Baby – ich nannte ihn damals immer noch *das Baby* –, das Chlorwasser aus seinen winzigen Lungen würgte.

»Ich stehe das nicht mehr mit ihr durch, Chloe. Jetzt nicht mehr, mit dem Baby. Sie hätte ihm wirklich schaden können. Wäre ich nicht zufällig rausgegangen ...«

Ich wollte schon protestieren und sagen, dass Nicky ihrem Sohn niemals etwas antun würde, doch im Grunde hatte ich überhaupt keine Ahnung, ob das stimmte. Nicky würde nie vorsätzlich jemandem schaden, doch sie hatte so eine Art, alle in ihrem Orbit zu verletzen. Das war schon immer so.

»Sag's einfach, Adam. Warum rufst du an?«

»Ich brauche deine Hilfe.«

Wie oft hatte ich schon gedacht, dass Adam erheblich mehr mit mir gemeinsam hatte als mit seiner Frau? Wie oft hatte ich meinen Mund gehalten, weil ich die einzige noch halbwegs funktionierende Beziehung meiner Schwester nicht sabotieren wollte? Hier waren wir also, fünfhundert Meilen voneinander entfernt, nur durch das Telefon verbunden, doch es war völlig klar, auf wessen Seite ich stand. Adam brauchte mich.

Was zwischen uns war, würde sich – unabhängig von Nicky – erst später entwickeln, doch dieser Abend markierte gewissermaßen den Anfang der Geschichte. Es war genau der Moment, an dem ich Ethan dem Rest meiner Familie vorzog, was bedeutete, dass ich mich für Adam entschied.

Zu dem Zeitpunkt ahnte ich weder, dass ich vier Jahre später die zweite Frau von Adam werden sollte, noch, dass ich diejenige sein würde, die weitere zehn Jahre später seine Leiche finden würde.

TEIL I

ADAM

1

Vierzehn Jahre später

Im hinteren Teil des Café Loup war es dunkel und kühl; ich verrenkte mir jedes Mal den Hals, um nach Adam Ausschau zu halten, wenn die Restauranttür sich öffnete und Sonnenlicht hereinließ. Er hatte nicht versprochen zu kommen, aber ich wusste, dass die Reporterin der Yellow Press, die das Interview führte, »darauf brannte, den Mann hinter der Frau kennenzulernen«.

Leider hatte ich den Fehler begangen, Adam von ihren Erwartungen zu erzählen. Hätte ich das für mich behalten, hätte ich lügen und ihr sagen können, mein Mann habe andere Termine und schaffe es nicht zu kommen. Doch stattdessen hatte ich mich für die Unsicherheit und damit die mögliche Enttäuschung entschieden und wartete nun nervös, ob er aufkreuzen würde.

Ich riss mich zusammen und konzentrierte mich wieder auf das Gespräch.

Die Frau, die mich interviewte, hieß Colby und war schätzungsweise fünfundzwanzig, also ungefähr so alt wie ich, als ich damals meinen ersten Journalistenjob in New York City an Land gezogen hatte. Seitdem hatte sich das berufliche Umfeld dramatisch verändert. Als ich bei *City Woman* anfing, lag unsere monatliche Auflage bei rund dreihunderttausend, und wir belegten mit unseren Leuten eine komplette Etage in einem repräsentativen Wolkenkratzer in Midtown. Inzwischen war *Eve* eine der letzten Frauenzeitschriften überhaupt, aber wir hatten Probleme, die Marke von einhunderttausend Leserinnen pro Monat zu knacken.

Heutzutage betonen die meisten Verlage die Silbe »Frei« in »Freiberufler«. Angesichts der Marktchancen vermute ich, dass die junge, eifrige Colby wahrscheinlich eine doppelt so lange Vita aufzuweisen hatte wie ich in ihrem Alter, aber trotzdem froh war, vorübergehend einen Vollzeitjob bei einem Webzine ergattert zu haben, welches sich an weibliche Millennials richtete.

Wir hatten die einleitenden Floskeln hinter uns gebracht, und so, wie sie auf ihre Notizen blickte, vermutete ich, dass wir nun zu ihren vorbereiteten Fragen kamen.

»Als Sie zur Chefredakteurin der *Eve* ernannt wurden, war die Verlagsbranche gerade dabei, die Printmedien komplett abzuschreiben. Ihnen ist jedoch die Kehrtwende geglückt: Sie haben die Online-Leserschaft massiv ausgebaut, setzen mehr auf Politik und weniger auf Klatsch – und heute ist *Eve* eines der letzten erfolgreichen, feministisch orientierten Magazine des Landes. Für Ihre viel beachtete *Them-Too*-Serie werden Sie den begehrten *Press for People Award* erhalten. Ist das für Sie so etwas wie die Krönung Ihres Lebenswerks?«

Ich wusste, dass sich meine Antwort für Colby und ihresgleichen traurig und müde anhören musste, aber zumindest war sie aufrichtig und echt. »Die Krönung meines Lebenswerkes? Das will ich doch nicht hoffen. Wenn ich so etwas höre, fühle ich mich, als würde ich in Rente geschickt.«

Sie unterbrach die Aufnahme auf ihrem iPhone und begann, sich überschwänglich zu entschuldigen. »Oh, mein Gott, das tut mir leid. Sie sind mein großes Vorbild. So habe ich das überhaupt nicht gemeint.«

Ich aktivierte den roten Aufnahmeknopf auf dem Bildschirm ihres iPhones und sagte, sie solle sich nie für eine Frage entschuldigen, und gab ihr dann einen O-Ton, den sie benutzen konnte.

»Ich fühle mich komisch dabei, dass mir irgendetwas davon als mein persönliches Verdienst angerechnet wird«, sagte ich. »Die wahren Heldinnen sind doch jene Frauen, die damit angefangen haben, ihre eigene Geschichte zu erzählen. Dank der Me-too-Bewegung haben sich Frauen ausreichend sicher gefühlt, den Mund aufzumachen. Wir wussten alle, dass ein solches Verhalten seitens der Männer abscheulich war und weiter um sich griff, doch uns wurde beigebracht, die Zähne zusammenzubeißen und es durchzustehen. Keine große Welle zu machen. Zu lächeln und sich zum nächsten Tag hinüberzuretten. Dann aber merkten die Frauen, wie stark sie gemeinsam waren, und die Männer merkten, dass ihre Taten Konsequenzen haben könnten – selbst Jahre später, auch ohne Einschaltung der Polizei und außerhalb der Gerichte. So hat alles angefangen, und so gesehen bin ich mit meiner Arbeit im Grunde nur dem Beispiel all dieser Frauen gefolgt und war lediglich die Journalistin, die ihnen geholfen hat, ihre eigenen Geschichten zu erzählen.«

Sie befragte mich zu einer Artikelserie, die ich bei *Eve* angestoßen hatte. Im Kielwasser der Me-too-Bewegung hatte ich einen Kommentar geschrieben, in dem ich meiner Sorge Ausdruck verlieh, die enorme, durch die Bewegung ausgelöste kulturelle Veränderung könnte sich auf Arbeitsplätze beschränken, die durch Beteiligung von Prominenz große mediale Beachtung finden. Nachdem die ersten Sexualstraftäter, die mit ihren widerwärtigen Taten über Jahre ungeschoren davongekommen waren, zu Fall gebracht wurden, war der Einfluss der Bewegung zu einer Diskussion über vergleichsweise geringere Übertretungen bei anderen berühmten Männern versickert. Aber würde es auch Konsequenzen auf die Situation an Arbeitsplätzen von Frauen haben, von deren Chefs wir noch nie gehört hatten? Was war mit den Frauen, die in Fabriken arbeiteten oder im Einzelhandel? Was war mit den Kellnerinnen und Barkeeperinnen, die von den Managern in den Schichten eingesetzt wurden, in denen es am meisten zu tun gab, und die von den Trinkgeldern der Männer abhängig waren? Um ihnen zu helfen, auch ihre Geschichten an die Öffentlichkeit zu bringen, brachte ich »ganz normale« Frauen, die unter sexuellem Missbrauch und Belästigungen am Arbeitsplatz litten, mit einer bekannteren Me-too-Aktivistin der ersten Stunden zusammen. Ich persönlich schrieb die Artikel, zeichnete die Gemeinsamkeiten nach und die Auswirkungen der daraus resultierenden Freundschaften. In Anlehnung an den inzwischen berühmten Hashtag nannte ich diese Aktion *Them Too*.

Was als Experiment begann, entwickelte ein Eigenleben, wie ich es nie erwartet hätte. Eine prominente Schauspielerin, die unter den Ersten gewesen war, die öffentlich über einen Missbrauchs-Regisseur geredet hatten, brachte ihre »Them-Too-Schwester« als ihre Begleitung mit zu den Academy Awards. Eine Moderatorin aus dem Frühstücksfernsehen war inzwischen die Patentante des Neugeborenen ihrer Them-Too-Partnerin. Und mir selbst am wichtigsten: Aufgrund der Artikelserie hatten sieben Fortune-500–Unternehmen hochrangige Manager gefeuert und unternehmensweit Regeln eingeführt – und das alles nur, weil Frauen ihre Popularität und ich meine

Zeitschrift genutzt hatten, um das Augenmerk auf die Geschichten jener Frauen zu lenken, die annahmen, nicht gehört zu werden.

Obwohl ich mich auf die Frauen konzentrieren wollte, die Teil der Artikelserie waren, wollte Colby natürlich etwas über all den Müll hören, mit dem ich mich während meiner Karriere hatte herumschlagen müssen.

Wir waren gerade bei dem zweiten Mann, der mir gegen Sex einen Job angeboten hatte, als sich die Restauranttür erneut öffnete. Zu diesem Zeitpunkt hatte ich bereits angenommen, dass Colby und ich für den Rest unseres Treffens allein sein würden, und steckte mitten in der Geschichte. Adam hatte bereits die Bar passiert und war fast an unserem Tisch, als ich ihn aus dem Augenwinkel bemerkte.

»Ach, wie schön, was für eine Überraschung«, sagte ich und stand auf, um ihn mit einer Umarmung zu begrüßen. »Ich kann mich nicht erinnern, wann wir uns das letzte Mal an einem Wochentag vor siebzehn Uhr getroffen haben.«

Ich bemerkte, wie Colby ihn musterte. Wie so viele, die ihn zum ersten Mal sahen, war auch sie von seinem jugendlichen Aussehen überrascht. Adam war sechs Jahre älter als ich, also siebenundvierzig, doch ich witzelte immer, dass er bereits vor einem Jahrzehnt aufgehört hatte zu altern. Haarausfall oder Gewichtszunahme schienen für ihn nicht zu existieren.

Unser Kellner Philipp tauchte sofort auf. »Oh, da ist er ja. Der hübsche Gatte, auf den ich schon gewartet habe.« Unsere Wohnung lag drei Blocks vom Café Loup entfernt, daher waren wir schon seit Jahren Stammgäste.

Während Adam sich einen halbtrockenen Martini bestellte, fragte Colby, ob ich es gewöhnt sei, dass Adam so begeistert begrüßt wurde. »Das ist so nervig«, erwiderte ich mit gespielter Verärgerung. »Kein Witz: Es gibt nicht einen einzigen Menschen auf der Welt, der ein schlechtes Wort über ihn verlieren würde.«

»Sag das mal Tommy Faber«, meinte Adam und griff sich mein Weinglas. Er nahm einen Schluck von meinem Cabernet, zog die Nase in Falten und gab mir das Glas zurück. »Der Kerl hat mich damals zwei Jahre lang jeden Freitagnachmittag verdroschen. Ich habe immer noch Furchen in der Stirn von der Spindtür.«

»Wie haben Sie beide sich kennengelernt?«, fragte Colby.

Ich hasste diese Frage, hatte jedoch stets eine ausgefeilte Antwort darauf zur Hand. »Wir kannten uns schon aus Cleveland, wo wir beide aufgewachsen sind, und hatten dann später wieder engeren Kontakt, als er aus beruflichen Gründen nach New York gezogen ist.«

Ich war erleichtert, als Colby mit der Antwort zufrieden zu sein schien und von Adam wissen wollte, wie es als erfolgreicher Mann sei, mit einer noch erfolgreicheren Frau verheiratet zu sein. Neidvoll bemerkte ich die völlige Abwesenheit von Unbehagen oder Rechtfertigung in ihrer Frage. Sie hatte zumindest noch nicht die Angewohnheit, das Ego eines Mannes zu schonen.

Während Adam sprach, genoss ich die Rolle, die ich so selten einnehmen konnte. Ich strahlte, als er Colby erzählte, wie stolz er auf all meine Erfolge war: als Assistentin angefangen zu haben, dann Vollzeit-Journalistin bei *City Woman* zu werden, Chefredakteurin des kleinen City-Blatts gewesen zu sein, mein erster Essay im *New Yorker*, mein Foto-Shooting vor drei Jahren für *Cosmos* 40.

In meiner Jugend hatten meine Eltern noch nicht einmal registriert, wenn ich mir eine blaue Schleife verdient hatte … wofür auch immer. Es war so typisch für Adam, dass er meine Erfolge direkt alle auflisten konnte. Wie oft war mir schon gesagt worden, was ich für ein Glück hatte, einen Ehemann zu haben, der so aufrichtig stolz auf seine Frau war?

Wir hielten Händchen während des kurzen Heimwegs zurück zu unserer Wohnung an der Twelfth Street. »Danke, dass du das getan hast, Adam. Ich fürchte, falls Colby einen Freund hat, dann wird er heute Abend ein wenig verwirrt sein, wenn sie wirkt, als sei sie mit ihm unzufrieden. Du warst ausgesprochen charmant.«

Er blickte mich aus dem Augenwinkel an und zwinkerte.

Zuhause ertappte ich mich dabei, wie ich ihn automatisch für seine Unterstützung belohnte und ihm am Barwagen im Wohnzimmer einen Sambuca einschenkte.

Er leerte das Glas in einem Zug und nahm meine Hände, als ich sie ihm um die Taille legte. »Warst du zufrieden mit dem Interview?« Er verschränkte seine Hände mit meinen, bevor er sie hinter seinen Nacken legte, und sah mir in die Augen. Dann küsste er die Stelle hinter meinem Ohr, so wie immer, wenn er andere Pläne für uns hatte. »Diese Reporterin hat dich angesehen, als wärst du Gandhi.«

Adam und ich waren seit Wochen nicht mehr intim gewesen. Wir hatte beide so viel um die Ohren. Ich wollte nur noch mit einem Roman ins Bett kriechen. »Hast du eben wirklich Gandhi gesagt, um mich anzutörnen?«

Er hielt inne. »Was ist los?«, fragte er. Merke: Die Redewendung *Was ist los?* ist ziemlich abtörnend.

Damals, als ich noch Artikel für notgeile Ehefrauen schrieb, hatte ich sogar behauptet, der Schlüssel zur Rettung der Ehe sei, mindestens zweimal pro Woche Sex zu haben. »Es ist viel einfacher, die Probleme des anderen zu teilen, wenn man auch das Bett mit ihm teilt.« Der Rat war nicht gerade weltbewegend, doch im Kern lag ein guter Schuss Wahrheit darin. Ich schloss die Augen und versuchte, wieder an die vorherige Stimmung anzuknüpfen.

»Nichts ist los. Entschuldige, war nur ein Witz.« Als er wieder begann, mich zu küssen, flüsterte ich: »Bitte, mach weiter.«

Ich spürte, wie mein Atem schneller ging, als sein Mund an meinem Schlüsselbein verharrte und dann weiter Richtung Bauch wanderte. Ich schlüpfte aus meinen Riemchenpumps und war einfach so bereit, zu Ende zu bringen, was wir begonnen hatten. Wie man so schön sagt: durch Schein zum Sein.

Als wir fertig waren, kuschelte ich mich in Adams Armbeuge, so wie wir früher die ganze Nacht durchgeschlafen hatten, bevor wir das Doppelbett angeschafft hatten. »Das war wundervoll. Und, nochmals danke, dass du dieses dumme Interview mitgemacht hast.«

»Warum nennst du es dumm?«

»Du weißt schon. So schmeichelhaft. Ich bin es nicht gewohnt, dermaßen im Mittelpunkt zu stehen.«

Er sah mich volle fünf Sekunden an, musterte mein Gesicht. »Aber davon hast du doch immer geträumt, oder nicht? Und jetzt hast du es geschafft.«

An den Worten selbst war nichts auszusetzen, es lag sogar eine Gratulation darin. Aber aus irgendeinem Grund versetzten sie mir einen Stich. Ich redete mir ein, ich sei paranoid, würde mich schuldig fühlen, weil ich ihn zu diesem Interview geschleift hatte, bei dem es nur um mich ging.

Als er sich umdrehte und mir den Rücken zukehrte, wurden meine Ängste sofort bestätigt. Dann griff er nach meinem oben liegenden Arm, legte ihn um sich und zog mich in eine Löffelchen-Stellung. Er küsste meine Hand und seufzte zufrieden. Aus dem Nichts tauchte unsere Katze Panda auf – übrigens die einzige Art, wie sie auftauchen kann.

»Greedy Guy?« Adams Augen waren geschlossen, doch er hatte das Niedersinken des acht Kilo schweren Fellknäuels gespürt. Kurz nach unserer Hochzeit durfte der damals sechsjährige Ethan unserem neuen Kätzchen einen Namen geben. Aus unerfindlichen Gründen entschied er sich für Greedy Panda, und zehn Jahre später gab es diverse Varianten davon.

»Hmm-hmm.« Ich lächelte, als Panda sich an mein Kreuz schmiegte. Ich fühlte mich glücklich und entspannt.

Als ich hörte, wie sich die Wohnungstür öffnete, war ich nicht sicher, ob ich fest eingeschlafen war oder nur kurz die Augen zugemacht hatte. Ich warf einen Blick auf den Wecker. Noch keine zehn. Ethan war eine Stunde vor der vereinbarten Zeit nach Hause gekommen.

»Ich sollte ihn fragen, ob er etwas gegessen hat«, sagte ich.

»Er ist sechzehn. Wahrscheinlich hat er heute schon dreimal zu Abend gegessen. Du hast dir deinen Schlaf verdient. Und morgen ist dein großer Tag.«

Wir wussten beide, dass ich mich die ganze Nacht im Bett wälzen würde. Beim Schreiben fühlte ich mich immer sicher, aber bei der Preisverleihung würde ich vor Hunderten von Leuten stehen und meine Rede halten müssen. Ich bereitete mich schon die ganze Woche darauf vor.

»Ich glaub's immer noch nicht, dass das alles wirklich passiert«, flüsterte ich.

Er zog mich dichter an sich und legte eine Hand auf meine nackte Hüfte. Es fühlte sich gut an.

»Hey, wo wir gerade dabei sind ... Ich hatte keine Gelegenheit, es dir früher zu sagen. Bei der Arbeit hat sich was ergeben, und es könnte sein, dass ich morgen Abend vielleicht etwas zu spät komme.«

Ich war froh, dass er mein Gesicht nicht sehen konnte. Diese Neuigkeit, die so beiläufig mitgeteilt wurde, fühlte sich an wie ein Schlag ins Gesicht. Ich hielt meine Stimme bewusst neutral, um ihm nicht die erwartete Reaktion zu liefern.

»Worum geht's denn? Vielleicht kann ich mit Bill reden.« Der Seniorpartner in Adams Kanzlei war der Hausanwalt von *Eve* und gleichzeitig ein guter Freund.

»Nein, es geht um einen Mandanten. Um Gentry.«

Ich wusste, dass Adam unter dem Druck stand, Aufträge für die Kanzlei an Land zu ziehen, und sein größter Mandant, die Gentry Group, spielte dabei eine wichtige Rolle. »Wie viel ... wie viel später würdest du denn dann kommen?«

»Möglicherweise bin ich sogar pünktlich, aber sie fliegen aus London ein, und ich soll mich mit ihnen in einem Konferenzraum in der Nähe des JFK treffen. Ich bin ihnen quasi ausgeliefert.«

»Aber du kommst doch ganz sicher, oder?«

»Ich weiß es einfach nicht, Liebling. Aber ich versuch's. Du weißt doch, wie stolz ich auf dich bin, oder?« Er küsste meine Hand, griff zum Nachttisch und schaltete das Licht aus. Ich lauschte auf seine ruhigen, entspannten Atemzüge, während ich in der Dunkelheit meine Rede erneut durchging.

2

Mein Leben lang war ich ein Gewohnheitstier. Während die anderen Studenten auf dem College das Kursangebot nach Nachmittagsvorlesungen durchforschten, die zu ihren eigenwilligen Schlafrhythmen passten, stellte ich meinen Wecker immer auf sieben Uhr, damit ich noch vor einer Vorlesung um neun Uhr in den Fitnessraum und die Mensa gehen konnte. Ich beglich meine Rechnungen immer am Sechsten eines jeden Monats, wusch samstags meine Wäsche und kaufte am Sonntag Lebensmittel ein. Noch heute bestellte ich in dem Deli unter meinem Büro fast immer die beiden gleichen Sachen zum Mittag – griechischen Salat mit Lachs oder Roastbeef auf Roggenbrot – und ging nur selten auswärts essen, es sei denn in einem meiner fünf Stamm-Restaurants, wo ich an meinem gewohnten Tisch saß und die gewohnten Mahlzeiten bestellte. Kein Chaos, kein Drama. Langweilig? Für manche ganz bestimmt. Aber ich war fest davon überzeugt, dass Routinen und Rituale der Schlüssel zu meiner Zufriedenheit und zu Produktivität waren.

Daher war es nicht verwunderlich, dass ich auch in meinem Arbeitsalltag Routinen folgte. Es kam nur selten vor, dass ich später als halb neun an meinem Arbeitsplatz saß.

Doch der Tag, an dem ich geehrt wurde, war tatsächlich ein besonderer Tag. An diesem Abend wurde die freie Presse gefeiert. Die Veranstaltung fand im Natural History Museum statt, war weniger modefixiert als die *Vogue*-Party im Met und wurde auch *Geek Gala* genannt. Ich wusste, wenn ich ins Büro ginge, kämen den ganzen Tag Mitarbeiter vorbei, um zu gratulieren – von denen es manche ehrlich meinten, aber viele auch nur Speichellecker waren. Außerdem müsste ich sowieso früh gehen, um mich fertig zu machen, also beschloss ich, zu Hause zu bleiben.

Aber mit Leuten, die auf Einhaltung einer Routine schwören, ist das so eine Sache. Wenn sie sich entscheiden, einmal eine Ausnahme zu machen, dann aber so richtig. Der griechische Salat wird durch eine große Peperoni-Pizza ersetzt. Aus dem fitnessfreien Tag wird ein Monat Faulenzen. Und ein halber Tag Homeoffice bedeutete, dass ich mittags um eins immer noch im Pyjama im Bett lag, die Füße unter der Steppdecke neben einer acht Kilo schweren Schnurrmaschine namens Panda.

Doch mein Laptop war angeschaltet, und ich bekam mehr geschafft, als hätte ich mich schick gemacht und wäre ins Büro gefahren. Ich hatte einen Artikel über die Auswirkungen der jüngsten Änderungen der Gesundheitspolitik hinsichtlich des Zugangs zu Empfängnisverhütung redigiert und war dann zu einem Artikel über eine Kandidatin übergegangen, die kürzlich als bisher jüngstes Mitglied in den Kongress gewählt worden war. Sie hatte das politische Establishment gerockt, indem sie bei den Vorwahlen ein alteingesessenes Mitglied der republikanischen Führung vom Thron gestoßen hatte. Ihr Gegner war sich seines erneuten Wahlsieges so sicher gewesen, dass er sich geweigert hatte, mit ihr zu debattieren, und noch nicht einmal ihren Namen in den Mund genommen hatte, bis sie ihn mit einem zweistelligen Vorsprung aus dem Rennen geworfen hatte. Doch am meisten schockierte vermutlich, dass sie einen traditionell republikanischen Bezirk gewonnen hatte, und das mit einem Parteiprogramm, das eine Politik der ökonomischen Mitte, sozial integrative Ansichten und einen lautstarken Angriff auf den Einfluss von Unternehmensgeldern auf den Wahlvorgang miteinander verband. Im Kielwasser ihres unglaublichen Sieges riefen Experten aus beiden politischen Lagern dazu auf, ihre Loyalität zu den parteilichen Dogmen zu hinterfragen. Selbst bei einer Skeptikerin wie mir keimte beim Lesen des Artikels ein Funken Hoffnung auf. Vielleicht würde die nächste Generation einen Weg finden, ein gespaltenes Land wieder zu vereinen.

Meine rosigen Gedanken verloren schnell wieder ihre Farbe, als ich auf den Dropbox-Link der Fotografin klickte, die wir für das Fotoshooting engagiert hatten. Wo war die Kandidatin, die ihre Haare im Nacken zu einem Zopf gebunden hatte? Was war aus den Jeans und den bunten Sweatshirts geworden, in denen sie während der Wahlkampagne von Tür zu Tür gezogen war? Das war doch schließlich eine Frau, die virale Berühmtheit erlangt hatte, weil sie jeden einzelnen sexistischen Beleidigungs-Tweet kommentiert und weitergepostet hatte, den sie erhielt, nachdem sie ohne Make-up auf einer Bürgerveranstaltung erschienen war. Und nun füllte sich mein Bildschirm mit übertrieben glamourösen Aufnahmen. Es waren über hundert, und alle waren gleich: eine rote Mähne, als ginge sie zur Oscar-Verleihung, dunkel geschminkte Augen und glänzende Lippen. Ich wollte noch nicht einmal wissen, woher die Kleidung kam. Einen der Blazer erkannte ich wieder, er stammte aus der aktuellen Prada-Kollektion.

Ich konnte mir bereits die Aufrufe zum Boykott von *Eve* vorstellen. Abo-Stornierungen. Tweets, die den Niedergang eines der letzten feministischen Print-Magazine beklagten. Jemand mit mehr Humor als ich würde mit einer Persiflage des Magazincovers ein Meme starten.

Jedes weitere Foto war schlimmer als das letzte. Ich unterdrückte einen Aufschrei, als ich eine Aufnahme sah, in dem die Abgeordnete wie eine sexy Bibliothekarin gekleidet war und eine dicke Brille trug. Was zum Teufel hatte die Fotografin sich dabei gedacht, und warum hatte die Kongressabgeordnete überhaupt dabei mitgemacht?

Ich verließ das Fotoprogramm und schrieb eine E-Mail an Maggie Hardt, der Journalistin, die dem Artikel zugeteilt worden war. **Hey Maggie. Ich sehe mir gerade die Fotos von Sienna Hartley an. Warst du bei dem Fotoshooting dabei? Sie wirken etwas problematisch, oder? Bitte erkundige dich, ob die Fotografin andere Bilder gemacht hat, die wir verwenden könnten. Danke. – CAT**

Chloe Anna Taylor. Der Belegschaft unseres Blattes waren die Initialen so vertraut, die unter dem Strom an E-Mails standen, den ich verschickte, dass sie mich in meiner Abwesenheit »Cat« nannten.

Ich wusste, dass ich dem Laptop den Rücken kehren sollte, während ich auf Antwort wartete, doch ich konnte nicht anders. Nach so vielen Jahren, in denen ich hauptsächlich gute Gewohnheiten gepflegt hatte, hatte ich mir in letzter Zeit eine ziemlich schlechte Angewohnheit zugelegt. Wie fast jeden Tag – normalerweise mehrfach am Tag – wechselte ich zu Safari und schaute mir meine Kommentare auf Twitter an. Nur ein kurzes @ vor meinem Benutzernamen, und schon konnten vollkommen Fremde meine Aufmerksamkeit auf sich ziehen.

Im Prinzip hatte ich mit der Nutzung der Seite begonnen, um direkt mit *Eve*-Leserinnen kommunizieren zu können. In der heutigen Zeit konnte keine Zeitschrift allein im Print überleben. Über dreißig Prozent unserer Belegschaft arbeitete inzwischen in unserer Abteilung für digitales Marketing, und von jedem einzelnen Mitarbeiter und jeder Mitarbeiterin der *Eve* wurde erwartet, dass sie eine Online-Präsenz aufbauten und pflegten, die mit der Markenpolitik des Blattes übereinstimmte.

Ich klickte bei allen unterstützenden Beiträgen auf das Herz-Icon, um anzuzeigen, dass ich sie gelesen hatte und sie mir gefielen. **Danke @EveEIC. Ihr habt mir geholfen, den Mut aufzubringen, gestern Abend meinen Boss zur Rede zu stellen. Dem ging die Düse!#Themtoo #Metoo**

@EveEIC. Hab mich wie eine von den Thems gefühlt, aber jetzt bin ich auch eine Metoo. Bin gestern bei HR gewesen. Aufdringlicher Kollege wurde heute gefeuert! Die Zeit ist um! Gefolgt von drei klatschenden Emoticons.

Ich postete den Tweet weiter, versehen mit einem Kommentar: **Wir verändern die Welt mit unseren Geschichten! Macht weiter. Wir sind viele. #Themtoo #Eve**

Doch auf fünfmal Lob kam ein Troll.

@EveEIC Du bist nur scheiße drauf, weil deine Möse so vertrocknet is das kein Mann sie mehr will.

Könnt ihr euch vorstellen mit @EveEIC verheiratet zu sein? Was für eine männerhassende Fotze.

Meine Favoriten waren die, die versuchten so zu tun, als wüssten sie etwas Persönliches über mich. **@EveEIC Du tust so,** als bräuchtest du keinen Mann, aber ich wette, dass du dich durch deinen Fotzenknecht-Mann zuhause wie einen Hund behandeln lässt.

Doch meistens bevorzugten sie, mir mitzuteilen, dass ich nicht so eine Feministin wäre, wenn ich besser aussehen würde. **@EveEIC Ein paar Pfund weniger täten dir gut. Kündige deinen Job und geh mal joggen.**

Auf den Post antwortete ein anderer. **Sie ist etwas zu fett, aber, Mann, der würde ich die Scheiße aus dem Leib ficken.**

Dann noch einer, noch einer und noch einer. Kannte ich alles schon. Wenn die üblen Kommentare ihren Scheitelpunkt erreicht hatten, wurde das Ganze zu einem Wettstreit, wer mit hundertvierzig Zeichen der mieseste Mensch sein konnte.

Ich wünschte @EveEIC hätte eine Tochter, damit ich beide vergewaltigen könnte.

Ding, ding, ding. Ich hatte den Gewinner. Ich retweetete den Post und ergänzte: **An solchen Kommentaren sehen wir, dass wir den Krieg gewinnen. #Hosenvoll #Sissi**

Ich wusste, dass meine ungefähr 320 000 Follower den Typen auseinandernehmen würden (zumindest nahm ich an, dass es ein Typ war), bis er seinen Account löschte, aber ich zog es durch und meldete seinen Tweet dennoch als Verstoß gegen die Nutzungsbedingungen.

Adam hatte mich vorgewarnt, die drohenden Kommentare zu ignorieren, die fast zwangsläufig kamen, wenn man als Frau im Internet unterwegs war. Ich hätte zum Beispiel die Option, alle Kommentare zu ignorieren oder die Leute herauszufiltern, die ich nicht persönlich kannte. Doch das würde die Absicht unterlaufen, direkt mit den Leserinnen und Lesern der *Eve* in Kontakt zu treten.

Davon abgesehen ließ ich mich nicht von einer Handvoll Feiglinge zum Schweigen bringen, die sich hinter der Anonymität des Internets versteckten. Wie meine Twitter-Bio schon sagte: »Mein Baby gehört zu mir, ist das klar?«

Nachdem es mich aber erst mal gepackt hatte, musste ich feststellen, dass ich gar nicht mehr aufhören konnte. Ich schloss Twitter und öffnete Poppit, ein Forum, in dem alles erlaubt war und wo Nutzer, die sich nicht registrieren mussten, anonym posten konnten. Eine kurze Suche nach meinem Namen füllte den Bildschirm mit Hasskommentaren. Wenn sie mich keine ausgetrocknete, verbitterte alte Hexe nannten, beschimpften sie mich als Schlampe und Nutte, die sich in ihrem Job hochgeschlafen hatte – obwohl ich mit einunddreißig geheiratet hatte, als ich bereits Kulturredakteurin bei *City Woman* war und wenige Monate später Chefredakteurin einer Kulturzeitschrift in Downtown werden sollte. Außerdem war mein Mann Rechtsanwalt und hatte so gar nichts mit der Verlagsindustrie zu tun. Wenn überhaupt irgendwas, dann hatte *ich* ihm bei *seiner* Karriere geholfen. Doch davon wusste natürlich keiner dieser Fremden etwas, die mich allein für den Versuch hassten, die Welt für Frauen ein bisschen fairer zu machen.

Ich wollte das Fenster schon schließen, als dem Thread unter dem Usernamen KurtLoMein ein neuer Beitrag hinzugefügt wurde. **Sie ist eine Heuchlerin. Quatscht ständig davon, die Welt müsse lernen, Frauen anders zu behandeln, ist aber in ihrem eigenen Leben voll der Feigling. Interessiert sich mehr für ihr Bilderbuch-Image als für die Wirklichkeit.**

Meine Finger schwebten über der Tastatur, in dem Wissen, dass ich darauf nicht antworten sollte, und ich wusste nicht, was ich schreiben sollte, wenn ich es doch täte. Das Ping einer eingehenden E-Mail riss mich aus meinen Gedanken. Es war Maggie wegen des Fotoshootings.

Hi, Chloe. Gefallen dir die Fotos nicht? Oh, nein! Es war Siennas Idee, die traditionellen, lächerlichen Glamour-Fotos auf die Spitze zu treiben. Sie war total begeistert davon, aber ich kann sie um ein paar Bilder aus ihrer Wahlkampagne bitten, wenn du die Bilder überhaupt nicht magst. Sag mir Bescheid, ja? Maggie

Direkt im Anschluss kam eine zweite E-Mail.

Ich habe gerade bei dir im Büro angerufen, damit wir direkt darüber reden können, aber Tom sagte, du wärst heute nicht da. Jetzt fühle ich mich schrecklich. Ich hätte die Fotografin auch um ein paar andere Bilder bitten können, aber Siennas Begeisterung über die Ironie hat mich wohl angesteckt. Wie kann ich es wiedergutmachen? Maggie

P.S. Noch mal herzlichen Glückwunsch zum P for P Award. Hoffe, es wird ne tolle Gala!

Ich klickte zurück auf die Fotos und betrachtete sie nun in einem vollkommen anderen Licht. Jetzt fühlte ich mich wie einer dieser Leute, die sich groß über eine E-Mail aufregen, nur um dann gesagt zu bekommen, dass es sich um Sarkasmus handelte. Ich war der Nerd, der den Witz nicht begriff. Ich war erst Anfang vierzig, und doch fühlte ich mich ... *alt.*

Keine Angst, tippte ich. **Wollte mich nur vergewissern, dass Sienna mit den Aufnahmen 100% einverstanden ist. CAT**

Ich las noch mal meine ursprüngliche E-Mail, um sicherzugehen, dass ich nichts geschrieben hatte, was im Widerspruch zu dieser E-Mail stand. Als ich sie abschickte, kam mir dieser letzte, vernichtende Poppit-Post wieder in den Kopf. War mir mein Image wirklich wichtiger als die Realität?

Ein paar Minuten später klingelte das Telefon. Es war Les, der Nachmittags-Pförtner, der mich wissen ließ, dass Valerie eingetroffen war. Sie war die Frau, die ich angestellt hatte, um mir die Haare und das Make-up für die Gala zu machen. Zwei Stunden und fünfhundert Dollar später würde ich wie eine ältere Version der Frau auf den ironischen Fotos aussehen, die die Zeitschrift nächsten Monat brachte. Ich versuchte, mir nicht vorzustellen, was Maggie Hart dazu sagen würde.

»Und? Wie finden Sie's?«, fragte Valerie. Ich hatte so lange auf der Bettkante gesessen, dass mir die Füße wehtaten, als ich aufstand.

Beim Blick in den Spiegel erkannte ich mich kaum wieder. Mein normalerweise glattes, schulterlanges, dunkelbraunes Haar war zu einer perfekten Welle an Spiralen gedreht worden, die von einem tiefsitzenden Scheitel herabfielen. Meine Haut wirkte natürlich, aber auch frisch und makellos. Sie hatte mit einem leichten Rouge und farblosem Lipgloss gearbeitet und meine Augen dunkel geschminkt. Mein herzförmiges Gesicht besaß zuvor ungekannte Konturen.

»Sie sind eine Zauberin, Valerie.« Wir hatten uns kennengelernt, als eine unserer regulären Visagistinnen Grippe hatte und uns eine Freundin als Vertretung schickte. Als ich Valeries grellpinken Irokesen und die reichlich vorhandenen Gesichtspiercings sah, war ich mir unsicher, ob sie die Richtige für den Job sei. Doch sie war der lebende Beweis, dass manche Menschen eben ihren eigenen Rhythmus hatten, ohne mit dem Rest der Band aus dem Takt zu geraten.

»Wollen Sie sich umziehen, bevor ich Ihnen einen letzten Stoß Haarspray verpasse?«

»Mein Kleid fühlt sich an wie eine Wurstpelle. Damit warte ich lieber bis zur letzten Minute.«

»Okay. Seien Sie nur vorsichtig. Das Make-up verschmiert sonst. Und Ihre Lippen sind gerade absolut perfekt. Versuchen Sie, sie so zu lassen, aber für den Fall, dass Sie was auffrischen müssen, lasse ich Ihnen den Liner und das Gloss da. Und benutzen Sie diesen Pinsel fürs Gloss, nicht das Ding aus der Tube.«

»Zu Befehl, Michelangelo. Ich werde Ihr Kunstwerk nicht zerstören.«

»Sind Sie sicher, dass Sie keine Hilfe mit dem Reißverschluss brauchen? Ich kann warten, wenn Sie möchten.«

Ich lehnte das Angebot dankend ab und sagte, Adam würde rechtzeitig zurück sein, wenn ich Hilfe bräuchte, obwohl ich seit letztem Abend nichts mehr von ihm gehört hatte. Er war früh morgens gegangen, als ich noch schlief.

Valerie fixierte gerade meine sorgsam arrangierten Wellen mit Haarspray, als ich die Wohnungstür quietschen hörte. An unserer Kühlschranktür klebte ein Post-it, das uns seit mindestens drei Wochen daran erinnerte, entweder einen Handwerker kommen zu lassen oder aber eine Dose WD-40 zu kaufen. Ich sehnte mich nach dem Tag, an dem ein To-do-Sticker maximal achtundvierzig Stunden in unserem Haus verweilte. Wir waren beide immer so beschäftigt.

»Sehen Sie?«, sagte ich und spürte mein eigenes Lächeln. »Da kommt er wahrscheinlich gerade.«

Wir folgten den Geräuschen in die Küche. Statt Adam stand Ethan vor der offenen Kühlschranktür, auf der Suche nach etwas, das offensichtlich nicht da war.

»Oh. Hey, Valerie.« Seine Stimme war wahrscheinlich eine Oktave tiefer geworden, seit er Valerie letzten Winter auf der

Weihnachtsfeier gesehen hatte. Er drückte sofort das Kreuz durch und schob die Kühlschranktür hinter sich zu.

Mit großem Unbehagen sah ich zu, wie Valerie ihn innig drückte und ihm einen Kuss auf die Wange gab, ohne zu bemerken, welche Wirkung sie auf meinen Teenager-Sohn hatte. Ethan hatte nie großes Interesse an Mädchen gezeigt, aber mir waren die Veränderungen im vergangenen Jahr aufgefallen, und ich hatte mit einigen der Lehrer seiner Schule gesprochen. Die gute Nachricht war, dass seine Interessen sich von Computerspielen und Aber-bitte-nicht-nachmachen-YouTube-Videos weg und hin zu richtigen Mädchen verlagert hatte. Die schlechte Neuigkeit war, dass er noch nicht so ganz gelernt hatte, sich zwanglos in Gesellschaft des anderen Geschlechts zu bewegen.

»Okay, Valerie«, sagte ich und tippte auf ihre Schulter, um sie von Ethan wegzulotsen. »Danke noch einmal dafür, dass Sie mich herausgeputzt haben. Sie sind wirklich eine Künstlerin.«

Als ich Valerie zur Tür begleitete, konnte ich spüren, wie Ethans Blicke ihr folgten. Es sollten noch Wochen vergehen, bevor ich mich fragte, ob das ein weiteres Zeichen gewesen war, dass mit meinem Sohn etwas nicht stimmte.

3

Trotz des etwas reißerischen Namens war die *Press-for-the-People*-Gala ein regelrechtes Who's who derer, die in den Augen des Landes als Medien-Elite galten. Doch typisch für die Gesellschaft New York Citys wurden zwischen den diversen Rängen der Elite Unterschiede gemacht. Selbst bei einem Einstandspreis von fünfhundert Dollar pro Ticket wurde man bereits am Check-in an seine hierarchische Stellung erinnert. Als Empfängerin der wichtigsten Auszeichnung des Abends saßen meine Familie und ich an Tisch 2, wie ich erfuhr. Es war eine kleine und zugegebenermaßen auch kleinkarierte Genugtuung, als ich mitbekam, wie ein früherer Mitarbeiter von mir, der wegen einer unbedeutenden Beförderung zu einem Konkurrenzblatt gewechselt war, darüber informiert wurde, dass er das Programm von Tisch 123, auf dem Balkon oberhalb der Bühne genießen dürfe.

»Und kann ich direkt Sie alle drei auf der Liste abhaken, Ms. Taylor?«, fragte die junge Frau mit einem Lächeln. Sie war nicht viel älter als Ethan, wahrscheinlich die Tochter eines Gremiumsmitglieds, die sich freiwillig gemeldet hatte, um in ihren Collegebewerbungen mit einem weiteren Ehrenamt glänzen zu können.

»Mein Dad kommt nicht«, sagte Ethan. »Also ist bei uns ein Platz frei. Falls du dich mal setzen möchtest.«

Der Stift der Ehrenamtlerin verharrte über ihrem Tablet, ihr Blick wanderte von Ethan zu mir. Ihr Lächeln wirkte ein wenig nervös.

»Mein Mann kommt etwas später«, beruhigte ich sie. »Adam Macintosh.«

»Natürlich. Dann lasse ich seinen Namen noch offen.«

Als wir uns vom Tisch entfernten, stöhnte Ethan vor Scham. »O Gott, was war das denn? Ich habe mich ja angehört wie die totale Lusche.« Das war sein neues Lieblingswort für Vollidiot.

Adam war es gewesen, der vorgeschlagen hatte zu fragen, ob wir unseren Sohn zum Bankett mitbringen könnten. Ich hatte nur widerwillig nachgegeben, weil ich die Auseinandersetzungen fürchtete, wenn es dann soweit war. In meinen Augen war Ethan ein ganz normaler Junge, was bedeutete, dass eine Feier im Smoking, gemeinsam mit tausendvierhundert Erwachsenen, die die Bedeutung des First Amendment für die freie Demokratie eines Landes feiern, so ungefähr denselben Stellenwert hatte, wie drei Stunden lang unentwegt ins Auge gepikt zu werden. Andererseits war Adam fest entschlossen, aus Ethan eine zweite Version seiner selbst zu machen.

Aber nun waren wir hier. Ethan war von sich aus nach Hause gekommen, hatte den Smoking angezogen, den wir ihm letztes Jahr gekauft hatten, und ließ sich von mir beim Binden der Fliege helfen, ohne eine Miene zu verziehen. Er war sogar zum Wagen geeilt, der am Bordstein auf uns wartete, um mir die Tür aufzuhalten. Und von seinem Vater war immer noch nichts zu sehen.

Jenna Masters, das Mitglied des Gremiums, das für das Gala-Komitee zuständig war, entdeckte mich am Ende der Schlange zur Bar und kam herüber gehastet, ein fast unmögliches Unterfangen in ihren zehn Zentimeter hohen Stilettos. »Wir brauchen Sie vor dem Logo-Banner. Sagen Sie mir, was Sie trinken möchten, und ich werde es Ihnen bringen lassen.«

Ich bat um Champagner, und Ethan sagte, er nehme eine Coke, hängte dann aber noch schnell ein »Bitte« an, nachdem ich ihm einen tadelnden mütterlichen Blick zugeworfen hatte.

Als Jenny mir endlich sagte, dass ich für den Abend mit meinen Fotoverpflichtungen durch sei, war mir das Lächeln schon derart auf dem Gesicht eingefroren, dass es sich wie das von jemand anderem anfühlte. Während ihre Augenbrauen beeindruckend entspannt blieben, klebte ihr Blick auf dem Bildschirm des iPhones, wo ihr rechter Daumen wie wild tippte und wischte. »Ich schicke Ihnen gerade dieses großartige Bild mit Ihnen und Darren. Wenn Sie es bei sich posten könnten, wäre das nett. Und denken Sie daran, unser Hashtag lautet: Press for the People, Not the Enemy.«

Darren war Darren Pinker, Schauspieler und mehrfacher Oscar-Preisträger, der als Ehrenvorsitzender der Gala fungierte. Außerdem war er ein glühender Verteidiger des First Amendment und Held für hoffnungsvolle Demokraten, die versuchten, ihn als Präsidentschaftskandidaten zu gewinnen.

Ethan streckte mir die Hand entgegen. »Soll ich das für dich erledigen?«, bot er an. »Meine Mutter braucht bestimmt fünf Minuten, nur um einen Tweet zu posten.«

Ich reichte ihm mein Handy. Gerade als er fertig war, hörte ich hinter den Dinosauriern in der Haupthalle eine freundliche Stimme. »Da ist ja unsere Star-Mandantin!«

Ich drehte mich um und sah Bill Braddock, der mir zuwinkte. Während Ethan und ich uns durch die Menschenmenge zu ihm vorarbeiteten, sah ich, dass neben ihm vier Anwälte seiner Kanzlei standen.

»Bill, ich hatte gar nicht erwartet, dich hier zu sehen«, sagte ich und beugte mich vor, um ihn mit Küsschen rechts, Küsschen links zu begrüßen.

»Na, wie könnte ich zulassen, dass dir diese Ehre zuteil wird, ohne deinen achtzigjährigen Lover dabeizuhaben? Genau genommen haben wir sogar einen ganzen Tisch. Nummer siebzehn. Gar nicht so übel für einen Haufen Anwälte.«

Als Bill im Sommer vergangenen Jahres seinen Achtzigsten feierte, hatte ich seinen Titel des siebzigjährigen Lovers entsprechend angepasst. Bill war, was einige Leute seines Alters – selbst liberale – einen »eingefleischten Junggesellen« nannten. Er war außerdem einer der herausragenden First-Amendment-Anwälte des Landes, der in über einem Dutzend Verfassungsrechtsfällen vor dem Supreme Court aufgetreten war. Er war als Rechtsanwalt für einige der größten Verlage der Welt tätig – und auch für ein paar kleinere, die ihm Spaß machten, so wie für mein kleines Blatt. Ich hatte ihn durch Catherine Lancaster kennengelernt, und wir hatten uns angefreundet.

Ich kannte nicht alle Namen der Anwälte, die neben ihm standen, doch ich streckte meine Hand Jake Summer entgegen, einem der Partner, der eher in meinem Alter war. Während ich zusah, wie die Anwältinnen Ethan mit einer dicken Umarmung und der Bemerkung begrüßten – »Er sieht aus wie ein richtiger Erwachsener« –, wurde mir klar, dass ich mir mehr Mühe machen musste, auch die anderen Anwälte der Firma kennenzulernen. Schließlich hatten sie Adam vor zwei Jahren zum Partner gemacht, in erster Linie wegen des Vorstoßes, den ich bei Bill an seiner Stelle unternommen hatte.

»Wo ist dein glücklicher Ehemann?«, fragte Bill und schaute sich suchend um.

»Er hat noch zu tun und kommt später«, erwiderte ich. »Seine Firma ist der reinste Sweatshop«, fügte ich dramatisch hinzu.

»Ich habe bei ihm im Büro reingeschaut, um zu fragen, ob er mit uns fahren möchte, aber er war nicht da.«

Bei der Bemerkung, die von der Frau kam, die besonders herzlich zu Ethan gewesen war, wechselten einige Anwälte betretene Blicke. Ich bot ihr meine Hand an. »Hi, ich bin Chloe. Ich glaube, wir haben uns noch nicht kennengelernt.«

Sie stellte sich als Laurie Connor vor; sie sei eine der Partnerinnen der Kanzlei.

»Es ist diese Sache mit der Gentry Group«, versicherte ich ihr. »Er hat einen Termin mit ihnen irgendwo in der Nähe des JFK.«

»Davon weiß ich nichts«, sagte Bill.

Ich war zu dem Eindruck gelangt, Gentry sei ein wichtiger Mandant, und versuchte mir einzureden, dass Bill nur witzig sein wollte, begann mir aber Sorgen zu machen, dass sein Alter so langsam Auswirkungen zeigte.

Ich sah, wie die Augen eines anderen Anwalts zu Jake blickten. Adam war es gewesen, der für Rives & Braddock die Gentry Group als Mandant an Land gezogen hatte, aber ich war mir absolut sicher, dass Jake an verschiedenen komplexen Fragen arbeitete, bei denen es um die Zuständigkeit von Bundesbehörden im Zusammenhang mit einigen ihrer internationalen Geschäfte ging. Wenn die Sache wirklich so wichtig war, wieso war dann Jake heute nicht ebenfalls dort?

Bill lächelte und legte mir eine Hand auf die Schulter.

»Adam wird schon noch kommen. Das ist immerhin ein großer Abend für dich.«

»Natürlich wird er kommen.« Ich schaffte es, überzeugt zu
klingen.

»Und wenn er nicht aufkreuzt, weißt du ja, wo du mich findest. Ich mag zwar achtzig sein, aber ich bin fieser als er. Ich
trete ihm in den Hintern.«

Ich musste leise lächeln, als ich Ethan entdeckte, der am
Eingang des Ballsaals herumlungerte, die Clutch leicht verlegen unter den Arm geklemmt, die er mir netterweise abge-
nommen hatte, als er mitbekam, wie ich zwischen Getränken
und Händeschütteln damit kämpfte. Er schien erleichtert, als
er mich auf sich zukommen sah.

»Du bist heute Abend mein Ritter in glänzender Rüstung,
Ethan«, sagte ich und versuchte, ihm einen Kuss oben auf den
Scheitel zu drücken, so wie damals, als ich noch größer war als
er, landete aber auf seiner Schläfe.

Er tat angewidert. »Wieviel Champagner hast du schon getrunken?«

»Mein Lieblingsgetränk zählt nicht.« Ich trank nie viel, doch
wenn es um Veuve Clicquot ging, hatte ich eine Extra-Leber,
witzelte die Familie immer.

»Aber du musst zugeben, dass es schon voll lustig wäre,
wenn du total blau auf der Bühne stehen würdest.« Er rezi-
tierte einen Satz aus meinen Redenotizen, nuschelte dabei ein
wenig und schwankte hin und her.

»Du kennst meine Rede?«

»Wie auch nicht? Du hast sie ja Dienstagabend mindestens
hundert Mal in der Küche geübt.«

Er war mit seinen Kopfhörern im Wohnzimmer gewesen und hätte mich locker ausblenden können, wenn er es gewollt hätte. Er war tatsächlich stolz auf mich.

»Du bist so ein feiner Junge«, sagte ich und merkte, wie ich feuchte Augen bekam.

»Oh, mein Gott, du bist wirklich betrunken«, sagte er mit einem Grinsen.

»Soll ich mal sehen, ob man uns nicht etwas früher in den Bankettsaal lässt? Ich möchte noch einen letzten Blick auf meine Rede werfen, bevor das Programm beginnt.«

»Wäre eine gute Idee. Vielleicht schaffen wir's, dich wieder etwas auszunüchtern.«

Die Präsidentin der Stiftung betrat die Bühne und erklärte, dass mit dem Preis eine Journalistin geehrt werden solle, deren Arbeit das Leben ganz gewöhnlicher Leute verändert habe. »Für die Vorstellung der diesjährigen Preisträgerin ist es mir eine ganz besondere Ehre, jetzt die Redakteurin begrüßen zu dürfen, die für uns alle zum Inbegriff von *City Woman* geworden ist: Catherine Lancaster.«

Ich schnappte kurz nach Luft und schloss mich dem Applaus an. Mir hatte Catherine gesagt, sie müsse heute in Los Angeles sein und werde daher leider nicht kommen können. Ethan neben mir grinste vielsagend.

»Du wusstest es, stimmt's?«

Catherine war im März dreiundsiebzig geworden, ging aber locker als fünfzig durch. Sie trug ein pfauenblaues Hemdblusenkleid mit einem großen, dramatisch aufgestellten Kragen. Ihr knallorangefarbenes Haar war hochgebunden und steckte unter dem für sie typischen Turban, dazu hatte sie abgesehen von einem dunklen, ziegelsteinroten Lippenstift nur ein minimales Make-up aufgelegt.

Sie fing damit an, dem Publikum zu erzählen, ich hätte keine Ahnung gehabt, dass sie heute Abend auf der Gala sein würde. »Wenn ich es ihr gesagt hätte, dann hätte sie sich verpflichtet gefühlt, mir meine Rede zu schreiben – eine Nebenwirkung der ständigen, tiefsitzenden Angst all meiner früheren Mitarbeiter … Warum das so ist, ist mir natürlich ein komplettes Rätsel.«

Als ich bei *City Woman* anfing, wäre ich nie auf die Idee gekommen, dass Catherine einmal nicht nur meine Mentorin, sondern auch meine beste Freundin werden sollte. Jetzt aber zu hören, wie *sie* bewundernd über *meine* Leistungen sprach, hatte schon etwas Surreales. »Am Anfang ihrer Karriere habe ich zu Chloe gesagt: ›Du hast ein gutes Bauchgefühl, du musst nur noch lernen, auch darauf zu vertrauen.‹ Doch während ich sie über die Jahre beobachtete, wurde mir klar, dass sie nicht nur ein besonderes Bauchgefühl besaß, sondern auch ein sehr großes Herz voller Empathie und Hingabe. Und das ist die Kombination, die sie als Journalistin und Verlegerin so aufregend macht. Ich habe Chloe das noch nie gesagt, aber sie hat schon mehr gemacht, als ich mir in ihrem Alter je erträumt hätte. Oder in meinem *jetzigen*, um ganz genau zu sein – dem zarten Alter von fünfunddreißig Jahren.« Sie machte eine kurze Pause für das Lachen des Publikums. »Und daher ist es mir heute Abend eine ganz besonders große Freude, Ihnen meine liebe Freundin vorzustellen – eine hochtalentierte und mutige Kriegerin: Chloe Taylor.«

Obwohl ich meine Rede auswendig kannte, merkte ich auf dem Podium, wie meine Augen immer wieder zu meinen Notizen schossen – alle Male besser, als in das Meer greller Lichter zu schauen. Ich konnte keine einzelnen Gesichter im Publikum ausmachen. Und ich musste blind darauf vertrauen, dass die Leute von der Technik auf dem riesigen Bildschirm über mir genau die Bilder zeigten, um die ich gebeten hatte. Es waren die Fotos der Frauen, deren Geschichten ich veröffentlicht hatte, denn ich hielt es für angebracht, dass sie an diesem Abend im Mittelpunkt standen. Niemand brauchte eine Großaufnahme von mir auf dem Podium.

Sobald ich meine Rede beendet hatte, brach sofort Applaus aus, vermischt mit dem Scharren zurückgeschobener Stühle, als die Leute mir Standing Ovations gaben. Als ich mich der Treppe an der Seite der Bühne näherte, hörte ich einen lauten anerkennenden Pfiff. Er kam von Tisch 2. Ethan reckte eine Faust in die Luft. »Yeah, Mum!«

Neben ihm ertönte ein zweiter Pfiff. Es war Adam, seine beiden kleinen Finger im Mund.

Natürlich war er dort. Wenn es hart auf hart kam, konnte man immer auf ihn zählen.

4

Nicky hatte es vorausgesagt, wie ich zugeben muss.

Als Adam, zwei Jahre nachdem er Nicky verlassen hatte, die Erlaubnis des Gerichts erhielt, nach New York zu ziehen, rief meine Mutter mich an, damit ich ihr versprach, keine Affäre mit ihm anzufangen.

»Iiih, er ist mein Schwager. Nein.«

»*Ehemaliger* Schwager«, erinnerte sie mich. »Nicky ist überzeugt, dass er genau aus diesem Grund umgezogen ist – um bei dir zu sein.«

»Nicky ist paranoid«, sagte ich. »Er hat hier einen guten Job, Mom. Also, so *richtig* gut. Und davon abgesehen habe ich einen Freund. Matt, du erinnerst dich?«

Nicky lag damals total daneben, was Adam und mich betraf, doch ich war nicht ganz unbeteiligt daran, dass Adam in die Stadt zog. Er hatte versucht, in Cleveland irgendwie als geschiedener Vater zurechtzukommen, war in eine kleinere Wohnung gezogen und hatte eine Tagesbetreuung zwei Blocks vom Gerichtsgebäude gefunden, die auch von vielen Staatsanwältinnen genutzt wurde. Sogar meine Mom und mein Dad sprangen gelegentlich ein, da Adams Eltern beide gestorben waren, als er noch aufs College ging, aber davon abgesehen hätte er sie sowieso nicht gern in der Nähe seines Sohnes gesehen.

Doch Nicky war immer noch ein Problem. Ein paar Cops hatten erwähnt, dass man sie gesehen hätte, wie sie an den üblichen Treffpunkten herumhing, und zweimal war sie ohne Erlaubnis bei der Tagesmutter aufgekreuzt – beide Male offensichtlich stark berauscht. Es war sogar so weit gekommen, dass Adam die Tagesmutter und den Babysitter anweisen musste, den Notruf zu wählen, falls sie irgendwie von ihr kontaktiert wurden. Solange er noch in Cleveland war, würde er Ethan nie wirklich beschützen können.

Ich war es, die seinen Lebenslauf einem Freund zugeschoben hatte, der im Büro des Bundesanwaltes arbeitete. Offensichtlich waren die Leute in der Personalabteilung der Ansicht, sie könnten ein paar Anwälte gebrauchen, die nicht die fünf üblichen juristischen Fakultäten besucht hatten, und offensichtlich rührte sie Adams persönliche Geschichte. Er benötigte die richterliche Erlaubnis für den Umzug, doch die Kombination von Nickys schlechtem Verhalten und dem Angebot, Bundesanwalt in einem der angesehensten Gerichtsbezirke des Landes zu werden, hatte Erfolg.

Ich half ihm, eine Wohnung in Tribeca zu finden. Es war nicht gerade Brooklyn Heights, aber im Vergleich zu Manhattan war es kinderfreundlich und nicht zu weit von seinem Büro entfernt. Außerdem war es ganz in der Nähe meiner Wohnung in Chelsea. Ich wurde zu seinem festen Mittwochabend-Babysitter. Es war das Highlight meiner Woche, Ethans kleines, pausbäckiges Gesicht aufleuchten zu sehen, wenn er Tante »Glo-iee« sah. Trotz Sprachtherapeuten hatte er erst mit etwa vier Jahren angefangen zu sprechen, daher war jedes Wort – wie undeutlich auch immer – für uns eine große Freude.

Was Kinder betraf, kannte ich zu der Zeit nur ein Ziel, nämlich die geliebte Tante zu sein. Obwohl Frauen das eigentlich nicht sagen sollten, machte ich mir nie besonders viel aus Babys oder Kleinkindern. Man hört oft, dass es eines der größten Geschenke sei, mitzuerleben, wie aus den eigenen Kindern Erwachsene werden, doch was meine Eltern und Nicky anging, hatte ich auch die andere, dunkle Seite dieser Medaille kennengelernt. Auf einer verstandesmäßigen Ebene wusste ich, dass meine Eltern stolz auf mich waren und in einem gewissen Maß dafür verantwortlich, dass ich mich vergleichsweise gut entwickelt hatte. Doch waren all die Sorgen und Nöte, die ihre Kinder ihnen ganz allgemein bereitet hatten, das wirklich wert?

Was die Mutterschaft betraf, konnte ich sie annehmen oder es auch sein lassen.

Ein paar Wochen später brauchte Adam mich nicht als Babysitter, also hingen wir zusammen ab, bestellten uns etwas zu essen und spielten mit Ethan. Ich erkannte, wie schwer es ihm fiel, sich in Manhattan einzuleben. Er war ein freundlicher, gutaussehender fünfunddreißigjähriger Mann mit einem coolen Job in einer netten Nachbarschaft. Theoretisch hätte er jeden Abend mit einem Model ausgehen können. Doch er hatte ja noch Ethan und war zu bodenständig, um sich auf irgendeine Frau einzulassen, die kein Interesse an seinem Sohn hatte.

Über ein Jahr lang waren wir nur gute Kumpel. Dann kam mein Geburtstag.

Einen Monat davor hatte ich vier andere Paare zu einer Dinnerparty in meine Wohnung eingeladen. Ich musste einen weiteren Tisch mieten und lieh mir im Büro einige Klappstühle aus, doch ich war Feuer und Flamme von der Vorstellung, eine richtige Dinnerparty zu veranstalten. Ich wurde neunundzwanzig. Ich war damit durch, aus roten Plastikbechern zu trinken. Auf der Suche nach dem perfekten Menü, etwas, das richtig Eindruck machte, ich aber trotzdem allein hinbekommen könnte, hatte ich die *Food & Wine* durchkämmt. Da ich keinen Topf hatte, der für die von mir geplante geschmorte Querrippe groß genug war, kaufte ich einen. Als Matt mich nach meinen Geburtstagswünschen fragte, schnitt ich eine Seite aus dem Katalog von *Williams-Sonoma* aus und wünschte mir von ihm einen weißen Servierteller, und ob ich den bitte schon einen Tag vor meinem Geburtstag bekommen könne, nur falls ich ihn umtauschen wolle?

Den Servierteller habe ich nie bekommen. Vier Tage vor meinem Geburtstag machte Matt mit mir Schluss. Er meinte, er sei jung und wolle noch Spaß haben, und mein bevorstehender Geburtstag habe ihm bewusst gemacht, dass seine Freunde die ganze Zeit recht gehabt hatten, was mich betraf.

»Ich dachte, deine Freunde würden mich mögen.«

»Tun sie ja auch. Aber du bist ... so *übermächtig*, Chloe. Ich kann das nicht mit dir durchziehen.«

»Was *durchziehen*?«

»Na, ein Paar zu sein. Mit den ganzen Partys, Servierplatten und den Hochzeitsankündigungen in der *Times*.«

»*Hochzeit?* Ich habe nie von Heiraten gesprochen.«

»Musst du auch nicht. Du planst alles total durch, und wenn's dann vorbei ist, bist du unglücklich und suchst dir das Nächste, worüber du dir Gedanken machen kannst. Ich garantiere dir, sobald diese Dinnerparty vorbei ist, machst du mir Druck wegen Weihnachten. Und dann kommt Silvester. Und danach der Verlobungsring zum Valentinstag.«

Am nächsten Tag, während unseres üblichen Mittwochs-treffen, erzählte ich Adam die Kurzfassung. Wir saßen auf dem Boden und spielten engagierter mit den Lego-Steinen als Ethan.

»Weißt du, was das wirklich Peinliche war? Ich habe ihn tatsächlich gefragt, ob er trotzdem Samstagabend zum Essen kommt.«

»Uff.«

»Ich weiß. Aber jetzt bin ich das neunte Rad auf meiner eige-nen Party. Oder kann ich noch alles abblasen?«

»Mach das *nicht*. Wird dir guttun, mit deinen Freunden zu-sammen zu sein. Und außerdem …«, er streckte die Hand aus und berührte mein Fußgelenk, »du bist intelligent, erfolgreich und verdammt hübsch anzusehen. Du wirst keine Probleme haben, einen anderen Begleiter für dich zu finden, falls du das wirklich willst.«

Die Zeit schien irgendwie stillzustehen. Seine Hand auf meinem Knöchel fühlte sich warm an. Ich bin fest davon über-zeugt, dass mir diese Möglichkeit vorher nie in den Sinn ge-kommen war, aber jetzt hatte es sich so ergeben. Ich wartete, dass er noch etwas sagte. Etwas *tat*. Aber er fummelte wieder an der Burg herum, die er gerade baute.

»So ziemlich das Letzte, was ich jetzt brauche, ist krampf-haft nach einem Date zu suchen«, sagte ich. »Vielleicht lasse ich einfach den Stuhl neben mir frei und überlasse es meinen Freunden, potentielle Kandidaten vorzuschlagen.«

Um Punkt sechs stand er vor meiner Wohnungstür, denn nach einem Jahr in New York wusste er, dass eine Party niemals vor sechs beginnen würde. Er brachte eine Geschenkschachtel von *Williams-Sonoma* mit. Es war genau die Servierplatte, die ich mir gewünscht hatte, obwohl ich ihm das wahrscheinlich nie erzählt hatte.

An diesem Abend passierte nichts, aber etwas hatte sich zwischen uns ganz klar verändert. Er war weder Nickys Ex noch Ethans Dad. Er war allein meinetwegen da. Es war, als hätten wir einen Pakt geschlossen. Es würde passieren. Es war vorprogrammiert.

5

Als ich am Morgen nach der Gala die Augen aufschlug, sah ich neben einem Glas Wasser und einer Packung Melatonin aus dem *Vitamin Shoppe* die Schreibmaschine aus Kristall, in die mein Name graviert war. Gestern Abend hatte ich eine Auszeichnung erhalten. Bevor ich sonst was mitbekam, zog mir Adams Duft in die Nase, eine Mischung aus Supermarktseife und etwas wie Salz. Mein rechtes Bein lag über seinem Oberschenkel, und mein Gesicht war an seine Brust gedrückt.

Adam war bereits wach. Er hielt ein iPad über sein Gesicht und las die Nachrichten. Auf dem Bildschirm ein Foto von mir neben Darren Pinker.

»Hey, die Frau kenne ich«, sagte ich und drückte ihm einen Kuss auf die Brust.

Er drehte den Bildschirm in meine Richtung. »Muss ich eifersüchtig sein?«

Offensichtlich hatten Darren, der Ehrenvorsitzende der Gala, und ich einen Platz auf der Titelseite des Feuilletons der *New York Times* ergattert.

»Hübscher Junge, allerdings nicht mein Typ«, sagte ich und reckte die Arme über meinen Kopf.

»Lieb von dir, dass du das sagst, aber er wäre genau dein Typ, wenn er für die Präsidentschaft kandidieren würde. First Lady Chloe? Stell dir das mal vor.« Ich spürte das sanfte Heben und

Senken seiner Brust, als er einen alten Nas-Song featuring Lauryn Hill anstimmte: »If I ruled the world, I'd rule all of the things.«

»Du weißt schon, dass das nicht der richtige Text ist, oder?« Ich meinte, einen bissigen Unterton in seinen Komplimenten gehört zu haben. Ich war in meinem Job schon immer erfolgreich gewesen, aber seit letztem Jahr befand ich mich in einem beruflichen Fahrstuhl, in dem es keine Abwärts-Taste zu geben schien. Direkt im Anschluss an die #ThemToo-Serie hatte ich einen millionenschweren Autorenvertrag für zwei Bücher abgeschlossen: das eine ein Blick hinter die Kulissen der Serie, das andere ein Memoiren-Schrägstrich-Ratgeber-für-die-versierte-Karrierefrau. Auch mein Bekanntheitsgrad war gestiegen. Mehr als einmal war ich auf der Straße angehalten und um ein Autogramm gebeten worden, und auf Twitter gab's sogar ein GIF, in dem ich mit Ellen tanze. Offenbar überraschte es die Leute, dass ich mit meiner Arbeit echt »Kohle machte«.

Nach diesen großen Karriereschritten gehörten Adam und ich zu den knapp fünfundzwanzig Prozent aller verheirateten Hetero-Paare, in denen die Frau mehr verdiente als der Mann. Ich wünschte, ich könnte sagen, dass wir dem Rat gefolgt waren, den wir in der *Eve* veröffentlich hatten – »Gesunde Schritte« für Paare, wenn die »klassische finanzielle Rollenverteilung sich umkehrt«. Das Gleichgewicht in der Ehe zu erhalten, emotional sowie im Verhalten. Die Rollen, die beide in der Beziehung spielen, den Gegebenheiten anzupassen. Und vor allem, offen über die Dynamik sprechen, die sich unausweichlich verändert, sobald Geld die Männlichkeit bedroht. Wenn wir einen dieser Fragebögen ausfüllen müssten, die bei unseren Leserinnen so beliebt waren, lägen wir mit unserem Ergebnis eindeutig im roten Bereich: Gefahr.

Das eine Mal, als ich Adam mit der Möglichkeit konfrontiert hatte, er könnte mir meinen Erfolg verübeln, hatte er das vehement bestritten und betont, er sei betroffen, dass ich diese Möglichkeit überhaupt in Erwägung gezogen habe.

Zu Adams Entlastung muss ich sagen, ich war überzeugt, dass jegliche Verbitterung seinerseits unbewusst war und überhaupt nichts mit Geld zu tun hatte. Er war noch nie jemand gewesen, der Reichtümern nachjagte oder mit anderen mithalten wollte. Nach seinem Juraexamen hätte er sich wahrscheinlich in Cleveland einen Job in einer Kanzlei an Land ziehen und ein sechsstelliges Jahresgehalt sichern können, doch er wollte lieber Staatsanwalt werden. Auf der Seite des Rechts zu stehen war fester Bestandteil von Adams Identität. Er hatte mir einmal erzählt, dass er sich damit vergewissern wollte, ganz anders zu sein als sein Vater, der mehrere Male im Gefängnis gesessen hatte, wenn auch nicht für die Verbrechen, die er seiner Frau und seinem Sohn angetan hatte, wenn er gerade nicht weggesperrt war.

Nachdem ich Adam dem Vorsitzenden der Strafkammer des Büros des Bundesanwaltes des Southern District von New York vorgestellt hatte – der damals mit der Werbechefin von *City Woman* liiert war, als ich dort in der Redaktion arbeitete –, machte er den Schritt vom Bezirksstaatsanwalt zum Stellvertretenden Bundesanwalt in einem der angesehensten Gerichtsbezirke unseres Landes. Durch sein Studium an der Ohio State und seine bodenständigen Erfahrungen am Bezirksgericht hob er sich von den anderen Anwälten des Berufungsgerichts ab, an deren Bürowänden die Abschlüsse von Harvard, Yale und Stanford prangten. Doch Adam verdiente sich schnell den Ruf, in einem Fall auf sein Bauchgefühl zu hören und genau voraussagen zu können, wie die Geschworenen auf gewisse Fakten reagieren würden. Und er war im Gerichtssaal absolut furchtlos.

Es war inzwischen fast drei Jahre her, seit er vor Gericht seinen letzten großen Fall gewonnen hatte ... zumindest als Staatsanwalt. Sein Vorgesetzter hatte ihn ermutigt, das Plädoyer der Anklage wegen Menschenhandels gegen den mutmaßlichen Inhaber eines Nagelstudios zu halten, der seine Ladenkette als Tarnung benutzt hatte, um zahllose junge Immigrantinnen, die bei ihm beschäftigt waren, schrecklichen Misshandlungen auszusetzen. Adam überzeugte seinen Boss, ihn die Sache auch vor Gericht vertreten zu lassen, wo er dann gewann. Der Angeklagte wurde zu siebenunddreißig Jahren Gefängnis verurteilt, was bedeutete, dass er höchstwahrscheinlich im Gefängnis sterben würde.

Die *New York Times* hatte einen Leitartikel veröffentlicht und anhand des Falls ein Missbrauchsmuster aufgedeckt, das oft dicht unter ein paar Lackschichten der Billig-Nagelstudios verborgen lag. Als ich den Artikel ein weiteres Mal las und dabei immer wieder einschlief und aufwachte, sagte ich noch einmal, wie stolz ich auf ihn sei. Wenn ich mich recht entsinne, zog er mich daraufhin an sich und sagte etwas in der Richtung von, es seien genau solche Fälle, für die sich die ganze Arbeit lohne. Er fragte, ob ich es blöd fände, dass er immer noch im öffentlichen Dienst mit einem entsprechend bescheidenen Gehalt arbeite, während viele seiner Kollegen längst in die Privatwirtschaft gewechselt seien und ihren Lebensstil entsprechend aufgebessert hätten.

Soweit ich mich erinnere, antwortete ich, dass mich das

selbstverständlich nicht störe. Ich sagte etwas wie: »Ich denke, wenn du es wolltest, könntest du jederzeit als Partner bei einer großen Kanzlei einsteigen, aber du liebst deinen Job. Das ist dein Ding.«

Meine Antwort sei »typisch Chloe«, sagte er. Als ich ihn fragte, warum, antwortete er mit meinen eigenen Worten. »›Du kannst jederzeit als Partner einsteigen‹, als wäre das ein Fakt. Was es für dich natürlich auch wäre ... wenn du Anwältin wärest, denn du bist eben Chloe. Ich find's toll, dass du so an mich glaubst.« Ich erinnere mich, dass er mich dann geküsst hatte, auf so eine liebe Art, gar nicht sexy. Oben auf meinen Scheitel.

Ich antwortete ihm, es habe nichts mit Glauben zu tun. Es sei schlicht und einfach eine Tatsache. Ich sagte, er sei der beste Anwalt im Southern District, was ihn automatisch zu einem der besten Anwälte der Welt mache. Ich habe ihm gesagt, jede Kanzlei würde ihn mit Handkuss nehmen.

Und dann nannte er mir all die Gründe, warum es nie so einfach sein würde, da die Welt nicht so anständig und fair sei, wie ich meinte. Dass er sich auf mein Drängen zwar seinen Weg ins Büro des Bundesanwalts gebahnt habe, indem er bei dem Personal-Komitee Schuldgefühle geweckt habe, weil sie immer Bewerber aus demselben Stammbaum-Pool anstellten, doch dass er nie gut genug für die führenden Anwaltskanzleien sein würde. »Typen wie mich lässt man im öffentlichen Dienst arbeiten. Wir werden nicht Partner in großen Kanzleien.«

Weil ich nicht mehr mit anhören konnte, wie er sich selbst schlecht machte, sagte ich etwas wie: »Wollen wir wetten? Ruf doch ein paar an.« Und am nächsten Tag machte ich einen dieser Anrufe für ihn – mit meinem Freund und Anwalt Bill Braddock.

Zumindest ist es in meiner Erinnerung so gelaufen.

Bis letzten Monat – als ich Adam schließlich fragte, ob er es mir irgendwie krummnehme, dass meine Karriere geradezu durch die Decke gehe – war mir nicht klar, dass er die Unterhaltung und was anschließend passierte völlig anders in Erinnerung hatte. Er habe sich nie viel aus Geld gemacht, erinnerte er mich. Ich hätte ihn gedrängt, einen Job aufzugeben, den er geliebt habe, und alles nur, um »irgendeinem Klischee zu entsprechen, wie ein Ehemann sein sollte«.

Indem er zu Rives & Braddock ging, habe er »sich und seine Ideale verkauft«, wie er sich ausdrückte. Und er hasste es. Ich erlebte es jeden Tag, wie sehr er es hasste, für einen Mandanten zu arbeiten. Er wollte wieder einer von den Guten sein. Doch stattdessen hasste er seinen Job und gab mir daran die Schuld. Und trotz der Kompromisse, die er eingegangen war, verdiente ich immer noch mehr als er.

Als ich jetzt mein Bein von Adams Oberschenkel hob, um aus dem Bett zu schlüpfen, kam mir vor dem Hintergrund von Adams Bemerkung, ich wäre gern die First Lady, diese Geschichte wieder in den Kopf.

»Ich glaube, wir können auf einen weiteren Promi-Präsidentschaftskandidaten gut verzichten, vielen Dank. Anderes Thema: Danke, dass du es rechtzeitig zu meiner Rede geschafft hast. Ohne dich wäre es nicht dasselbe gewesen.«

»Ich glaube, der Fahrer hat auf dem Weg vom JFK meinetwegen fast einen Herzinfarkt bekommen, als er auf dem Long Island Expressway von einer Lücke in die nächste geprescht ist.« Ich neckte Adam immer damit, dass er fuhr wie ein Bankräuber. »Hoffentlich hält mein Trinkgeld ihn davon ab, meine gute Uber-Bewertung zu vernichten.«

»Was meinst du, wann du dich heute freimachen kannst?«, fragte ich ihn.

Wir waren seit drei Wochen nicht mehr in unserem Haus auf den East Hamptons gewesen, und die Wettervorhersage war phantastisch – fast so warm wie im Sommer, allerdings ohne die Menschenmassen nach dem Memorial Day. Ich hatte sogar unseren Pool vorbereiten lassen.

»Schlechte Neuigkeiten. Ein Grund, warum ich gestern Abend kommen konnte, war, dass die Gentry Group beschlossen hat, noch einen Tag dranzuhängen, weil es so viel zu tun gibt. Ich muss in einer Stunde wieder bei ihnen im Hotel sein. Du kannst mit Ethan schon mal ohne mich vorfahren, und ich nehme mir einen Wagen, sobald ich mich freimachen kann.«

»Was ist mit denen? Wieso übernachten die am Flughafen? Ich hatte den Eindruck, diese Mandanten wären richtig dicke Fische.«

Wir hatten vier Jahren zuvor auf einer Gartenparty den Justiziar von Gentry's und seine Frau kennengelernt. Nachdem Adam in die Kanzlei gewechselt war und man ihn gedrängt hatte, eigene Mandanten zu holen, überredete ich ihn, mich zu einer Verlagskonferenz nach London zu begleiten. Als er zugestimmt hatte, suchte ich die Kontaktdaten der Frau heraus und verabredete ein Abendessen. Es war eine große Sache, als Adam bei Rives & Braddock verkündete, dass er einen Teil der Rechtsangelegenheiten von Gentry's an Land gezogen habe. Die nachfolgende Pressemitteilung beschrieb die in London ansässige Gentry Group als »globales Power-House im Industrie-, Energie- und Gesundheitssektor«.

»Vielleicht möchten sie notfalls in ein Land ausfliegen können, mit dem es kein Auslieferungsabkommen gibt.«

Ich suchte auf seinem Gesicht nach einem Lächeln, als ich aus dem Bett kroch, fand aber keines. Er machte sich nicht einmal mehr die Mühe, die Verachtung für seinen Job und seine Mandanten zu verbergen.

Ich zog das Blondie-T-Shirt aus, das mir letzte Nacht als Pyjama gedient hatte. »Dann sag ich Catherine, dass du es bedauerst, nicht kommen zu können?«

Die Lobeshymne auf der gestrigen Gala hatte Catherine nicht gereicht. Sie gab in ihrem Haus in Sag Harbor eine kleine Party für ein paar Leute aus der alten *City-Woman*-Gang.

Jetzt lächelte Adam. Er konnte so wundervoll lächeln – süß, aber auch ein bisschen frech. »Also, bedauern würde ich es nicht unbedingt nennen.« Catherine war für Adam einfach ein Tacken zu viel. Sie überforderte die meisten Leute mit ihrer Art.

Ich streifte mir gerade einen Sport-BH über den Kopf, als er mich an sich zog und mich oberhalb des Bauchnabels küsste. »Ich habe noch ein Stündchen.«

Ich warf einen Blick auf die Uhr. »Ich aber nicht. Pilates. Wenn ich es ausfallen lasse, stellt Jenny es mir trotzdem in Rechnung.«

»Diese Frau ist ein Nazi.«

»Und meine Bauchmuskeln lieben sie dafür«, sagte ich und gab ihm einen flüchtigen Kuss auf den Mund, bevor ich meine Sportleggings hochzog. »Ich sehe dich heute Abend. Und sag diesen Gentry-Leuten, sie sollen dir einen anständigen Wagen bezahlen.«

Das war das letzte Mal, dass ich meinen Mann lebend sah. Zumindest ist es das, was ich der Polizei sagte, aber ich konnte ihnen ansehen, dass sie mir nicht glaubten.

6

Ich weiß nicht mehr, wie lange ich auf dem Polizeirevier war. Es hätten zwanzig Minuten sein können oder auch drei Stunden. Es war, als wäre die Zeit in dem Moment stehengeblieben, als ich Adam fand, die Beine merkwürdig gespreizt, sein lavendelgraues T-Shirt und die weiße Schlafanzughose blutgetränkt.

Ich beantwortete jede ihrer Fragen, obwohl sich mein Bewusstsein wehrte, zu akzeptieren, dass Adam tot war, und ich keine Ahnung hatte, wie das Leben ohne ihn weitergehen würde. Dann antwortete ich ihnen wieder und wieder und strengte mich an, weder ungeduldig noch defensiv zu klingen.

Und ich sah ihnen an, dass sie mir nicht glaubten.

Ich hatte nicht alle Namen derer behalten, mit denen ich gesprochen hatte, aber die der beiden Detectives wusste ich. Bowen und Guidry. B und G, wie Boy und Girl. Bowen war männlich, Guidry weiblich. So hatte ich es mir gemerkt.

Bowen, der Typ, sagte: »Wir müssen seine Mutter anrufen.« Er war groß, schlank, mit dunklen lockigen Haaren und kantigen Gesichtszügen. Seine Haut war teigig.

Den Blick, den ich ihm zuwarf, konnte ich mir nur vorstellen. Ein Fotograf vom Alumni-Magazin der Cornell hatte mir einmal gesagt, mein normaler Gesichtsausdruck ließe mich einschüchternd und unnahbar wirken. Also legte ich mein freundlichstes Lächeln auf, als ich erwiderte, dass ich mit keinem der beiden Eindrücke ein Problem hätte.

Jetzt jedoch posierte ich nicht für ein Foto. Ich befand mich in einem fensterlosen Raum mit Betonwänden, einem blauen Linoleumfußboden und einer Tür, die wahrscheinlich irgendwann mal weiß gewesen war – und die ich ins Schloss fallen hörte, nachdem ich den beiden Detectives in den Raum gefolgt war. Ich bemerkte eine Kamera in einer Ecke des Raumes unter der Decke und fragte mich, ob sie wohl angeschaltet war.

Trotz der freundlichen Gesten – der Flasche Wasser, dem Kaffee, dem Angebot, mir bei Anrufen behilflich zu sein, die gemacht werden mussten – wusste ich, dass die Polizei einen Job zu erledigen hatte. Und meine Vernehmung war Teil davon.

Während ich mit ihnen jeden fürchterlichen Schritt durchging – die Fahrt von Catherines Dinnerparty nach Hause, wie ich den Schlüssel ins Schloss gesteckt und dann einen dunklen, stillen Flur betreten hatte, wie ich das Schlafzimmer verlassen vorfand und dann ins Wohnzimmer ging, wo ich Adam auf dem Boden liegend sah –, war ein Teil meines Gehirns ganz woanders. Bei meinen Worten ging es allein um diesen Abend, aber der Film, der sich in meinem Kopf abspielte, war *Die Geschichte von Adam und Chloe*. Wie ich ihn als kleines Kind im Einkaufszentrum gesehen hatte. Ihn wiedertraf, als er Nicky abholte. Das erste Mal, an dem er mich anrief und nicht meine Mutter, als es ein Problem gab. Der Umzug nach New York. Wie wir in seiner Wohnung auf dem Fußboden mit Ethan gespielt hatten. Der erste, verbotene Kuss. Unsere Füße im Sand, als wir im Sonnenuntergang am Main Beach die Ringe tauschten. Das alles sah ich vor mir, so lebendig und in Farbe.

Meine beiden Gehirnhälften liefen wieder synchron, als sich

ein Bild in den Vordergrund drängte, wie ich an Adams Hals nach dem Puls suchte. Ich erinnerte mich, wie ich in dem Moment dachte, es sei dieselbe Stelle, an die ich meine Wange drückte, wenn wir uns liebten und er auf mir lag. Ich spürte immer noch sein eingetrocknetes, verkrustetes Blut auf meinem schwarzen Overall. Ich hatte immer noch den Geschmack des Erbrochenen im Mund, das mir schließlich hochgekommen war, als ein Polizeibeamter mich über den Rasen zu seinem Wagen führte, nachdem der Krankenwagen abgefahren war.

»Hätte jemand davon ausgehen können, dass Sie und Ihr Mann am Abend in Ihrem Haus sind?«, fragte Detective Guidry. Sie hatte langes, aschblondes Haar, das zu einem unordentlichen Knoten gebunden war, der viel zu verspielt für ihren Beruf wirkte. »In die Ferienhäuser wird ja oft eingebrochen. Man geht davon aus, es wäre niemand da.«

Ich zuckte die Achseln. Wie sollte ich wissen, wovon ein Einbrecher ausging? »Wir kommen in der Nebensaison jedes zweite, dritte Wochenende heraus. Manchmal öfter, manchmal seltener. Es gibt keinen festen Plan.«

Ich spürte, wie sie mich beurteilten. Mussten sie ja schließlich auch, oder? Sie hatten das Haus gesehen. Verglichen mit manchen anderen Häusern in der Gegend nicht riesig, aber ganz klar luxuriöser als das, was man als Polizist so kannte. Und hier saß ich also nun und räumte ein, wie selten wir das Haus außerhalb der Sommermonate nutzten.

»Oder anders gefragt«, sagte Bowen. »Gab es jemanden, der mit Sicherheit *wusste*, dass Sie und Ihr Mann dort sein *würden?*«

»Ich habe es Ihnen doch schon gesagt: Ich kann mir nicht vorstellen, dass jemand Adam umbringen wollte.«

Bowen sagte, das verstehe er, stellte aber trotzdem dieselbe Frage erneut.

»Ja, vermutlich. Ich meine, als ich heute etwas früher Feierabend gemacht habe, da habe ich meiner Assistentin gesagt, ich wolle dem Feierabendverkehr zuvorkommen. Eine Freundin wollte Sonntag mit mir in der Stadt brunchen, aber ich habe ihr gesagt, dass wir hier draußen wären. Dann die Leute auf der Party, auf der ich heute Abend war – ich habe ihnen erzählt, dass Adam auf dem Weg hierher sei, also könnten sie wohl gefolgt haben, das Haus sei leer. Aber sie waren ja offensichtlich alle zusammen mit mir auf der Party, und keiner von ihnen würde …« Mir kamen die Worte nicht mehr über die Lippen.

»Sie haben Ihren Freunden gesagt, Ihr Mann sei auf dem Weg, aber war er nicht eigentlich schon zu einem recht frühen Zeitpunkt der Party in Ihrem Haus?« Guidry verzog keine Miene, doch ihr Tonfall ließ keinen Zweifel, dass sie glaubte, mich bei einer Lüge erwischt zu haben.

»Es war rücksichtsvoller meinen Freunden gegenüber, als zu erklären, dass er auf ihre Gesellschaft gut verzichten konnte.« Ich brachte ein trockenes Lächeln zustande, doch keiner der beiden Detectives schien meinen Humor zu würdigen.

»Es ist nur ein bisschen ungewöhnlich, dass der eine Ehepartner zu einer Party geht, während der andere zu Hause bleibt«, meinte Guidry. »Sie hatten nicht zufällig Streit?«

»Sie können ja unsere SMS überprüfen, wenn Sie möchten.« Ich griff in meine Handtasche, holte das Handy heraus, rief unsere letzten Nachrichten auf und legte das Telefon vor sie auf den Tisch. Sie warf einen Blick darauf.

19:02

Bin auf dem Weg zu Catherine. Wann kommst du?

19:58

Sorry, bin im Wagen eingeschlafen. Der Fahrer musste mich wecken! Aber jetzt bin ich hier. Amüsierst du dich? Wo ist Ethan?

20:12

Mit Kevin im Kino. Hab ihm gesagt, dass er dort übernachten könne, damit du allein bist. Und, ja, ist ganz nett hier. Bill erzählt gerade diese Geschichte, wie er im Studio 54 eine Wildfremde angegraben hat, bevor ihm endlich klar wurde, dass es ...

20:13

Hat's schon irgendwer erraten?

20:14

Jeder hier kennt die Geschichte. Ich denke, noch drei Versuche, bis irgendwer den Namen nennt.
Und BOOM, jetzt ist's raus. Muss jetzt Schluss machen. Catherine funkelt schon mein Handy wütend an. Sieht aus, als scheucht sie uns gleich ins Esszimmer. Du könntest also noch kommen ...;-)

20:16

Öhm, also, nöö. Außerdem Zzzzzzz. Kleiner Tipp: Kipp Wasser in Catherines Wein, wenn sie nicht hinsieht.

20:17

Meine Güte. Meine letzte Kommunikation mit meinem Mann bestand aus Scheißemojis.

Guidry rang sich ein freundliches Nicken ab, als sie das Handy zurückschob. »Ihr Mann hat doch bestimmt anderen gegenüber erwähnt, dass er heute Abend hier herausfährt, oder?«

»Vermutlich«, sagte ich achselzuckend.

»Beispielsweise wem?« Bowens Kuli schwebte über seinem Notizblock, um die Namen aufzuschreiben.

»Ich habe nicht die geringste Ahnung.« Instinktiv griff ich nach meinem Handy, um Adam eine Nachricht zu schicken und zu fragen, und schüttelte dann den Kopf. »Arbeitskollegen, vermutlich. Die Mandanten, mit denen er sich heute getroffen hat.«

Ein Klopfen an der Tür unterbrach uns. Ein uniformierter Polizist flüsterte den Detectives etwas zu, und Bowen folgte ihm hinaus.

Guidry rückte mit ihrem Stuhl zur Mitte des Tisches, so dass wir uns nun gegenübersaßen. »Es gibt noch eine Möglichkeit, über die wir sprechen sollten, Ms. Taylor. Glauben Sie, es könnte jemand zum Haus gegangen sein, weil er es auf Sie abgesehen hat?«

Ich öffnete den Mund, um ihr zu sagen, dass ich keine Feinde hätte, brachte aber kein Wort heraus. Ich konnte nicht einmal ansatzweise die Stunden addieren, die ich in den letzten Monaten Online-Posts über mich gelesen hatte. Mindestens einmal pro Woche schreckte ich aus einem Albtraum auf, der auf die eine oder andere Art um die Worte kreiste, die inzwischen ein fester Bestandteil meines Alltags geworden waren – *stirb, fick dich, Hure*, jede mögliche Beschreibung meiner Brüste und Genitalien. Aber irgendwie musste ich wohl niemals geglaubt haben, tatsächlich in Gefahr zu sein. Andernfalls hätte mich Guidrys Frage nicht so eiskalt erwischt. Kann man Feinde haben, ohne zu wissen, wer sie sind?

Ich schluckte, bevor ich antwortete. »Es gibt reichlich Hasskommentare in den sozialen Medien. Aber bisher keine wirklichen Attacken.«

»Was für Hasskommentare?«

Ich griff wieder nach meinem Handy, öffnete meinen Twitteraccount und reichte es ihr. Während sie las, wurden ihre Augen immer größer.

»Entschuldigen Sie die Frage, Ms. Taylor, aber angesichts solcher Drohungen – warum war Ihre Alarmanlage nicht eingeschaltet?«

»Die Alarmanlage?«

»In Ihrem Haus. Sie sagten, als Sie nach Hause kamen, hätten Sie mit einem Schlüssel aufgeschlossen und die Alarmanlage nicht deaktivieren müssen. Und offensichtlich haben die Bewegungsmelder, die wir im Haus gesehen haben, nach dem erfolgten Einbruch keinen Alarm ausgelöst. Aber Ihr Mann trug eine Schlafanzughose, und Sie sagten, es habe ausgesehen, als habe er im Bett gelegen, bevor er noch mal aufgestanden sei – wahrscheinlich, weil er jemanden im Haus hörte. Sie erhalten also solche Drohungen, und er stellt die Alarmanlage nicht an, bevor er schlafen geht?«

»Das klingt, als würden Sie Adam die Schuld an dem geben, was ihm zugestoßen ist.«

Sie lehnte sich zurück und atmete scharf aus. »Nein, ganz und gar nicht, Ma'am.« *Ma'am?* Sie wirkte älter als ich. »Ich versuche nur, so gut wie möglich zu verstehen, was heute Abend passiert ist.«

»Heute Abend hat jemand meinen Mann ermordet, das ist passiert. Und wir benutzen die Alarmanlage eigentlich nie, wenn wir im Haus sind. Ich aktiviere sie nachts, wenn ich mal allein hier draußen bin – was selten vorkommt. Eigentlich ist sie eher für die Zeit da, wenn wir in der Stadt sind. Wie Sie schon sagten: Diebe steigen in die unbewohnten Ferienhäuser ein.«

Vor meinem geistigen Auge sah ich, wie eine Gestalt auf der Rückseite des Hauses versuchte, durch das Fenster hineinzusehen und zu erkennen, ob jemand da war.

»Und diese Drohungen«, sagte sie und gab mir das Handy zurück, »das war alles online? Keine Briefe oder Päckchen? Ist Ihnen irgendwer nach Hause gefolgt oder etwas in der Richtung?«

Ich schüttelte den Kopf.

»Wir werden dem nachgehen«, versicherte mir Bowen. »Wir werden alles genau untersuchen.«

Ich schaffte es, die ganze Zeit gelassen zu bleiben, wie Adam es auch von mir erwartet hätte. Die Polizei schien zufrieden zu sein. Oder zumindest gelang es ihnen, so zu tun.

Aber dann erwähnte ich Ethan. »Wenigstens war Ethan nicht zu Hause«, murmelte ich. Er war mit seinem Freund Kevin ins Kino gegangen, um den neuesten Superhelden-Film zu sehen, und anschließend bei ihm zuhause geblieben. Mein Sohn war in Sicherheit. Immerhin daran konnte ich mich festhalten. »Ich muss zu ihm. Ich möchte nicht, dass er es morgen früh erfährt, wenn er aufwacht.«

»Wir müssen seine Mutter verständigen«, hatte Bowen gesagt.

Ich muss wohl total verwirrt ausgesehen haben. Und verärgert. Und schockiert über seine Dummheit. Adam nennt es – *nannte* es – mein »Kommt-gar-nicht-infrage«-Gesicht.

»Es kommt gar nicht infrage, dass Kevins Mutter es ihm erzählt. Ich kenne diese Frau ja kaum.«

»Nein, nicht Kevins Mutter. Die Mutter Ihres *Stiefsohnes*.«

Mit fünf Jahren, als Adam und ich uns bereits regelmäßig trafen, aber noch nicht miteinander verheiratet waren, hatte Ethan begonnen, mich Mama zu nennen. Anfangs verbesserte ich ihn noch und fühlte mich schlecht, Nicky diesen Titel wegzunehmen. Außerdem vermisste ich es, wie er mit seiner kleinen Stimme »Glo-iee« sagte. Doch Adam überzeugte mich, es sei ein Zeichen dafür, dass Ethan in seinem Leben eine Mutterfigur vermisste.

Irgendwie wusste die Polizei bereits, dass ich nicht die richtige Mutter meines Sohnes war.

Ich stellte mir vor, wie sie Adam gegoogelt, unsere Hochzeitsanzeige in der Wochenendausgabe der *Times* gefunden hatten. »Der Bräutigam hat einen Sohn aus erster Ehe.«

Die Polizei musste Ethans Mutter anrufen. Adam, mein Mann, war tot, und nun brauchte sein Sohn – mein Sohn, oder so hatte es zumindest zehn Jahre lang ausgesehen – seine Mutter.

Ich kannte ihre Festnetznummer auswendig. Es war dieselbe Nummer, die ich die ersten achtzehn Jahre meines Lebens gehabt hatte. Als die Polizisten eine zweite Nummer haben wollten, musste ich ihre Handynummer in meinen Kontakten nachsehen. »Sie heißt Nicky Macintosh. Und sie ist meine Schwester.«

7

Ich saß auf dem Beifahrersitz von Detective Guidrys Wagen und starrte zum Haus der Dunhams hinüber. Mein rechter Zeigefinger rieb an einem kleinen Riss im Sitzbezug unter meinem Oberschenkel. Ich spürte etwas Hartes und bohrte den Daumen hinein, um es herauszuholen.

Guidry schüttelte den Kopf, als ich ein hellgelbes Bonbon in Form einer Kugel hochhielt.

»Tut mir leid«, sagte sie leise. »Detective Bowen hat einen etwas merkwürdigen Humor.«

»Mh-mh.« Ich blickte wieder über die Straße. Es begann zu dämmern, aber die Sonne war noch nicht richtig aufgegangen. Fast im ganzen Haus auf der anderen Straßenseite war es noch dunkel, bis auf ein kleines Fenster links neben der Haustür. Ich war nur einmal in diesem Haus gewesen, vor ein paar Monaten, als Ethan trotz meiner unzähligen Nachrichten, ich würde draußen warten, eine Ewigkeit brauchte, um endlich herauszukommen. Hinter dem beleuchteten Fenster befand sich meiner Einschätzung nach die Küche. Wahrscheinlich wartete Kevins Mutter – hieß sie nicht Andrea? – auf meine Ankunft.

Bevor ich mit Guidry das Revier verließ, hatte ich Ethans Handy angerufen. Ich brauchte zwei weitere Versuche, bis er endlich ranging, also wusste er, dass etwas nicht in Ordnung war. Ich erzählte ihm nur, dass ich ihn frühmorgens abholen würde.

»Wie früh denn?« Als wäre es Folter.

»In fünfzehn Minuten.«

»Mooooooom, ich bin müde. Ich schlafe doch nur, ehrlich.«

Was glaubte er denn, was er meiner Meinung nach tat? Wenn ich raten sollte, dann waren Kevin und er die ganze Nacht wach gewesen und hatten Videospiele gezockt.

»Tut mir leid, Ethan. Wir sehen uns in fünfzehn Minuten, okay?« Er antwortete nicht, was bedeutete, dass er sich fügte. Ethan hatte seine eigene Art, es einen wissen zu lassen, wenn ihm etwas nicht in den Kram passte. »Ich habe dich lieb«, fügte ich hinzu und fragte mich, wie er ohne seinen Vater klarkommen würde.

»Prima«, sagte er, bevor er auflegte.

Wir waren bereits halb da, als mein Handy klingelte. Ich erkannte die Nummer nicht, doch es war die 631-Vorwahl. Vom East End, nicht aus der Stadt. Ich ging ran. Es war Kevins Mutter, deren Namen ich bereits wieder vergessen hatte. Offenbar war Ethan auf seine dezent polternde Art die Treppe heruntergelaufen und hatte sie geweckt. Als Ethan ihr mitteilte, ich käme ihn unerwartet abholen, beschloss sie anzurufen, um sicherzugehen, dass alles in Ordnung war.

»Gibt es einen Grund, warum Sie nicht möchten, dass er bei uns ist?«, hatte sie gefragt.

Ich hatte einmal den Fehler gemacht, Ethan zu sagen, dass ich Kevins Eltern nicht gerade für die besten Vorbilder für ihren Sohn hielte, und offensichtlich war das bis zu seiner Mutter durchgedrungen, denn sie schien immer zu denken, ich würde sie verurteilen.

Offen gestanden vertraute ich nicht darauf, dass die Frau etwas für sich behalten konnte, also log ich. Ich erklärte, ich müsse wegen eines beruflichen Notfalls dringend zurück in die Stadt. Ich hatte gehofft, dass die Geschichte sie überzeugen und die Familie zurück ins Bett gehen würde, doch sie sagte, wir sähen uns dann ja in wenigen Minuten und sie hoffe, ich käme auf einen Kaffee ins Haus.

Nun waren wir da, und ich musste hineingehen.

»Sind Sie sicher, dass ich mitkommen soll?«, fragte Guidry.

Ich nickte und stieg aus dem Wagen.

Meine Eltern waren bislang die einzigen Menschen, die mir nahestanden und gestorben waren. Mein Vater war vor fünf Jahren der Erste gewesen. Es hatte mich erst zum dritten Mal in New York City besucht, und es war nicht ganz freiwillig gewesen. Man hatte bei ihm Prostatakrebs diagnostiziert, und laut meinem Vater hatte ihm sein Arzt in Cleveland geraten, es zu ignorieren.

So fasste mein Vater die Einschätzung des Arztes zusammen, dass angesichts seines Alters von einundsiebzig Jahren die Risiko-Nutzen-Abwägung gegen einen Eingriff sprach. Anders ausgedrückt, der Arzt ging davon aus, dass mein Vater an etwas anderem sterben würde, bevor der Krebs ihn holte.

Ich nötigte meinen Vater, jemanden in New York aufzusuchen.

Dad wehrte sich und argumentierte, Dr. Millerton sei ein »guter Mann«, der »gute Schulen« besucht habe. Beides bezweifelte ich nicht. Doch nur eine Handvoll Krankenhäuser im ganzen Land konnten mit Sloan Kettering mithalten, und einer von Adams Kollegen im Büro der Bundesanwaltschaft war der

Bruder des Chefs der Chirurgie. Man würde ihn sofort aufnehmen. Sie akzeptierten sogar seine Krankenversicherung. »Es geht einzig und allein um Spezialisierung«, erläuterte ich ihm. »Ich garantiere dir, sie haben hundert Mal mehr Patienten mit exakt deinem Krankheitsbild als Dr. Millerton.«

Ich überschüttete meinen Vater mit Ranglisten von Krankenhäusern und Ärzten, Studien über erfolgreiche Behandlungen an den besten Einrichtungen und Zusammenfassungen aller ihm zur Verfügung stehenden Therapien. Ich gelangte zu dem Eindruck, er hätte nicht ein Wort davon gelesen. Die Familie Taylor tendierte – mit meiner Ausnahme – eher zu impulsivem statt rational begründetem Handeln.

Meine Mutter schien meine Anstrengungen nicht gut zu finden. »Du hast sehr deutlich gemacht, dass du von zuhause so weit wie möglich wegwolltest, aber plötzlich kümmerst du dich«, sagte sie. »Vielleicht hast du ja nur mich gehasst.«

Natürlich wollte ich aus diesem Haus weg. Dem Exposé der Memoiren zufolge, das mein Verlag gekauft hatte, handelte ein Kapitel ausschließlich von der Gewalt, die mein Vater gegen meine Mutter ausgeübt hatte, die sich wiederum weigerte, deswegen irgendetwas zu unternehmen. Aber ich habe meine Eltern immer geliebt, sogar meinen Vater. Dass ich ihn dazu überredete, einen »Schickimicki-Arzt« zu konsultieren, war für meine Mutter nur wieder eine andere Art, sie alle daran zu erinnern, dass ich besser war als der Rest unserer Familie.

Ich war so stolz auf mich, als ich es geschafft hatte, dass er seine Meinung änderte. Ich hatte den Football-Spielplan herausgesucht und ein Heimspiel der Giants gegen die Browns gefunden. Ich drängte Adam, uns über einen Freund, der durch seine Arbeit in einer Privatkanzlei an Logen-Dauerkarten kam, gute Plätze zu besorgen.

Wer braucht schon medizinische Statistiken, wenn man einen Vater hat, der Footballfan war? Am Ende gab Dad nach.

Ich buchte ihm einen Flug nach Newark. Adam holte ihn ab, und sie fuhren direkt zum Giants-Stadion. Ich würde am Montag übernehmen und ihn zu den Terminen mit verschiedenen Ärzten begleiten.

Er schickte mir per SMS ein Foto von der Firmenloge von Adams Freund mit dem Text: »Dafür hat sich der Krebs gelohnt.« Er hatte sogar noch einen lachenden Smiley angehängt, gefolgt von einem weinenden Smiley, gefolgt von einem lila Teufel. Bis zu dem Zeitpunkt wusste ich nicht, dass mein Vater Emojis überhaupt kannte.

Als ich schließlich das Endergebnis übers Internet erfuhr – Browns 24, Giants 10 –, stellte ich mir vor, wie Dad nach Hause zurückkehrte und Mom und Nicky erzählte, was für eine super Zeit er in New York gehabt hatte. Doch dieses Gespräch sollte nie stattfinden.

Eine Dreiviertelstunde nach Spielende erhielt ich einen Anruf von Adam. Dad war auf dem Weg ins New York Presbyterian Hospital. Er befand sich in einem Rettungswagen. Bei Verlassen des Stadions hatte er über Aufstoßen geklagt, es jedoch zunächst auf das fettige Essen geschoben, das er während des Spiels verschlungen hatte. Als schließlich klar wurde, dass es sich um mehr als einfach nur um Magenschmerzen handelte, stand Adam mitten im Holland-Tunnel im Stau. Er hielt die Hand meines Vaters, während der Rettungswagen sich eine Gasse zu ihnen bahnte.

Ich wusste, dass mein Vater tot war, bevor die Ärzte dazu

kamen, es mir zu sagen. Ich schaffte es noch vor dem Rettungs-wagen zum Krankenhaus. Als ich der Frau am Fenster der Not-fallaufnahme sagte, dass ich zu Danny Taylor wolle, der mit einem vermutlichen Herzinfarkt eingeliefert worden sei, sah sie mich noch nicht einmal an, während sie auf ihrer Tastatur tippte und mitteilte, ich befände mich wohl im falschen Kran-kenhaus. Ich erklärte, mein Mann habe mich gerade eben erst aus dem Krankenwagen angerufen und ich sei mir absolut si-cher, dass mein Vater auf dem Weg sei. Sie machte einen An-ruf, der ihre Vermutungen bestätigte: Keine Neueinlieferung durch einen Rettungswagen. Sie meinte, ich könne aber gern warten, wenn ich wolle.

Wenige Minuten später klingelte ihr Telefon, und ich be-obachtete, wie sie das Gespräch annahm. Dann hörte ich sie sagen: »Ah-ha« und »Verstehe«. Schließlich erhob sie sich hin-ter ihrem Schreibtisch, kam um den Tresen nach vorne – trat vor die Scheibe ihres kleinen Fensters – und hielt genau auf mich zu.

»Eben ist gerade ein neuer Patient eingeliefert worden.« Ihre Miene und ihre Stimme waren freundlich, und sie legte mir sanft eine Hand auf die Schulter. »Es wird ein paar Mi-nuten dauern, aber Sie können mit nach hinten kommen und dort auf Dr. Tan warten.«

In dem Moment ahnte ich, dass sie bereits Bescheid wusste. Das Schicksal hatte einen Weg gefunden zu beweisen, dass Dr. Millerton – der Arzt, der ein guter Mann war und gute Schulen besucht hatte – die ganze Zeit richtig gelegen hatte.

Ich hörte stoisch zu, während Dr. Tan mir die Einzelheiten schilderte. Die Wiederbelebungsversuche der Rettungssanitä-ter seien vergeblich gewesen, und bei Eintreffen im Krankenhaus habe man nur noch den Tod meines Vaters feststellen können. Entsprechend der in New York City geltenden Vorschriften werde man eine Obduktion durchführen, sofern die Angehörigen nicht widersprächen. Er tippte auf einen akuten Herzstillstand. »Es wird gewesen sein, als hätte jemand kurzerhand das Licht ausgeknipst.«

Nur, dass Dad beim Verlassen des Stadions gespürt hatte, dass etwas nicht stimmte, dachte ich. Wäre ich dabei gewesen, hätte ich ihn wieder hineingebracht und dafür gesorgt, dass seine Schmerzen aufhören, oder? Natürlich hätte ich das – um sicherzugehen, dass alles in Ordnung wäre, bevor ich ihn in den Wagen setzte. Im Stadion hätte es Defibrillatoren gegeben. Doch es war zu spät, also sagte ich nichts.

Adam wartete, bis der Arzt gegangen war, und kam dann zu mir. »Es tut mir so leid.« Er nahm mich in die Arme, und ich weinte. »Ich dachte, es sei das Beste, wenn du es direkt vom Arzt hörst – falls du Fragen hättest.«

Ich nickte durch die Tränen und stimmte ihm zu. Fünf Minuten später suchte ich Dr. Tan auf, gab ihm die Nummer meiner Mutter und bat ihn, ihr exakt das zu sagen, was er mir gesagt hatte.

Wie erklärt man einem Sechzehnjährigen, dass sein Vater gestorben ist? Wenn man ist wie ich, tut man's nicht. Man überlässt es Guidry.

Was Kevins Mutter betraf, hatte ich recht. Sie hieß Andrea und war aufgestanden, um zu warten. Der Kaffee, den sie uns anbot, war zwar dünn, aber heiß und wurde dringend benötigt.

Ethan war anfänglich genervt, dass ich Andreas Einladung

annahm hereinzukommen. Er hatte bereits die Schuhe angezogen und stand abfahrbereit an der Tür. Ich kannte diesen Jungen wie meine Westentasche. Wenn er schon unbedingt an einem Sonntag im Morgengrauen aufstehen musste, dann wollte er es kurz machen, um so schnell wie möglich wieder ins Bett zu kommen.

Ethans Verärgerung ging in Besorgnis über, als mir eine Frau folgte, die er nicht kannte.

Als wir alle in der Küche saßen und der Kaffee eingeschenkt war, stellte ich die Fremde als Detective Guidry vom Suffolk County Police Departement vor.

Andrea hob erschrocken die Hand vor den Mund, ihre Blicke wanderten instinktiv zur Treppe neben der Küche und dann zu Ethan.

»Die Kinder haben nichts angestellt«, versicherte ich ihr. »Bei uns zuhause ist – etwas passiert. Die Polizei ist gekommen.« Ich bat sie, uns einen Moment allein zu lassen. Sie nickte und ging, jedoch nicht, ohne kurz meine Schulter zu drücken. Ich fragte mich, ob sie sich schon denken konnte, was geschehen war. Vielleicht war meine Entscheidung, auf einen Kaffee hereinzukommen, genauso verräterisch wie seinerzeit die plötzliche Freundlichkeit der Krankenschwester.

Ich blickte Guidry an und schätzte sie auf Ende vierzig. Sie wirkte hübscher und femininer, als ich bei jemandem wie ihr erwartet hätte, doch das waren alles nur dumme Klischees. Mir wurde bewusst, dass ich auch nur ein Klischee bedient hatte, als ich sie ausdrücklich darum bat, mich zu begleiten und meinem Sohn die Nachricht zu überbringen.

Nachdem Andrea gegangen war, forderte ich Ethan auf, am Küchentisch Platz zu nehmen. Er setzte sich, verschränkte die

Arme vor der Brust und wiederholte dann meine Aussage von eben als Frage: »Bei uns zuhause ist etwas passiert?«

»Es wurde eingebrochen«, sagte ich und warf dann Guidry einen Blick zu, damit sie weiter ausführte.

»Wir nehmen an, dass dein Vater den Eindringling überrascht hat«, sagte sie. »Auf der Rückseite des Hauses wurde ein Schlafzimmerfenster aufgebrochen. Im Haus kam es dann zu Tätlichkeiten.«

Ethan zuckte zusammen.

»Dein Vater wurde dabei schwer verletzt. Es tut mir sehr leid, das sagen zu müssen, aber er hat es nicht überlebt.«

Ethan starrte auf die weißen Kacheln der Tischplatte und fing an, mit dem Daumennagel an einer verschmutzten Fuge zu kratzen. »Haben Sie jemanden gefasst?«

»Noch nicht. Dazu ist es noch zu früh.«

Er nickte. »Und was genau ist passiert? Sie haben gesagt, es hätte Tätlichkeiten gegeben. Aber wie ist er denn gestorben?«

Ich schluckte und wischte all meine logischen Gründe beiseite, Guidry zu involvieren. »Der Einbrecher hat ihn erstochen«, sagte ich. Fünfmal. Der Arzt hatte mir gesagt, es seien fünf Stiche gewesen. »Dein Vater war sehr tapfer. Er hat sich gewehrt. Er hat sein Bestes gegeben, um sich zu verteidigen. Die Ärzte glauben, dass er es geschafft hätte, wäre nicht eine Aorta im Unterleib verletzt worden.« Ich plapperte nach, was man mir im Krankenhaus gesagt hatte, und hoffte, dass es nah genug an die Wahrheit herankam. »In der Folge ist sein Kreislauf zusammengebrochen. Obwohl die Rettungssanitäter sehr schnell vor Ort waren, war es zu spät.« Ich hatte wieder und wieder versucht, seinen Puls zu finden, aber da war einfach nichts gewesen. Der Arzt sagte, man werde eine Obduktion vornehmen, und anschließend müsse ich entscheiden, wohin man Adams Leiche überführen solle. Das war alles, was von ihm blieb. Eine Leiche.

Ethan nickte erneut. Seine Arme waren immer noch verschränkt, doch als er schließlich aufblickte und mich direkt ansah, registrierte ich eine Röte in seinem Gesicht, die ich mir nicht erklären konnte. War das Wut? Dann wurde seine Miene wieder ausdruckslos. »Und? Was passiert jetzt?«

Guidry bewegte sich. Sie hatte sich vorgebeugt, ihre Körpersprache war so offen und einladend, wie Ethans verschlossen und abweisend war. Doch nun lehnte sie sich auf ihrem Stuhl zurück. Sie war nur aus einer Art Pflichtgefühl mitgekommen, half einer Familie in einer schweren Stunde. Plötzlich allerdings schien sie … neugierig zu werden.

Das Gefühl, dass wir ausgerechnet jetzt die Neugierde eines Detectives erregten, gefiel mir überhaupt nicht.

»Also, der Gerichtsmediziner wird sich bei deiner Stiefmutter melden, um alles Notwendige zu arrangieren«, sagte sie. »Und wir werden natürlich unsere Ermittlungen fortsetzen.«

»Ich meinte, mit mir«, sagte Ethan. »Was wird mit mir passieren? Wo werde ich wohnen? Bleibe ich in New York, oder gehe ich zurück zu Nicky?«

Guidry sah mich an. Wir hatten bereits auf dem Revier über meine Schwester gesprochen, doch es war noch keine endgültige Entscheidung darüber gefällt worden, sich mit ihr in Verbindung zu setzen.

»Hätten Sie etwas dagegen, mich einen Moment mit Ethan allein zu lassen?«, bat die Polizistin.

»Warum ist das nötig?«, entgegnete ich.

»Sie haben uns nach einer Unterbringung für Ihre Familie gefragt. Ethan scheint dazu durchaus selbst etwas sagen zu können.«

»Oh, Mann«, murmelte Ethan. »Mein Dad ist tot, und Sie reden hier gerade über mich in völlig unverständlichen Worten. Ich sitze direkt vor Ihnen. Ich kann sehr gut für mich selbst sprechen.«

Die rationale Seite meines Verstandes sagte mir, ihn niemals, unter gar keinen Umständen mit einem Police Detective allein zu lassen. Ich hatte gesehen, wie Guidry ihre Haltung verändert hatte, und ich wusste, dass sie und ihr Partner mich stundenlang als Verdächtige behandelt hatten, ob sie mir dieses Gefühl absichtlich vermitteln wollten oder nicht.

Doch die andere Seite meines Gehirns stellte dieselbe Frage wie Ethan: Was würde mit ihm passieren? Ich wollte nicht, dass sie Nicky anriefen. Noch nicht. Ich hatte ihnen bislang nur eine Kurzfassung der Geschichte gegeben. Ich wollte nichts weiter als noch einen Tag abwarten. Einen Tag für Ethan und mich, damit wir den Tod von Adam selbst verarbeiten konnten. Aber mir war schon klar, warum Guidry es direkt von Ethan hören wollte.

Ich sagte, ich würde draußen beim Wagen warten.

8

Poppit

Thread: Chloe Taylor / People for the Press Award

Gepostet von BilboB

Wollt nur sichergehen, dass alle das Video von unserem Lieblings-Feminazi gesehen haben, die diese Woche schon wieder einen Preis abgezockt hat. Können die Liberalen sich nicht mal einen anderen suchen, den sie besabbern können?

Gepostet von SoxSuck92

Kann sie unter all dem Make-up und den zehn Schichten Spanx kaum wiedererkennen. Ich frage mich, ob sie wohl jedem mit einem XY-Chromosom, der ihr ein Kompliment gemacht hat, die Polizei auf den Hals gehetzt hat.

Gepostet von FireStarter

Diese Fotzen sind erst zufrieden, wenn es für Männer illegal ist zu reden, bevor sie gefragt werden.

Gepostet von JustTheTip

Sie räumt echt ab. Ich würd's ihr besorgen. Wäre ein Hassfick, aber ich mein ja nur.

Gepostet von IncelMRA

Hab mal gegraben und mich über diese Zicke letzte Woche schlau gemacht. Sie ist mit dem Ex ihrer Schwester verheiratet.

Gepostet von Bighead

@IncelMRA WTF? Echt jetzt?

Gepostet von FireStarter

Wo ist @KurtLoMein? Er tut doch immer so, als würde er sie persönlich kennen. Kumpel, stimmt das? Ist sie mit ihrem Schwager verheiratet? Kennst du die Schwester? Wir wollen Einzelheiten.

Gepostet von JustTheTip

Wär's mies, wenn ich sage, ich fick auch die Schwester? Trag hier nur meinen Teil für die Sache bei. LOL

9

Auf dem Heimweg saß ich neben Ethan auf der Rückbank. Ich durfte meinen Arm um ihn legen, und irgendwann lehnte er seinen Kopf an meine Schulter und schloss die Augen. Ich bemerkte, wie Guidry in regelmäßigen Abständen im Rückspiegel einen Blick auf uns warf.

Als Guidry auf die Ocean Avenue abbog, setzte Ethan sich auf. Er öffnete die Autotür zum Klang von erwachenden Vögeln und dem Rauschen des vier Blocks entfernten Ozeans.

Ich zählte insgesamt fünf Polizeifahrzeuge in der Einfahrt und am Bordstein, drei Streifenwagen sowie zwei Zivilfahrzeuge. Guidry hatte mich bereits darauf vorbereitet, dass es Tage dauern könnte, bevor wir zurück ins Haus dürften. Ich war mir nicht sicher, ob ich es je wieder betreten wollte.

»Im Pool-Haus sind wir nicht im Weg«, sagte ich, als Ethan die vielen Einsatzfahrzeuge vor unserem Grundstück anstarrte. Man hatte mir erlaubt, dort nach Belieben ein- und auszugehen, da man es nicht als Teil des Tatortes ansah. »Wir können sie um alles bitten, was wir aus unseren Zimmern benötigen.«

Er nickte. Ich ließ ihn zuerst aussteigen und fragte Guidry dann leise: »Sind wir uns denn jetzt einig wegen meiner Schwester?«

Als Ethan zwei Jahre alt war, hatte Adam für ihn das alleinige Sorgerecht erhalten, Nickys Rechte waren allerdings nie vollständig erloschen. Das Arrangement wurde Nicky als Kompromiss dargestellt, doch Adams Anwalt hatte ihm gesagt, dass selbst bei der herrschenden Beweislage wahrscheinlich kein Richter ihr die Elternrechte vollständig entziehen würde. Nachdem wir geheiratet hatten, schrieben wir ein Testament, in dem wir mich als Ethans Vormund festlegten, sollte Adam sterben. Doch der Anwalt hatte uns gewarnt, dass diese Vorkehrung vor einem Familiengericht möglicherweise keinen Bestand hatte. Wenn Nicky das Sorgerecht einklagte, würde der Richter im besten Interesse von Ethan handeln müssen, um zu entscheiden, wer ihn aufzog. Einerseits war ich seit seinem vierten Lebensjahr fast täglich mit ihm zusammen, und Adam wollte offensichtlich, dass er bei mir blieb. Andererseits war Nicky seine leibliche Mutter und nicht mehr das Wrack, das sie vor vierzehn Jahren gewesen war, zumindest nicht auf dem Papier.

Ich versuchte immer noch zu begreifen, dass mein Mann tot war, fragte mich allerdings bereits, ob ich vor Gericht ziehen müsste, um Ethan bei mir zu behalten.

Guidry nickte. »Ich warte bis heute Abend.«

»Danke.« Ich wollte schon aussteigen, hielt dann aber inne. »Hey, kann man irgendwie nachprüfen, ob Nicky letzte Nacht wirklich in Cleveland war? Ich meine, bevor Sie sie in all das hier involvieren.«

»Wow, die Frage hat es aber in sich, Ms. Taylor.«

»Könnten Sie mich bitte Chloe nennen? Jedes Mal, wenn Sie mich Ms. Taylor nennen, frage ich mich, mit wem Sie reden.«

»Natürlich. Also Chloe, glauben Sie wirklich, dass Ihre Schwester für den Tod Ihres Mannes verantwortlich sein könnte?«

Tat ich das? Natürlich nicht. Aber warum hatte ich dann diese Frage gestellt? »Nein. Wir haben nur eine sehr komplizierte gemeinsame Vergangenheit, das ist alles. Seit Ethan ein Baby war, ist sie eigentlich raus aus allem. Und ehrlich gesagt, freue ich mich nicht unbedingt auf das, was auch immer als Nächstes zu tun ist, nachdem sie informiert wurde. Ich würde mich einfach besser fühlen, wenn ich absolut sicher bin, nur für alle Fälle.«

»Verständlich. Sind Sie sicher, dass Sie sie nicht anrufen wollen? Sie ist immerhin Ihre Schwester.«

Ich war sicher.

Das Gebäude, das wir das Pool-Haus nannten, war genau genommen ein kleines Cottage auf der anderen Seite des Pools, vom Haupthaus aus gesehen. Als ich vor zwei Jahren entschied, neben unser Kutscherhaus mit seinen drei Schlafzimmern und drei Bädern, das bereits unser Zweitwohnsitz war, noch ein weiteres Haus zu setzen, hielt Adam mich für übergeschnappt. »Wie halten wir uns am besten die Gäste vom Leib?«, witzelte er.

Ich antwortete, dass wir es irgendwann brauchen würden, wenn Ethan älter wäre und uns mit Collegefreunden besuchen wolle oder später dann mit Frau und Kindern.

Was ich Adam nicht sagte, war, dass ich mir einen Ort zum Arbeiten wünschte, der weiter weg von Ethan und ihm war als nur kurz über den Flur. Als Partner einer Anwaltskanzlei arbeitete Adam zwar viel, aber es war keine Arbeit, bei der man sich extrem konzentrieren musste. Er war einer dieser Männer, die ständig an ihrem Handy herumfummelten, zwischen zwei Golflöchern E-Mails beantworteten und beim Essen zwischen den Gängen irgendwen zurückriefen. Er legte die grundlegende Strategie fest und reichte ellenlange juristische Einlassungen bei Gericht ein, leitete dann aber eine kleine Gruppe junger Anwälte, die für die eigentlichen Nachforschungen und den Schreibkram zuständig waren. Adams wesentliche Rolle bestand in der Kontrolle des Endergebnisses, oft genug vom Sofa aus, während er parallel Nachrichten schaute.

Ich hingegen verfasste Essays, Artikel und bis dato zwei Bücher, wobei ich jedes Mal quasi von null anfing. Selbst meine Arbeit als Chefredakteurin der *Eve* verlangte, dass ich mir vor Drucklegung jeden Quadratzentimeter der kompletten Ausgabe genau ansah, und zwar Texte, Layout ... alles eben. In meinem Büro in der Stadt konnte ich die Tür schließen und meine Assistentin anweisen, eine Stunde oder länger sämtliche Anrufe und Besucher abzublocken, weil ich wusste, dass ich ohne alle Unterbrechungen am besten arbeitete.

Was hatte ich mir also dabei gedacht, als ich vorschlug, ein Haus auf den East Hamptons zu kaufen? Ich tat es für Ethan und Adam. Ich wollte, dass Ethan mehr kannte als nur New York City. Er sollte frische Luft haben und in der Nachbarschaft mit dem Fahrrad herumfahren können, ohne von einem Bus umgemäht zu werden. Und ich wusste, dass Adam nie wirklich in Manhattan angekommen war. Es konnten noch so viele Jahre vergehen, beim Kreischen von Polizeisirenen zuckte er immer noch zusammen und brauchte nach einer Fahrt in der überfüllten U-Bahn einen Drink, um nervlich wieder runterzukommen. Ein Haus außerhalb der Stadt, in Strandnähe, wäre für die zwei das Paradies.

Allerdings hätte mir klar sein müssen, dass dieses Paradies gleichzeitig für mich bedeutete, keinen Zentimeter Arbeit mehr erledigt zu bekommen. Für eine Frau und Mutter existiert so etwas wie ein Homeoffice offensichtlich nicht. Home bedeutete für Adam und Ethan, dass sie jederzeit hereinmarschiert kommen konnten, wenn sie irgendwas nicht fanden, irgendeine Frage hatten oder über einen Film im Fernsehen gestolpert waren, von dem sie meinten, er könne mir gefallen. Erst als ich versuchte, meinen Job unter demselben Dach zu erledigen, unter dem sich auch meine Familie befand, wurde mir klar, dass weder Ethan noch Adam wirklich verstanden, dass auch ich in meinem Job tatsächlich richtig arbeiten musste.

Und so kamen wir zu dem Pool-Haus. Im vergangenen Sommer wurde dann schließlich deutlich, dass ich die ganze Zeit beabsichtigt hatte, mein eigenes Zimmer zu haben. Irgendwann, nachdem ich mich eine Weile an meinen Ferien-Arbeitsplatz zurückgezogen hatte, kehrte ich zurück in die Küche und fand dort einen grübelnden Adam vor. »Wäre schön gewesen, wenn du mir vorher gesagt hättest, dass du mich das ganze Wochenende ignorieren willst. Dann hätte ich es mir nämlich geschenkt herzukommen.«

Danach musste ich mir keine großen Gedanken mehr um genügend Abstand zueinander machen.

Kaum waren wir im Haus, und die Tür war hinter uns ins Schloss gefallen, nahm ich Ethan in die Arme.

»Mit dir alles okay?«, fragte er.

Zum ersten Mal seit ich mit der Polizei das Krankenhaus verlassen hatte, kamen mir wieder die Tränen. Er hatte praktisch eben erst erfahren, dass sein Vater ermordet worden war, und schon machte er sich um mich Sorgen.

»Ich fühle mich irgendwie betäubt«, sagte ich. »Und habe Angst.«

»Angst, dass die zurückkommen könnten?« Er suchte in meinen Augen nach einer Erklärung. »Wer immer es getan hat, meine ich.«

Ich drückte ihn fester an mich und wusste nicht, was ich sagen sollte. »Die Polizei wird in der Gegend Streife fahren und ein Auge auf uns haben. Und wir haben ja auch noch die Alarmanlage.« Ich musste an Guidrys Frage denken, warum wir die Alarmanlage nicht aktiviert hatten. Ich hatte ihr zwar eine mögliche Erklärung genannt, wunderte mich aber selbst darüber. Wir schalteten sie immer an, bevor wir ins Bett gingen. Ich versuchte, mich an die wenigen Male zu erinnern, an denen ich nach Haus gekommen und Adam bereits schlafen gegangen war, und ich sah mich im Geiste die Alarmanlage aus- und anschließend wieder anschalten. Aber war ich wirklich sicher? Nein, natürlich nicht. Ich weiß, wie dürftig Erinnerungen sein können, besonders bei solchen belanglosen Kleinigkeiten. Und selbst wenn ich recht hatte, gab es doch bei jeder Routine Ausnahmen. Adam war sehr müde gewesen. Vielleicht war er eingeschlafen, ohne an die Alarmanlage zu denken. Noch so eine Frage, auf die ich wohl nie eine Antwort erhalten würde.

»Worüber hat Guidry mit dir geredet, als ihr allein wart?« Das war meine Art, Stille zu füllen: mit Fakten. Mit sinnloser Beschäftigung. Mit Dingen, die man auf der To-do-Liste abhaken konnte.

»Sie sagte, sie müssten meine Mutter kontaktieren, weil du ja genau genommen nur meine Stiefmutter bist. Ich schätze, du hast ihr gesagt, dass meine Mutter immer noch gewisse Rechte hat, was mich betrifft.«

»Ich konnte sie doch nicht anlügen, Ethan. Früher oder später müssen wir uns darum kümmern. Aber alles wird gut, da bin ich sicher.« Was ich überhaupt nicht wissen konnte, aber es war das, was wir beide gerade hören wollten.

Er antwortete nicht.

»Hey, als wir bei Kevin waren, hast du mich eine Sekunde lang so angesehen, als hättest du mir etwas unter vier Augen sagen wollen.« Ich versuchte mir das Bild von seinem Gesicht wieder ins Gedächtnis zurückzurufen. Wenn ich mein Kind nicht kennen würde, würde ich sagen, es sei Wut gewesen. Das hatte ich so noch nie bei ihm gesehen. Oder wurde meine Wahrnehmung von meinem eigenen Schuldgefühl verzerrt?

»Möchtest du jetzt darüber reden? Über Dad oder über irgendwas?«

Er schüttelte den Kopf.

»Also, was genau hat Detective Guidry gesagt?« Mir war klar, wie verzweifelt ich klang.

»Wie ich es fände, wenn sie meine Mutter anriefen.«

»Und?«

Er zuckte die Achseln. »Ich habe ihr gesagt, dass sie eigentlich kaum meine richtige Mutter ist. Und sie ist, du weißt schon, ein einziges Drama. Also hat sie gesagt, ihr hättet besprochen, dass man sie später anrufen würde, und damit war ich einverstanden. Ganz ehrlich, ich wünschte, wir bräuchten es ihr überhaupt nicht zu erzählen.«

»Ethan.« Adam hatte ihn immer in dem Glauben gelassen, dass seine Mutter ihn quasi sitzengelassen hatte, doch ich wusste, dass die Wahrheit komplizierter war.

»Egal. Ich will jetzt einfach nur auf mein Zimmer und allein sein.«

Noch nicht einmal das konnte ich ihm ermöglichen. Das Pool-Haus war im Grund nur ein einziger großer Raum mit einer kleinen Bar in der Ecke, doch es hatte eine kleine Schlafgelegenheit unter dem Dachgiebel.

»Das Bett ist frisch bezogen«, sagte ich. Ethan war schon halb die Treppe hinaufgegangen, als ich noch einmal nachfragte. »Bist du sicher, dass es das Einzige war, nach der Detective dich gefragt hat? Nach Nicky?«

»Ja.«

Hatten sie ihn nach mir gefragt? Das war es, was ich wissen wollte. »Nichts weiter?«

»Nein!«, sagte er, eindeutig verärgert über mein Kreuzverhör.

Er versuchte, sich zu beherrschen, das konnte ich sehen, doch ich hörte, wie er direkt anfing zu weinen, als er im Bett war.

Wenn er das nur in Dunhams Küche getan hätte, dachte ich. Denn ich hatte mitbekommen, wie Guidry ihn angesehen hatte. Wenn sie eine eigene Vorstellung davon gehabt hatte, wie ein Kind sich verhalten sollte, wenn es erfuhr, dass sein Vater ermordet wurde, so hatte Ethan diesen Test nicht bestanden. Und nun würde die Polizei unsere gesamte Familie genau unter die Lupe nehmen.

10

Detective Jennifer Guidry zog ein weiteres klebriges Bonbon aus dem Riss im Polster des Beifahrersitzes ihres Dienstwagens. Wenn sie richtig gezählt hatte, war es das siebte – ohne das, das Chloe Taylor gefunden hatte. Sie fragte sich, seit wann Bowen die Bonbons schon dort hineinstopfte. Wenn sie raten sollte, dann hatte es vermutlich um die Zeit angefangen, als sie ihn wegen dieser schrägen Sache, kleine Stücke Tesafilm aufzurollen und sie in eine Kaffeetasse fallenzulassen, angemacht hatte. Wenn er nur bei der Polizeiarbeit genauso besessen und zwanghaft wäre.

Sie schloss die Tür und überquerte die Straße zurück zum Haus der Dunhams, das sie erst vor vierzig Minuten verlassen hatte. Als Andrea Dunham die Haustür öffnete, trug sie immer noch ihren Bademantel.

Andrea zog den Kragen über der Brust zusammen, um sie zu bedecken, obwohl sie darunter irgendeine Art Tank-top trug. Guidry kam der Gedanke, sie zu bitten, nach oben zu gehen und zu tun, was immer sie tun musste, um weniger zappelig zu sein, doch sie lief nur noch auf Sparflamme und musste dringend nach Hause, um eine Mütze Schlaf zu bekommen.

Andrea lachte kurz auf, als Guidry sie fragte, ob sie und Chloe Taylor sich nahestanden.

»Aber«, sagte Andrea, »Sie haben doch ihr Haus gesehen,

oder? Und Sie sehen das, in dem Sie gerade sitzen, nicht wahr? Nein, man kann nicht gerade behaupten, dass wir viel miteinander zu tun haben. Aber die Jungs sind schon lange miteinander befreundet. Sie haben sich mit zehn Jahren im Sportcamp kennengelernt. Doch wir kennen Adam und Chloe im Grunde nur vom Hallo-sagen, wenn die Kinder sich verabreden wollten, als sie noch klein waren. Ich kann das mit Adam überhaupt nicht glauben. Sie steht bestimmt komplett neben sich.«

Guidry hatte nicht angenommen, dass die beiden Frauen befreundet waren. Chloe hatte Andrea noch nicht einmal umarmt, als sie das Haus verlassen hatte, nur ein »Danke für den Kaffee« geäußert und dafür, dass Ethan bei ihnen übernachten durfte.

»Wissen Sie, mit wem sie hier draußen näher befreundet sind?«

Andrea hob die Augen zur Küchendecke und suchte nach Antworten, doch dann glitt ein besorgter Ausdruck über ihr Gesicht. »Chloe ist doch keine Verdächtige, oder?«

»Es handelt sich um das übliche Prozedere in einer Ermittlung«, beruhigte Guidry sie. »Wir beginnen beim Opfer und arbeiten uns von dort aus systematisch nach außen vor. Versuchen, Konfliktquellen zu finden, mögliche Motive.«

Andrea nickte. »Die sind nur im Sommer hier, wissen Sie? Sie treffen sich hier mit ihren Freunden aus der Stadt. Ich kann Ihnen nicht wirklich helfen.«

»Vielleicht kennt Ihr Sohn ein paar Namen?«

»Möglicherweise. Er ist manchmal drüben bei ihnen.«

»Das wäre großartig«, sagte Guidry, als Andrea anbot, ihren Sohn zu wecken. Andrea wollte gerade die Küche verlassen, als Guidry sie aufhielt. »Es war wirklich Glück, dass die Jungs sich gestern hier aufgehalten haben und nicht bei Ethan. Wo waren die beiden übrigens die ganze Nacht?«

Andrea winkte ab, als wäre das eine unsinnige Andeutung. »Denken Sie nichts Falsches von mir, aber ich habe keine Ahnung. Kevins Zimmer liegt im Erdgeschoss und hat einen eigenen Eingang, also kommt und geht er, wann er will. Solange er abends zur verabredeten Zeit wieder zuhause ist, bin ich zufrieden.«

»Und wann musste er gestern zurück sein?«

»An Wochenenden um eins.«

»Und, wissen Sie, ob er pünktlich zuhause war?«

Sie zuckte die Achseln. »Er ist ein guter Junge. Sie werden schon sehen.«

Jennifer Guidry plauderte mit Kevin und stellte ein paar relativ belanglose Fragen – ob er Ethans Familie kannte, ob er die Namen ihrer Freunde wusste –, bis sie zum zeitlichen Ablauf des vergangenen Abends kam. »Bevor ich gehe: Könntest du mir kurz bestätigen, dass Ethan die ganze Nacht, also bis heute Morgen bei dir war?«

»Ja. Wir waren den ganzen Abend unterwegs, sind rumgefahren und so. So ungefähr um halb eins waren wir wieder hier und haben dann noch ein bisschen Fortnite gespielt. Als ich aufgewacht bin, war er nicht mehr da.«

»Wo seid ihr hingefahren?«

»Nur so durch die Gegend. Richtung Westen, bis Windmill. Nach Osten, bis Montauk.«

Guidry erinnerte sich, wie sie damals ziellos durch Boston gefahren war. Mit sechzehn Jahren wäre sie nicht besser in der Lage gewesen, die Details näher zu beschreiben.

»Und das war alles nach dem Film?«, fragte sie.

»Ist das hier wie im Fernsehen? Sie wollen sicherstellen, dass Ethan und ich die gleichen Angaben zu dem Film machen, den wir gesehen haben? Sie können doch nicht ernsthaft glauben, dass Ethan seinem Vater etwas angetan hat, oder? Weil, das wäre echt bescheuert.«

»Nichts dergleichen«, versicherte ihm Guidry. »Es ist Standard, um zunächst die Familienmitglieder auszuschließen.«

»Okay, cool.«

»Gut«, sagte Guidry und notierte sich den angegebenen Filmtitel, bevor sie ihren Kuli in den Spiralblock steckte.

Auf dem Weg zum Wagen sagte sie sich, dass es die richtige Entscheidung war, zurückzufahren, um mit Kevin Dunham zu sprechen. Der Titel des Films war nicht erwähnenswert. Es war derselbe Film, den Chloe genannt hatte, als sie erklärt hatte, wo Ethan am Vorabend gewesen war.

Das Problem war nur, dass sie laut Ethan gar nicht im Kino gewesen waren.

11

Ich stehe umgeben von weißen Orchideen neben dem Altar und blicke auf ein Meer niedergeschlagener Gesichter. Alle tragen Schwarz. Ich glaube, ich trage einen Schleier, denn als ich auf das Blatt schaue, das auf dem Rednerpult liegt, kann ich die Worte nicht klar lesen. Ich fingere an dem Netz vor meinem Gesicht herum, bis ich die Worte deutlich lesen kann. Ich beginne automatisch vorzulesen, ohne die Worte zu verstehen, die aus meinem Mund kommen. Die Menschen im Publikum sehen sich verwirrt an und beginnen zu murmeln. Es wird so laut, dass ich mein eigenes Wort nicht mehr verstehen kann. Ich sehe nach unten auf meine Notizen und stelle fest, dass ich die falsche Rede mitgebracht habe. Ich danke allen auf Adams Beerdigung für meinen Preis, den ich erhalten habe.

Ich war noch dabei, die Augen zu öffnen, als meine Hand schon nach dem Handy griff, das ich unter die Zierkissen gesteckt hatte. Dem Bildschirm zufolge war es zwei Uhr nachmittags. Ich hatte eine Antwort auf die Nachricht bekommen, die ich verschickt hatte, bevor ich schließlich eingeschlafen war.

Du warst ja schrecklich früh auf heute. Wie war die Party gestern? Ich bin auch draußen. Sag mir Bescheid, wenn du Zeit hast.

Er wusste offenbar noch nichts von der Sache.

Ich setzte mich auf und spürte direkt, dass ich vom Schlafen auf der Liege im Pool-Haus einen steifen Hals bekommen hatte.

Ich drückte das Handy an mich und dankte Gott im Stillen, dass er darauf bestanden hatte, so vorsichtig zu sein. Er hatte mir das winzige Klapp-Handy fünf Monate zuvor geschenkt, kurz vor Weihnachten.

»Sind wir jetzt Spione, oder was?«, hatte ich gefragt.

Er hielt ein zweites Handy hoch, das er für sich selbst gekauft hatte. »Mein normales Handy wird über die Firma abgerechnet. Irgendwer könnte deine Nummer erkennen. Ich fand, du solltest auch eines haben. Vielleicht bin ich ja paranoid, aber Adam wird den Staatsanwalt nie abschütteln können.«

»Was soll das denn heißen?«

»Dass es ihm im Blut liegt, misstrauisch zu sein. Er registriert alles und interpretiert jedes Detail im negativsten Sinne. Oder wusstest du das noch nicht?«

Ich erinnere mich, wie ich das Laken über meine Brust gezogen und mich darunter auf den Ellenbogen abgestützt und das Wegwerfhandy gemustert hatte. Ich konnte ihm nicht widersprechen, wollte aber auch nicht, dass er über meinen Mann sprach – zumindest nicht so.

Er drehte sich auf die Seite und strich mir eine schweißnasse Haarsträhne aus der Stirn. »Hey, wo bist du gerade? Ist es das Telefon? Bin ich anmaßend anzunehmen, dass das hier zwischen uns so weitergeht?«

Das erste Mal hatte ich hinterher darauf bestanden, dass es ein Fehler war. Eine einmalige Sache, die wir nie mehr zulassen durften. Dann passierte es wieder, und wir beide wussten, dass es weitergehen würde.

Bist du jetzt zuhause? schrieb ich.

Jepp. Mein Tagesziel ist herauszufinden, wie lange ich neben diesem Pool sitzen kann. Außer, du kommst rüber. Dann bewege ich mich.

Ich stand von der Liege auf und schaute hinauf zum Hochbett. Ethan lag auf der Seite und hatte mir den Rücken zugewandt. Er atmete tief und ruhig. Ich hoffte, dass er wirklich schlief und nicht nur so tat.

Ich spähte durch einen Spalt zwischen den weißen Vorhängen, die vor die Schiebetüren gezogen waren, die hinaus auf den Pool gingen. Absperrband verlief von der Kante des Swimmingpools einmal quer durch den Garten. Ich konnte sehen, wie sich Leute von der Polizei im Haus bewegten.

Ich schlüpfte in ein paar alte Flipflops, die ich unter der Bank gefunden hatte, in der ich die Strandtücher aufbewahrte, öffnete die Tür und schloss sie leise hinter mir. Ich hatte erwartet, dass ein Beamter auf mich aufmerksam werden würde, als ich am Pool entlangging, die Einfahrt hinunter und halb die Pudding Hill Lane hinauf, doch es kam niemand. Nachdem ich den Versuch abgeschlossen hatte, schlenderte ich wieder zurück zum Pool-Haus und ließ dort beide Handys in die Bauchtasche meiner Strandtunika fallen, die ich trug. Zum Schluss setzte ich noch meine Sonnenbrille von Chanel auf, nur für den Fall, dass jemand mich diesmal anhalten und mich fragen sollte, warum ich so schnell zum Haus zurückgekehrt war.

Ich ging wieder nach draußen und dachte dabei über die Schlagzeilen zu den aktuellen Verbrechen nach, für die ich über die Jahre verantwortlich gewesen war, und über die Formel, die sicherstellte, dass wir bei allen Sendern damit ganz oben auf der Liste landeten. Weißes Opfer. Gute Zähne. Vorzugsweise weiblich, aber nicht notwendigerweise. Mindestens drei Fotos, die auf ein scheinbar perfektes Leben hindeuteten. Aber der echte Kick für die Story über ein lokales Verbrechen? Man brauchte einen Verdächtigen. Es durfte kein Volltreffer sein, denn dann konnte die Polizei jemanden festnehmen und es gäbe bis zur Verhandlung nicht mehr viel zu berichten. Nein, man brauchte jemanden, der schuldig genug wirkte, um den verächtlichen Blick der Öffentlichkeit zu verdienen, mit ausreichend Beweisen, um die Spekulation zu untermauern. Genug Hitze, um die Suppe schön am Brodeln zu halten.

Ein sicherer Weg, in dem Topf zu landen, war es, in keine Schublade zu passen, die die True-Crime-Junkies für Familienangehörige des Opfers bereithielten. Der Ehemann, der während des herzzerreißenden Interviews lächelte. Zu viele Posts in den sozialen Medien waren auch immer schlecht. Ich erinnerte mich an jeden einzelnen Namen, den ich geholfen hatte, durch die Mühle zu drehen, die auf nichts anderem beruhte als darauf, Phantasieerwartungen zu erfüllen.

Ich hasste mich dafür, dass ich überhaupt darüber nachdachte, doch Tatsache war, dass ich jetzt eine Rolle spielen musste. Der Mord an meinem Mann würde durch die Nachrichten gehen, und ich war seine Witwe. Wenn ich absolut nichts zu verbergen hätte, was würde ich dann tun?

Ich redete mir ein, dass ein einsamer Strandspaziergang am Main Beach absolut Sinn ergab. Wenn jemals jemand fragen sollte, dann konnte ich aus dem Gedächtnis all die Gründe aufsagen, warum der Strand für Adam und mich etwas Besonderes gewesen war. Als ich ans Ende der Ocean Avenue kam, entschied ich mich, nach links abzubiegen, fort von dem Pavillon, in dem ein paar Frauen saßen, die offenbar eine Party vorbereiteten, wenn man nach den Ballons ging, die sie mühsam versuchten, an den Picknicktischen zu befestigen. Ich ging Richtung Osten, bis ich an dem Hochsitz des Rettungsschwimmers vorbeikam, wo ich meine Flipflops abstreifte und mir dann die Wellen über die Füße spülen ließ. Als ich sicher war, allein zu sein, steckte ich meine rechte Hand in die Tasche, zog das Wegwerfhandy heraus und schickte eine letzte Nachricht. Als das erledigt war, entfernte ich die SIM-Karte und ließ sie mit der Strömung davontreiben.

Ich ging weiter Richtung Osten und blieb nur stehen, um eine Papiertüte aufzuheben, die sich in den Büschen verfangen hatte. Als ich die Egypt Bay erreichte, steckte ich mein leeres Wegwerfhandy in die Tüte, warf sie dann auf dem Parkplatz des Maidstone Clubs in eine Mülltonne und lief weiter nach Norden auf die Further Lane. Auf dem Nachhauseweg ging ich kurz bei ihm vorbei und sagte ihm, dass ich das Handy, das er mir geschenkt hatte, nicht länger besaß. Mein Mann war ermordet worden, und wir durften uns nicht mehr sehen. Zumindest nicht in naher Zukunft.

Als ich mich der Abzweigung näherte, die von der Ocean Avenue zu meinem Haus führte, bemerkte ich an der Ecke eine Gruppe von Leuten, die alle in eine Richtung schauten. Sie schienen die Aktivitäten der Polizei zu verfolgen und wunderten sich wahrscheinlich, warum so viele Wagen vor dem Haus in der Mitte der Pudding Hill Lane standen.

Mein verbleibendes Handy – das richtige – klingelte in meiner Tasche. Ich blickte auf den Bildschirm. Es war Catherine. Sie hatte schon einmal angerufen, als ich noch bei ihm im Haus war und mich von ihm verabschiedete. Es war typisch für sie, am Tag nach einer Party anzurufen und noch einmal über alles zu reden. Ich lehnte das Gespräch ab und steckte das Handy wieder in meine Tasche.

Als ich die Straßenecke erreichte, bemerkte ich eine junge Frau in einem weißen Hoodie und schwarzen Yogahosen, die die Frau neben sich anstieß. Man hatte mich entdeckt. Sie hob ihr Handy, als würde sie darauf eine Nachricht lesen, doch ich kannte die Bewegung. Instinktiv wandte ich den Kopf ab, in der Hoffnung, dass es für die Kamera schnell genug gewesen war. Ich ging zügiger, jedoch nicht so schnell, dass man hätte sagen können, ich sei vor den Schaulustigen weggelaufen.

Meines Wissens hatte sich die Nachricht von Adams Tod noch nicht verbreitet, doch es würde nicht mehr lange dauern. Und sowie das passiert war, kannte ich die Spekulationen, die folgen würden. Und zählte der Ehepartner nicht immer zu den Verdächtigen?

Als ich um die Ecke bog, sah ich einen Porsche 911 auf mich zukommen. Plötzlich fuhr er links ran und hielt direkt vor meinem Haus. Catherine saß am Steuer ihres Cabrios, das Handy in der Hand.

In all den Jahren, die ich sie nun kannte, hatte ich sie noch nie ungeschminkt erlebt und schon gar nicht in einem Pretenders-T-Shirt und Jeans. Sie schien nur aus Armen und Beinen zu bestehen, als sie aus dem kleinen Wagen stieg und auf mich zulief.

»Ist es wahr? Das mit Adam?«

Offensichtlich war die Nachricht bereits draußen.

Ich nickte, meine Augen wurden feucht. »Gestern Nacht. Ich habe ihn gefunden, als ich von dir nach Hause kam. Ich habe es noch nicht über mich gebracht, irgendwen anzurufen.«

»Ich habe es durch Grace Lee gehört.« Grace Lee war Reporterin bei den *Daily News*. Ihr Mann war beim NYPD, daher war sie dem Rest der Presse immer mindestens eine Stunde voraus, wenn es um die großen Verbrechen ging. »Offenbar ›aus Respekt‹« – Catherine machte Anführungszeichen in der Luft – »hat die Redaktion bei deinem Anwalt angerufen, anstatt direkt bei dir.«

»Bill?«, fragte ich. Ich checkte mein Handy. Keine Anrufe außer denen von Catherine.

»Das ist das Problem, wenn man so uralte Freunde hat«, sagte sie. »Er ruft wahrscheinlich gerade seine Sekretärin an und versucht, deine Handynummer herauszubekommen. Ich kann gar nicht glauben, dass dieser alte Knacker nicht mich angerufen hat.«

Sie hörte auf zu reden und zog mich fest an sich. Die Locken ihrer feuchten roten Haare kitzelten mich an der Wange. Es war das erste Mal, seit Adam gestorben war, dass ich in der Lage war, mich von jemandem trösten zu lassen. Ich versank in ihrer Umarmung.

»Weiß die Polizei schon, was passiert ist?«, fragte sie.

»Sie glauben, es war ein Einbruch. Ist zwar noch keine Hauptsaison, aber …« Ich schüttelte den Kopf. Sie wussten rein gar nichts.

»Liebes, ich weiß, dass du das jetzt nicht hören willst, aber du musst eine Presseerklärung abgeben. Am besten über das Magazin.«

Instinktiv wollte ich abwehrend die Hand heben, doch ich nahm stattdessen ihre und drückte sie. »Darum kann ich mich im Moment wirklich nicht kümmern, Catherine.«

»Wenn du ihnen nicht einen Schritt voraus bleibst«, mahnte Catherine, »macht dich die True-Crime-Meute bis heute Abend zu ihrer neusten schwarzen Witwe.«

Ich blickte in den wolkenverhangenen Himmel und seufzte. »Oder … ich gebe eine Presseerklärung heraus, so, wie du gesagt hast, und sie schreiben Tweets über die egoistische Schlampe, die sich darüber Gedanken macht, wie sie ihr öffentliches Image aufpolieren kann, noch bevor ihr Mann unter der Erde ist. Bei diesem Spiel spiele ich nicht mit.«

»Gut, ich habe Grace gesagt, dass ich dich irgendwie erreichen würde. Lass mich sie zumindest zurückrufen. Ich könnte eine anonyme Quelle sein. Jemand, der der Familie nahesteht.«

»Nein.«

Ihre Lippen – die ich noch nie zuvor ungeschminkt gesehen hatte – öffneten sich, doch es kam kein Wort heraus. Ich war für ihre Ratschläge immer dankbar gewesen. Wahrscheinlich könnte man behaupten, dass sie meine beste Freundin war, doch dabei ging es immer nur um den Job. Die Seiten an mir, um die es jetzt ging, kannte sie nicht.

Das musste sie gespürt haben, denn obwohl sie zu mir nach Hause gekommen war, folgte sie mir nicht, als ich über den Schotter der Einfahrt lief. »Ruf mich an, falls du deine Meinung ändern solltest«, war ihr letzter Versuch. Sie hatte alles getan, um mir – und allen anderen – später sagen zu können, dass sie ihr Bestes gegeben hatte.

Wie würde es aussehen, wenn Adam ermordet wurde, während ich ohne ihn auf einer Party war? Oder, dass er es am Donnerstagabend nur so gerade eben zum Bankett geschafft hatte? Es waren nur zwei harmlose Termine, doch man konnte sie sehr einfach zu einer medienwirksamen »Ärger-im-Paradies«-Schlagzeile verknüpfen. Und wenn sie das über die Affäre herausfanden? Aber nein, das würde ich nicht zulassen.

12

Ich hatte das Pool-Haus fast erreicht, als ich hörte, wie jemand hinter mir meinen Namen rief. Beim Umdrehen sah ich Guidry auf der anderen Seite des Pools in der offenen Glasschiebetür des Haupthauses. Ich widerstand dem Drang, sie zu erinnern, dass so Insekten ins Haus gelangen könnten.

»Ich habe gewartet, für den Fall, dass Sie es geschafft haben sollten, etwas zu schlafen, aber, wie ich sehe, sind Sie wach.«

»Ich bin runter zum Strand gegangen. Normalerweise beruhigt mich das immer, aber... es hat nicht gereicht. Sind Sie immer noch im Dienst?«

»Ich war eine Weile zu Hause, aber, ja, ich bin wieder dran.« Sie kam auf meine Seite des Gartens herüber, damit wir in normaler Lautstärke miteinander reden konnten. »Wenn Sie so weit sind, wären wir bereit, mit Ihnen und Ethan einmal gemeinsam durch das Haus zu gehen.«

»Ich bin nicht sicher, ob das eine so gute Idee ist.« Ich blickte zurück zum Pool-Haus. »Für Ethan, meine ich, wenn er das alles sieht. Oder für mich, was das angeht.«

»Sie müssen sich nicht die Stelle ansehen, an der Sie Ihren Mann gefunden haben. Aber Sie kennen das Haus und wir nicht. Sie könnten uns helfen, falls etwas vermisst wird... ob etwas umgeräumt wurde... solche Sachen. Und das gilt leider auch für Ethan. Es ist wichtig.«

Das Haus fühlte sich wie eine bizarre Kopie dessen an, was wir einmal unser kleines Stückchen Paradies genannt hatten. Dieselben drei Schlafzimmer und zweihundertfünfzig Quadratmeter. Dieselben weißen Sofabezüge und Treibholztische. Doch unser Haus war immer notorisch sauber gewesen. Adam und ich waren beide von Natur aus pingelig; selbst als Ethan klein war, hatten wir die Regel, dass er jeden Abend seine Spielsachen aufräumen musste. Als er im Teenageralter begann, nachlässiger zu werden, drohte ihm Adam einmal damit, alles, was er liegen ließ, der Wohlfahrt zu geben. In der darauffolgenden Woche stand jeden Abend die sprechende Jar-Jar-Binks-Puppe, die meine Mutter ihm zum Geburtstag geschenkt hatte, auffällig sichtbar am Treppenabsatz.

Ich hatte mich – zumindest vorübergehend – damit abgefunden, dass mein Sohn die Teenagerausgabe des Tasmanischen Teufels war, unfähig, irgendeine Form von Ordnung aufrechtzuerhalten, wenn es um seine persönlichen Sachen ging. Ich hatte ihn jedoch dazu erzogen, das Chaos auf sein eigenes Zimmer zu beschränken. Der Rest des Hauses sah aus wie bei einer Immobilienausstellung, was Adam und ich als das größte Kompliment ansahen.

Doch nun, in der seltsamen Welt ohne Adam, war unser peinlich ordentliches Stückchen Paradies eine gigantische Müllkippe. Selbst hinten, vom Esszimmer aus, konnte ich erkennen, dass die Küchenschubladen und -schränke offen waren. Ganze Bücherregale waren auf den Fußboden des Familienzimmers geleert worden. Stühle waren umgekippt worden. Die Polizei hatte gelbe Nummernkarten benutzt, um das Chaos zu dokumentieren.

Ethan, der neben mir stand, drückte mir kurz die Hand.

»Meine Güte, deine Zwangsneurose muss gerade voll durchdrehen«, raunte er mir zu.

Nicht nur die Unordnung veränderte das Haus. Auch all das Licht war fort. Es fühlte sich an, als läge das ganze Haus unter einem grauen Schleier. Es roch sogar anders.

Ich ging zum Esstisch und stellte überflüssigerweise drei Keramikvasen wieder auf, die umgekippt auf der Seite lagen. Wenigstens waren sie nicht zerbrochen.

Mir wurde bewusst, wie lächerlich ich für Guidry in diesem Moment wirken musste. »Tut mir leid«, murmelte ich und wischte eine Träne fort. »Reine Sentimentalität.«

Meine Freunde James und David hatten ein Keramikstudio und hatten die Vasen extra als Hochzeitsgeschenk für mich angefertigt. Die drei verschiedenen Gefäße repräsentierten Adam, Ethan und mich – jedes war für sich schön, doch sie passten auch zusammen und ergaben dabei eine perfekte Form.

»Alles gut«, sagte sie.

Während ich weiter ins Haus hineinging, zwang ich mich, Richtung Wohnzimmer zu blicken. Als ich ihn fand, hatte Adam schon gar nicht mehr wie ein richtiger Mensch ausgesehen. Eher wie diese Wachsfiguren von Prominenten bei Madame Tussauds. Doch nun war der Raum leer, alle Möbel waren in eine Ecke neben dem Kamin geschoben worden.

Ethan schien neben mir zu schrumpfen. »Hier wurde er ...«

Ich nickte.

»Wir haben den Bereich freigeräumt, bevor Sie hereingekommen sind«, erklärte Guidry leise. Ich sah den Teppich vor mir, auf dem Adam so stolz gewesen war und der jetzt blutverschmiert in irgendeinem kriminaltechnischen Labor lag.

»Also, was müssen Sie wissen?«, fragte ich.

»Was sieht anders aus?«

»Machen Sie Witze?«, platzte Ethan heraus. »So ... alles?«

»Es wurde durchwühlt«, sagte ich leise. »Das haben Sie mir ja schon auf dem Revier gesagt.« Ich war so auf Adam konzentriert gewesen, nachdem ich ihn gefunden hatte, dass ich es noch nicht einmal bemerkt hatte.

Guidry stemmte die Hände in die Hüften. »Okay, aber schauen Sie bitte genauer hin. Wonach, glauben Sie, haben die Täter gesucht?«

Ich zuckte die Achseln. »Wertgegenstände, vermute ich. Nicht, dass wir welche hätten. Der einzige wertvolle Schmuck, den ich besitze, sind mein Ehering und diese hier.« Ich strich mein schulterlanges Haar zurück, um die Diamantstecker zu zeigen, die meine Ohrläppchen zierten.

»Akten? Ich habe gar kein Homeoffice gesehen.«

Ich sagte ihr, das sei das Pool-Haus – was ich mehr oder weniger allein nutzte – und dass sie dort nachsehen könnte, wenn sie wollte, doch dort gebe es keine Anzeichen eines Einbruchs.

»Was ist mit Bargeld?«, wollte die Polizistin wissen. »Viele Leute hier haben ein Versteck in einer Schublade oder einem Schrank.«

Ich schüttelte den Kopf. »Wir haben nur ganz normale Portemonnaies.«

»Wo wir gerade darüber sprechen ...« Guidry ging zurück in die Küche und gab einem Mann in Uniform ein Zeichen. Er händigte ihr eine Plastiktüte aus, die sie wiederum an mich weiterreichte. »Wir haben bereits Fotos gemacht, also können Sie diese hier erst einmal zurückhaben. Es wird noch ein paar Tage dauern, bis wir Ihnen wieder von der Pelle rücken.«

Da war etwas an der Art, wie sie es sagte, als wüssten wir beide, dass es nicht stimmte. Sie würde nirgendwo hingehen.

Ich erkannte den Inhalt des Beutels sofort. Hermes-Portemonnaie. Tag-Heuer-Uhr. Ehering aus Platin. Dinge, die Adam gehört hatten.

Zusätzlich gab sie mir ein Blatt Papier, das aus einem Spiralblock gerissen worden war. Es war eine Liste von Kreditkarten, geschrieben in großer, runder Schrift, die ich mit jungen Mädchen assoziierte, plus der Angabe: »253 Dollar«.

Sie fragte mich, ob alle unsere Kreditkarten dabei seien. Es seien die, die sie in seinem Portemonnaie gefunden hätten. Ich zählte im Geiste nach und bestätigte, dass nichts fehlte.

»Wenn es ein Raubüberfall war, warum haben die Einbrecher nichts davon mitgenommen?«, fragte ich.

»Das Portemonnaie und die Uhr lagen auf dem Nachttisch im Schlafzimmer.« Sie ging voran zu unserem großen Schlafzimmer. Es fühlte sich seltsam an, jemandem durch mein eigenes Haus zu folgen. »So haben wir das Zimmer vorgefunden. Ist irgendetwas anders als sonst?«

Meine Seite des Bettes war immer noch gemacht und lag zum Teil unter der Decke, die von Adams Seite aus hinübergeworfen worden war. Ich schüttelte den Kopf. »Nur die Bettdecke. Es sieht so aus, als sei er bereits im Bett gewesen und ist dann wieder aufgestanden.«

»Das nehmen wir auch an«, erklärte Guidry. »Der Eindringling – oder die Eindringlinge – könnten gedacht haben, das Haus stünde leer. Sie waren noch nicht bis zu Ihrem Zimmer gekommen. Ihr Mann schlief schon, hörte ein Geräusch, ging ins Wohnzimmer. Nach der … Konfrontation gerieten die Täter in Panik. Und sind geflohen.«

»Entschuldigung. Ich weiß, dass Sie nur Ihre Informationen mit uns teilen möchten«, sagte ich, »aber das überfordert uns. Es ist, als würden Sie uns bitten, die Dinge aus der Sicht desjenigen zu sehen, der das hier getan hat. Das hier ist für uns kein Projekt, kein Rätsel, das wir lösen müssen. Verstehen Sie, was ich meine?«

Ethan hatte mit einer Hand seine Augen bedeckt, so wie er es immer machte, wenn ihm etwas unangenehm war. Er stöhnte nicht, was ein Zeichen dafür war, dass er wusste, dass ich recht hatte, aber vermutlich war es nicht einfach, ein Elternteil zu haben, das, egal wann, nie ein Blatt vor den Mund nahm.

»Sie haben recht«, sagte Guidry. »Ich habe keine Vorstellung davon, was Sie gerade durchmachen. Aber Sie möchten, dass ich meinen Job gut erledige. Also werde ich versuchen, nichts für Sie zu beschönigen, und bitte Sie, mir bei der Arbeit zu helfen, die ich nicht selbst erledigen kann. Wir brauchen eine Liste von allem, was fehlt, sowie von allem, was Ihnen auffällt, wenn Sie durch das Haus gehen. In Ordnung?«

Ich nickte, und Ethan und ich begannen, die Inventarliste eines Hauses aufzustellen, in dem wir wochenlang nicht gewesen waren, während wir immer noch das zu verarbeiten suchten, was in der vorherigen Nacht dort geschehen war. Da unser Schlafzimmer unangetastet war, begannen wir im Schlafzimmer neben unserem – dem Gästezimmer, in das sie eingedrungen waren, indem sie das Fenster eingeschlagen hatten, es dann aufgeschlossen und aufgeschoben hatten. Die Nachttisch- und die Kommodenschubladen waren alle herausgezogen, doch sie waren sowieso alle leer gewesen. Es gab dort nichts zu stehlen.

Angesichts von Ethans hängenden Schultern, nachdem er seine Tür geöffnet hatte, nahm ich an, dass die Einbrecher auch bei ihm im Zimmer gewesen waren. Um ganz ehrlich zu sein, konnte ich jedoch keinen Unterschied zwischen dem durchwühlten und dem üblichen Zustand erkennen. Guidry und ich ließen ihn dort zurück und setzten unseren Rundgang fort.

Als wir schließlich fertig waren, erklärte ich ihr, dass ich nur den tragbaren Bluetooth-Lautsprecher vermissen würde, der normalerweise in der Küche auf dem Fensterbrett stand. »Wir nehmen ihn manchmal mit hinaus, um am Pool Musik zu hören. Möglicherweise steht er irgendwo anders, aber ich habe nicht den Eindruck, als würde noch etwas fehlen. Außer vielleicht Adams Laptop. Wir beide bringen unsere Laptops immer mit hierher. Und er hätte natürlich auch noch seine Brieftasche dabeihaben müssen.«

Guidry nickte. »Ist beides bei uns. Wir behalten die Sachen vorerst noch.«

»Ich finde, für einen ungeplanten Einbruch wurde ganz schön viel durchwühlt«, dachte ich laut.

»Wir haben die Drohungen gegen Sie im Internet auch auf dem Schirm, Chloe. Zurzeit arbeiten wir an einem richterlichen Beschluss, um diejenigen User zu identifizieren, die in ihren Kommentaren am stärksten gegen Sie gehetzt haben.«

»Sie sollten außerdem herausfinden, wo mein Mann in den letzten paar Tagen war. Er sagte mir, er hätte ein Meeting mit einem Mandanten namens Gentry Group in einem Hotel in der Nähe des JFK. Angeblich war er Donnerstag und Freitag jeweils den ganzen Tag dort, aber als ich ihn nach Details gefragt habe, ist er ein bisschen ausgewichen.«

Guidry senkte den Schreibblock, auf dem sie sich Notizen machte, und sah mich direkt an. »Haben Sie eine Theorie, wo er gewesen sein könnte, wenn nicht bei seinem Mandanten?«

Ich erklärte, dass es nichts Spezifisches sei, sondern nur so ein Bauchgefühl. »Wenn er später kam, hat er mir normalerweise mehr darüber erzählt, worum es bei seiner Arbeit gerade ging. Ich habe irgendwie das Gefühl, Sie sollten das überprüfen. Nur, um hundert Prozent sicher zu sein.«

»So wie die Bestätigung, dass Ihre Schwester sich in Cleveland aufgehalten hat?«, fragte Guidry. Sie sagte es so, als wären wir vertraut genug, um mich zu necken, was wir nicht waren. Doch sie hatte recht. Es war eine blödsinnige Bitte gewesen.

»Nein«, sagte ich mit einem Seufzer. »In der Hinsicht war ich paranoid. Aber ich dachte, es sei relevant, konkret zu wissen, wo ein Mordopfer seine letzten paar Tage verbracht hat. Ich will damit sagen, dass es ungewöhnlich für ihn war, mit einem Mandanten so viel Zeit in einem Tagungshotel zu verbringen, ohne irgendwelche Details zu erwähnen – wie vergammelte Fischstäbchen zum Mittag, ein schimmeliger Teppich oder eine aufgetakelte Prostituierte an der Bar. Adam und ich teilten solche unsinnigen Beobachtungen miteinander.«

Sie schenkte mir ein mitfühlendes Lächeln und legte sanft eine Hand auf meinen Arm. »Okay, jetzt verstehe ich. Und, ja, wir werden uns darum kümmern festzustellen, wo genau er sich aufgehalten hat. Ich habe übrigens überprüft, wo Ihre Schwester sich aufgehalten hat. Sie können ganz beruhigt sein, dass ihr Handy in Cleveland geortet wurde, genau dort, wo sie hingehört.«

»Sie haben sie immer noch nicht angerufen, oder?«, fragte ich. Guidry hatte mir versichert, dass sie mir bis zum Ende des Tages Zeit lassen würde.

»Ich bin kurz davor. Möchten Sie es gemeinsam mit mir machen? Ihre Schwester wird wahrscheinlich sowieso direkt mit Ihnen sprechen wollen.«

»Sie hat meine Nummer.« Ich hörte das Eis in meiner Stimme. Das war unvermeidbar, wenn das Thema auf Nicky kam.

Guidry sah über meine Schulter hinweg und versteifte sich. Ich drehte mich um und sah Ethan aus seinem Zimmer kommen.

»Sie haben meine Beats und meine Rayguns mitgenommen.«

Ich verdrehte die Augen. Die Beats-Kopfhörer waren im letzten Jahr sein größtes Weihnachtsgeschenk gewesen. Adam und ich hatten nicht verstanden, warum man eine schillernde Regenbogen-Version für tausend Dollar brauchte statt normale Kopfhörer. Und dann der Streit zwischen Vater und Sohn wegen dieser bescheuerten Schuhe. Natürlich waren sie weg.

»Mit Beats sind Kopfhörer gemeint?«, fragte Guidry. Ethan nickte. »Und Rayguns?«

»Das sind Tennisschuhe«, erklärte ich. »Rot, gelb und schwarz, mit einer kleinen Cartoon-Figur auf der Seite, die eine Strahlenpistole hält.«

Guidry machte sich wieder Notizen. »Und die sind wie viel wert?«

»Auf der Straße ungefähr hundert Dollar«, sagte ich. »Doch die Kids verkaufen sie weiter. Anscheinend werden sie für über tausend Dollar gehandelt.« Guidry machte große Augen. Ja, ganz schön viel für ein Paar Turnschuhe, doch bei dem Gedanken, dass mein Mann dafür ermordet worden war, hätte ich am liebsten alle restlichen Scheiben des Hauses eingeschlagen. »Ich suche ein Foto heraus und schicke es Ihnen per E-Mail«, fügte ich hinzu.

»Das ist also alles? Kopfhörer, ein Lautsprecher und Turnschuhe?«

»Wie ich schon sagte, hatten wir hier keine Wertgegenstände. Außer, die Täter wollten mit einem Lastwagen zurückkommen, um die Möbel zu holen, habe ich keine Ahnung, was sie hier wollten. Bitte, checken Sie, ob mein Mann bei dem Meeting mit diesem Mandanten war, der Gentry Group.«

Sie antwortete, sie würde alles überprüfen, doch war sie bereits dabei, Ethan nach mehr Einzelheiten der drei gestohlenen Gegenstände zu fragen. Ich konnte schon sehen, dass sie die Sache als einen normalen Einbruch abhaken würde, der schiefgelaufen war.

»Er ist mit Uber zu den Meetings und zurück gefahren. Die müssten Ihnen doch sagen können, wo er abgeholt wurde, oder?«

Guidry machte sich weitere Notizen und versicherte, sie zu kontaktieren. Zuerst hatte ich sie gebeten, die Telefondaten meiner Versagerin von Schwester zu prüfen. Nun hörte ich mich an wie eine eifersüchtige Ehefrau, die sich selbst nach seinem Tod noch rückversichern wollte, wo ihr Mann gewesen war.

Als Ethan und ich durch die gläserne Schiebetür gingen, überlegte ich, sie ein letztes Mal zu bitten, sich Adams Arbeit genauer anzusehen, befürchtete aber, es könnte wirken, als wollte ich nur von mir selbst ablenken. Denn genau so schuldig fühlte ich mich.

Wir hatten eine Viertelstunde *Buddy – Der Weihnachtself* gestreamt, den ich mir zu jeder Jahreszeit ansehen konnte und den Adam immer den »Chloe-Aufmunterungsfilm« genannt hatte, als ich auf die Pausentaste drückte.

»Ein Film bringt das auch nicht wieder in Ordnung«, sagte ich.

»Ich wette, du wünschst dir jetzt, letzten Sommer nicht das ganze Gras das Klo runtergespült zu haben, stimmt's«, meinte Ethan tonlos. Noch ein weiterer Streit mit seinem Vater, diesmal noch gewaltiger als der wegen der Schuhe. »Ich pack's einfach nicht, dass er nicht mehr zurückkommt.«

Ich begann zu weinen und riss mich dann zusammen. Ich musste stark sein, schon für Ethan. »Lass uns zurück in die Stadt fahren. Wäre das okay für dich?«

»Klar.«

Als wir im Wagen saßen, bat er mich, ob wir noch kurz bei Kevin vorbeifahren könnten, um seinen Rucksack zu holen. Er war so müde gewesen, als ich ihn morgens abgeholt hatte, dass er ihn vergessen hatte.

Während er aus dem Wagen sprang, versuchte ich mir wieder alles in Erinnerung zu rufen, was Adam mir über seine Arbeit erzählt hatte, die ihn die vergangene Woche abends so lange aufgehalten hatte. Erst eine Stunde zuvor hatte ich, in Flipflops, mit noch sandigen Füßen vom Klettern über die Dünen, mit meinem Liebhaber Schluss gemacht, »zumindest fürs Erste«, hatte ich ihm gesagt. Natürlich hatte er Verständnis, unter diesen Umständen. Er küsste mich zum Abschied und sagte dann, er müsse mir etwas erzählen, obwohl es mich vielleicht verletzen könne: Er glaubte nicht, dass Adam sich tatsächlich mit dem Mandanten getroffen habe, mit dem er angeblich Donnerstag und Freitag verbracht habe.

Ich fragte ihn, wie er das denn überhaupt wissen könne.

»Ich habe es gestern überprüft. Als du mir sagtest, er komme später zur Gala, weil er noch in einem Meeting mit der Gentry Group sei, hörte sich das irgendwie merkwürdig an. Er hat in den letzten zehn Tagen nicht eine Minute mit Gentry in Rechnung gestellt.«

Der Mann, mit dem ich hinter Adams Rücken schlief, war einer seiner Partner in der Kanzlei, Jake Summer. Er war auch derjenige, der Bill davon überzeugt hatte, auf der Gala einen Tisch zu kaufen, so dass er an meinem großen Abend dabei sein konnte, ohne Misstrauen zu erregen.

»Vielleicht hat er seine Abrechnung noch nicht eingereicht.« Eine der vielen Seiten, die Adam an der Anwaltskanzlei hasste, war die Vorschrift, seine Zeit in Sechs-Minuten-Intervallen abzurechnen.

Jake hatte den Kopf geschüttelt. »Er hat seine Zeitabrechnung gestern Abend kurz vor sieben hochgeladen.« Das musste er aus dem Auto gemacht haben. »Er hat die Zeit für mehrere Telefonate und E-Mails verschiedenen Mandanten in Rechnung gestellt – insgesamt weniger als zwei Stunden –, doch nichts für Gentry.«

»*Zwei Stunden?* Aber er war den ganzen Donnerstag und Freitag unterwegs.«

»Er hat beide Tage als Mandantenpflege geblockt, Chloe.« Mandantenpflege. Was bedeutete: ohne Berechnung. Zwei volle Tage in einem schwarzen Loch. »Tut mir sehr leid.«

Als ich Guidry bat, Adams Terminplan genauer unter die Lupe zu nehmen, hatte ich dafür also einen guten Grund. Doch mehr konnte ich der Polizei kaum sagen.

Ich war gedanklich so mit der Frage beschäftigt, warum Adam wegen dieses Mandanten gelogen haben könnte, dass Ethan mehrmals an die Heckscheibe des Kombis klopfen musste, bis ich die Heckklappe öffnete. Schweigend fuhren wir zurück in die Stadt, Ethan suchte die Musik aus und spielte Spiele auf seinem Smartphone, während ich mich fragte, ob Adam eine Affäre gehabt hatte und ob es mir überhaupt etwas ausgemacht hätte, wenn ich davon gewusst hätte.

13

Noch bevor ihr Partner den Mund öffnete, wusste Guidry, dass Bowen behaupten würde, die Frau sei irgendwie involviert. Er hatte sich seine Meinung bereits gebildet, noch bevor sie in der Nacht zuvor das Haus betreten hatten.

»Du meinst, ich würde vorschnell urteilen? Hast du gesehen, wie sie an diesen Vasen herumgefummelt hat? Das war klarer Rain-Man-Bullshit.«

Guidry gingen so viele Gedanken gleichzeitig durch den Kopf, dass sie Mühe hatte, über Bowens Bemerkungen nachzudenken. »Sagt der Mann, der ständig Fruchtbonbons ins Sitzpolster unseres Streifenwagens stopft.«

Sie entschied, ein weiteres Mal durch das Haus zu gehen.

Das Haus war eingeschossig. Adam Macintosh war quasi in der Mitte des Hauses ermordet worden, in der Nähe der Wohnzimmertür, doch nur ein paar Schritte in jede Richtung entfernt von der Küche, dem Elternschlafzimmer und den anderen beiden Schlafzimmern. Das Haus war verwüstet worden, doch es herrschte nicht überall das gleiche Chaos. Das Elternschlafzimmer war unangetastet geblieben, genauso wie das Wohnzimmer.

Doch die anderen beiden Zimmer im Erdgeschoss beschäftigten Guidry: Das eine gehörte Ethan, dem Sohn, und das Fenster des anderen, des Gästezimmers, hatte der Einbrecher eingeschlagen. Die Theorie lautete, dass Adam aufgewacht war und den Eindringling überrascht hatte. Aber wenn der Einbrecher meinte, es sei niemand im Haus, warum hatte er sich dann das Wohnzimmer und das Elternschlafzimmer bis zuletzt aufgehoben?

Sie stand im Flur, der die beiden kleineren Zimmer verband, und hörte Bowens Analyse von Chloe Taylor. »Sorry, das ist jetzt nicht gerade politisch korrekt, aber diese Frau ist wirklich eiskalt. Wer, zum Teufel, heiratet seinen eigenen Schwager?«

Guidry hob die Hand. »Der Tatort«, sagte sie, »wir müssen uns auf den Tatort konzentrieren.« Laut Ethan und Chloe fehlte im Gästezimmer nichts, und doch konnte sie sich nicht von der Türschwelle lösen. Und dann wurde ihr klar, was ihr entgangen war. »Wir haben ein Problem«, sagte sie.

»Das versuche ich dir ja die ganze Zeit zu sagen. Wir müssen uns die Ehefrau genauer ansehen.«

Sie winkte ihn näher heran. »Schau dir nur mal dieses Zimmer an – vor allem das Fenster.«

»Es ist zerbrochen. So sind sie reingekommen.«

»Ja, aber schau mal.« Die Bettdecke war weiß, mit winzigen gelben Enten darauf. Kleine Gummi-Enten. Die Decke wirkte sehr hochwertig, feiner und frischer als alle Baumwolle, unter der Guidry je geschlafen hatte. Sie war am Fußende dreifach gefaltet, doch die Wolldecke darüber war auf den Holzfußboden gerutscht. Sie zeigte auf die Glassplitter, die darauflagen. »Siehst du das?«

Bowen brauchte viel zu lange, um zu begreifen, was das bedeutete, und bestätigte damit ihr Vorurteil, was seine Intelligenz anging.

Ein Fenster, das in die falsche Richtung zerbrochen war – von innen nach außen –, war der krasseste Fehler, den sie je bei einem vorgetäuschten Einbruch gesehen hatte. In diesem Fall war das Glas zumindest von außen zertrümmert worden, aber die Scherben waren auf die Wolldecke am Boden gefallen. »Dies ist eines der durchwühlten Zimmer«, sagte sie, »aber nichts fehlt.« Der Nachttisch und die Kommode standen offen, doch Chloe Taylor zufolge waren sie leer gewesen.

Bowen hatte in der Argumentationskette aufgeholt. »Und in der offenstehenden Kommode sind ebenfalls Splitter. Wir müssen die Spurensicherung noch einmal rufen.«

Was das bedeutete, war klar. Das Zimmer war zwar nur leicht durcheinandergebracht worden – die Schubladen geöffnet, die Decke zu Boden geworfen –, allerdings *bevor* die Scheibe von außen zerschmettert wurde.

Bowen lächelte. »Ich wusste es! Erkennst du jetzt, dass Chloe total im Roboter-Modus war? Als versuchte sie sich einzufühlen, wie eine unschuldige Person sich verhält, deren Ehemann ermordet wurde. Als würde sie alles bis ins letzte Detail vor einer Kamera spielen.«

Guidry schüttelte den Kopf. »Sie hat ein Alibi. Davon abgesehen ist sie viel zu intelligent für einen so kapitalen Schnitzer.«

Aus Adams Nachrichten wussten sie, dass er erst eingetroffen war, nachdem Chloe längst im Haus ihrer Freundin angekommen war. Chloe hatte erklärt, dass sie kurz nach Mitternacht gegangen war – was die anderen Gäste der Party problemlos bezeugen konnten –, und der Notruf ging um dreiundzwanzig Minuten nach Mitternacht ein. Wenn man die Fahrt von Sag Harbour hinzurechnete, blieb ihr keine Zeit, ihren Mann umzubringen und das Haus zu verwüsten. Bereits vor der Party konnte sie das Haus nicht verwüstet haben, denn das hätte Adam in seiner SMS gewiss erwähnt.

»Also hat sie es nicht selbst getan«, sagte Bowen. »Sie hat es jemand anderen machen lassen und dafür gesorgt, dass sie ein Alibi hat, indem sie zum Todeszeitpunkt bei ihrer Freundin war.«

»Warum hat sie ihm dann von der Party aus eine Nachricht geschickt und ihn ein letztes Mal gefragt, ob er nicht doch kommen mag? Nicht gerade clever, wenn sie ihm einen Killer auf den Hals schicken will.«

Guidry hatte keine Ahnung, welche Strippen Bowen gezogen hatte, um in der Mordkommission arbeiten zu dürfen. Man hätte seine Karriere an der Stelle beenden sollen, an der er als Streifenpolizist Leute einsammelte, die sich unbefugt am Strand aufhielten.

»Gib's zu«, sagte sie, »du magst sie nicht ... oder das, wofür sie steht, also willst du, dass sie schuldig ist.« Guidry hatte die komplette Artikelserie gelesen, wegen der Chloe Taylor mittlerweile berühmt war, und sie hatte sich gefragt, wie lange es wohl dauern würde, bis diese Geschichten ihren Weg in den Gesetzesvollzug fänden.

»Was ist dann mit den Glasscherben auf der Decke? Glaubst du, die Decke ist irgendwann heruntergerutscht und sie hätte es nicht bemerkt? Ist es dir je in den Sinn gekommen, dass du für deine Frauenrechtler-Heldin ein Auge zudrückst?«

Guidry hatte keine Lust, auf Bowens Provokation einzugehen. »Wie müssen Ethan sehr gründlich durchleuchten. Sieh dir doch mal an, was fehlt: ein Wi-Fi-Lautsprecher, Kopfhörer und Turnschuhe? Nur ein Jugendlicher weiß, was so ein

Paar Schuhe wert ist. Und das würde auch erklären, warum das Elternschlafzimmer unangetastet geblieben ist.« Guidry erinnerte sich noch daran, wie gehemmt sie immer gewesen war, wenn sie als Kind ins Schlafzimmer ihrer Eltern ging, selbst wenn sie dort nur das Telefon benutzen wollte.

»Ja, aber wenn Chloe sich auch nur ein klein wenig Zeit genommen hat, um unsere Kriminalstatistiken zu lesen, wüsste sie, dass die meisten Einbrüche in dieser Gegend von Jugendlichen begangen werden. Wenn man genauer darüber nachdenkt, liegt es ja auf der Hand. Den ganzen Sommer sind sie von Porsches und Teslas umgeben, von Kids, die ihr Eis an der Strandbude mit Hundertdollarscheinen bezahlen. Wenn ich so aufgewachsen wäre, wäre ich vielleicht auch versucht gewesen, ein bisschen für mich selbst abzuzwacken. Chloe heuert also jemanden an, der ihren Mann ausschaltet, und sagt ihm, er soll ein paar Sachen von ihrem Sohn mitnehmen, damit es wie ein Diebstahl aussieht.«

Seine logischen Schlussfolgerungen waren nicht ganz falsch, aber Bowen war nicht dabei gewesen, als Ethan vom Tod seines Vaters erfahren hatte. Der Junge war zur Salzsäule erstarrt, wie in dem alten Kinderspiel, wo man darauf warten musste, sich wieder bewegen zu dürfen. Er hatte noch nicht einmal geweint. Das war nicht normal. Sie hatte versucht, es Bowen zu erklären, wusste allerdings, dass sie kaum überzeugender war als er, wenn er Chloes Reaktion auf den Tod ihres Mannes als zu »roboterartig« beschrieb.

»Außerdem gibt es ein Problem mit Ethans Alibi«, sagte sie. »Er und sein Freund Kevin haben beide behauptet, sie seien den ganzen Abend zusammen gewesen, doch die Einzelheiten passen nicht zueinander. Erinnerst du dich, dass Chloe gesagt hatte, die Jungs seien ins Kino gegangen? Nun, als Ethan mir erzählte, was sie den ganzen Abend gemacht hatten, sagte er, Kevin und er seien nur so durch die Gegend gefahren und hätten an verschiedenen Stränden abgehangen. Total vage. Als ich mit Kevin allein gesprochen habe, war er ähnlich vage, erwähnte verschiedene der Strände, aber keine genaue Zeitabfolge. Und dann sagte ich ganz bewusst: ›Das war nach dem Film, oder?‹ Und da hat er sich förmlich überschlagen, diese Version zu bestätigen.«

»Also haben sie vielleicht tatsächlich einen Film gesehen, und Ethan hatte nur vergessen, das zu erwähnen.«

Guidry schüttelte den Kopf. »Nein. Ich habe ihn gezielt danach gefragt. Er sagte, der Film sei ausverkauft gewesen, was mir das Kino bestätigt hat. Alle Tickets seien online verkauft worden, bevor die Kinokasse überhaupt öffnete. Ich vermute vielmehr, dass Ethan sich darüber im Klaren war, dass wir das früher oder später herausfinden würden, und deshalb hat er die Wahrheit gesagt, was den verpassten Film betrifft. Aber das wusste Kevin nicht und hat daher versucht, das nachzuplappern, was immer Ethan erzählt hat. Irgendwas stimmt da nicht. Du hattest schon recht damit, dass Chloe sich uns gegenüber zurückgehalten hat. Aber vielleicht schützt sie nicht sich selbst. Wenn mir aufgefallen ist, dass der Junge von der Rolle war, dann ihr bestimmt auch. Sie könnte auch misstrauisch sein.«

»Nein, man kann niemand so erstechen, ohne hinterher Blut auf den Kleidern zu haben«, sagte er.

»Als wir Ethan bei seinem Freund abgeholt haben, trug er ein schwarzes T-Shirt und eine Jeans. Von der Kombi liegen wahrscheinlich zehn Stück auf dem Fußboden seines Zimmers herum. Er zieht sich neben der Leiche aus, zieht frische Klamotten an und wirft das blutige Zeug ins Meer.«

Sie war erleichtert, als Bowen nicht wieder direkt anfing, ihre Theorie zu zerlegen. »Warum sollte ein verwöhntes Gör seinen Vater erstechen?« Bei dieser Vorstellung schüttelte er den Kopf.

»Du weißt nie, was in einer Familie hinter verschlossenen Türen los ist. Und wo wir gerade davon sprechen, ich muss Chloes Schwester anrufen.«

»Die Frau, die gleichzeitig die Exfrau und leibliche Mutter ist?«

»Genau die.«

»Tut mir leid, aber das ist echt verdammt schräg«, sagte Bowen.

»Ich vermute, sie wird uns sicher das eine oder andere über diese perfekte Familie zu erzählen haben.«

14

Als wir wieder in der Stadt waren, stand ich vor dem offenen Kühlschrank, während Panda sich an meinem Bein rieb und Ethan über meine Schulter hinweg die Auswahl begutachtete. Haltbare Milch und eine Sammlung von Gewürzen, aber bis auf ein Glas saure Gurken, vier Käsestangen und einem in Alufolie verpackten Stück Irgendwas, nichts Richtiges zu essen.

»Gut gemacht, Betty Crocker.«

»Woher weißt du überhaupt, wer Betty Crocker ist?«, fragte ich.

Zum ersten Mal an diesem Tag lächelte mein Sohn. »Ich habe, ehrlich gesagt, nicht die geringste Ahnung.«

»Wir holen uns einfach was«, sagte ich.

»Ich springe kurz nach unten.« Im Erdgeschoss unseres Gebäudes befand sich ein griechischer Feinkostladen. Kostas, der Besitzer, verhöhnte ständig die radikalen Vertreter des »City Codes«, weil Hunde mit in seinen Laden durften. Außerdem ignorierte er meiner Meinung nach die Gesetze gegen Geschlechterdiskriminierung, weil er ausschließlich seine Söhne beschäftigte – oder Frauen mit mindestens Körbchengröße C.

Ethan musste mein Zögern, ihn allein heruntergehen zu lassen, bemerkt haben, denn er fügte hinzu: »Es ist vielleicht das letzte Mal, dass ich rauskomme, bevor alle anfangen, mich wie einen armen Jungen zu behandeln.«

Also war ich nicht die Einzige, die sich fragte, wie unser Leben sich verändern würde, wenn die Nachricht vom Mord an Adam erst einmal publik wurde. Alles, was Teenager je wollten, war, mit der Masse zu verschmelzen, und für Ethan war es schon schwer gewesen, überhaupt einmal seinen Platz dort zu finden.

Ich bestellte ein Sandwich und gab Ethan einen Fünfzig-Dollar-Schein aus meinem Portemonnaie. Nachdem er gegangen war, schenkte ich mir drei Fingerbreit Scotch ein und stürzte ihn hinunter. Doch keine noch so große Menge von dem Zeug würde helfen. Ich schmunzelte in mich hinein, als ich feststellte, dass ich Ethans Erwähnung des Marihuanas im Hinterkopf behalten hatte.

Adam hatte die Tüte Gras letzten Sommer gefunden, als er auf der Suche nach einem Tennisschläger, den Ethan zuletzt benutzt hatte, durch den Sumpf von abgelegten Kleidern, Limonadenflaschen, Schulbüchern und Gamer Controllern auf Ethans Fußboden watete. Wir hatten noch drei weitere Tennisschläger im Schrank, aber Adam brauchte unbedingt den Yonex. Er musste beim Sommerturnier gegen Colin Harris spielen, einen gutaussehenden Anwalt, der so eine Art an sich hatte, die den Ehrgeiz meines Mannes weckte.

Den Tennisschläger fanden wir nicht, aber Adam kam mit einem Gefrierbeutel voll Gras aus Ethans Zimmer. Er brüllte aus der Gartentür, dass Ethan aus dem Pool kommen sollte, bevor mir überhaupt klar wurde, was er da in der Hand hielt. Ich weiß noch, wie Ethan auf den dunklen Steinen der Terrasse stand und Wasser von seiner Badehose tropfte, während Adam drohte, ihn sofort zum Arzt zu fahren, um ihn einem Drogentest zu unterziehen.

Schließlich schaffte ich es, Adam zu überzeugen, ruhig zu bleiben, während ich Ethan ein Handtuch gab, damit er hineinkommen konnte. Die Nachbarn brauchten nicht jedes Wort mitzubekommen.

Ethan schwor hoch und heilig, er würde das Gras nur für einen Freund aufbewahren. Er erklärte, sein nicht genannter Freund arbeite als Kassierer in einem Laden, in dem »sie die Sachen der Angestellten durchsuchen, wenn sie gehen, wegen Ladendiebstahl und so«.

»Welcher Freund?«

Ethan hatte nie ein sonderlich aktives Sozialleben, aber in der Stadt war es recht einfach, die Jugendlichen im Auge zu behalten, mit denen er zu tun hatte – dieselben Privatschulen, derselbe Kreis an Eltern, die sich gegenseitig auf dem Laufenden hielten. East Hampton hingegen war eine ganz andere Geschichte. Dort konnte er sich mit all den Kids anfreunden, die an diesem Nachmittag zufällig gerade am Strand waren. Einige Freundschaften blieben, andere nicht.

Angesichts Ethans verschränkten Armen und zusammengekniffenen Lippen war mir klar, dass er nicht die geringste Absicht hatte, auf die Fragen seines Vaters zu antworten. Wenn er wollte, konnte Ethan sturer sein als Adam und ich zusammen.

»Ernsthaft?«, hatte Adam gefragt. »Du benimmst dich gerade wie krimineller Abschaum. Willst niemand verpetzen? Ist es das?«

Als Ethan anfing zu grinsen, schwollen die Venen an Adams Hals, und er ballte die Hände zu Fäusten. »Das war meine Schuld«, sagte ich. »Ich habe eine Grimasse gezogen. Tut mir leid, Adam.«

Adam drehte sich zu mir um, doch sein Gesichtsausdruck wurde nicht weicher.

»Ach, komm, Liebling«, sagte ich. »Das war schon ein bisschen witzig, oder?«

Er erklärte uns, dass daran gar nichts witzig sei. Dass die Menge, mit der wir da zu tun hätten – nach seiner Schätzung mindestens ein halbes Pfund –, eine ernste Sache sei. In New York sei der Besitz dieser Menge eine schwere Straftat, von der Strafe fürs Dealen einmal abgesehen. »Hast du so für die verdammten Schuhe bezahlt?«

Er verschwand in Ethans Zimmer und kam mit einem teuren Turnschuh in jeder Hand wieder heraus und knallte sie neben dem Beutel Gras auf den Esstisch. Er brüllte immer noch herum, aber zumindest befand er sich in diesem Augenblick in einer Komfortzone – sich zu streiten und dabei Gesetze anzuführen, die er kannte, wir jedoch nicht.

»Ich schwöre, Dad, ich deale nicht mit Gras. Ich habe meinem Freund gesagt, ich will nicht, dass er es in meinen Rucksack packt, aber er musste zur Arbeit. Ich hab's nicht einmal angefasst. Er hat es da reingesteckt und ist gegangen. Was hätte ich denn tun sollen?«

»Ich glaube dir nicht, Ethan. Nicht, bis du mir den Namen des Freundes genannt hast.«

»Kommt gar nicht infrage. Du kannst die Cops rufen oder was auch immer. Aber, bitte, Dad! Kann ich es nicht einfach da drin lassen, bis ich ihn nachher sehe? Ist doch nur Gras.«

Ich hörte, wie Adam Ethan eine Strafpredigt hielt, während ich das Gras unbemerkt in die Küche brachte, wo ich es in den Müllzerkleinerer stopfte. Mit der offenen Tüte kehrte ich ins Zimmer zurück und verkündete, dass es keinen Grund mehr zum Streiten gebe. Ich schickte Ethan auf sein Zimmer, woraufhin Adam seinen Ärger an mir abreagierte. Er muss mir mindestens zehn Mal erklärt haben, dass er schließlich Staatsanwalt gewesen und es scheinheilig sei, seinem Sohn zu erlauben, sich aus einer solchen Situation zu winden, in der ein ärmerer, schwarzer Jugendlicher hinter Gittern landen würde. Irgendwann brachte ich ihn dazu einzusehen, dass die beiden sich verrannt hatten und mein Ansatz das Problem gelöst hatte. »Was hättest du denn tun wollen?«, fragte ich ihn. »Ethan ist genauso starrköpfig wie du. Du kannst ihn nicht foltern, damit er dir den Namen verrät.«

Am darauffolgenden Tag gab ich Ethan fünfhundert Dollar, die er seinem Freund aushändigen sollte, und er musste mir versprechen, dass er nie wieder etwas so Dummes tun würde. Eltern fänden es grundsätzlich nicht gut, wenn ihre Kinder mit Drogen zu tun hätten, aber sein Vater sei ein ehemaliger Staatsanwalt. Natürlich würde er härter durchgreifen als ein normaler Vater. Ethan hatte keine Ahnung, dass Adams Empfindlichkeit, was dieses Thema anging, von seiner eigenen Familiengeschichte herrühren könnte.

Nun, fast neun Monate später, fand ich denselben Rucksack in Ethans Zimmer und zog denselben Reißverschluss der Vordertasche auf. Einerseits gefiel mir der Gedanke nicht, dass er sein Versprechen gebrochen haben könnte. Andererseits hatte es vorher keinen Zeitpunkt gegeben, an dem ich mich so über einen Joint gefreut hätte. Die Tasche war leer. Als ich sie wieder zuzog, bewegte sich etwas in dem Hauptfach des Rucksacks. Es war geöffnet. Ohne es zu wollen, sah ich dort etwas Silbernes schimmern. Ich streckte meine Hand danach aus und fand ein Klapphandy.

Einen kurzen Moment spürte ich, wie meine Lungen brannten, als ich mich fragte, wie Ethan mein Wegwerfhandy gefunden haben konnte, das ich am selben Tag entsorgt hatte. Dann stellte ich fest, dass es sich um ein vollkommen anderes Gerät handelte. Ich öffnete es und flippte durch die letzten Anrufe. Ich kannte keine der Nummern, die fast alle 631er oder 516er Vorwahlen hatten – Nummern auf Long Island. Die gespeicherten Kontakte waren nur Initialen – J, M, N und P.

Genau, wie ich Adam gesagt hatte: »Ethan ist genauso stur wie du ... wenn er das will.« Das war typisch für ihn, dass er sich ein zweites Telefon beschafft hatte, nachdem sein Vater ihm gedroht hatte, einen seiner Freunde bei der Polizei anzuzeigen.

Jetzt, wo er ein paar Freundschaften im East End geschlossen hatte, wollte Ethan sie einfach nur erhalten. Ich wusste von allen Menschen am besten, wie streitbar sein Vater sein konnte. Ich konnte ihm keinen Vorwurf machen, dass er sich hinter Adams Rücken einen eigenen Weg aufgebaut hatte, um mit Jugendlichen in Kontakt zu bleiben, die sein Vater »schlechten Einfluss« nennen würde.

Ethan war sechzehn Jahre alt und verstand zehnmal mehr von Technik als ich. Er würde einen Weg finden, mit jedem zu reden, mit dem er reden wollte, ungeachtet dessen, was ich mit seinem geheimen Telefon machte. Ich wollte es gerade wieder zurück in den Rucksack packen, als ich Adams Stimme in meinem Kopf hörte, die mir sagte, auf diese Weise würde ich Ethan eine Freigabe erteilen. Die Zügel zu schlaff halten. Die Warnzeichen ignorieren. Eine *dieser* Eltern zu sein.

Dann hörte ich mich selbst dagegenhalten, dass Ethan ein guter Junge sei, wenn auch eigensinnig. Und dass er, je mehr wir versuchen würden, ihn zu kontrollieren, das genaue Gegenteil davon tun würde.

Ich hörte jedes Wort eines Streites, den ich nie wieder mit Adam haben würde. Ich schaltete das Telefon aus, nahm es mit in mein Büro und ließ es dort in die oberste Schublade fallen. Es war nicht das, was Adam getan hätte, aber es war zumindest mehr als nichts.

Mir kam nie in den Sinn, mich zu fragen, warum Ethan einen Rucksack mit sich herumtrug, in dem nichts weiter war als ein Handy.

TEIL II

NICKY

15

Mit Hilfe des Dufts von gebratenem Speck, der durch die Wohnung zog, gelang es mir, Ethan zum Frühstück aus seinem Zimmer zu locken. Obwohl es fast drei Uhr nachmittags war und dies seine erste Mahlzeit des Tages, kaute er schweigend und ließ die Hälfte seines Rühreis auf dem Teller liegen.

»Ich wünschte, ich könnte dir alles irgendwie leichter machen«, sagte ich.

Er zuckte die Achseln. »Es fühlte sich bis heute nicht real an. Ich bekomme Nachrichten von Typen, die quasi noch nie ein Wort mit mir geredet haben und die mir schreiben, wie großartig Dad war und dass sie es nicht fassen, ihn jetzt nie mehr zu sehen. Es ist alles so fake, aber gleichzeitig wird mir dabei bewusst, dass er echt nicht mehr da ist.«

»Leute wissen meistens nicht, was sie sagen sollen, wenn jemand stirbt. Das ist alles.« Ich erklärte, solange wir uns an ihn erinnerten, würde sein Vater auch für immer bei uns sein, wusste aber, dass meine Worte genauso hohl klangen wie die SMS, die Ethan erhielt.

Die Nachricht von Adams Tod verbreitete sich rasch, nachdem die *Daily News* sie in den frühen Morgenstunden veröffentlicht hatte, zunächst online und dann in der Printausgabe. Der letzte Skandal im Weißen Haus dominierte die Titelseite, doch der Mord an Adam landete in der Zeile für

Lokalnachrichten, am unteren Rand der Seite: EHEMANN VON #THEMTOO-JOURNALISTIN IN EAST HAMPTON ERMORDET.

Von den Artikeln, die ich kurz überflog, erwähnte die Hälfte, dass Adam eine Frau (mich, namentlich) und einen Sohn im Teenageralter zurückließ. Ein paar erwähnten, dass sein Sohn aus einer früheren Ehe stammte. Und nur eine beschrieb näher, dass Adam früher mit der Schwester seiner jetzigen Frau verheiratet gewesen war.

Bisher hatte sich das öffentliche Interesse an unserer Familie auf mich konzentriert, nicht auf Adam. Ich hatte keine Notwendigkeit gesehen, näher auszuführen, dass Ethan eigentlich mein Stiefsohn war, von meinem leiblichen Neffen ganz zu schweigen. Wie erzählte man den Leuten, dass man den Mann seiner Schwester geheiratet hatte, ohne sich dabei schrecklich anzuhören? Doch jetzt, nachdem ein Nachrichtenportal in diese Richtung gegangen war, war es nur noch eine Frage der Zeit, bevor dieses pikante Detail überall direkt im ersten Absatz der Berichte über den Mord an Adam auftauchen würde. Ich befand mich allerdings an einem Punkt, an dem ich mir nicht mehr vorstellen konnte, dass es mich kümmerte, was andere über mich zu reden hatten.

»Wann soll Nicky hier sein?«, fragte Ethan und schob die Hälfte seines Rühreis in einen Haufen Ketchup.

Ich fragte mich, ob die bevorstehende Ankunft meiner Schwester dafür verantwortlich war, dass sich seine Laune seit gestern Abend deutlich verändert hatte. Nicky hatte genau in dem Moment angerufen, als wir abends den Fernseher ausgestellt hatten, um ins Bett zu gehen, und ich hatte den Fehler begangen abzuheben. Sie hatte darauf bestanden, nach New

York zu kommen. Es war mir nicht gelungen, es ihr auszureden.

Ich warf einen Blick auf die Uhr. »Ihre Maschine ist vor einer halben Stunde gelandet. Sie müsste jetzt jeden Moment hier sein.«

Ethan ließ seinen Teller auf dem Tisch stehen und zog sich ohne ein weiteres Wort auf sein Zimmer zurück.

Als das Apartment-Telefon klingelte, nahm ich an, es sei der Pförtner, der Nickys Ankunft ankündigte, doch es war Bill Braddock, der wissen wollte, wie es uns ging. Ich versicherte ihm, dass wir den Umständen entsprechend klarkämen.

»Ich habe gemerkt, wie die Medienmeute uns einkreiste, als eine von ihnen angerufen hatte, um an dich heranzukommen, aber ich habe mir die Freiheit genommen, dir etwas Zeit zu verschaffen, damit du in Ruhe trauern kannst. Allerdings befürchte ich, meine Bemühungen waren nicht von Erfolg gekrönt.«

Für mich war Bill ein Freund, ich war aber nicht sonderlich überrascht, dass er nicht schon früher angerufen hatte. Er war einer von den Leuten, die gern mit einem im Mittelpunkt einer Party stehen, doch nicht notwendigerweise in schweren Zeiten auch deine Hand halten möchten. Im Gegenteil, sagte ich ihm, die Aufmerksamkeit durch die Medien würde möglicherweise Informationen zu Tage fördern, die der Polizei helfen würden, den Fall zu lösen.

»Ich will nicht neugierig sein, aber was ist denn nach deren Ansicht eigentlich passiert?«, fragte er.

Obwohl die Berichterstattung umfassend und reißerisch war, mangelte es an Details. Es gab Schilderungen von uns und unserer »luxuriösen East Hampton Enklave«, in der »Promis ein und aus gingen«, jedoch nur wenige Informationen über die Tat selbst, lediglich die Erwähnung eines nächtlichen Einbruchs und von tödlichen Stichwunden.

»Sie glauben, dass der Einbruch stattfand, nachdem Adam bereits zu Bett gegangen war. Er könnte Geräusche gehört haben und aufgestanden sein.«

Am anderen Ende der Leitung gab Bill mitfühlende Seufzer von sich. Mittlerweile waren wir bei seinem dritten Angebot angelangt, dass er helfen würde, wo immer er könnte, als ich schließlich das Thema auf Adams Außentermine in der vergangenen Woche brachte. »Er hat mir erzählt, er hätte sich mit Leuten der Gentry Group getroffen, doch auf seinem Terminkalender hat er die Stunden als Mandantenpflege gekennzeichnet. Hast du eine Vorstellung, wo er tatsächlich gewesen sein könnte?«

»Anwälte sind nicht gerade Schichtarbeiter. Du kannst den ganzen Tag im Büro hocken, doch wenn du nichts tust, was wir einem Kunden in Rechnung stellen können, könntest du genauso gut Golf spielen gehen, wenn unterm Strich die Summe stimmt. Mandantenpflege kann vieles sein. Es könnte der große Werbezirkus für einen potentiellen Mandanten sein, doch die Hälfte der Zeit ist es Kontaktpflege – Mittagessen mit einem College-Kumpel, der gerade in der Stadt ist, solche Sachen –, denn man weiß nie, wann das nächste Geschäft um die Ecke kommt.«

»Und? Weißt du von irgendeinem Werbezirkus, den Adam gerade veranstaltet hat?«

»Nein, aber Partner neigen nicht dazu, über solche Sachen zu sprechen, sofern sie noch nicht unter Dach und Fach sind.

Tut mir sehr leid, dass ich nicht in der Lage bin, dir mehr zu erzählen, Chloe. Und verzeih mir, wenn ich wieder neugierig bin, aber du stellst doch wohl hoffentlich nicht Adams Treue zu dir infrage, oder? Ich habe noch nie erlebt, dass er einer anderen Frau nachgesehen hätte.«

»Ich weiß, und das sage ich mir ja auch immer wieder. Trotzdem frage ich mich, ob da irgendein Zusammenhang besteht, was den Mord angeht.«

»So wie ich Adam kenne, hat er wahrscheinlich irgendeine große Überraschung für dich geplant. Ich bin sicher, dass es dafür eine Erklärung gibt.«

Möglicherweise, doch es war eine Erklärung, die ich nie zu hören bekommen würde. Mein Mann hatte mich darüber angelogen, wo er die letzten Tage seines Lebens verbracht hatte. Daran gab es keinen Zweifel.

Ein Piepton sagte mir, dass ein weiterer Anruf in der Leitung wartete. Es war der Pförtner in der Lobby. Ich erklärte Bill, dass ich auflegen müsse. Nicky war eingetroffen.

Alles an Nicky war immer größer und lauter als notwendig. Jeden Tag fliegen ganz normale Menschen mit Flugzeugen und schaffen es ganz allein bis zu ihrem Ziel. Ich hatte sogar angeboten, einen Abholservice von LaGuardia zu organisieren und zu bezahlen, doch Nicky versicherte mir, sie werde sich schon allein zurechtfinden. Nun, fast zwei Stunden nachdem ihr Flug gelandet war, stand sie schließlich vor meiner Wohnungstür, mit zwei hüfthohen Koffern, einer Tasche, die ungefähr die Größe meines Weinschrankes hatte und – die eigentliche Überraschung – mit einem Mann an der Seite, den ich nicht kannte.

»Chloe, darf ich vorstellen, Jeremy, mein Schutzengel.«

Jeremy hob verlegen eine Hand. »Hi.« Sein Haar begann sich zu lichten, und sein Jeanshemd konnte den Bauchansatz nicht kaschieren, doch er hatte leuchtend grüne Augen und einen dunklen Bart. Eindeutig Nickys Typ. Er blickte meine Schwester erwartungsvoll an.

»Ach ja, stimmt, Entschuldigung. Es ist den Flur runter. Die erste Tür links, soweit ich mich erinnere.«

Verblüfft blickte ich dem Fremden hinterher, als er an mir vorbei zu unserer Gästetoilette marschierte.

»Wer, zum Teufel, ist das, Nicky?«

»Ich hätte es wissen müssen, dass du ausflippst. Er saß mit mir im Shuttlebus und hat vor dem Grand Central mitbekommen, wie ich mich mit meinen Koffern abgekämpft habe. Er hat mir dann geholfen, na ja, und am Ende haben wir zusammen ein Taxi nach Downtown genommen. Als wir unten ankamen, musste er dringend pinkeln. Ist doch keine große Sache.«

Ich dachte an all die Stunden, die ich mit irgendwelchen Männern zugebracht hatte, die Nicky sich an Land gezogen hatte. Dieser Typ ähnelte der älteren Version eines Kerls, den sie ins Asagio mitgebracht hatte, wo ich meinen ersten High-School-Job hatte und als Kellnerin arbeitete. Er war natürlich älter als sie, und nach einem Dreigänge-Menü und einer Flasche Wein gingen sie, ohne zu zahlen. Es war das einzige Mal in meinem Leben, dass ich gefeuert wurde.

Nicky bestand darauf, dass ihr Freund es bestimmt einfach nur vergessen hatte, doch einen Monat später kam sie schluchzend in mein Zimmer, weil derselbe Kerl ihre Kreditkarte benutzt hatte, um fast tausend Dollar von ihrem Konto abzuheben und damit seine Wettschulden zu begleichen. Dann ging sie trotzdem noch volle drei Monate weiter mit dem Typen.

Es war der übliche Kreislauf bei meiner Schwester. Sie klagte bei mir über ihre Liebschaften und bezichtigte sie des Drogenmissbrauchs, Diebstahls oder der tätlichen Wutanfälle in betrunkenem Zustand. Aber du kannst deiner Schwester nicht erzählen, dass ein Mann dir ins Gesicht gespuckt hat und dich eine dumme Hure genannt hat, wenn du nicht vorhast, ihn zu verlassen. Doch so war es bei Nicky. Sie erzählte zu viel, aber warf mir dann meine kritische Haltung vor, wenn die Beziehung dennoch andauerte, und tat ihren früheren Kummer als »Frustablassen« ab. Infolgedessen begegnete ich jedem Mann, den sie anschleppte, mit Skepsis. Die Typen waren entweder so mies, wie Nicky in ihren Depri-Phasen behauptet hatte, oder schräg genug, um sich zu einer Frau hingezogen zu fühlen, die auflebte, wenn sie die Dramaqueen geben konnte. Daher war ich nie daran interessiert, mehr zu erfahren als notwendig. Bis sie Adam kennenlernte.

Als mein unerwarteter Toilettengast wieder auf der Bildfläche erschien, streckte er die Hand aus, um meine zu schütteln. Ich war sehr erleichtert, als ich einen Hauch unserer Lavendelseife wahrnahm. »Jeremy Lyons. Tut mir leid, dass ich hier so hereingeplatzt bin. Und, mein Beileid, wegen Ihres Mannes.«

Natürlich hatte Nicky einem Fremden erzählt, warum sie in der Stadt war.

Ich dankte ihm, dass er meiner Schwester geholfen hatte, und begleitete ihn gerade zur Tür, als Ethan aus seinem Zimmer kam. Normalerweise verhielt er sich in Nickys Gegenwart immer sehr zurückhaltend, besonders wenn zwischen den Besuchen viel Zeit vergangen war. Er hatte sie seit über einem Jahr nicht mehr gesehen, doch eilte er zu ihr hinüber und begrüßte sie mit einer Umarmung.

»Also warst du es doch«, sagte er. »Ich dachte, ich hätte die Stimme von einem Typen gehört.«

»Jemand hat Nicky mit den Koffern geholfen«, sagte ich und schaffte es, meinen Verdruss zu kaschieren.

Ich merkte, dass Ethan sein Bestes gab, so zu wirken, als freue er sich, Nicky zu sehen. Natürlich gab er sich Mühe. Doch während wir uns höflich darüber unterhielten, ob der Flug okay gewesen war und warum sie sich für den Shuttle entschieden hatte (»Ich vermute mal, ich wollte nicht allein mit meinen Gedanken in einem Taxi sitzen, außerdem war es billiger.«), sah ich, wie Ethan sich aus einer zweiten Umarmung wand, die zu lange dauerte.

»Ich weiß gar nicht, was ich sagen soll«, meinte Nicky. »Die Sache mit Adam tut mir so leid. Für euch beide«, fügte sie hinzu.

Ich nickte. »Danke. Für dich ist es sicher auch ein Verlust. Ich gebe euch jetzt mal ein bisschen Zeit, ihr habt euch bestimmt viel zu erzählen.«

Darüber hatte ich mit Ethan bereits im Vorfeld gesprochen. Das Risiko, dass Nicky etwas Überstürztes tun würde, wie zum Beispiel auf das Sorgerecht von Ethan zu bestehen, wäre geringer, wenn sie nicht das Gefühl hatte, dass ich versuchte, die Situation zu kontrollieren. Ethan hatte versprochen, mich zu holen, wenn er sie nicht mehr länger ertragen konnte. Unter keinen Umständen durfte er ihr Details über den Mord an seinem Vater anvertrauen.

Als ich an Ethans Zimmer vorbeikam, bemerkte ich, dass er es aufgeräumt hatte. Für seine Verhältnisse war es fast sauber. Ich fragte mich, ob er es getan hatte, weil Nicky kam, oder aus demselben Grund, aus dem ich bis vier Uhr morgens die Fugen im Badezimmer mit einer Haarklammer sauber gekratzt hatte.

Als ich allein in meinem Arbeitszimmer war, fing ich beim ersten Blick auf meinen Bildschirmschoner – ein Foto von Adam, Ethan und mir vor einem Sonnenuntergang am Louse Point Beach – wieder an zu zittern. Ich fragte mich, ob ich meine Gefühle je wieder unter Kontrolle bekommen würde. Ich zwang mich zu arbeiten und machte mir Notizen zu einem Artikel, den ich wahrscheinlich nie schreiben würde. Ich hatte Catherines Vorschlag einer Pressemitteilung abgelehnt, doch sie hatte an diesem Morgen erneut angerufen und vorgeschlagen, dass ich nächsten Monat in der *Eve* etwas über den Mord an Adam schreiben sollte. »Nichts Reißerisches«, sagte sie. »Aber die Leute werden etwas von dir hören wollen. Du bist das Gesicht der Zeitschrift. Und ich kenne dich, Chloe. Zu schreiben ist deine Art, etwas zu verarbeiten. Wie du dich fühlst. Wie du lebst. Du wirst schon wissen, wann du soweit bist.«

Nach vierzig Minuten war klar, dass es nicht einmal ansatzweise klappte. Ich googelte »Jeremy Lyons«. Der zweite Treffer war der Fremde, der unsere Toilette benutzt hatte. Er war Wissenschaftler an der University of Kansas. Den Ankündigungen auf der Internetseite der Fakultät zufolge würde er am nächsten Tag an der NYU einen Vortrag über Geldpolitik halten.

Also war er letzten Endes vielleicht doch nur ein hilfsbereiter Fremder. In Anbetracht von Nickys Geschichte hatte ich keinerlei schlechtes Gewissen, dass ich es überprüft hatte.

Als es an der Tür klopfte, schloss ich den Browser. Es waren Nicky und Ethan. Wie ich sie so zusammen sah, wurde mir bewusst, wie ähnlich er ihr mit zunehmendem Alter wurde.

Er hatte die dunklen Haare und Augen seines Vaters, während Nicky immer noch dunkelblond war, nur minimal mit L'Oréal nachgeholfen. Doch Ethan war genauso hoch aufgeschossen und schlaksig wie seine Mutter, mit einer schmalen Nase und einem kantigen Gesicht.

»Der Junge sagt, du hättest ein Zimmer in einem protzigen Hotel für mich reserviert.«

»Im Marlton, direkt unten an der Fifth Avenue.« Es war relativ neu und schöner als das Washington Square, wo ich sie normalerweise unterbrachte, doch der wahre Grund, warum Ethan es mochte, war das Gebäck, das sie an der Kaffeebar verkauften.

»Danke für das Angebot, aber wenn es für dich in Ordnung ist, nehme ich gern mit der Couch vorlieb. Wenn ich schon hier bin, möchte ich gern wirklich Zeit mit euch beiden verbringen.« Nicky hatte sich noch nie vorher dagegen gesperrt, ins Hotel zu gehen, doch das war anscheinend wegen Adam gewesen.

Sie schaute auf die gegenüberliegende Wand meines Arbeitszimmers. »Ist das da ein Schrankbett? Ich wusste gar nicht, dass du eines besitzt. Genau genommen war ich wohl noch nie hier drinnen.«

»Es ist sehr ungemütlich. Und das Badezimmer ist ganz am anderen Ende des Flurs.« Ich wusste, wie leicht ich zu durchschauen war, aber das war mir egal. Ich wollte Nicky nicht vierundzwanzig Stunden täglich um mich haben, für wie lange sie auch immer mit ihren gigantischen Koffern zu bleiben gedachte.

Bevor ich sie aufhalten konnte, hatte sie das Bett ausgezogen. »Das ist perfekt«, sagte sie und ließ sich auf das ordentlich gemachte weiße Laken fallen. Ich bemerkte, wie Ethan die Chance nutzte und sich aus dem Zimmer stahl. »Und ich verspreche, dass ich dir nicht in die Quere komme. Dieses Zimmer ist riesig. Echt ein Aufstieg im Vergleich zu deinem kleinen Arbeitszimmer während der Middle-School.«

Mein Vater hatte Nicky gezwungen, mit mir das Zimmer zu tauschen, als ich in der achten Klasse war, weil darin Platz für einen Schreibtisch war. Damals war klar gewesen, dass ich diejenige sein würde, die ihn tatsächlich nutzen würde, doch Nicky hatte es immer als Strafe angesehen, weil sie nach dem ersten Semester das College verließ.

Als Nicky ihre Koffer hereinrollte, versuchte ich es ein weiteres Mal. »Ernsthaft, möchtest du nicht lieber ein Zimmer ganz für dich allein, wo du alles auspacken und dich ausbreiten kannst? Wo du ein wenig Privatsphäre hast? Es macht mir wirklich nichts aus, es zu bezahlen.«

»Ich weiß. Du bist immer so großzügig, aber ich möchte wirklich nicht in ein Hotel. Du wirst gar nicht merken, dass ich hier bin, versprochen.« Sie schluckte und fügte dann hinzu: »Bitte, Chloe.«

Ich nickte und wandte den Blick ab. »Natürlich. Was immer am besten für dich ist.«

»Und entschuldige noch einmal dafür, dass ich Jeremy dein Badezimmer angeboten habe. Ich hätte dir vorher eine SMS schicken sollen, aber mein Akku war fast leer. Und was das angeht, bin ich sowieso mit jemand anderem zusammen und habe ihn daher nicht angebaggert, wenn es das ist, was du denkst.«

»Ehrlich, Nicky, ist schon okay. Und ich freue mich für dich, dass du mit jemandem zusammen bist.« Nickys Angewohnheit, die privaten Details ihrer Beziehungen bei mir abzuladen, hatte aufgehört, nachdem Adam sie verlassen hatte. Ich hatte keine Ahnung, ob das bedeutete, dass es keine Details mehr gab, oder sie einfach entschieden hatte, dass ich nicht länger der Mensch war, mit dem sie private Dinge teilen konnte.

»Wir werden sehen. Er ist zweiundfünfzig. Geschieden, zwei Kinder. Ich habe ihm bisher noch nicht einmal von Ethan erzählt ...« Sie hielt abrupt inne, als sich Schritte über den Flur näherten.

Ethan brachte Nickys zweiten Koffer in mein Büro, als mein Handy klingelte. Es war eine 631er Vorwahl. Long Island. Ich entschied, dranzugehen.

»Ms. Taylor, hier spricht Detective Guidry. Tut mir leid, Sie zu stören, aber ich habe noch ein paar Dinge, die ich gerne mit Ihnen besprechen würde. Da ich sowieso wegen ein paar Angelegenheiten zum Bezirksstaatsanwalt muss, können wir uns vielleicht persönlich unterhalten? Ich könnte zu Ihnen kommen, wenn das in Ordnung ist.«

Ich war misstrauisch, ob Guidry wirklich vorhatte, in die Gegend zu kommen, aber wenn ich es schon nicht geschafft hatte, Nicky davon abzuhalten, mein Arbeitszimmer zu okkupieren, wusste ich nicht, wie ich die Bitte einer Polizeibeamtin ablehnen sollte. Ich fragte mich, ob ich einen Fehler begangen hatte, als ich Guidry bat, Nicky anzurufen und ihr die Nachricht von Adams Tod zu überbringen. Ich hatte keine Möglichkeit herauszufinden, was sie über mich gesagt haben könnte.

Denn sosehr Nicky auch betonte, dass sie mich liebte und dankbar für das Leben war, was ich ihrem Sohn ermöglichte, wusste ich, dass sie mir nie verziehen hatte, dass ich ihren Mann geheiratet hatte.

16

Ich hatte nie vor, mich in Adam zu verlieben.

Eigentlich lernte ich ihn erst kennen, als er zu uns nach Hause kam, um Nicky zu einer Verabredung abzuholen, was damit endete, dass er ihre kleine Schwester im Auto mitnahm und sie am Haus ihrer Freundin in Shaker Heights absetzte. Doch ich erinnerte mich noch aus der Zeit an Adam, als ich noch auf der High-School war. Es muss in der sechsten Klasse gewesen sein, und meine Eltern hatten mir erlaubt, den ganzen Samstag mit meinen Freundinnen im Einkaufszentrum abzuhängen.

Maralyn Fisher, Kristin Hoesl und ich saßen auf der Bank vor dem Limited Express, direkt am Restaurantbereich und dem Kino. Wir verbrachten den Nachmittag damit, unseren erstklassigen Sitzplatz, von dem aus man wunderbar die Leute beobachten konnte, nicht minder entschieden zu verteidigen als Gangster ihr Terrain, bis Kristins ältere Schwester und ihre Freunde beschlossen, dass sie unsere Plätze übernehmen würden, falls wir am Ende des Tages im Auto mit nach Hause genommen werden wollten. Wir standen in der Nähe und lauschten, während sie die verschiedenen Mitschüler, die vorbeigingen, in heiß oder uncool klassifizierten. Irgendwann weckte ein Junge mit dunklen Locken und grünen Augen, der am Kinoeingang die Karten abriss, ihr Interesse.

»Gutes, kantiges Gesicht, aber er ist ein Volltrottel.«

»Kennst du das, wenn Erwachsene über hässliche Mädchen sagen, sie hätten ›Charakter‹? Er ist irgendwie das Gegenteil davon. Alles an ihm ist langweilig, nur nicht sein Gesicht. Ich habe letztes Jahr versucht, während der Mathearbeit bei ihm abzugucken, und er hat fast den Tisch umgeworfen, als er versucht hat, mir die Sicht zu versperren.«

Kristins Schwester hatte sich mit ihren Kommentaren zurückgehalten und betrachtete ihn nun wie eine Sammlerin ein Kunstobjekt. »Ich weiß nicht, Leute. Ich glaube, er wird der Student werden, bei dem wir hinterher alle bedauern, dass wir ihn haben abblitzen lassen, wenn er mit seinem Harvard-Abschluss und seinem Privatjet zum Klassentreffen kommt.«

Als Adam Ende August verschwand, fragte ich mich, ob er wirklich nach Harvard gegangen war. In den darauffolgenden Jahren sah ich ihn in der Weihnachtszeit und im Sommer noch ein paar Mal wieder, doch ich habe nie wirklich mit ihm gesprochen. Für mich war er nur der clevere Junge aus dem Kino, den Kristins Schwester in meiner Phantasie verankert hatte.

Doch dann, über zehn Jahre später, als ich das College abgeschlossen hatte und zuhause zu Besuch war, tauchte er bei meinen Eltern auf, um Nicky abzuholen. Wie sich herausstellte, wurde niemand von der Jefferson-High-School an Harvard angenommen, doch Adam hatte ein Stipendium an der University of Michigan bekommen. Und er war der Typ, von dem meine Schwester ununterbrochen redete, seit sie im Sommer auf ihrem zehnjährigen High-School-Treffen gewesen war. Ich erinnere mich noch, wie anders sie an diesem Wochenende aussah, mit ihrem natürlichen Make-up, den locker geföhnten Haaren und schlichter, geschmackvoller Kleidung anstatt ihres üblichen Hippie-Outfits. Nicky hatte noch nie so gut ausgesehen. Ich weiß noch, wie leid sie mir tat, weil sie so tat, als wäre sie jemand anderer, nur um einen ehemaligen Klassenkameraden zu beeindrucken.

Doch es hatte funktioniert – zumindest bei Adam, der seine ersten beiden Jura-Semester an der Case Western beendet hatte und ganz anders war als die Typen, die sonst um Nicky herumtänzelten. Selbst in den paar Wochen, die ich in Cleveland verbrachte, bevor ich meine Assistentenstelle bei *City Woman* antrat, erkannte ich die Rollen, die sie spielten. Er war der Junge aus dem Ort, der es zu etwas gebracht hatte, mit super Noten, die ihm die Spitzenpositionen bei den Prüfungskommissionen verschafften. Und Nicky betörte ihn, zu denken, sie wäre genau das, was er bräuchte – eine Freundin, deren Priorität es war, ihm bei der Verwirklichung seiner Ziele zu helfen.

Und dann schaffte es Nicky zur Überraschung aller, einschließlich meiner, die Kurve zu kriegen. Adams Freundin zu sein verlieh ihr eine Identität, die ihre Entscheidungen und ihr Verhalten lenkte. Ich sehe es eigentlich nicht gern, dass eine Frau ihren Mann zu ihrem einzigen Lebensinhalt macht, aber für sie funktionierte es. Statt den ganzen Tag zu schlafen, bis ihre Schicht im Restaurant anfing, fuhr sie Adam zum Campus, damit er sich dort nicht mühselig einen Parkplatz suchen musste. Zwischendurch erledigte sie nicht nur ihre eigenen Einkäufe, sondern auch seine, damit er abends mehr Zeit zum Lernen hatte – was er häufig hinten in einer Sitzecke des Restaurants tat, in dem sie kellnerte, damit er Zeit mit ihr verbringen konnte, wenn gerade nicht viel zu tun war. Die meisten Restaurantbesitzer hätten etwas gegen jemanden gehabt, der sich regelmäßig länger bei ihnen aufhielt, doch weil Adam da war, kam Nicky regelmäßig zur Arbeit und war sogar pünktlich. Und vermutlich waren meine Eltern und ich nicht die Einzigen, die auf die Parade der Gruselgestalten, die häufig vorbeikamen, um meine Schwester zu besuchen, gut verzichten konnten.

Drei Jahre lang riss Nicky sich zusammen – zumindest überwiegend. Später erfuhr ich, dass sie sich zu einigen Gelegenheiten, etwa auf den Partys seines Studiengangs, betrunken hatte, jedoch nicht so heftig wie andere Studierende. Bei einer ihrer frühesten und übelsten Ausschreitungen drohte Adam ihr, mit ihr Schluss zu machen. Sie war wegen Trunkenheit am Steuer angehalten worden und hatte darauf beharrt, der Polizeibeamte solle ihren Freund anrufen, weil er »sein Boss« sei. Zu diesem Zeitpunkt hatte Adam gerade ein Praktikum im Büro des Bezirksstaatsanwaltes gemacht und das Angebot angenommen, nach dem Studium dort anzufangen. An diesem Zwischenfall hätte seine Karriere scheitern können, bevor sie überhaupt begonnen hatte, aber der Polizeibeamte bot Nicky an, sie an ein Familienmitglied zu übergeben, wenn sie versprach, nie mehr Auto zu fahren, wenn sie etwas getrunken hatte. Doch anstatt sich zu trennen, zogen sie zusammen. Adam erzählte mir Jahre später, Nicky hätte erklärt, sie würde nur deshalb trinken, weil sie Angst hatte, er würde sie verlassen, wenn er Anwalt war, da sie nicht so gebildet sei wie er.

Niemand unter den Zuhörern der Abschlussfeier jubelte lauter, als Adam auf die Bühne schritt, um sein Magna cum laude in Empfang zu nehmen. »Wir haben es geschafft, Süßer!«, brüllte Nicky und erntete dafür Applaus vom Rest der Zuschauer. Für Nicky war sein Erfolg genauso auch ihr Erfolg.

Adam trat seine Stellung im Büro des Bezirksstaatsanwaltes an, und Nicky hörte auf zu kellnern. Es war die Rede davon, dass sie wieder aufs College gehen wollte, und er kaufte ihr einen großen Stapel Bücher zur Vorbereitung auf die Aufnahmeprüfung und schrieb ihr sogar Lernkarten, damit er ihr abends beim Üben helfen konnte. Ungefähr um diese Zeit wurde Nicky schwanger. Sie sagte, sie hätte einige Male vergessen, ihre Pille zu nehmen, doch da hatte ich so meine Zweifel.

Natürlich heiratete Adam sie. Sie erzählten allen, sie hätten sowieso vorgehabt zu heiraten und eine Familie zu gründen, hätten aber jetzt einen Grund, sich den Trubel einer großen Zeremonie zu ersparen.

Und selbst da bekam Nicky irgendwie die Kurve. Sie schaffte es während der Schwangerschaft, weder zu trinken noch zu rauchen. Doch als sie sich erst einmal um das Baby kümmern musste, konnte sie die Tarnung nicht mehr aufrechterhalten. Nicky war nie in der Lage gewesen, sich um sich selbst zu kümmern, von einem weiteren Menschen ganz zu schweigen. Sie war damit durch, den Schein zu wahren.

Schon damals, als ich aus New York zu Besuch in Cleveland war, um meinen neugeborenen Neffen zu sehen, merkte ich, dass etwas nicht stimmte. Zum Zeitpunkt meiner Abreise trank Nicky bereits wieder literweise Bloody Mary und schwor dabei, sie hätte genügend Muttermilch im Eisfach, um das Baby zu versorgen, während sie als Mom endlich feiern dürfe.

Über die nächsten Jahre wurde die neue Nicky langsam, aber sicher von der alten verdrängt. Und dann, am Abend der Met Gala, tat sie etwas so Fürchterliches, dass Adam keine Wahl mehr hatte. Er nahm Ethan und verließ sie für immer.

Ich weiß, wie es klingt, wenn Leute hören, dass ich den Mann meiner Schwester geheiratet habe, aber so war es nicht. Ich habe versucht, sie zu warnen. Sie war diejenige, die entschieden hatte, alles zu verlieren.

17

Poppit

Thread: Wer hat den Anwalt und Vater Adam Macintosh erstochen?

Letzte Kommentare:

Gepostet von JamBoy
Wir alle wissen, dass es die Ehefrau war, stimmts's?

Gepostet von BilboB
Wer hat also wen betrogen? Er sie oder sie ihn?

Gepostet von FireStarter
Nur zwei Worte: Chloe Taylor

Gepostet von SoxSuck92
Natürlich, sie war sich zu fein dafür, einen anderen Nachnamen anzunehmen, aber wir sollten sie jetzt bei ihrem richtigen Namen nennen: Chloe Fotze Taylor

Gepostet von KurtLoMein
Wir sollten nicht vorschnell urteilen. Nach allem, was wir wissen, ist sie auch ein Opfer.

Gepostet von FireStarter

Zitat: Wir sollten nicht vorschnell urteilen.

Wann bist du zu einem solchen Weichei geworden, KurtLoMein?
Du hetzt doch schon seit Monaten gegen diese Fotze.

Gepostet von BilboB

Sind wir sicher, dass es kein Selbstmord war? Denn ... welcher
Mann hält schon aus, mit der verheiratet zu sein?

Gepostet von Anonym2020

Mal sehen, wie sehr sie Männer hassen wird, wenn sie bei ihren
Knastschwestern herumgereicht wird.

Gepostet von DonkeySchlong

LOL! Kann gar nicht abwarten, die elitäre Tussi hinter Gittern zu
sehen.

Gepostet von Bighead

Sperrt! Sie! Weg!

18

Ich sagte Nicky, dass ich Druckfahnen für die Zeitschrift überprüfen musste, doch eigentlich wollte ich nur allein in meinem Büro sein. Ich sprang zwischen Twitter, Poppit und einer Facebook-Gruppe hin und her, die jemand gegründet und »Gerechtigkeit für Adam« genannt hatte. Catherine hatte mir kürzlich erklärt, dass mein zwanghaftes Bedürfnis, die scheußlichen Sachen zu lesen, die anonyme Fremde über mich im Internet schrieben, ein Beweis für meinen unterbewussten Wunsch sei, mich selbst zu bestrafen. Sie fragte mich, ob ich mich schuldig fühle, weil ich eine erfolgreiche Frau sei. Zu dem Zeitpunkt hielt ich die Theorie für blödsinnig, aber inzwischen lag sie gar nicht mehr so weit daneben.

Ich schloss die Social-Media-Fenster und spielte eine weitere Runde »Adams Passwort raten«, versuchte es weitere vier Mal, bevor ich aufgab. Ich hatte Sorge, dass das Sicherheitssystem der Firma eine Einstellung besaß, die mich nach zu vielen fehlgeschlagenen Versuchen blockierte.

Wo warst du letzte Woche, Adam? Die Polizei hatte sein Handy und sein Laptop mitgenommen, und seine Kreditkartenabrechnungen gingen an seine Firma, also konnte ich in dieser Richtung keine Nachforschungen anstellen.

Ich rief unser gemeinsames Konto auf – die Karte, die wir für Restaurantbesuche, Einkäufe und Reisen benutzten, um mehr

Punkte zu sammeln –, obwohl ich nicht annahm, dass Adam sie für irgendetwas benutzt hatte, was er vor mir geheim halten wollte. Beim Blick auf unsere kürzlich zurückliegenden Transaktionen wurde mir bewusst, wie nachlässig wir mit unseren Finanzen geworden waren, seit ich begonnen hatte, über mehr Geld als Zeit zu verfügen.

Ich sah keine Hotelrechnungen, Online Dating Accounts oder Pickup-Bars, wenn es die überhaupt noch gab. Ich fand jedoch ein paar Ausgaben von Adam: 396 Dollar für ein Abonnement des *New York Law Journal*, 25 Dollar für irgendeine Justiz-Sache und, ganz kürzlich, vier Uber-Fahrten: drei zu je 80 Dollar am Donnerstagmorgen, Donnerstagabend und Freitagmorgen, und dann eine über 320 Dollar am Freitagabend. Die Zeiten und Summen passten zu dem, was er mir über seine Fahrten zu einem Hotel in der Nähe des JFK erzählt hatte, wo er sich mit Leuten von der Gentry Group treffen wollte.

Er hatte Uber benutzt anstatt den Fahrdienst der Firma und hatte die Fahrten privat bezahlt, anstatt über sein Firmenkonto. All das legte nahe, dass Jack recht hatte. Adam hatte sich nicht mit einem Mandanten getroffen.

Ich rief die Uber-Seite auf und loggte mich ein. Wir hatten einen offenen Familien-Account, weil Adam in der Lage sein wollte, nachzusehen, wo Ethan sich aufhielt – als ob unser halbwüchsiger Sohn keine Alternativen kannte, um sich in New York City fortzubewegen.

Ich rief die Quittungen der vier Fahrten auf. Die zugehörigen Stadtpläne zeigten einen üblichen Halteplatz, an dem Fahrgäste abgeholt und abgesetzt wurden: die U-Bahn-Station Union Turnpike Kew Gardens. Es war in Queens, direkt an der Kreuzung Jackie Robinson Parkway und Queens Boulevards, nicht ansatzweise in der Nähe der Reihe von Airport-Hotels, an die ich gedacht hatte. Ich zoomte aus dem Bild heraus und ließ mir die Route von dort zum JFK anzeigen. Der Flughafen war über zehn Kilometer entfernt.

Ich klickte auf den Button »In der Nähe suchen« und dann auf »Hotels«. Das nächstgelegene war eine Comfort Lodge, fünf Blocks weiter, doch es war schwer vorstellbar, dass die Gentry Group ein so billiges Hotel auswählen würde anstatt eines der deutlich luxuriöseren Hotels näher am Flughafen.

Ich klickte bei Google Maps auf die unmittelbare Umgebung und fand eine FedEx-Annahmestelle, ein Starbucks und einen Friedhof. Das Strafgericht Queens County lag nur wenige Gehminuten von dem Halteplatz entfernt, doch Adam hatte mir erzählt, er würde seine Mandanten in einem Hotel treffen. Und wenn er zum Strafgericht wollte, warum hatte er den Fahrer nicht gebeten, ihn direkt dort abzusetzen?

Ich versuchte, mir Adam in einer Gegend vorzustellen, in der ich noch nie gewesen war, wo er sich mit jemandem traf, der mir gänzlich unbekannt war, doch es gelang mir nicht.

Ich öffnete meine Kontakte, rief den Eintrag von Carol Mercer auf, der Frau des Justiziars der Gentry Group, und schrieb eine E-Mail:

Liebe Carol, ich kann mir gar nicht vorstellen, dass unser großartiger Abend im Ledbury schon drei Jahre her ist. Zumindest haben sich Roger und Adam dank ihrer Arbeit häufiger gesehen. Zu diesem Thema habe ich eine ungewöhnliche Bitte an dich: Könntest du bitte Roger fragen, ob Adam sich letzte Woche mit jemandem von der Gentry Group getroffen hat?

»Ungewöhnlich« war die Untertreibung des Jahres. Ich versuchte es erneut.

Liebe Carol, es tut mir so leid, Euch eine schreckliche Neuigkeit berichten zu müssen und Roger eine seltsame Frage zu stellen.

Mein dritter Versuch wurde vom Telefon auf meinem Schreibtisch unterbrochen. Es war der Pförtner. Während ich den Hörer auflegte, schloss ich die E-Mail, die ich gerade angefangen hatte, und druckte die Uber-Quittungen aus. Detective Guidry war eingetroffen.

19

Nicky saß im Schneidersitz auf dem Wohnzimmerfußboden, als ich hereinkam. Panda hatte sich auf ihrem Schoß zusammengerollt, und die Hälfte des Couchtisches war von farbigen Keramikstücken und diversen Reifen und Drähten bedeckt.

Nachdem Mom gestorben war, hatte ich Nicky die Hälfte gegeben, die mir zugestanden hatte, und zahlte dann weiter die Grundsteuer und die Versicherung, damit sie es sich leisten konnte, unser Elternhaus zu behalten. Ihr sonstiges Einkommen kam von dem, was sie mit dem Verkauf von Schmuck verdiente.

»Sei vorsichtig mit dem Zeug, okay?«, bat ich. »Panda hat so eine Art, sich alles zu schnappen, worauf er die Pfoten legen kann.«

Nicky kraulte Panda unter dem Kinn. »Wir sind ein bisschen draufgängerisch, was? Spielst du gern mit dem Feuer? Du hättest mich in den Neunzigern sehen sollen.«

Ich schloss die Haustür für Guidry auf, die jeden Moment eintreffen würde. »Vielleicht hältst du dich mit deinem schillernden Humor einen Moment zurück. Die Ermittlerin der Mordkommission kommt gerade hoch.«

Guidry kam nicht allein. Detective Bowen war bei ihr, und ich fragte mich, ob er auch wegen ein paar »Angelegenheiten zum Bezirksstaatsanwalt musste«.

Beide lehnten mein Angebot zu Wasser, Kaffee oder Tee ab. Während Guidry mich fragte, wie Ethan die Sache verkraftete, streifte Bowens Blick durch meine Wohnung, als wäre er ein Immobilienmakler. Wenn ich ihm sagen würde, dass wir vier Millionen Dollar gezahlt und eine Terrasse mit Blick auf den Washington Square hatten, machte mich das dann zur Mörderin?

Ich hatte Ethan bereits gebeten, in seinem Zimmer zu warten. Nicky stand barfüßig auf, um sich vorzustellen.

»Ich bin Nicky Macintosh«, sagte sie und schüttelte Guidry die Hand. Nicky hatte ihren Nachnamen nie zurück in Taylor geändert, und es wäre kleinlich gewesen, sich mit ihr darüber zu streiten. »Wir haben telefoniert.«

Ich bat die Polizisten, auf dem Sofa Platz zu nehmen, und setzte mich auf Adams Lieblingsplatz, einen weißen Ledersessel von Design Within Reach. Als Nicky entschied, sich zu uns zu gesellen und sich in einen passenden Sessel neben mich zu setzen, ließ ich das unkommentiert, anstatt sie zu bitten, uns einen Moment allein zu lassen. Nachdem alle Platz genommen hatten, fragte ich die Detectives, ob es in der Ermittlung irgendwelche Spuren gebe.

»Wir schauen uns alle Möglichkeiten genau an«, sagte Bowen. »Aber wir haben ein paar Fragen, bei denen Sie uns weiterhelfen könnten.«

Ich antwortete ihnen, das täte ich gern, und wünschte mir gleichzeitig, Nicky wäre irgendwo anders. Sie hatte immer so eine Art an sich, etwas zu sagen, das die Situation noch unangenehmer machte.

Ohne große Einleitung begann Guidry direkt mit der ersten Frage: »Warum hat Adam an diesem Abend seine Waffe nicht hervorgenommen?«

Ich spürte, wie ich blinzelte, aber brachte kein Wort heraus.

»Ihre Waffe. Oder zumindest Adams Waffe. Er hat eine Smith & Wesson Neun-Millimeter, die beim Sheriff's Office in Riverhead registriert ist.«

An die Waffe erinnerte ich mich. »Wir haben sie nicht mehr.«

»Und wo ist sie?«, fragte Guidry. »Sie war nicht auf der Liste der gestohlenen Dinge Ihres Hauses. Und wenn sie in dem Haus gewesen wäre, hätte Adam sie sich doch wahrscheinlich geholt, als er den Einbrecher hörte.«

»Adam hat sie« – ich schwieg kurz, um in meinem Gedächtnis zu kramen – »vor ungefähr einem Jahr gekauft. Ich habe ihm gesagt, dass mir nicht wohl dabei sei, eine Waffe im Haus zu haben, und habe darauf bestanden, dass er sie wieder los wird. Ich bin nach der letzten Schießerei in einer Schule sogar auf eine Demonstration gegangen. Tut mir leid, aber Sie sehen ja, dass mich das sehr berührt.«

»Und wo ist die Waffe jetzt?«

Ich zuckte die Achseln. »Keine Ahnung. Ich wollte nicht mit ihr unter einem Dach sein. Adam meinte, das verstehe er. Vermutlich hat er sie mit zur Arbeit genommen oder sie wieder verkauft.«

Ich konnte das Schweigen, das folgte, zwar nicht deuten, hoffte aber, dass ich einen Punkt auf ihrer internen Liste abgehakt hatte.

»Das hilft uns weiter. Wir würden uns auch gern vergewissern, wie Ihre Gewohnheiten aussahen, was die Alarmanlage in Ihrem Haus angeht.«

»Ich habe Ihnen doch schon gesagt, dass wir sie nie eingeschaltet haben, außer wenn wir weg waren oder ich allein dort war.«

»Und wenn sie eingeschaltet war, wer kannte dann den Code?«, fragte Bowen.

Ich gab ihm die kurze Liste: Wir, die Haushaltshilfe und ihr Mann, der bei Bedarf bei uns als Handwerker tätig war. »Doch das Passwort ist der Geburtstag unseres Sohnes. Theoretisch sollte das vermutlich einfach herauszufinden sein. Und, wo wir gerade dabei sind: Haben Sie inzwischen Zugang zu Adams E-Mails? Ich versuche immer noch herauszufinden, wo er Donnerstag und Freitag war.«

»Das Treffen mit seinem Mandanten in der Nähe des Flughafens«, sagte Guidry. »Sie haben es gestern erwähnt. Wir gehen der Sache nach.«

Bowens verständnisloser Blick sagte mir, dass er das erste Mal davon hörte.

»Ich habe mir unseren Uber-Account angesehen. Adam ist nicht zum Flughafen gefahren. Oder zu irgendeinem Hotel, soweit ich sehen kann.« Ich gab ihr die ausgedruckten Abrechnungen. »Ich habe Adam gefragt, warum sein wohlhabender Mandant nicht in einem Hotel in Manhattan abgestiegen ist statt in einem Airport-Hotel. Ich hatte sogar angeboten, mich um ein Restaurant zu kümmern und um Theaterkarten, denn ich wusste ja, wie wichtig die Mandantenpflege für ihn als relativ neuer Partner gewesen ist. Er sagte etwas darüber, dass sie im Notfall möglicherweise in der Lage sein wollten, schnell in ein Land auszufliegen, das kein Auslieferungsabkommen mit den USA hat. Im Rückblick denke ich, dass da etwas nicht stimmte, aber ich verstehe nicht, warum er an einer Bahnstation abgesetzt wurde.«

Ich konnte erkennen, dass Guidry das nicht überzeugte. »Ich weiß zu schätzen, dass Sie versuchen, sich alle Ungereimtheiten wieder ins Gedächtnis zu rufen, Chloe, aber hört sich das nicht eher an, als hätte Ihr Mann nur einen Witz gemacht?«

»Er hat sich bei diesem Mandanten nie wohl gefühlt«, sagte ich. »Adam war früher Staatsanwalt – im Southern District. Und natürlich wusste er, dass er nicht immer einen Superhelden-Umhang oder die weiße Weste tragen würde, nachdem er erst einmal die Seiten gewechselt hatte und zu Rives & Braddock gegangen war. Aber man merkte, dass er sich durch die Gentry Group… schmutzig fühlte. Ich kenne die Details nicht, doch da war irgendetwas im Busch. Ich glaube, er hat sich mit ihnen getroffen, wollte aber aus irgendeinem Grund nicht, dass die Kanzlei davon erfuhr. Offenbar hat er die Stunden mit dem Mandanten noch nicht einmal in Rechnung gestellt. Und er ist mit Uber gefahren, statt den Fahrdienst der Kanzlei zu nutzen, und hat die Fahrten privat bezahlt.«

Guidry nickte, als ich sprach, doch als sie antwortete, wählte sie ihre Worte vorsichtig. »Wenn er sich mit einem Mandanten getroffen hätte, hätte er dann nicht einfach den Namen des Hotels als Ziel angegeben anstatt einen U-Bahnhof? Und ich weiß ja nicht viel über Anwälte, aber ich habe noch nie von einem gehört, der zwei Tage mit einem Mandanten verbracht hat, ohne ihm dafür etwas zu berechnen. Ist es nicht wahrscheinlicher, dass er irgendwo anders hingefahren ist und nicht wollte, dass entweder Sie oder die Kanzlei davon erfuhren?«

»Das weiß ich nicht. Darum bitte ich Sie ja, dem nachzugehen.«

Bowen fing Guidrys Blick auf und stellte dann die nächste Frage. »Glauben Sie, Ihr Mann hat Sie betrogen, Ms. Taylor?«

»Nein!« Die Entschiedenheit in meiner Stimme überraschte mich. »Ich sagte Ihnen doch: Es gibt einen Grund dafür, dass mein Mann nicht wollte, dass jemand wusste, wo er sich zwei volle Tage aufgehalten hat. Es muss mit dem Mord zusammenhängen.«

»Okay, okay«, sagte er und kritzelte etwas auf seinen Spiralblock. »Wir werden uns das näher anschauen, aber Sie müssen verstehen, dass gewisse Fragen in jeder Mordermittlung zur Routine gehören. Es macht uns auch keinen Spaß, sie zu stellen.«

»Mein Mann hat mich nicht betrogen.«

»Verstanden, und, nur der Vollständigkeit halber: Auch in Ihrem Leben gibt es keine Dritten? Das müssen wir fragen, wenn auch nur, um diese Person oder die Personen als Verdächtige auszuschließen.«

»Personen? Plural? Nein, keine Dritten. Und keinen Dritten. Nur ein langweiliges, monogames, verheiratetes Paar. Das kommt vor, Detectives.«

Bowen grinste und warf einen Blick auf Nicky. Ich hätte am liebsten eines von Nickys Werkzeugen genommen und es ihm in die Hand gerammt.

»Und sind Ihr Sohn und sein Vater in letzter Zeit gut miteinander ausgekommen?«, fragte Bowen.

»Natürlich«, sagte ich. »Sie stehen sich sehr nahe.«

Plötzlich tauchte Adams Gesicht vor meinem inneren Auge auf, wie es rot anlief, als er Ethan im Auto vor der Schule anbrüllte. Eine Passantin hörte ihn selbst durch die geschlossenen Fenster. Ich musste »Alles okay!« sagen und ihr winkend bedeuten, sie solle weitergehen. Es ging um diese blöde Waffe.

»Was nicht ungewöhnlich ist«, fügte ich hinzu, »wenn man bedenkt, dass Adam für ihn das alleinige Sorgerecht hatte.«

Ich blickte Nicky an. Sie nickte und legte kurz bestärkend ihre Hand auf meinen Arm. »Sie hat recht. Ich hätte nicht zugestimmt, dass Adam meinen Sohn hier ohne mich erzieht, wenn es irgendwelche Probleme gegeben hätte. Ich weiß, dass es keine traditionelle Familiensituation ist, aber Adam und Chloe haben Ethan ein wunderbares Leben geboten.«

»Dann … gab es also überhaupt keine Probleme zwischen Ihnen?«, fragte Guidry.

»Ich meine, er ist sechzehn Jahre alt«, sagte ich. »Sein Zimmer sieht aus wie ein Saustall, und er hockt permanent vor irgendeinem Bildschirm. Aber, nein, nichts, was man ein *Problem* nennen könnte. Sie wollen doch nicht ernsthaft andeuten …«

Guidrys Blick wurde weicher. »Natürlich nicht. Wir müssen nur fragen. Vielleicht könnten wir noch unter vier Augen mit Ethan sprechen, und dann wären wir hier fertig.«

Ich stieß einen langen Seufzer aus. »Na gut, ich hole ihn.«

Ich war kaum aus meinem Sessel aufgestanden, als Nicky sagte. »Nee. Wir sind hier fertig, zumindest, was Ethan angeht.«

»Es dauert nur ein paar Minuten«, sagte Guidry. »Chloe …«

»Nein!« Nicky hielt eine Hand hoch und versperrte mir die Sicht auf die Detectives. »Chloe ist nicht seine Mutter. Das bin ich. Ich habe rechtsgültige Papiere, wenn Sie die brauchen. Da Adam nicht mehr da ist, bin ich sein Vormund. Und Sie werden nicht mit meinem Sohn sprechen, nachdem Sie bei zwei verschiedenen Gelegenheiten danach gefragt haben, ob er Probleme mit seinem ermordeten Vater gehabt hätte, während Sie gleichzeitig die Beweise ignorieren, die meine Schwester Ihnen zu geben versucht. Die ganze Sache ist widerwärtig.«

Ich hörte eine Uhr, von der ich gar nicht mehr wusste, dass ich sie besaß, auf einem Bücherregel im Flur ticken.

Schließlich sagte Guidry: »Vielleicht könnten wir Ethan fragen, was er möchte...«

Ich schüttelte den Kopf. »Nein, meine Schwester hat recht. Das nächste Mal, wenn Sie mit Ethan oder mir sprechen wollen, rufen Sie meinen Anwalt Bill Braddock an.«

20

Wir warteten, bis wir das Ping des Fahrstuhls hörten, bevor wir ein weiteres Wort sagten.

»Was zum Teufel war das denn, Nicky? Du bist seine Mutter und ich nicht? Sie werden denken, dass wir etwas zu verbergen haben.«

Meine Schwester nahm wieder in ihrem Sessel Platz und legte ihren Kopf in die Hände. Als sie wieder aufblickte, sah ich, dass sie versuchte ruhig zu bleiben. »Bei allem Respekt, Chloe, warum kümmert es dich so verdammt viel, was andere Leute von dir denken?«

Ich hatte keinen Schimmer, was sie meinte.

»Ich habe nicht kapiert, warum du auch nur eine einzige Frage dieser Cops beantwortet hast, von der Bitte, mit Ethan zu sprechen, ganz zu schweigen. Aber dann habe ich es begriffen: Du hast versucht, diese Cops zufriedenzustellen, als könntest du sie auf deine Seite ziehen, wenn sie nur sehen, wie perfekt und süß du bist.«

»Das hat nichts mit ›perfekt und süß‹ zu tun. Aber ich möchte nicht, dass sie denken, wir hätten etwas zu verbergen.«

»Ich würde sagen, der Zug ist abgefahren, kleine Schwester. Ganz offensichtlich versuchen sie, den Mord an Adam innerhalb deines Hauses zu lösen. Verstehst du nicht, was sie tun? Sie haben nach Ethans Verhältnis zu Adam gefragt, um dir eine

Falle zu stellen. Wenn sie ihn erst einmal allein zu fassen bekommen hätten, hätten sie ihn nach der Dynamik zwischen *dir* und Adam ausgefragt. Wer hätte gedacht, dass ausgerechnet *du* von uns beiden die Tatverdächtige sein würdest?« Sie hob amüsiert die Augenbrauen.

»Ich bin keine Tatverdächtige«, sagte ich.

»Na, dann sag das mal dem Internet. Der Grund, warum mein Akku leer war, ist, dass ich ununterbrochen auf Twitter war.«

»Du nimmst das hier nicht besonders ernst, Nicky. Adam ist tot. Das ist nicht witzig.«

»Hab's verstanden, heilige Chloe. Himmel, denkst du wirklich, ich würde das hier nicht ernst nehmen? Ich bin hier, oder nicht? Und wer war diejenige, die den Cops gesagt hat, sie sollten ihre scheiß Finger von Ethan lassen? Doch nur, weil etwas richtig mies läuft, heißt das doch noch lange nicht, dass man seinen Humor über Bord werfen muss. Nur dadurch, über all den verkorksten Scheiß zu lachen, den ich durchgemacht habe, habe ich es geschafft zu überleben.«

Ich wappnete mich für eine vertraute Runde der vielen Arten und Weisen, auf die das Schicksal Nicole Taylor hereingelegt hatte, doch sie schwieg. Nicky schaute den Flur hinunter, um sich zu vergewissern, dass Ethans Zimmertür geschlossen war. Als sie wieder sprach, war ihre Stimme leise.

»Also, wie lange hast du Adam schon betrogen?«

Ich verzog das Gesicht und schüttelte den Kopf. »Du bist unmöglich.«

»Ich wusste genau, dass du lügst, als dieses Arschloch dich nach Dritten gefragt hat. Mach dir keine Gedanken – du warst schon immer eine gute Lügnerin, nur nicht bei mir.«

»Ich bin keine gute Lügnerin, Nicky. Oder eine schlechte, was das angeht. Denn ich habe nicht gelogen. Manche Leute lügen nicht.«

»Siehst du?«, sagte sie und hob anklagend den Finger. »So redest du dann. Du wirst ganz formell und kurz angebunden: Personen? Plural? Nein, keine Dritten. Und keinen Dritten. Das kommt vor.«

Mir gefiel der leiernde, roboterhafte Ton nicht, mit dem sie mich nachmachte, aber was sie sagte, war wohl nicht falsch.

»Ich wusste immer, wann du unehrlich warst, Chloe. Weißt du noch, wie du *Die Muppets Show* bei den Wiederholungen entdeckt hast? Du hast dir die Fernbedienung unter den Nagel gerissen, indem du Mom erzählt hast, es sei lehrreich, weil es aussah wie die *Sesamstraße*. Ich habe Mom gesagt, es seien nur Puppen und dass du den Mist sowieso schon kennen würdest, und dann habe ich Ärger bekommen, weil ich keine gute Schwester war. Deinetwegen habe ich die gesamte letzte Staffel von *Remington Steele* verpasst. Du konntest dir noch nicht mal ein Grinsen verkneifen, wenn Mom nicht hingesehen hat, so stolz warst du darauf, dass du damit durchgekommen bist. Oder, was war mit der Zeit, als du in deinem Abschlussjahr einen Harninfekt hattest und all deine Freunde im Glauben gelassen hast, du hättest endlich deine Unschuld verloren? Ich wusste es, weil du so intensiv an deinem Geschichtsaufsatz gearbeitet hast, dass du den ganzen Tag vergessen hast, pinkeln zu gehen, du Zwangsstörungs-Irre.«

Ich merkte, wie sich unwillkürlich ein Lächeln auf meinem Gesicht ausbreitete.

»Siehst du? Man kann lustig sein, auch wenn gerade alles richtig scheiße läuft.«

»Und es läuft wirklich, wirklich scheiße. Ich kann einfach nicht glauben, dass Adam…« Meine Unterlippe begann zu zittern, als mir die Tragweite des Ganzen wieder bewusst wurde. Ich wollte nicht weinen, besonders nicht vor Nicky. So sehr sie auch verdient hatte, Adam zu verlieren – und auch Ethan –, war sie der letzte Mensch, von dem man erwarten könnte, dass sie mich tröstet.

Glücklicherweise war Nicky nie die große Trösterin gewesen. »Also, wer ist der Typ?«

Ich schüttelte den Kopf. Ich würde ihren Verdacht nicht bestätigen, doch ich hatte auch nicht die Energie, mich mit ihr deswegen zu streiten. Irgendwann würden wir uns um das streiten müssen, was wirklich wichtig war – was mit Ethan passieren würde. Ich fragte mich, ob es das war, was sie meinte, als sie der Polizei sagte, sie habe alle rechtsgültigen Papiere dabei.

»Jetzt bin ich diejenige, die es ernst meint, Chloe. Vielleicht solltest du den Cops sagen, wer dieser Typ ist. Ich meine, man weiß ja nie.«

Ich widerstand dem Drang, ihr zu sagen, dass ich nie diejenige gewesen war, die mit Kerlen ausging, die eines Mordes fähig waren. »Ich habe ihnen schon gesagt, dass ich ihnen ohne einen Anwalt nichts weiter zu sagen habe.«

Sie nahm diese Aussage als Bestätigung. »Kein Wunder, dass du so herumhumpelst. Kleiner Rat: Wenn dir der Sex auf die Eier geht, machst du was falsch.«

Ich konnte nicht anders. Das war so unmöglich, dass ich lachen musste.

»Denk immer dran: Kinder auf dem Rücksitz verursachen Unfälle, aber Unfälle auf dem Rücksitz verursachen Kinder. Hey, was ist der Unterschied zwischen einem G-Punkt und einem Golfball? Nach einem Golfball fängt der Typ wirklich an zu suchen. Kann man mit einem Tampon schreiben? In der Regel schon …«

Wie oft hatte ich Ethan schon angesehen, um mich zu vergewissern, dass er nicht die schlimmsten Seiten meiner Schwester geerbt hatte? Und doch musste ich zugeben, dass eines der vielen Dinge, die ich an ihm liebte, genau dieser derbe Humor war, den er mit Sicherheit nicht von Adam oder mir hatte. Nickys immer absurder werdende Witze nahmen ein abruptes Ende, als wir hörten, wie Ethans Zimmertür sich öffnete. »Mom, das musst du dir ansehen.«

Wir beide griffen nach dem Handy auf seiner ausgestreckten Hand, und dann zögerte Nicky und ließ sich zurück in den Sessel sinken. Ich nahm das Handy und zog den Bildschirm weiter auf, damit wir es beide lesen konnten.

Der Artikel war erst sechs Minuten alt und von der *New York Post* hochgeladen worden. »Sohn des erstochenen Opfers brachte Schusswaffe mit zur Schule.« Dem ersten Satz zufolge hatte »der sechzehnjährige Sohn des Mordopfers Adam Macintosh, Mann der #ThemToo-Autorin Chloe Taylor, schon mal eine Waffe mit in die Schule gebracht«, hatten Quellen der *Post* berichtet. Trotz der Bedenken von alarmierten Mitschülern und Lehrern habe Taylor Berichten zufolge ihren Einfluss genutzt, um den Zwischenfall als Missverständnis abzutun.

»Eine Waffe?«, sagte Nicky. »Davon hast du mir nie erzählt.«

Ich drückte mir die freie Hand gegen die Stirn, damit das Pochen aufhörte. »Sie übertreiben maßlos.«

Es war eine weitere Episode gewesen, in der Adam und ich nicht einer Meinung gewesen waren, was Ethans Erziehung betraf. Der Großteil dessen, was ich der Polizei über die Waffe erzählt hatte, stimmte. Kurz nachdem die Online-Drohungen gegen mich zu einem Teil unseres Alltags wurden, hatte Adam, ohne mich zu fragen, die Waffe für das Haus in East Hampton gekauft. Vier Monate später bekamen wir einen Anruf von der Schule, weil ein Kind sie im Unterricht in Ethans Rucksack gesehen hatte. Adam benahm sich, als sei sein Sohn einen Schritt von einem Schulmassaker entfernt. Es hatte fast eine Stunde gedauert, bis wir endlich eine Antwort von Ethan bekamen, doch schließlich gestand er, dass er versucht hatte, wie ein »cooler, harter Typ rüberzukommen«, wenn Mitschüler die Waffe in seinem Rucksack aufblitzen sahen. Sie war noch nicht einmal geladen gewesen.

Wäre er auf einer öffentlichen Schule gewesen, hätte die harte Linie der Null-Toleranz-Politik mit Sicherheit zu seinem Schulverweis geführt. Doch ich erklärte der Privatschule, dass in dem Hin und Her zwischen East Hampton und der Stadt die Waffe irgendwie in Ethans Rucksack gelandet war und er sie wiederum unwissentlich mit zur Schule genommen hatte. Ich deutete einen Rechtsstreit an, wenn sie unsere Erklärung grundlos ablehnen würden. Aus meiner Sicht wäre das alles nicht passiert, wenn Adam nicht einen auf Macho gemacht und eine Waffe gekauft hätte. In den Sommerferien band ich das blöde Ding an einen Stein und versenkte es auf meiner ersten Kajakfahrt des Jahres im Meer. Als Adam es herausfand, war er fuchsteufelswild, doch ich hatte getan, was ich musste, um Ethan zu beschützen. Wenn ein Jugendlicher erstmal das Stigma hat, nur Ärger zu verursachen, wird das zu einer selbsterfüllenden Prophezeiung.

Ethans Handy in meiner Hand begann zu vibrieren. Es war eine Nachricht von »K«.

Kumpel, warum rufst du nicht zurück? Die Cops waren wieder hier. Ich musste ihnen sagen, dass du …

Das Handy wurde mir aus der Hand gerissen, Ethan steckte es schnell in die Gesäßtasche seiner Jeans.

»Das ist jetzt nicht der richtige Zeitpunkt, um vor mir Geheimnisse zu haben«, sagte ich und dachte an das Klapphandy, das ich am Tag zuvor in meinen Büroschreibtisch eingeschlossen hatte. Ich fragte mich, ob derjenige, von dem die SMS kam, vorher versucht hatte, ihm eine Nachricht auf sein Wegwerfhandy zu schicken. *Die Cops waren wieder hier.* Der Name lautete nur K… Vermutlich Kevin Dunham, der Freund, bei dem er Freitagnacht gewesen war. »War das von Kevin? Was hat er geschrieben?«

Ethan verschränkte die Arme und presste die Lippen zusammen. Es war derselbe Ausdruck, den er hatte, wenn er mit Adam aneinandergeriet. Einen kurzen Augenblick konnte ich die entsetzliche Wut nachvollziehen, die bei Adam in solchen Momenten zutage trat, die Erkenntnis, dass der kleine Junge, der dein Ein und Alles war, jetzt glaubte, er würde besser über die Welt Bescheid wissen als du.

Ich rang mit den Worten, die ihn davon überzeugen könnten, mir zu vertrauen, als ich am rechten Rand meines Blickfeldes eine Bewegung wahrnahm. Nicky war aus ihrem Sessel aufgestanden. Ethan versuchte, sich in sein Zimmer zurückzuziehen, aber sie trieb ihn wie einen Border Collie zurück und schnappte sich sein Telefon aus der Gesäßtasche. Er griff danach, doch ihr ausgestreckter Arm und strenger Blick unterwarfen ihn auf eine Weise, die ich noch nie zuvor gesehen hatte.

Sie las den Text laut vor: »Kumpel, warum rufst du nicht

zurück? Die Cops waren wieder hier. Ich musste ihnen sagen, dass du dich am Freitag abgesetzt hast.«

Nicky legte eine Pause ein, um Blickkontakt zu mir herzustellen, und ich wusste, dass es noch schlimmer kam. »Ich weiß, dass du deinem Dad nichts angetan hast, aber du willst vielleicht dein Bob loswerden. Tut mir leid.«

An diesem Punkt brauchte ich Ethan um keine Erklärung mehr zu bitten. Der Kontext war klar. Mir fielen die fünfhundert Gramm Marihuana wieder ein, die Adam in Ethans Zimmer gefunden hatte, und wie sicher er gewesen war, dass Ethan es verkaufte. Ich war diejenige gewesen, die Ethan glauben wollte, es gehöre einem Freund.

»Er sichert sich nur ab, Mom.« Ich bemerkte, wie Nicky zur Seite blickte, als er mich Mom nannte. »Ich bin kein Dealer, okay? Allein der Gedanke ist total lächerlich.«

Ich musste mich ermahnen, dass Ethan erst sechzehn war. Teenager sind heutzutage so zynisch und so vielen Einflüssen ausgesetzt. Doch letzten Endes haben sie einfach noch keine ausreichende Lebenserfahrung, um den Grad zu erkennen, in dem etwas richtig oder falsch war. Ein anständiger Jugendlicher kannte den Unterschied zwischen den beiden – gut und schlecht –, doch man konnte von ihm kaum erwarten, die Dinge auf beiden Seiten ins richtige Verhältnis zu setzen.

Einmal hatte ich geschwänzt – nur ein einziges Mal. Es war in der neunten Klasse, das Wetter war wunderschön, und meine Freundin Maddie Lyndon wollte auf den riesigen Reifenschaukeln im Coventry Peace Park Zigaretten rauchen. Sie rauchte ihre Camel ohne Filter, während wir uns eine Flasche Smirnoff Ice teilten, die sie aus dem überquellenden Kühlschrank in ihrer Garage mitgenommen hatte. Als ich unseren Trainer

Simon hinter dem Steuer seines Fords Pick-up in unsere Richtung kommen sah, hätte ich ihm um Haaresbreite zugewinkt. Doch Maddie, die erfahrenere Schwänzerin, packte mich, und wir tauchten ab, um nicht entdeckt zu werden. Als wir in letzter Minute zurückschauten, sahen wir, wie er sich vorbeugte und unserer Klassenkameradin Leah Weller einen langen, ekligen Kuss gab. Wir haben es nie jemandem erzählt, denn ich wusste zwar, dass es falsch war, wenn ein Lehrer eine Fünfzehnjährige küsste, doch auch Schwänzen und Rauchen war falsch. Und so verrückt es später auch erscheinen mochte, war mir damals nicht bewusst gewesen, dass das eine so schlimm war, dass wir uns hätten stellen müssen. Stattdessen fühlte es sich an wie ein Unentschieden, als hätten wir an diesem Tag alle etwas Verbotenes getan.

Ich hätte Ethan gern die ganze Geschichte erzählt, damit er es verstand, doch dazu hatten wir keine Zeit. »Das Gras ist mir egal«, sagte ich.

»Warte mal, bei dem ›Bob‹, über den wir hier reden, handelt es sich bloß um Gras, um nichts Schlimmeres?«

Er zuckte die Achseln. »Kevin nennt es so. Er spielt Bob Marley, wenn er bekifft ist.«

»Was meint Kevin damit, dass du dich Freitag ›abgesetzt‹ hast?«, fragte ich.

»Er versucht, dass es sich so anhört, als würde ich derjenige sein, der das Zeug verkauft.«

»Ethan, Schluss jetzt. Ich bin nicht dein Vater. Ich werde weder wütend auf dich sein noch enttäuscht. Du musst mir sagen, wo du Freitagabend gewesen bist. Ich habe der Polizei gesagt, du seist bei Kevin gewesen, weil ich genau das geglaubt habe. Behauptet er jetzt etwas anderes?«

Ethan kratzte sich so heftig den Kopf, dass ich dachte, er würde gleich bluten. »Wir waren nicht im Kino. Es war ausverkauft.«

»Okay«, sagte ich und versuchte ruhig zu bleiben. »Sie haben mich gefragt, wo du gewesen seist, und ich sagte, du wärst im Kino gewesen, weil du mir das erzählt hast, aber das ist nur meine Sicht. Hast du den Detectives erzählt, du wärst im Kino gewesen?« Ich dachte bereits über eine Lösung nach, wie man diese Diskrepanz erklären könnte. Planänderung. Falsche Zeitangabe. Ein Missverständnis.

»Nein, natürlich nicht, weil wir nicht im Kino waren. Aber vermutlich hat Kevin gesagt, dass es so war. Das hat er mir gestern gesagt, als wir bei ihm zuhause waren, um den Rucksack abzuholen. Es hat sich so angehört, als hätte der Cop ihn dahin gelenkt. So, wie: Wir müssen nur bestätigen, dass wir beide im Kino waren. Kevin hat angenommen, ich hätte es ihnen erzählt, also hat er es wiederholt, denn entscheidend war, dass wir zusammen waren.«

Nicky hatte recht. Ich hätte Guidry nie ohne mich mit Ethan sprechen lassen dürfen. »Aber ihr wart nicht zusammen? Du hast dich abgesetzt?«

Zum ersten Mal hatte ich das Gefühl, dass Ethan hilfesuchend zu Nicky hinüberblickte. »Sieh mich an, Ethan. Ich habe dir eine Frage gestellt.« Wenn er schon dachte, *ich* würde ihn grillen, hätte er bei Guidry und Bowen gar keine Chance.

»Wir waren für ungefähr eine Stunde getrennt. Höchstens.«

»Himmel, Ethan, warum hast du das der Polizei nicht gesagt?«

»Als Dad letzten Sommer das Gras gefunden hat... das war wirklich nicht meins. Ich habe die Wahrheit gesagt, dass ich es aufbewahrt habe. Es war für Kevin, während er bei K-Mart gearbeitet hat. Er ist total ausgeflippt, als du es weggespült hast. Ich meine, ich habe ihm die Kosten erstattet, aber er wollte es eigentlich den Sommer über an die Kids verticken. Und Kevin ist quasi meine Tür zu allen, die ich auf Long Island kenne. Er wollte Freitag bei ein paar Häusern vorbeifahren, um zu dealen, und ich so: ›Ich kann nicht mitkommen, mein Dad bringt mich sonst um…‹« In seinen Augen standen die Tränen, doch er schüttelte den Kopf und fasste sich. »Du hast doch gesehen, wie stinkig er in letzter Zeit ist, besonders auf mich. Da würde ich mich doch nicht bei einem Drogendeal erwischen lassen. Also hat Kevin mich am Main Beach rausgelassen, und ich habe da einfach abgehangen, bis er fertig war. Das ist alles.«

Ich wollte Ethan anschreien, er solle aufwachen, doch aus Erfahrung wusste ich, dass er dann dichtmachen würde. Ethan lief nur zu Hochform auf, wenn er seine eigenen Entscheidungen fällen konnte.

Als ich seine stoische Reaktion auf den Tod seines Vaters das erste Mal bemerkte, sagte ich mir, dass es damit zu tun hatte, dass ihm die Nachricht von einer fremden Person mitgeteilt worden war. Inzwischen schob ich seine Distanziertheit auf seine Neigung – die er mit seiner Mutter teilte –, alles mit Humor zu nehmen. Doch ich konnte beim besten Willen nicht verstehen, warum er einem Detective bei der Ermittlung zum Mord an seinem Vater Informationen vorenthielt.

Ich war so darauf konzentriert gewesen, Ethan Informationen zu entlocken, dass ich nicht bemerkte, dass Nicky regelrecht zitterte. Es war, als stünde ihr Körper unter Strom. »Oh, mein Gott! Wir müssen etwas unternehmen.«

Ethan steckte die Hände in die Hosentaschen. »Was hätte ich denn tun sollen? Kevin verpfeifen? Ist ja nicht so, als hätte ich Dad irgendwas getan. Das eine hatte nichts mit dem anderen zu tun. Und wenn ich der Polizistin gesagt hätte, dass ich eine Stunde allein irgendwo abgehangen habe, hätte sie wissen wollen warum. Und dann wäre Kevin aufgeflogen, und ich hätte als sein Kumpel auch schlecht dagestanden. Und genau so werden die Cops jetzt über mich denken.«

»Ethan, warst du am Freitag high?«, fragte ich. »War es das, was du der Polizei nicht erzählen wolltest?«

Als ihm die Ernsthaftigkeit der Lage klar wurde, begannen seine Schultern zu zittern. Ich trat auf ihn zu und nahm ihn in den Arm. Zu meiner Überraschung tat Nicky dasselbe. Unser Sohn steckte in Schwierigkeiten, und wir beide wussten es.

Nicky war diejenige, die Ethan davon überzeugte, sein Handy im Esszimmer liegenzulassen, während wir beide uns unter vier Augen unterhielten. Das Letzte, was wir gebrauchen konnten, war, dass Ethan eine Nachricht verschickte, die einer seiner Freunde auf Snapchat veröffentlichte oder an die Klatschpresse verkaufte.

Nicky fuhr sich mit ihren zur Hälfte lackierten Fingernägeln durch ihre Mähne dunkelblonder Locken. »Wir müssen etwas unternehmen. Ich kann das gar nicht glauben. Mein Sohn ist ein Tatverdächtiger in einem Mordfall, weil er einen blöden Kerl deckt, der Gras vertickt?«

»Er hat nicht viele Freunde«, sagte ich.

Ich hörte Nicky etwas darüber murmeln, von wem er das wohl habe.

Ihre Schuldzuweisung konnte ich jetzt nicht gebrauchen. Darum hatte ich auch den Zwischenfall im letzten Jahr, mit der Waffe in seinem Rucksack, nie erwähnt. So viele Jahre lang konnte ich ihr versichern, dass Ethan sich gut entwickelte, glücklich, intelligent und fröhlich war – all die Adjektive, die sie damit aussöhnten, dass sie im Grunde genommen ihr Kind verloren hatte. Die paar Mal, die Ethan in Schwierigkeiten steckte, dachte ich, hätte ich die Situation im Griff und beschützte ihn vor Überreaktionen. Aber hier saßen wir nun.

»Die Polizei nimmt an, Ethan hätte seinen Vater getötet, da bin ich mir sicher.« Es war das erste Mal, dass mir diese Worte über die Lippen kamen.

»Sehe ich auch so«, sagte Nicky. »Es war besser, als ich annahm, sie würden dich verdächtigen.«

Ihr trockner Humor, schon wieder. Langsam erinnerte ich mich wieder daran, wie es war, mit meiner Schwester zusammenzuleben. »Ich denke, ich sollte ihm einen Anwalt besorgen.«

»Warum rufst du nicht deinen Freund an? Was ist? Ich meine, wenn ich raten sollte … offensichtlich stehst du auf solche Typen. Ist das der Bill, dessen Namen du den Cops gegeben hast?«

»Hörst du endlich auf! Er ist der Anwalt des Magazins, und er ist achtzig Jahre alt.«

Natürlich sagte ich ihr nicht, dass »der Freund«, nach dem sie fragte, in derselben Kanzlei arbeitete, zwei Büros von Adam entfernt. Die Wahrheit war, dass ich mir keinen besseren vorstellen konnte, um mir einen Strafverteidiger zu empfehlen als Jake. Und ein Anruf bei dem Kollegen meines Mannes würde nicht verdächtig wirken, selbst nicht für Nicky, die mich offenbar durchschaut hatte.

»Ich rufe jemanden in Adams Kanzlei an.« Ich suchte betont nach den Adressdaten von Jake Summers in meiner Kontaktliste und rief ihn dann über den Festnetzanschluss an. Die am wenigsten intime Kontaktaufnahme, die möglich war.

»Hey«, sagte er. So viel Gefühl in einem so kleinen Wort. Seine Stimme war zärtlich und besorgt.

»Hi, Jake«, sagte ich und versuchte geschäftsmäßig zu klingen. »Tut mir leid, dass ich störe.«

»Du kannst doch jederzeit …«

»Danke der Nachfrage. Ja, wir geben uns größte Mühe klarzukommen. Aber ich wollte dich um einen Gefallen bitten.«

»Chloe, hör auf damit. Du weißt doch, ich tue alles …«

Einen flüchtigen Moment sah ich das Leben, das ich hätte leben können, wenn ich Adam verlassen hätte, als Jake mich darum gebeten hatte. Irgendwo in meinem Innersten wusste ich, dass nichts von alledem passiert wäre, wenn ich einfach gegangen wäre.

»Wir haben doch das Attorney Client Privilege, richtig?«

»Ja, natürlich. Solange du mich in meiner Funktion als Rechtsbeistand kontaktierst. Passiert das hier gerade?«

»Ich brauche einen Strafverteidiger. Nicht jemanden wie dich oder Bill. Jemanden, der einen Mordfall übernehmen kann.«

»Oh, Chloe. Die Polizei kann doch unmöglich denken …«

»Jemand, der zum Beispiel einen Teenager vertreten könnte.«

»Oh, großer Gott. Ich komme direkt rüber. Bitte. lass mich dir helfen.«

Ich merkte, wie mir die Tränen kamen. Ich wollte in der Zeit zurückreisen und so viele Entscheidungen zurücknehmen. »Eine Telefonnummer. Und einen Namen. Das brauche ich momentan am dringendsten.«

Der Name, den er mir gab, lautete Olivia Randall. Nach einer kurzen Google-Suche, um sicherzugehen, dass alles seine Richtigkeit hatte, rief sie an.

Vierzig Minuten später waren Guidry und Bowen zurück. Dieses Mal rief der Pförtner nicht vorher an, um ihre Ankunft anzukündigen. Sie hatten sechs uniformierte Beamte bei sich – und einen Durchsuchungsbeschluss.

21

Guidry passte im Wohnzimmer auf uns auf, während die anderen Beamten – alles Männer – durch unser Apartment fegten, als würden sie erwarten, dass im nächsten Moment Schergen mit Maschinenpistolen aus den Schränken sprangen.

»Sie waren doch gerade erst da. Ist das alles notwendig?«

Guidry schwieg, bis jemand – Bowen, nahm ich an – aus Ethans Zimmer »Etage gesichert!« brüllte. »Wir haben das Recht, Sie hier festzuhalten, während wir die Durchsuchung durchführen, aber Sie befinden sich nicht unter Arrest.«

»Unsere Anwältin ist auf dem Weg«, sagte Nicky.

»Das ist schön und gut«, sagte Guidry, »aber das wird an dem Durchsuchungsbeschluss nichts ändern. Wir werden Sie jetzt alle kurz abtasten, um sicherzugehen, dass Sie keine Gegenstände bei sich haben, mit denen Sie uns verletzen könnten, okay?«

Ein uniformierter Beamter tastete meinen entsetzten Sohn gründlich ab, kontrollierte seine Taschen und den Taillenbereich, während Guidry Nicky und mich flüchtig mit der Rückseite der Hand abtastete.

»Hier drüben haben wir ein paar scharfe Gegenstände«, meldete ein Beamter und zeigte auf den Sofatisch.

»Das sind Sachen für meinen Schmuck«, erklärte Nicky. »Glauben Sie mir, ein Papierschnitt tut mehr weh.«

Der Beamte untersuchte ein paar Drahtscheren und steckte sie in seinen bereits überquellenden Gürtel. Ich konnte kaum fassen, was passierte. Sie tasteten uns ab und konfiszierten Werkzeuge. Nicky verdrehte die Augen, und zum ersten Mal in meinem Leben wünschte ich, ich hätte ihre Scheiß-auf-diesen-Müll-Haltung. Ich war diejenige, die sich immer Gedanken über Ergebnisse mit geringer Wahrscheinlichkeit, aber heftigen Konsequenzen machte. Ich war außerdem diejenige, die dazu tendierte, den Obrigkeiten zu vertrauen. Selbst jetzt, während die Polizei offensichtlich alles falsch verstand, sagte etwas in mir: »An der Geschichte muss mehr dran sein.« Tief in meinem ängstlichen, regelgläubigen Herzen glaubte ich, dass die Polizei wusste, dass sie etwas finden würde, wenn sie mit einem Durchsuchungsbeschluss in meiner Wohnung war.

Ich dachte gerade an das Wegwerfhandy in meinem Büroschreibtisch, als sich die Wohnungstür öffnete. Olivia Randall war hübsch, hatte dunkles, glattes, schulterlanges Haar, ein kantiges Gesicht und einen durchtrainierten Körper. Sie trug Jeans, ein schwarzes T-Shirt, flache Schuhe und hatte sich wahrscheinlich in letzter Minute einen Blazer übergeworfen, als ich sie anflehte, so schnell wie möglich zu uns herüberzukommen. Die Tatsache, dass sie mit meinem Namen gleich etwas anzufangen wusste, erklärte vermutlich den sofortigen Hausbesuch.

Sie kam direkt auf mich zu. »Hier alles okay?«, fragte sie und musterte die Aktivitäten um uns herum.

Ich reichte ihr das Dokument, das Guidry mir vorgelegt hatte. Sie warf einen flüchtigen Blick darauf, bevor sie sich auf die Polizistin konzentrierte. »Ich bin Olivia Randall, und ich vertrete Mrs. Taylor und ihren Sohn Ethan.«

Guidry sagte ihr, sie könne sich den Durchsuchungs-beschluss gern näher ansehen.

»Das habe ich gerade getan, und selbst auf den ersten Blick kann ich sehen, dass er übertrieben ist. Haben Sie einen Grund zu glauben, dass Ms. Taylor Beweismittel in einem Mordfall zurückhält?«

»Der Durchsuchungsbeschluss spricht für sich selbst.«

»Das tut er, und es ist offensichtlich, dass Sie Ms. Taylor und ihren Sohn behandeln, als wären sie gleichberechtigte Bewohner einer extrem großen Wohnung in New York City, ohne den Versuch zu unternehmen, zwischen den verschiedenen Lebensbereichen zu unterscheiden.«

Der nun folgende Schlagabtausch war kurz und technisch, doch ich konnte dem Streit folgen. Guidry war der Ansicht, die gesamte Wohnung sei für sie frei zugänglich. Meine neue Anwältin behauptete, dass sie verpflichtet seien, Bereiche der Wohnung auszunehmen, die unter der Kontrolle einzelner Individuen stünden.

»Mein Arbeitszimmer«, platzte ich heraus. »Ich bin die Einzige, die es benutzt, ausschließlich beruflich. Das kann ich beweisen. Ich kann es steuerlich geltend machen, und es hat eine Betriebsprüfung überstanden. Das muss doch etwas bedeuten.« Sowie ich allein im Zimmer gewesen war, hatte ich Nickys Rollkoffer in die Abstellkammer geschoben. Manchmal ist ein Ordnungsfimmel ganz praktisch.

Olivia Randall nahm die Information sofort auf und fing dann an, gegen die Durchsuchung meines Schlafzimmers zu argumentieren.

»Es war auch das Schlafzimmer des Opfers«, sagte Guidry.

»Keine Chance.«

Sie verließ uns kurz und verschwand, zuerst in unserem Schlafzimmer, dann in Ethans Zimmer. Als sie in den Flur zurückkehrte, blieb sie an meiner offenen Bürotür stehen.

»Ich nehme an, das ist Ihr Arbeitszimmer?«, fragte sie.

Ich nickte, und Guidry zog die Tür zu. »Großartig. Jetzt kann Ms. Randall die tausend Dollar pro Stunde rechtfertigen, die Sie Ihnen dafür abknöpft, hier zu sein.«

»Sie brauchen Ms. Taylor auch nicht hier herumstehen lassen«, sagte Olivia.

»Es geht niemand«, entgegnete Guidry.

»Dann lassen Sie sie sich wenigstens ins Arbeitszimmer setzen, bis Sie fertig sind.«

Guidry zuckte die Achseln, und wir schoben uns den Flur hinunter. Nachdem wir unter uns waren, stellte Olivia sich vor.

»Ich verstehe überhaupt nichts mehr«, sagte Ethan. »Warum brauchen sie einen Durchsuchungsbeschluss? Und warum ist dieses Zimmer für sie tabu, aber nicht der Rest der Wohnung?«

Ich begann Ethan zu erklären, dass sie das Recht dazu hätten, sich in unserer Wohnung umzusehen, genau wie in dem Haus, da Adam ein Mordopfer sei, aber Olivia warf mir einen scharfen Blick zu. »Tut mir leid, Chloe, doch das ist jetzt wenig hilfreich.«

Als ich meinen Mund öffnete, um etwas zu sagen, schüttelte Nicky den Kopf.

»Ethan«, sagte Olivia mit fester Stimme, »du weißt ja bereits, dass dein Freund Kevin der Polizei gesagt hat, du wärst am Freitag für eine Stunde allein gewesen, in der Nähe eures Hauses, nachdem du ihnen erzählt hast, ihr wärt die ganze Nacht zusammen gewesen. Diese Information und vermutlich noch weitere haben sie ganz klar genutzt, um einen Durchsuchungsbeschluss zu erwirken. Anders als die Abläufe am Tatort in East Hampton ist dies hier eine Suche nach strafrechtlichen Beweismitteln, die auf dem hinreichenden Verdacht gegen einen bestimmten Tatverdächtigen beruhen.«

Ich bezweifelte, dass jemals jemand so unverblümt mit Ethan gesprochen hatte, schon gar nicht bei einem so ernsten Thema. Er hörte nicht auf zu blinzeln. »Ein Tatverdächtiger? Aber wieso sind sie dann nicht hier drinnen?« Seine Frage beantwortete sich von selbst. Er schaute mich an und sackte in sich zusammen.

Nicky und ich klopften ihm leicht auf den Rücken und sagten ihm, alles würde gut, doch Olivia Randall belehrte ihn weiter. »Egal, was heute Abend hier passiert, Ethan, es ist erst der Beginn eines Prozesses, okay? Es ist möglich, dass rein gar nichts passiert, doch selbst wenn sie etwas finden, das ein Problem darstellt, wird es ein Ermittlungsverfahren geben, Anklage, ein Geschworenengericht – nichts, was heute entschieden wird, ist von Dauer.«

Diesmal wusste ich genau, wovon sie sprach. Ich war mit einem Staatsanwalt verheiratet gewesen. Sie ging davon aus, dass man Ethan festnehmen würde.

»Niemand von uns spricht mit ihnen, ohne dass Olivia anwesend ist«, sagte ich. »Habt ihr das verstanden?«

Ethan nickte, und ich merkte, dass er Angst hatte und alles tun würde, was wir ihm sagten. Olivia war klarer. »Ethan, du musst das mit mir üben. ›Ich sage nichts ohne meinen Anwalt.‹«

Sie ließ es ihn zehn Mal sagen. Gegen Ende lächelte er kurz über die Absurdität des Ganzen.

»Und du weißt noch, wie ich heiße?«

»Olivia Randall«, wiederholte er. Sie war hübsch. Mein Sohn erinnerte sich an die Namen hübscher Mädchen.

»Gut. Nun, das hier ist nicht gerade ideal, aber ich werde mit jedem Einzelnen von Ihnen allein reden, wenn das in Ordnung ist.« Sie benutzte das Klappbett als provisorische Interview-Station und sprach nacheinander mit jedem von uns, während die beiden Ausgeschlossenen auf der gegenüberliegenden Seite auf der Einbau-Bank am Fenster warteten. Zuerst und am längsten unterhielt sie sich mit Ethan, was meinen Verdacht erhärtete, welches Szenario sie erwartete.

Nach zwei Stunden, als sie gerade mit Nicky redete, öffnete sich die Tür des Arbeitszimmers. Es war Guidry. »Könnten Sie bitte wieder ins Wohnzimmer kommen?«

Die uniformierten Beamten bildeten unvermittelt eine Mauer, die Ethan vom Rest von uns trennte. Wie aus dem Nichts hatte Bowen plötzlich Handschellen in der Hand.

Ethans Augen schossen zwischen mir und Nicky hin und her, sie flehten uns an, ihm zu helfen. Der Schrei, der sich meiner Kehle entrang, war verzweifelter als an dem Abend, an dem ich Adams blutdurchtränkte Leiche gefunden hatte. Nicky brüllte: »Nein!«, rannte auf ihn zu und provozierte damit zwei Beamte, sie gegen die Wand zu drücken.

»Er ist minderjährig«, rief Olivia durch das Chaos im Zimmer. »Er wird von einem Verteidiger vertreten. Er nimmt alle ihm zustehenden Rechte wahr, einschließlich des Rechts zu schweigen und einen Anwalt.«

Plötzlich fokussierte sich Ethans Gesicht. »Ich sage nichts ohne meinen Anwalt.« Seine Stimme war leise, aber fest.

Man nahm ihn fest wegen des Mordes an Adam Macintosh.

22

Sie musste unbedingt einen Swimmingpool haben.

Als junger Staatsanwalt im Büro des Bezirksstaatsanwaltes von Cuyahoga County verdiente Adam recht ordentlich, zumindest im Vergleich zu dem, was seine oder meine Eltern je verdient hatten. Und er hatte Stipendien bekommen, sowohl fürs College als auch für das Jurastudium, also lasteten keine Schulden auf ihm, wie es bei den meisten Juristen sonst der Fall war. Doch er arbeitete für die Regierung, nicht in der Privatwirtschaft, und seine Frau war eine ehemalige Kellnerin, die angeblich plante, ihren Collegeabschluss nachzuholen.

Doch als es darum ging, ein Haus zu mieten, bestand Nicky auf einem Swimmingpool. Sie sagte, dass Wasser sie beruhigen würde und sie besser für ihre Aufnahmeprüfung lernen könnte, wenn sie bei warmem Wetter mit ihren Büchern draußen am Pool sitzen könnte. Sie behauptete, ein eigener Pool sei schon immer ihr Traum gewesen, doch das letzte Mal hatte sie mit fünfzehn Jahren davon gesprochen, als Mom und Dad mit uns bei den Niagara-Fällen waren und sie auf dem Rücken im Hallenbad des Holiday Inns trieb und sagte, wenn sie groß wäre, wolle sie reich sein und einen Swimmingpool haben, neben dem sie liegen, sich bräunen und Drinks mit Papierschirmchen trinken würde. Dad antwortete, wenn sie reich werden wollte, sollte sie sich in Sachen Schularbeiten ein Beispiel an mir nehmen.

Irgendwie schafften Adam und sie es, ein Haus zu finden, das sie sich leisten konnten, mit einem Swimmingpool im Garten. Sie hatten sogar einen Whirlpool auf der Terrasse – keinen dieser schicken, sondern so einen klobigen aus dem Baumarkt. Der Eigentümer hatte ihnen eine günstigere Miete angeboten, weil er sicher war, dass ein junger Staatsanwalt und seine junge Braut die perfekten Mieter abgaben. Adam, immer Mister Saubermann, wenn es um Moral und Anstand ging, fragte bei seinem Arbeitgeber nach, ob diese Situation ethisch vertretbar sei, bevor er den Mietvertrag unterschrieb.

Nachdem sie ihn hatte, liebte Nicky den Pool, das musste man ihr zugestehen, aber studiert wurde dort eindeutig nicht. Stundenlang lag sie in der Sonne, hörte Musik, lackierte sich die Fingernägel und blätterte in Klatschmagazinen. Außerdem behauptete sie, sie würde jeden Tag geburtsvorbereitende Wassergymnastik machen. Doch nachdem das Baby geboren und die alte Nicky mit voller Wucht zurückgekehrt war, betrank sie sich stundenlang und verließ ihren Sessel nur, wenn der Babymonitor sie alarmierte, dass Ethan Aufmerksamkeit benötigte.

Ich fuhr in dieser Zeit nur ein bis zwei Mal pro Jahr nach Hause. Vielleicht fielen mir die Veränderungen an meiner Schwester deshalb eher auf als meinen Eltern. Die stolze Freundin, die Adam während des Jurastudiums vergöttert hatte, war verschwunden. Sie betrank sich schon tagsüber und versuchte es dann vor Adam zu verbergen, wenn er nach Hause kam. Bei den kleinsten Fragen, ob sie eingekauft habe oder was es zu essen gebe, fuhr sie ihn an. Ich hatte ihr gesagt, dass wir den Kleinen mit Bauklötzen oder anderen entwicklungsfördernden

Spielen beschäftigen sollten, doch sie ließ ihn stundenlang vor dem Fernseher hocken, solange er nicht weinte. Bevor sie mit Adam zusammenkam, trank sie für gewöhnlich sehr viel, doch sie war eine witzige Betrunkene, die eher mit einem Typen im Badezimmer rummachen würde, anstatt trübsinnig in ihrem Schlafzimmer zu sitzen und wegen vermeintlicher Beleidigungen in Kindertagen zu heulen. Irgendetwas jedoch an ihr veränderte sich. Sie war dreißig Jahre alt und schien sich aufgegeben zu haben. Ich fragte mich, ob da mehr als nur Alkohol im Spiel war.

Einmal versuchte ich zu intervenieren, ungefähr ein Jahr bevor ihr alles um die Ohren flog. Es war wahrscheinlich das dritte oder vierte Mal, dass Adam mich angerufen hatte, seit das Baby auf der Welt war. Ich war ihre Schwester. Er dachte, ich hätte vielleicht irgendwelche magischen Formeln, die ihr diese neue Nicky wieder austrieb, die genau genommen eher wie die alte war. Doch da ich nie verstanden hatte, wie Nicky tickte, war es bei unseren Telefonaten regelmäßig so, dass er sich von der Seele redete, welche Sorgen er sich um sie machte, während ich versuchte, den Mund zu halten, um nicht zu sagen, dass ich schon immer der Ansicht war, dass sie der Frau-und-Mutter-Sache nicht gewachsen war.

Ich rief meine Schwester an und warnte sie, sie würde Adam verlieren, wenn sie sich nicht endlich zusammenreißen würde. »Adam der Perfekte geht nirgendwohin«, sagte sie mir. »Dazu liebt er das Baby zu sehr.« Es war so bezeichnend, dass sie nicht sagte, er liebe *sie*. Er liebte *das Baby*. Sie war bereit, Ethan zu benutzen, um Adam an sich zu ketten.

Meine Eltern waren natürlich auf ihrer Seite. Sie sagten, Adam sei zu streng und dass mit »in guten wie in schlechten

Zeiten« genau das gemeint war. Und das kam ausgerechnet von meinen Eltern. Bevor er mit dem Trinken aufhörte, war mein Vater ein vollkommen anderer Mensch gewesen, und meine Mutter hatte dafür den Preis bezahlt. Warum erkannten sie nicht, dass Nicky dasselbe Adam antat? Unterdessen rief Adam immer häufiger an, doch, wie Nicky vorausgesagt hatte, liebte er sein Kind zu sehr, als dass er sich trennen würde.

An dem Abend, an dem ich mit Catherine auf der Gala war, wurde dieses Muster schließlich durchbrochen.

Schuld war der verdammte Swimmingpool.

Adam war von der Arbeit gekommen, aber er musste sich noch auf eine Gerichtsverhandlung am nächsten Tag vorbereiten. Es war eine wundervolle Nacht im Mai, Nicky wollte draußen essen. Sie begannen etwas zu grillen. Als Adam zu Ende gegessen hatte, ging er hinein, um sein Eröffnungsplädoyer noch einmal durchzugehen. Er war so in seine Arbeit vertieft, dass er nicht bemerkte, dass er seit zwei Stunden keinen Ton von Ethan oder Nicky gehört hatte.

Er fand Nicky halb im Pool treibend, die Schultern an die Treppe gelehnt, als ob sie dort gesessen und dann in den flacheren Bereich gerutscht wäre. Sie hatte das Baby im Arm, neben ihrem Schoß. Man sah nur noch einen Teil seines Oberkopfes.

Adam zog zuerst Ethan aus dem Wasser und legte seinen Kopf auf die Seite, in dem Versuch, Mund und Nase wieder freizubekommen, doch Ethan reagierte nicht. Adam unternahm Wiederbelebungsversuche, aber wer weiß schon, wie so etwas wirklich geht? Und Ethan war erst zweieinhalb Jahre alt. Adam wusste nicht, ob er Mund-zu-Mund-Beatmung machen musste. Und wie stark drückte man auf die Brust eines Kleinkindes, ohne es zu erdrücken?

Adam hat nie aufgehört, wegen dieser unendlichen Minuten Alpträume zu haben, die vergingen, bis Ethan schließlich einen Schwall Chlorwasser ausspuckte und zu husten begann. Als Ethan wieder atmete, zog Adam auch Nicky aus dem Wasser. Erst nachdem wir verheiratet waren, hat er mir anvertraut, dass er tatsächlich darüber nachgedacht hatte, sie im Wasser liegen zu lassen.

Als Adam damals anrief, war Nicky bereits in der Cleveland Clinic. Das Krankenhaus würde es überprüfen, aber er war sicher, dass sie unter Drogen stand.

»Sag's mir einfach, Adam. Sag mir den wahren Grund deines Anrufs.«

»Ich brauche deine Hilfe.«

Er versuchte, meine Schwester zur Untersuchung in eine Psychiatrische Klinik einweisen zu lassen, aber meine Eltern waren dagegen. »Ich darf kein weiteres Risiko eingehen, nicht mit Ethan. Jeden Tag, wenn ich zur Arbeit gehe, frage ich mich, ob sie eventuell den Ofen anlässt, Ethan fallenlässt oder ihn im Wagen vergisst. Ich weiß nicht, wie es kommt, dass sie so schlimm geworden ist, aber das muss aufhören. Sie braucht Hilfe. Der Anwalt unseres Büros, der für fürsorgerische Unterbringung bei Selbst- oder Fremdgefährdung zuständig ist, meinte, dass man Nicky schon heute Abend wieder entlassen würde, wenn es sich nur um einen Einzelfall gehandelt hätte, und wenn es dann vor dem Familiengericht darum geht, was mit Ethan geschieht, steht mein Wort gegen ihres. Doch wenn sie heute in eine Psychiatrische Klinik eingewiesen wird, wäre das für mich, was das Sorgerecht angeht, bei Gericht von Vorteil. Ich hoffe, dass Nicky das endlich wachrüttelt und sie sich Hilfe holt, denn auf mich hört sie definitiv nicht.«

Adam hatte recht. Es gab keinen anderen Ausweg. Nicky war ein Mensch, der sich erst mit den Konsequenzen auseinandersetzte, wenn sie tatsächlich eintraten. Um überhaupt eine Chance zu haben, ihr Leben wieder in den Griff zu bekommen, müsste sie Adam und Ethan verlieren.

»Und was brauchst du für eine Einweisung?«, fragte ich und drückte mir einen Finger aufs Ohr, um den Lärm der Gala zu mindern. Catherine war inzwischen wieder von der Toilette zurück, blickte mich zornig an und fragte sich, warum ich telefonierte, anstatt jede Sekunde der Erfahrung aufzusaugen, die sie mir ermöglicht hatte.

»Es würde helfen, wenn jemand anderes darum bittet, jemand anderes als der Ehepartner.«

Zum Beispiel ihre einzige Schwester.

Ich tat es. Ich ergriff seine Partei. Ich unterzeichnete am nächsten Morgen eine eidesstattliche Erklärung, in der ich schwor, dass ich den Absturz meiner Schwester über mehr als zwei Jahre bezeugen konnte, der zu dem selbstzerstörerischen Verhalten passte, das sie zeit ihres Lebens gezeigt hatte. Und als sie behauptete, Adam würde lügen, unterzeichnete ich eine weitere Erklärung, die detailliert die vielen Male beschrieb, in denen sie mir schreckliche Dinge über ihre Freunde erzählt hatte, als sie auf sie wütend war, nur um alles dann später zurückzunehmen, nachdem sie sich wieder vertragen hatten.

Adam war ein Anwalt, dessen Freunde wiederum Anwälte waren, die bereit waren, ihn kostenlos zu vertreten, wie lange es auch dauern würde. Und Nicky war … Nicky. Sie hatte keinen Anwalt und keinen Plan, sondern leugnete nur die Schwere dessen, was sie getan hatte. *Ich schwöre, Chloe, ich habe keine Ahnung, wie das passieren konnte. Ich muss eingeschlafen sein. Du machst dir keine Vorstellung, wie anstrengend es ist, den ganzen Tag auf ein Kind aufzupassen.*

Sie einigten sich auf eine Scheidung, die Adam das alleinige Sorgerecht gab, aber ihr nicht das Elternrecht nahm. Ich weiß nicht, ob Nicky einwilligte, weil es ihr inzwischen egal war oder weil sie glaubte, sich wieder zu einer Situation des geteilten Sorgerechts vorarbeiten zu können.

Doch anstatt sich zu bessern, wurde es mit ihr immer schlimmer. Wären meine Eltern nicht gewesen, wäre sie in die Obdachlosigkeit gerutscht. Ich frage mich, ob beide länger gelebt hätten, wenn Nicky und ihre Dramen nicht gewesen wären.

Als Adam schließlich nach New York zog, überzeugte ich meine Eltern, dass es für Nicky das Beste war, wenn sie in Cleveland blieb, wo man sie im Auge behalten konnte. Adam und Ethan lebten sich in New York ein, und die monatlich von uns vorgesehenen Besuche wurden mit zunehmendem Alter meiner Eltern und der Verschlechterung von Nickys Zustand immer seltener. Als ich Nicky anrief, um ihr zu sagen, dass ich mit Adam zusammen war, war sie sogar dankbar. »Ich wollte immer nur, dass Ethan ein glückliches Leben führt. Du kannst das besser als ich. Vielleicht kommt er später mehr nach dir als nach mir. Das wäre schön.« Ich merkte ihr an, dass sie betrunken war, doch ich glaube, sie meinte es auch so.

Irgendwann fing Nicky tatsächlich an, in ihrem Leben aufzuräumen. Sie hat mir nie erzählt, wie sie es genau gemacht hat, doch ich denke, der Tod unseres Vaters hatte einen Schalter umgelegt. Sie hatte zeitlebens eine Abneigung gegen ihn und gab ihm die Schuld an all ihren Schwierigkeiten. Es war, als würde sie sich weigern, so zu sein, wie er es sich wünschte, nur um ihn zu ärgern. Und dann, nachdem er fort war, pendelte sie sich ein. Mom schwor, dass es ihr besser ginge, und wenn ich anrief oder sie ab und zu in New York war, nahm ich in Nickys Stimme eine neue Klarheit wahr. Und dann starb auch Mom.

Nicky dachte darüber nach, in unsere Nähe zu ziehen, da sie sich nicht länger um meine Eltern kümmern musste. Doch ohne Job oder höheren Schulabschluss konnte sie es sich nicht leisten, in New York zu wohnen. Davon abgesehen war es sowieso zu spät. Ethan war inzwischen dreizehn Jahre alt. Und er war ein braves, stabiles, glückliches Kind. Er konnte die Unruhe durch eine leibliche Mutter, die er kaum kannte, gerade nicht gebrauchen.

Bis heute glaube ich nicht, dass Nicky ihr Baby wirklich umbringen wollte. Sie hätte nur einfach nie eines haben sollen.

TEIL III

DAS VOLK GEGEN

ETHAN MACINTOSH

23

Sie brachten Ethan durch einen Seiteneingang in den überfüllten Suffolk-County-Gerichtssaal. Er trug dasselbe gestreifte T-Shirt und die marineblaue Jogginghose wie am Vortag und war wieder in Handschellen. Olivia war bei ihm. Bisher war weder Nicky noch mir gestattet worden, ihn zu sehen.

Ich hatte inzwischen den vierten Tag ohne nennenswerten Schlaf hinter mir, doch Nicky war diejenige, die neben mir saß und zitterte, als sie ihn sah. Er wirkte gleichzeitig älter und jünger. Im Neonlicht des Gerichtssaals wirkte seine Haut grau. Sein Pony, den er normalerweise mit viel Gel zurückkämmte, fiel ihm in die Stirn. Er spähte darunter hervor wie ein verängstigter kleiner Junge, der durch den Vorhang auf eine grell erleuchtete Bühne geschoben wurde.

Olivia ging durch den Saal voran, zum Tisch der Verteidigung. Neben Ethan saß eine Art Deputy, kahlköpfig, in einer schwarzen, schusssicheren Weste, auf der in weißen Buchstaben »New York State Courts« stand. Ethans Augen durchbohrten mich und bettelten um Hilfe, die ich ihm nicht geben konnte.

»War er die ganze Nacht in diesen Handschellen?«, versuchte ich Olivia zuzuflüstern. Nicky und ich saßen in der ersten Reihe hinter dem Tisch der Verteidigung, doch es fühlte sich an, als wäre mein Sohn endlos weit entfernt.

Olivia ließ meine Frage unbeantwortet, als der Gerichtsdiener den Fall aufrief. Olivia und Ethan schafften es gerade, aufzustehen und sich wieder zu setzen, als die Staatsanwältin auch schon anfing, aus einem vor ihr liegenden Ordner das Aktenzeichen und die Statuten vorzulesen. Mein Sohn war nun eine Akte. Und er wurde wegen Mordes an seinem Vater angeklagt. Sein Fall hätte theoretisch vor einem speziell für Jugendliche vorgesehenen Teil des Familiengerichts verhandelt werden müssen, doch aufgrund der Anklage wegen Mordes bestand dazu keine Chance, was bedeutete, dass Ethan wie ein Erwachsener behandelt wurde, was den Prozess und auch das Strafmaß betraf, sollte er verurteilt werden. Olivia hatte uns gewarnt, dass das zu erwarten sei, doch Nickys Kehle entrang sich ein langer Schrei, als die Anklage wegen Mordes vorgelesen wurde. Ich konnte in den Rängen hinter uns nervöse Bewegungen und Flüstern wahrnehmen, ich mochte mich jedoch nicht umdrehen.

Meine Schwester senkte den Kopf, als die Staatsanwältin ankündigte, dass sie beantragten, Nicky auszuschließen. Ich griff hinüber und nahm ihre Hand.

Das Einzige, was mir in diesem Moment Hoffnung machte, war Olivia. Sie war gut, richtig gut. Sie beschrieb, wie Ethan im Alter von vier Jahren, nach der Scheidung seiner Eltern, mit seinem Vater nach New York gezogen war. Dass Adam, der fast zehn Jahre als angesehener Stellvertretender Bundesanwalt gearbeitet hatte, Ethans großes Vorbild und Rettungsanker gewesen sei. Wie niederschmetternd der Mord an seinem Vater für Ethan war. Sie beschrieb, wie die Polizei Ethan und seine Stiefmutter von dem Moment, an dem der Notruf einging, als Tatverdächtige behandelt hatten.

»Es gilt die Unschuldsvermutung, Euer Ehren, und Ethan trägt tatsächlich keine Schuld an diesem entsetzlichen, ungerechten Vorwurf. Ich weiß, dass wir uns alle so daran gewöhnt haben, dass hier ein Angeklagter nach dem anderen in diesen Raum geführt wird, und wir behaupten, wir nähmen an, sie seien unschuldig. Aber tun wir das? Wirklich? Nein, wir behandeln es wie eine Phrase, die die Palette an Rechten repräsentiert, die wir jenen zukommen lassen, von denen wir annehmen, dass sie schuldig sind. Also, bitte, Euer Ehren, stellen Sie sich nur für eine Sekunde vor, dass dieser sechzehn Jahre alte Junge, Ethan, *wirklich* unschuldig ist. Er hat gerade den Menschen verloren, der über all die Jahre sein einziges verlässliches Elternteil war. Und innerhalb von siebenundzwanzig Stunden schnappte die Polizei ihn sich in seinem zuhause und beschuldigt ihn des Mordes an seinem Vater, um den er gerade erst begonnen hat zu trauern. Ihn in Haft zu behalten, während ich beweise, welche Ungerechtigkeit dies alles ist, wird ihn verändern, Euer Ehren. Es wird ihm jegliches Vertrauen rauben, das er in uns Erwachsene und in unser Rechtssystem hat. Und ich sage Ihnen: Wenn Sie der Staatsanwaltschaft erlauben, damit durchzukommen, werden Sie nicht mehr schlafen können, wenn Ihnen irgendwann klar wird, wie falsch die Polizei in diesem Fall liegt.«

Nicky hatte den Kopf gesenkt, und ich sah, wie sich ihre Lippen bewegten. Sie schien tatsächlich zu beten. Ich schloss die Augen, tat schweigend das Gleiche und bat einen Gott, zu dem ich seit über zwanzig Jahren nicht mehr gesprochen hatte, darum, Ethan heute nach Hause zu schicken.

Die Staatsanwältin konnte ihren Unmut kaum verbergen, als sie Olivias Worte als »Märchen« abtat.

»Euer Ehren, die Polizei hat keine voreiligen Schlüsse gezogen, sie sind ihnen anhand der Beweise förmlich ins Gesicht gesprungen.« Wie erwartet beschrieb sie Ethan als jemanden, der die Polizei angelogen und als falsches Alibi einen Freund geliefert hatte, der der Polizei stattdessen erzählte, dass Ethan am Main Beach abgesetzt werden wollte, »in der Annahme, dass der Angeklagte wie üblich Marihuana am East End verkaufen wolle«.

Der Theorie der Staatsanwältin zufolge ging Ethan, als er erst einmal allein am Strand war, die dreieinhalb Blocks vom Strand zu unserem Haus, brachte Adam um und verwüstete dann das Haus so, dass es aussah wie ein missglückter Einbruch.

Die Richterin bat um mehr Details, was die Beweise des gestellten Einbruchs anging, und die Staatsanwältin holte ein Foto hervor und gab Olivia davon zunächst eine Kopie. »Bei der Verhandlung werden die Beweise umfassender sein, aber dieses eine Foto gibt Ihnen einen deutlichen Eindruck.«

Zuerst war die Miene der Richterin unbeteiligt, doch dann reichte man ihr eine Lesebrille. »Diese Pfeile sind ...«

»Glasstücke, Euer Ehren. Von dem zerbrochenen Fenster.«

Ohne das Foto zu sehen, wusste ich nicht, worüber sie redeten, doch bei dem Tonfall der Richterin, als sie »Ah-ha, ich verstehe« sagte, packte ich Nickys Hand fester.

»Außerdem haben die Detectives den Angeklagten und seine Stiefmutter gefragt, ob irgendetwas fehlen würde. Seine Stiefmutter bemerkte, dass ein kabelloser Lautsprecher vermisst wurde, und der Angeklagte fügte hinzu, dass er ein Paar Kopfhörer und ein sehr spezielles Paar Tennisschuhe vermisste. Sie wurden als rot, gelb und schwarz beschrieben, mit einem kleinen Cartoon-Typen auf der Seite, der eine Strahlenpistole hält.«

Im Gerichtssaal herrschte Schweigen. Es war klar, dass die

Staatsanwältin zum großen Schlag ausholte. Ich bekam plötzlich Magenschmerzen. Es war, als wüsste mein Körper bereits, was sie sagen würde, bevor es in meinem Gehirn ankam.

Sein Rucksack. Als wir East Hampton verließen, wollte Ethan kurz bei Kevin vorbeifahren, um seinen Rucksack zu holen. Und als wir in der Stadt waren, hatte ich hineingesehen und nichts weiter als ein Wegwerfhandy gefunden. Wenn Ethan nur das Handy mit zu Kevin genommen hatte, warum hatte er dann einen Rucksack benutzt?

Und dann, Boom, sagte die Staatsanwältin es: »Derselbe Freund, der sagte, dass Ethan in der Mordnacht eine Stunde lang nicht in seiner Nähe gewesen sei, erzählte der Polizei, dass Ethan einen Rucksack bei sich gehabt habe, als er ihn später wieder abholte, den er zuvor nicht dabeigehabt hatte. Obwohl er nicht gesehen hat, was in dem Rucksack war, hat die Polizei, als sie gestern in New York City das Zimmer des Angeklagten durchsucht haben, einen leeren Rucksack gefunden, sowie drei Dinge, die zu den angeblich gestohlenen Dingen passen – einschließlich der unverwechselbaren Turnschuhe, im obersten Regal seines Schrankes, unter einer Decke.«

Die Richterin nahm ihre Lesebrille ab, sah Olivia direkt an und wartete auf eine Erklärung, die nicht schnell genug kam.

»Dafür gibt es eine Erklärung, Euer Ehren. Die Eltern des Angeklagten haben zwei Wohnsitze.«

»Wollen Sie damit sagen, dass er zwei Paar dieser Schuhe besitzt?«

»Euer Ehren, eine Kautionsanhörung sollte nicht als Mechanismus der Regierung dienen, meinen Mandanten zu einem Geständnis zu zwingen oder mich dahin zu locken, Ihnen eine Vorschau auf meinen kompletten Fall zu geben. Euer Ehren, was hier zählt, ist, dass es keinen Grund gibt, warum Ethan bis zur Hauptverhandlung, bei der er freigesprochen wird, in U-Haft bleiben sollte. Er kann entlassen werden, auf Kaution, wenn Sie das fordern. Er hat keine Vorstrafen und wird bei seiner Stiefmutter bleiben – deren Ruf makellos ist. Jeglichen noch so geringen Zweifeln Ihrerseits könnte man mit einer elektronischen Überwachung begegnen.«

Die Staatsanwältin ging ohne Aufforderung darauf ein. »Bei allem Respekt für Ms. Randall, aber das ist einfach anstößig. Hätte irgendein anderer Angeklagter – der keine zwei Wohnsitze besitzt, Designer-Tennisschuhe und makellos glaubwürdige Eltern – in einem Mordfall eine Chance, auf Kaution freizukommen? Ich habe Ihnen nur ein paar Stücke eines Berges an Beweisen vorgelegt, die wir gegen den Angeklagten haben, denn wir befürchten, dass er potentielle Zeugen manipuliert – genauso wie seinen Freund, den er versucht hat, in ein falsches Alibi zu ziehen. Doch was seine Stiefmutter angeht, die angeblich ausreichende Garantie für seine Sicherheit bietet, möchte ich Folgendes hinzufügen: Sie hat der Polizei mehrfach gesagt, dass die Familie die Alarmanlage selten nutzt, doch Aufzeichnungen von der Sicherheitsfirma zeigen, dass die Alarmanlage regelmäßig benutzt wurde, wenn die Familienmitglieder im Haus ein und aus gingen. Und in der Mordnacht wurde sie angeschaltet, kurz nachdem der Fahrdienst Adam Macintosh am Haus abgesetzt hatte, und anschließend wieder ausgeschaltet – aus unserer Sicht von dem Angeklagten. Wichtigster Punkt hierbei ist jedoch unsere Auffassung, dass Ms. Taylor – trotz ihres, ich zitiere, makellosen Rufs – motiviert ist, ihren Stiefsohn zu beschützen. Verständlicherweise«, fügte sie als Nachsatz hinzu.

Ich bemerkte, wie die Richterin kurz in meine Richtung schaute. Ich spürte, dass sie das, was sie über mich zu wissen glaubte, neu bewertete.

»Nun, wir brauchen uns nicht in irgendetwas davon zu vertiefen«, sagte sie. Trotz des versöhnlichen Klangs ihrer Stimme warnte mich ein Brennen in meinem Magen vor dem, was nun kam. »Aber Ihr Punkt, was die Gleichbehandlung angeht, ist angekommen. Sie haben gezeigt, dass die Anklage begründet ist. Die Konsequenzen einer Verurteilung dieses jungen Mannes wären sehr schwerwiegend. Ich möchte die Situation vermeiden, dass wir ihn entlassen, nur um dann festzustellen, dass er in einem Privatjet in die Schweizer Alpen unterwegs ist.«

Als hinter uns jemand kicherte, dachte ich, Nicky würde meine Hand zerquetschen.

»Der Angeklagte kommt in Untersuchungshaft, ohne die Möglichkeit, gegen Kaution freigelassen zu werden.«

Als wir den Gerichtssaal verließen, dröhnten die Worte der Richterin immer noch in meinen Ohren. Die Presse wartete schon auf uns und brüllte uns Fragen entgegen, als sie uns in den Flur kommen sah. *Stimmt es, dass Sie die Polizei angelogen haben? Glauben Sie, dass Ethan Ihren Mann getötet hat?* Und einige der Fragen betrafen offensichtlich Nicky. *Ist das Ihre Schwester? Sind Sie Ethans richtige Mutter?*

Olivia schob uns durch die Menge und den Flur hinunter, in einen nicht genutzten Geschworenenraum. Nachdem die Tür geschlossen worden war, fingen Nicky und ich gleichzeitig an zu reden. Wie legen wir Einspruch ein? Wann kommt Ethan nach Hause? Was, wenn wir anbieten, einen privaten Sicherheitsdienst zu engagieren, der Ethan rund um die Uhr bewacht?

Olivia versuchte uns damit zu beruhigen, dass Ethan mit anderen Jugendlichen untergebracht werden würde, nicht in einem Bezirksgefängnis, und dass dies erst der Anfang des Prozesses sei.

Nicky schlug mit der Hand auf den Tisch. »Hören Sie auf, das zu sagen! Es ist der Anfang einer beschissenen Show, aber es ist das Ende von allem, was gut für ihn ist. Die einzige Frage ist doch, wie schlimm es von jetzt an noch wird.«

Olivia holte tief Luft und nickte. »In Ordnung. Ich wollte Ihnen nur damit sagen, dass dieser Antrag vor der Hauptverhandlung bei vielen Leuten abgelehnt wird, die später freigesprochen werden. Oder die eine Einigung bei deutlich weniger ernsten Anklagen erzielen. Sie haben Ethan nicht verloren. Sie werden ihn nicht verlieren.«

Ich versuchte immer noch, mich von dem, was ich im Gerichtssaal gehört hatte, zu erholen. »Das verstehe ich nicht. Warum hat er diese Dinge aus dem Haus mitgenommen?«

»Es tut mir leid, aber das Anwaltsgeheimnis gilt zwischen mir und Ethan, nicht zwischen Ihnen und mir.«

»Also hat er Ihnen erzählt, warum er diese Sachen in seinem Schrank hatte?«

Olivia presste die Lippen zusammen. »Nehmen wir an, rein hypothetisch, er war nur verwirrt. Vielleicht ist es schwierig, sich in dem Chaos zwischen zwei Wohnorten daran zu erinnern, wo man was gelassen hat. Und vielleicht standen sie beide immer noch unter Schock, als die Polizei sie gebeten hat, so kurz nach Adams Tod durch das Haus zu gehen.«

»Also hat er gesagt, er sei verwirrt gewesen? Aber warum hatte er den Rucksack in der ersten Hälfte der Nacht bei Kevin nicht dabei?«

»Es ist nicht unsere Aufgabe, Erklärungen für die Beweise zu finden oder sie sogar zu bewerten. Sie haben keine Vorstellung, unter wieviel Druck sein Freund gesetzt wurde, damit er ihnen gegeben hat, was sie haben wollten.«

Olivia wusste jedoch nichts von dem Rucksack, der an unserem ersten Abend zurück in der Stadt leer gewesen war. Und die Polizei hatte die Sachen auf dem obersten Regal von Ethans Schrank entdeckt. Man brauchte keine Filmaufnahmen, um darauf zu schließen, dass Ethan die Dinge aus seinem Rucksack geholt und dort oben deponiert hatte. Keine Jury der Welt würde ihm die Geschichte abkaufen, dass er unter Schock stand, als er das tat. Und ich weiß hundertprozentig, dass Ethan nie etwas wegräumte.

Als Adam und ich heirateten, hatte ich mir geschworen, Ethan immer wie meinen eigenen Sohn zu behandeln. Ich hatte mich über die Schulbezirke informiert. Ich war mit ihm zum Arzt gegangen und zu Elternsprechtagen in die Schule. Wenn Ethan ein Problem hatte, war ich es, die es gelöst hat, denn darin war ich gut. Jetzt aber brauchte er dringend Hilfe, und ich fühlte mich komplett machtlos.

»Oh, mein Gott! Warum *führen* wir überhaupt dieses Gespräch?« Nicky stand neben mir, ihr Atem ging schnell und heftig. »Ethan hat das *nie im Leben* getan. Wir müssen ihn da herausholen. Jetzt! Diese sogenannten Kids, mit denen er verwahrt wird? Sie wollen mir doch nicht erzählen, dass das süße, freundliche Jungs wie Ethan sind? Lassen Sie mich mit der Richterin reden. Ich tue alles, um meinen Sohn nach Hause zu holen.«

Olivia nickte ruhig und ließ Nickys Wut über sich ergehen. Als sie schließlich sprach, war ihre Stimme mitfühlend und ruhig. »Das wird nicht passieren, Nicky. Über die Haft wurde entschieden. Er wird während keiner Phase des Prozesses mit Erwachsenen zusammen inhaftiert sein.«

»Er ist sechzehn Jahre alt, Olivia. Ich bin keine Anwältin, aber Sie erwarten von mir doch nicht, dass ich glaube, die Stadt New York würde einen Sechzehnjährigen am selben Ort verwahren wie kleine Kinder, die beim Ladendiebstahl erwischt werden.«

Olivia schüttelte den Kopf. »Nein. Er wird in eine spezielle Einrichtung für ältere Teenager kommen. Die offizielle Bezeichnung lautet ›Jugendliche Straftäter‹.«

»Okay, also eine Horde abgebrühter Krimineller und Soziopathen. Es muss doch einen Weg geben, um ihn da herauszubekommen.«

Ich hatte entsetzliche Angst um Ethan, genau wie Nicky, doch ich versuchte verzweifelt, meine Gefühle in den Hintergrund zu schieben und die Beweise zu verarbeiten, die angeblich im Besitz der Staatsanwaltschaft waren. »Haben Sie dieses Foto? Das, was Sie der Richterin gezeigt haben?«

Olivia blickte uns beide mitfühlend an. Zwei Schwestern: Die eine dreht durch vor Empörung, die andere versucht, den Sherlock Holmes heraushängen zu lassen und den Fall auf magische Weise durch eigene Beobachtungen zu lösen. »Tun Sie sich das nicht an. Sie beide sind seine einzige Familie. Das ist jetzt Ihr Job, und der wird nicht leicht sein. Aber lassen Sie mich meinen machen.«

»Ich möchte das Foto sehen«, insistierte ich.

Sie griff in ihre Tasche und reichte es mir.

Ich erkannte das Problem auf Anhieb. Das Glas des zerbrochenen Fensters lag oben auf der Decke des Gästebettes und in der offenen Schublade des Nachtschränkchens. Wenn ich es bemerkt hätte – wenn ich gewusst hätte, dass ich Ethan beschützen muss –, wäre ich nicht mit ihnen durch das Haus gegangen. Ich hätte keine einzige Frage beantwortet und sie nicht mit Ethan sprechen lassen. Dann hätten sie gar nichts.

Ich stellte mir Ethan vor, wie er Olivia erzählte, dass er einfach vergessen hatte, dass er diese Dinge mit zurück in die Wohnung genommen hatte. Es hörte sich genauso an wie die Geschichte, die ich mir damals bei der Waffe aus den Fingern gesogen hatte. Niemand vergisst ständig, was er in seiner Tasche hat. Die Geschworenen würden es ihm nicht abkaufen.

Und, ehrlich gesagt, würde ich das vermutlich auch nicht.

»Hat er Ihnen wirklich gesagt, er hätte es verwechselt?« Ich wollte glauben, dass es dafür eine rationale Erklärung gab.

»Wie schon gesagt, kann ich nichts von dem preisgeben, was er mir gesagt hat.«

Nicky tigerte frustriert auf und ab. »Blödsinn! Es ist doch offensichtlich, dass er Ihnen das *hypothetisch* erzählt hat, und es hört sich absurd an, also stimmt es nicht. Lassen Sie mich mit ihm reden. Ich werde herausfinden, was passiert ist.«

»Das meinte ich damit, dass dies erst der Anfang ist«, sagte Olivia. »Selbst wenn Sie denken, dass sie heute alles geklärt haben, gibt es verfahrensrechtlich nichts, was wir jetzt tun könnten. Ich weiß, dass es frustrierend ist, in einem System festzustecken, aber so ist es nun einmal, und ich verspreche Ihnen, dass ich mich so gut und schnell durch das System arbeiten werde, wie ich kann. Doch *ich* muss diejenige sein, die das tut.«

Ich wusste, dass Nicky sie hasste, doch Jake hatte gesagt, Olivia sei eine, wenn nicht sogar *die* beste Strafverteidigerin des Bundesstaates.

»Was ich Ihnen zu sagen versuche, Olivia, ist Folgendes: Ethan kann sehr erfahren wirken – er ist unter selbstbewussten Kindern aufgewachsen, hat die richtigen Schulen besucht, doch in seinem Herzen ist er unsicher. Er wünscht sich immer Zuspruch. Er hat furchtbare Angst davor, zurückgelassen zu werden. Und bei diesen kleinen Episoden – das Gras, die Waffe – geht er nur durch eine Verlustphase. Ich will nicht klingen wie die Masse derer, die behaupten, es sei eine beängstigende Zeit für Männer, aber wie viele Teenager-Jungen nehmen Medikamente, sind isoliert oder fallen in der Schule zurück? Wenn ich mir jedoch je Sorgen um Ethan gemacht habe, dann war es wegen eines Mangels an Konzentration oder Motivation, das schwöre ich. Er würde niemals – wirklich niemals – jemanden verletzen, schon gar nicht seinen Vater. Ich kenne Ethan.« Ich spürte, wie Nicky mich ansah. »*Wir* kennen Ethan. Ich sage Ihnen, er ist unschuldig, aber ich möchte Ihnen auch sagen, dass er *verzweifelt* versucht, es anderen Menschen recht zu machen. Er wird Ihnen sagen, was Sie hören wollen, ohne die Konsequenzen in Betracht zu ziehen, die das für ihn haben könnte. Also müssen Sie alles, was er sagt, mit Vorsicht genießen und uns gleichzeitig vertrauen, dass er seinen Vater nicht umgebracht hat.«

Der fieberhafte Ausdruck auf Nickys Gesicht war von etwas anderem ersetzt worden: Trauer, Trauer und Reue. Ich hatte dieser Anwältin gerade mehr über Ethans wahre Persönlichkeit erzählt, als ich je mit meiner Schwester geteilt hatte.

Olivia bedankte sich für diesen Einblick. »Und obwohl ich das Anwaltsgeheimnis nicht verletzen darf«, sagte sie mit einem Lächeln, »teile ich es meinen Mandanten unmissverständlich mit, wenn ich den Eindruck habe, dass sich die *hypo-*

thetischen Annahmen, die sie mir verkaufen wollen, nicht nach der Wahrheit anhören.«

Ich wollte dieser Frau vertrauen, doch sie hatte eine Abgebrühtheit an sich, was ihre Fälle anging, die von den vielen Jahren zeugte, in denen sie schuldige Menschen vertreten hatte. Sie musste verstehen, dass Ethan anders war, selbst wenn das bedeutete, dass ich etwas Negatives über Adam sagen müsste. »Adam konnte ein sehr fordernder Vater sein. Er hatte unrealistische Erwartungen – gegenüber allen, um ehrlich zu sein, aber besonders gegenüber seinem Sohn. Doch Ethan versuchte immer, ihnen gerecht zu werden. Wenn ich raten sollte, würde ich sagen, dass Ethan am Freitagabend Gras geraucht hat, weswegen er sich nicht mehr daran erinnern konnte, dass er die Sachen aus dem Haus mitgenommen hatte. Und Kevin hat garantiert auch einen Joint geraucht, was erklären würde, warum er hinsichtlich der Frage, ob Ethan seinen Rucksack den ganzen Abend bei sich hatte oder nicht, so beeinflussbar war. Und so wie ich Ethan kenne, hat er, als er seinen Rucksack mit den Schuhen und dem anderen Zeug in der Stadt gefunden hat, alles einfach in den Schrank gestopft, anstatt seine Aussage zu korrigieren, weil er damit die Aufmerksamkeit auf sich gelenkt hätte.«

Zum ersten Mal, seit wir den Raum betreten hatten, zog Olivia einen Block aus ihrer Aktentasche und machte sich Notizen. »Das ist hilfreich. Danke Ihnen beiden.«

Nicky öffnete ungläubig den Mund. »Das war's? Können wir nicht einfach zur Polizei gehen und die ganze Sache klären?«

»Ich wünschte, das könnten wir, aber leider nein. Sie werden den Fall niemals in einem so frühen Stadium ablehnen. Ich habe Ermittler. Wir graben und graben, und dann benutzen wir das alles bei der Gerichtsverhandlung, um begründete Zweifel zu schaffen.«

»Ethan sitzt also jetzt im Gefängnis, weil er zu große Angst hatte, der Polizei zu erzählen, dass er high war? Verdammt!«, rief Nicky. »Gerade ich könnte ihm erzählen, dass es weit größere Verbrechen gibt, als ein bisschen zu kiffen. Er würde es mir erzählen. Das weiß ich. Lassen Sie mich mit ihm reden.«

»Es tut mir so leid«, sagte Olivia, »aber das kann ich nicht zulassen. Keiner von Ihnen darf mit Ethan über etwas reden, was auch nur annähernd mit dem Fall zu tun hat.«

Als wir versuchten, mit ihr darüber zu verhandeln, erklärte Olivia uns, dass sie sich bereits gründlich über die rechtliche Situation informiert habe, um absolut sicher zu sein. Sie könne nicht garantieren, dass die Staatsanwaltschaft nicht eine von uns in den Zeugenstand rufen würde, um gegen Ethan auszusagen. »In New York gilt das Recht, dass Eltern nicht gegen ihre Kinder aussagen müssen, doch es ist sehr eingeschränkt. Ich weiß, dass es Sie schmerzen wird, aber ich bin mir nicht sicher, ob eine von Ihnen beiden dieses Recht in Anspruch nehmen kann. Sie, Chloe, sind technisch gesehen seine Stiefmutter, da Sie Ethan nie adoptiert haben. Und Sie, Nicky, sind die leibliche Mutter, doch Sie haben ihn, soweit ich weiß, nicht aufgezogen, und das Gesetz bezieht sich auf die einzigartige Verbindung zwischen Kindern und ihren Eltern.«

In ein paar trockenen juristischen Sekunden hatte unsere Anwältin das Dilemma unserer neuen Normalität dargelegt.

»Tut mir leid«, sagte Nicky, »aber ich kann damit nicht umgehen. Es muss einen anderen Weg geben. Ich bleibe so lange in diesem Raum, bis wir herausgefunden haben, wie wir das wieder in Ordnung bringen können. Ich kette mich an die

Türen des Gerichtsgebäudes, wenn ich muss.« Sie ballte die Hände zu Fäusten und stieß einen Laut aus, der einem Knurren ähnelte.

»Nicky«, zischte ich, »dann nimmt man dich auch fest! Und wie steht Ethan dann da?«

Ich hatte noch nie gesehen, dass meine Schwester derart außer Kontrolle geriet, selbst dann nicht, als sie sich damit hatte abfinden müssen, dass Adam das alleinige Sorgerecht für Ethan zugesprochen wurde. Ich merkte, wie ich es ihr übelnahm, dass sie immer weitermachte. Beim Anblick meines Sohnes, der von Polizeibeamten durch die Gegend gezerrt wurde, hätte ich am liebsten auch gebrüllt und geschrien, doch ich konnte mir den Luxus einer Entgleisung nicht leisten. Olivia musste sich auf Ethans Verteidigung konzentrieren, anstatt mit uns Händchen zu halten.

»Also, was sollen wir tun?«, fragte Nicky und sackte auf den Stuhl neben mich.

»Fahren Sie nach Hause«, sagte Olivia. »Geben Sie auf sich und aufeinander acht. Und bereiten Sie sich auf die nächsten Schritte vor.«

Nicky griff über den Tisch und nahm Olivias Hand. »Sie müssen mir schwören, dass Sie Ethan wieder nach Hause holen. Versprechen Sie es mir, oder ich weiß nicht, wie ich das hier schaffen soll.«

Ich sah, wie Olivias Gesichtsmuskeln sich anspannten. »Wenn ich dieses Versprechen gäbe, würde ich lügen.«

»Nein«, sagte Nicky. »Nein, ich muss es aus Ihrem Mund hören. Ich muss es sicher wissen.«

Olivia schüttelte den Kopf, aber drückte dann Nickys Hand. »Ein Versprechen *kann* ich Ihnen geben. Auf der Basis dessen, was wir heute gehört haben, bin ich im Augenblick einhundert Prozent zuversichtlich, dass ich ein Geschworenengericht dazu bekommen kann, Ethan nach Hause zu schicken, okay?«

Das war mehr, als ich dachte, dass sie garantieren könne, doch ich sah, dass Nicky immer noch nicht zufrieden war.

»Und wenn diese Einschätzung sich je ändern sollte«, fuhr Olivia fort, »*schwöre* ich Ihnen, dass ich es Ihnen mitteile. *Das kann ich versprechen.*«

Nicky schüttelte den Kopf, schwieg jedoch.

»Gut«, sagte Olivia. »Wenn Ethans Gerichtsverhandlung beginnt, wird er Sie beide brauchen. Das wird einige Zeit dauern.«

»Lassen Sie mich raten«, sagte Nicky mit einem traurigen Lächeln. »Das ist erst der Anfang?«

»Verzeihen Sie mir«, sagte Olivia. »Irgendwann, wenn das hier alles hoffentlich gut ausgegangen ist, dürfen Sie mich daran erinnern, was für eine lästige Belehrung das ist.«

Als wir den Raum verließen und Nicky kurz auf die Toilette ging, stellte ich Olivia eine weitere Frage. »Meinten Sie das so, was Sie der Richterin gesagt haben? Dass Sie glauben, Ethan sei tatsächlich unschuldig? Sie klangen so überzeugt.« Ich hatte gewusst, dass sie Nicky keinen erfolgreichen Ausgang garantieren konnte, doch ich suchte nach etwas anderem. Ich denke, ich wollte mich genauso sicher fühlen, wie Olivia vor Gericht gewirkt hatte.

Sie blickte sich um, als wolle sie sich vergewissern, dass niemand uns hörte. »Es wäre schön, wenn ich mich immer so überzeugend anhören würde. Aber ja, ich glaube es. Und das ist selten der Fall.«

24

Ich war immer eine gute Schülerin gewesen, und wenn es eine Aufgabe zu erledigen gibt, finde ich stets einen Weg, wie ich es hinbekomme. Und wenn es mir sehr wichtig ist, lerne ich, meine Sache gut zu machen.

Doch inzwischen hatte ich akzeptiert, dass ich nie solche Partys geben könnte, wie Catherine Lancaster sie geben konnte, egal, wie viele Stunden ich in die Vorbereitung stecken würde. Ihr Haus in Sag Harbor war im französischen Landhausstil eingerichtet, die Speisen waren stets perfekt – der Geschmack, die Präsentation, einfach alles –, und doch sah ich sie nie in der Küche herumhantieren, so wie ich es tat, wenn ich mehr als einen Gang zubereiten wollte. Jahrelang war ich überzeugt davon, dass sie in ihrem Keller Caterer versteckt hielt, die nach oben schlichen, um wie Ninjas zu arbeiten, während wir uns unterhielten, bis ich sie schließlich gut genug kannte, um sie direkt zu fragen. Es stellte sich heraus, dass die Frau, die eine Assistentin hatte, die für sie die E-Mails schrieb und ihre Weihnachtseinkäufe erledigte, tatsächlich selbst kochte. Sie kuratierte sogar die Gästeliste, damit die Unterhaltung nie abbrach. Fünf Menschen, die du gern auf einer Party treffen würdest? Die saßen an Catherines Esstisch zu jedem Samstagabend-Dinner. Selbst die Musik war sorgfältig zusammengestellt, um den Wünschen ihrer Gäste gerecht zu werden.

Und nun brachte ich Nicky zu einer dieser perfekt vorbereiteten Zusammenkünfte mit.

Bis auf die gelegentlichen Besuche von Freunden und Kollegen, die kurz vorbeikamen, um ihr Beileid auszudrücken, war es das erste Mal nach dem Mord an Adam, dass ich eine Einladung angenommen hatte. Nicky und ich hatten entschieden, dass es uns vielleicht ganz guttäte, einen Abend unter normalen Menschen zu verbringen, doch nun, da wir dort waren, war ich immer noch benommen von der Sorge um Ethan, die in den sechs Wochen nicht nachgelassen hatte.

Für Catherines Maßstäbe war es eine kleine Party. Nur sie, ich, Nicky, Bill Braddock und zwei Freunde von ihr, die ich noch nicht kannte: Christof DeJong, ein holländischer Künstler um die sechzig, dessen großformatige Stahlskulpturen im East End ein vertrauter Anblick waren, und Liam Ricci, ein ehemaliges Model, jetzt Tattoo-Künstler, Hoodie-Designer und ganz allgemein ein cooler Typ.

»Also, Chloe, ich will alles darüber wissen, wie weit du mit diesem Buchprojekt bist. Es waren doch zwei Bücher, richtig?«

So war Catherine auf diesen Partys – sie warf uns kleine Fragen zu, als wäre es eine Mischung aus Salon und Talk Show. Sie kannte alle Details meines Autorenvertrages, doch wollte mir die Chance geben, für den Rest der Gruppe ein paar Schmankerl zum Besten zu geben. Ich schluckte den Rest Wachtel herunter, den ich im Mund hatte, bevor ich antwortete. »Seit ich den Vertrag unterzeichnet habe, hat sich einiges verändert. Die ThemToo-Serie hat mir damals zu dem Vertrag verholfen, und die Memoiren waren ein kleiner Zusatz. Doch nach den kürzlichen Ereignissen geht es nun mehr um meine Memoiren.«

Betretenes Schweigen machte sich breit, was auf Catherines

Partys nie passiert. Ich hätte wissen müssen, dass sie mich nach dem Stand des Buchprojekts fragen würde, und wünschte, ich hätte eine bessere Antwort parat gehabt. Als ich dem Verlag die Idee vorschlug, hatte ich das Bild der Geschichte vor Augen, wie ich die Karriereleiter erklomm, um damit vielen Mädchen Mut zu machen. Jetzt wollte der Lektor alles über Adam, Ethan und Nicky wissen – mein eigentliches Privatleben. Ich war versucht, den Vertrag platzen zu lassen, doch ich hatte Gerüchte gehört, dass der Vorstand die Möglichkeit von »Veränderungen« bei *Eve* diskutierte, während ich von meiner »familiären Situation abgelenkt sei«.

Bill hielt sein Weinglas in meine Richtung. »Ich wünsche dir viel Kraft. Wenn ich meine Memoiren schreiben würde, hätte ich eine lange Liste an Feinden, die am Montauk Highway stünden, um endlich Rache zu üben. Dein Buch wird für Millionen von Frauen, die darum kämpfen, gehört zu werden, eine Inspiration sein, da bin ich mir sicher.«

Ich lächelte immer noch krampfhaft, als Catherine sich an meine Schwester wandte. »Nicky, darf ich sagen, wie sehr ich mich freue, Sie endlich persönlich kennenzulernen? Chloe erzählt so viel von Ihnen« – tue ich nicht –, »doch sie hat nie gesagt, was für eine großartige Köchin Sie sind. Da muss Ina Garten sich in Acht nehmen.«

»Ich weiß gar nicht, wer das ist«, sagte Nicky verlegen, »Aber ja, Tussi, nimm dich in Acht!«

Ich bemühte mich, nicht zusammenzuzucken, und war erleichtert, als alle lachten.

Nicky hatte darauf bestanden, eine gigantische Tupperdose Gazpacho mitzubringen, obwohl ich gesagt hatte, dass Catherine die Speisen anderer Leute auf ihren Partys nicht gerne sah.

Doch höflich wie Catherine war, hatte sie die Suppe in Tassen als Amuse-Bouche serviert. Und sie schmeckte wirklich gut.

Nicky verarbeitete unser geteiltes Leid, indem sie ununterbrochen kochte. Sie unterhielt eine Vollzeit-Test-Küche, durchkämmte meine Kochbücher, tüftelte an Rezepten und fragte mich, welche Gerichte Ethan wohl am besten schmecken würden. Sie sagte gerne, dass er essen würde wie ein König, wenn er wieder zuhause wäre.

»Was tun Sie, wenn Sie keine kalte Suppe zubereiten?« Die Frage kam von Christof dem Bildhauer, der anscheinend annahm, dass jeder, den er auf Catherines Party kennenlernte, eine Antwort auf diese Frage hatte. »Was machen Sie so?«

»Nicky ist aus Cleveland zu Besuch«, platzte ich heraus, ohne die Frage zu beantworten.

»Ich bin Schmuckdesignerin«, sagte sie.

»Wunderbar«, sagte Liam, der Tattoo-Typ. »Bei welcher Firma?«

»Oh, nur ich selbst«, sagte sie und winkte ab. »Ich verkaufe den Kram online. Aber ich kann meine eigenen Designs entwickeln, kann arbeiten, wann ich möchte. Und die gesamten fünfzig Dollar für mich behalten.«

Ich wäre am liebsten im Erdboden versunken, doch alle taten so, als würden sie lachen, was sehr nett war. Nicky schlug sich deutlich besser als ich, was den Small Talk anging.

»Ist das eines Ihrer Designs, was Sie da tragen?«, fragte Catherine.

Nicky blickte nach unten und fingerte an ihrer Halskette herum. Die Kette war aus geschwärztem Silber, die in einem Mix aus gehämmerten Metall-Puzzleteilen endete. Es waren … viele.

»Mhm-mh.«

»Fallen diese Teile auseinander?«, fragte Liam. »Es sieht so aus, als würden sie kaum zusammengehalten werden.«

»Nein«, sagte Nicky und zupfte in alle Richtungen an dem Anhänger. »Alles fest verschweißt. Ja, das ist der beabsichtigte Effekt. Harte, industrielle Materialien, die aber trotzdem zart wirken, nicht wahr?«

Christof und Liam waren beide der Meinung, dass es cool aussah.

»Du solltest eine kleine Werbung für sie in die *Eve* schmuggeln«, schlug Catherine vor.

»Oh!«, warnte Bill und drohte mit dem Zeigefinger. »Als ihr Anwalt weiß ich zufällig, dass das ein Interessenkonflikt wäre, der einen Vertragsbruch darstellt.«

»Nun, dann sollte *irgendjemand* sie entdecken«, verkündete Catherine. »Also, wer möchte Nachtisch?«

Als ich Catherine in die Küche folgte, um zu sehen, ob sie Hilfe brauchte, lagen bereits sechs perfekt geschnittene Stücke Pfirsich-Pie auf den Tellern, die sie gerade mit frischer Schlagsahne garnierte.

»Soviel zur Hilfe«, sagte ich.

Sie lächelte mich kurz an. »Ich bin trotzdem froh, dass du hier bei mir bist.«

Ich nickte. »Ich auch.«

»Ist es in Ordnung, wenn ich nach Ethan frage? Das ist alles so unfassbar.«

»Er schafft das schon«, sagte ich leise. »Danke.« Sie wollte eine Anschlussfrage stellen, doch ich griff mir zwei der vorbereiteten Teller und hastete zurück ins Esszimmer. »Nicht, dass die Sahne schmilzt!«

Während wir den Pie aßen, hörte ich sogar auf, so zu tun, als würde ich zuhören. Wegen der Schwere der Vorwürfe befand sich Ethan nicht im offenen Vollzug, wie sie es nannten. Ungeachtet dessen, was die Jugendstrafanstalt als »ganzheitliche Betreuung« für die Sechzehn- bis Siebzehnjährigen pries, die dort untergebracht waren, schien es mir nichts anderes zu sein als ein gewöhnliches Gefängnis.

Olivia hatte uns allen dreien eingebläut, kein Wort über den Fall zu verlieren, da unsere Gespräche überwacht wurden und Olivia annahm, dass die Staatsanwaltschaft Nicky und mich in den Zeugenstand rufen würde. Also plauderten wir bei unseren Besuchen nur über solche Dinge wie, ob Ethan irgendeines der Bücher gelesen hatte, die ich ihm mitgebracht hatte, oder darüber, wie es der Katze ginge. Das einzige Mal, dass er seinen Vater erwähnte, war bei der Frage, wo er begraben worden sei. Als ich ihm antwortete, dass Adam eingeäschert worden war, brach er weinend zusammen, und mir wurde klar, welch großen Fehler ich begangen hatte.

Davon abgesehen hatte die obligatorische Untersuchung seiner seelischen Gesundheit zu einer Verschreibung von Antidepressiva geführt. Ich war zunächst entschieden dagegen, doch Nicky, die über mehr Erfahrung in diesem Bereich verfügte, stand dem offen gegenüber. Nach einem Besuch bei Ethans Kinderarzt einigten wir uns auf eine Medikation, trotzdem machte ich mir große Gedanken wegen der langfristigen Konsequenzen.

Als wir mit dem Dessert fertig waren, half Nicky mir, die Teller abzuräumen.

»Dieser Liam ist ein scharfer Typ«, sagte sie, als sie die Teller abspülte.

»Bitte, baggere ihn nicht an, Nicky. Ich flehe dich an.«

»Oh, Himmel. Ich habe doch nur Witze gemacht.« Nicky hatte vor zwei Wochen erwähnt, dass der namenlose, kinderlose, zweiundfünfzigjährige geschiedene Mann, mit dem sie in Cleveland befreundet war, ihr schließlich gesagt hatte, dass sie in New York tun solle, was sie tun müsse, und hatte ihr alles Gute gewünscht. »Du hast mir doch gesagt, ich solle dich nicht blamieren, und das habe ich nicht, oder? Die Suppe war gut. Sie hat allen geschmeckt, genau wie ich gesagt habe.«

Meine Schwester hatte recht. Aber die Wahrheit war, dass ich sie immer noch nicht um mich haben wollte.

In jener Nacht konnte ich nicht schlafen. Ich konnte in keiner Nacht schlafen. Von meinem Bett aus starrte ich in der Dunkelheit auf den Schrank, in dem Wissen, dass er Adams Urne enthielt. In der Rechtsmedizin konnte er nur eine gewisse Zeit bleiben, und dann drängte auch das Bestattungsinstitut auf eine endgültige Lösung. Wir konnten noch nicht einmal einen Gedenkgottesdienst abhalten, nicht ohne Ethan, also hatte ich das getan, was mir am einfachsten erschien. Adam war immer pragmatisch gewesen.

Nun befanden sich Adams Überreste in einer Urne, wo sie bleiben würden, bis Ethan und ich im Kajak hinausfahren konnten, um bei Sonnenuntergang Adams Asche ins Meer zu streuen. In der Zwischenzeit konnte ich die Urne noch nicht einmal irgendwo hinstellen, da ich Sorge hatte, Panda würde das Gefäß umwerfen. Die Katze musste sich immer noch an das Leben in East Hampton gewöhnen, wo wir hingezogen waren, um näher bei Ethan zu sein.

Um drei Uhr morgens gab ich schließlich auf, stand aus dem

Bett auf und machte mich auf die Suche nach meiner Aktentasche. Meine Assistentin hatte mir einen Stapel Post aus dem Büro weitergeleitet.

Der vierte Umschlag, den ich öffnete, enthielt eine Beileidskarte aus London, unterzeichnet von Carol und Roger Mercer, dem Justiziar der Gentry Group.

Ich nahm mein iPad vom Nachttisch, öffnete meine Kontakte und schrieb eine neue E-Mail:

Liebe Carol, lieber Roger, ich danke Ihnen sehr, dass Sie an mich gedacht haben. Ich bin sicher, dass ich laut Anstandsregeln sagen müsste, dass es mir den Umständen entsprechend gut geht, doch in Wahrheit ist es ein Kampf. Ich weiß, dass es eine merkwürdige Frage ist, aber, Roger, wissen Sie, ob Adam letzten Mai irgendwelche Treffen mit der Gentry Group hatte? Ich ertappe mich selbst immer wieder bei dem Versuch, jede Minute seiner letzten Tage zusammenzusetzen. Alles, was Sie wissen, würde mir helfen. Herzlich, Chloe

Ich las die E-Mail dreimal und vergewisserte mich, dass sie wie die einigermaßen verständlichen Grübeleien einer trauernden Witwe klangen.

Ich schickte sie ab und versuchte wieder, etwas Schlaf zu finden.

25

Vier Monate später

Olivia hatte es ernst gemeint, als sie mir versicherte, sie würde alles für Ethan tun, was sie könnte. Es war Donnerstag vor Halloween, und sie kam bei uns in East Hampton vorbei, weil sie am Wochenende dort war und nach Nicky und mir sehen wollte.

»Das ist eine ziemliche Show da draußen«, sagte sie beim Eintreten.

Nicky war bei HomeGoods gewesen und hatte einen kompletten Einkaufswagen voller Halloween-Dekoration erstanden. Ob sie sich schon in unserer Jugend für Halloween begeistert hatte, wusste ich nicht mehr, doch offenkundig war sie zu einer jener Erwachsenen geworden, die dafür lebten, den ganzen Abend Kindern die Tür zu öffnen, die Süßigkeiten einforderten.

Nachdem wir uns im Familienzimmer niedergelassen hatten – ich konnte mich immer noch nicht überwinden, im Wohnzimmer zu sitzen, wo ich Adam gefunden hatte –, fragte Nicky, ob Olivia wirklich davon ausging, dass Ethans Gerichtsverhandlung diesmal anfing. Theoretisch war sie für nächste Woche angesetzt, doch sie war bereits zweimal verschoben worden.

»Bald ist Thanksgiving«, sagte Nicky, »und dann Weihnachten. Sie haben uns ganz zu Anfang erklärt, dass es ein langer

Prozess werden würde. Ich dachte dabei an nächstes Jahr. Ich will, dass das alles eher früher als später zu Ende ist, aber bedeutet es, dass die Anklage davon ausgeht zu gewinnen, wenn sie jetzt so weit ist?«

»Versuchen Sie, nicht zu viel in das eine oder andere hineinzuinterpretieren, okay?«, erwiderte Olivia. »Ich habe immer noch ein gutes Gefühl, was unsere Position angeht.«

»Wenn das Gerichtsverfahren jetzt wirklich beginnt und alles gut läuft, könnte Ethan an den Feiertagen bereits wieder zu Hause sein«, sagte ich.

Diese Möglichkeit hatte etwas Irreales. Nicky und ich hatten jede für sich Wege gefunden, uns aus dieser Starre zu lösen, die den größten Teil des Sommers auf uns lastete, doch ich fühlte mich, als lebte ich zwei getrennte Leben: eines, in dem ich ein normaler Mensch sein konnte, der normale Dinge tat, wenn er unter Menschen war; und das andere waren die Momente, in denen ich in totale Verzweiflung und Panik verfiel, wenn ich mit der Vorstellung allein war, überhaupt keine Kontrolle über das zu haben, was mit Ethan passierte.

Nicky fuhr fast jeden Tag nach Islip, um ihn zu besuchen, aber ich durfte ihn wegen meines Status als Tante nur zweimal pro Woche sehen. Man sah ihm an, wie fast sechs Monate Haft an ihm gezehrt hatten. Sein Gesicht leuchtete immer noch auf, wenn er mich erblickte, doch diese Emotion verflog schnell wieder. Der freche Humor, den ich einst zu zähmen versucht hatte, war verschwunden. Es schien, als wäre er mit jedem Besuch etwas früher bereit, wieder in seine Zelle zurückzugehen. Es war fast, als hätte er sich mit seinem Leben in der Jugendstrafanstalt abgefunden, so dass wir mit den Erinnerungen an eine Welt störten, die er verloren hatte.

Ich umarmte Olivia, als sie ging, wünschte ihr ein schönes Wochenende und stellte fest, dass ich nichts darüber wusste, mit wem sie es verbringen würde. Eigentlich wusste ich überhaupt nichts über sie, und doch war sie in vielerlei Hinsicht momentan der wichtigste Mensch in meinem Leben.

Nachdem unsere Anwältin gegangen war, sagte ich Nicky, ich würde zum SoulCycle-Training gehen und dann vielleicht nach Montauk fahren, um die Runde zu drehen, auf der am Thanksgiving-Morgen der Turkey Trot gelaufen wurde. Zwei Jahre zuvor war ich bei den zehn Kilometern zweite in meiner Altersgruppe geworden, was keine große Kunst war, da die Strecke auf fünf Kilometer angelegt war und nur Irre wie ich bereit waren, zwei Runden zu laufen.

»Da passe ich«, sagte sie. »Ich kümmere mich lieber um eine Kürbis-Deko für meine Schmuckdesign-Seite.« Sie stand am Küchentresen mit einem perfekt geschnitzten Kürbis, meinem besten Messer und einer Auswahl an Schmuckstücken, ausgebreitet auf einem Geschirrtuch.

»Dann mal los. Ich bin zum Abendessen zurück.«

Zwei Stunden später lagen Jakes Laken zerknüllt am Fußende des Bettes, und ich war außer Atem. Mit einer Fernbedienung stellte er den Deckenventilator an.

»Ich weiß noch, wie du nicht wolltest, dass ich dich vollkommen nackt sehe«, sagte er.

Diese Zeiten waren definitiv vorüber. Ich lag in der Yoga-Totenstellung auf dem Rücken, Arme und Beine ausgestreckt. Der Luftzug auf meiner Haut fühlte sich wunderbar an.

Er drehte sich zur Seite und küsste meine Schulter. »Gott, wie habe ich dich vermisst.«

Wir hatten uns seit zehn Tagen nicht gesehen. Ich hatte nach Adams Tod versucht, auf Abstand zu gehen, doch rief ich ihn dann irgendwie immer wieder wegen Ethans Fall an. Ich vertraute Olivia so weit, wie ich jemandem vertrauen konnte, den ich im Grunde nicht wirklich kannte, doch der Kontrollfreak in mir musste jede ihrer Entscheidungen von einem anderen Anwalt überprüfen lassen – der zufällig Jake war.

Vor Adams Tod habe ich Jake nie nahe an mich herangelassen, überzeugt davon, dass er nur eine vorübergehende Flucht vor einer besonders schwierigen Phase unserer Ehe war. Doch weil Adam nicht mehr lebte und Jake für mich da war – *wirklich* für mich da war –, wusste ich wieder, wie es war, wenn man nicht nur geliebt wurde, sondern ein Mensch sich wirklich um einen sorgte. Die Beziehung zwischen Adam und mir war zerbrochen, aus Gründen, die nur wir beide verstanden hatten. Und nun war ich diejenige, die noch da war, und ich würde es niemandem erzählen. Es spielte keine Rolle mehr. Ich war frei für eine zweite Chance – mit Jake.

Seit dem 4. Juli trafen wir uns wieder. Nun fühlten wir uns tatsächlich wie ein richtiges Paar, zumindest wenn wir allein waren.

Erst als er neben mir zuckte, merkte ich, dass er eingeschlafen war. Er murmelte etwas davon, sich geirrt zu haben und dass jemand aufhören musste. Da es so aussah, als ob er sich in einem heftigen Alptraum befand, rüttelte ich ihn sanft am Arm.

Sein Kopf schoss vom Kissen hoch. »Was?«

»Du hast schlecht geträumt.« Ich drehte mich, um ihn anzusehen, und legte meine Arme um seine Hüfte. »Was war es? Die Fahrt über eine Klippe? Zähne, die ausfallen? Eine Examensprüfung in diesem Mathekurs, in dem du vergessen hast, dich einzuschreiben? Das sind meine heftigen Träume.«

Er rieb sich mit der Handfläche über das kurzgeschnittene blonde Haar. »Wenn das so einfach wäre. Üble Träume aus der wahren Welt sind viel schlimmer.«

Ich sagte nichts und fragte mich, ob er mir mehr erzählen würde. Echte Paare redeten über echte Probleme.

»Es ist wegen dieses Mandanten, Gentry.«

Es war nur ein Wort, doch es fühlte sich an wie ein Stromschlag, der mir über den Rücken zuckte. Ich hatte seit Monaten nicht mehr an die Firma gedacht.

»Siehst du? Darum habe ich es nicht erwähnt. Es erinnert dich an Adam.«

Ich versicherte ihm, dass alles in Ordnung sei und er mir gern mehr erzählen solle.

»Das FBI ermittelt gegen sie. Ein paar Angestellte – mittleres Management, aber hoch genug – haben sich externe Anwälte genommen, was bedeutet, dass sie sich wahrscheinlich auf einen Deal mit dem Büro des Bundesanwaltes einlassen. Der Hammer könnte jetzt jederzeit fallen, einschließlich Verhaftungen des CEO und CFO, wenn nicht sogar der gesamten Firma.«

»Aber warum dann die schlechten Träume? Gegen Adams Mandanten wurden die ganze Zeit ermittelt, oder sie wurden verhaftet.«

»Aber er war ein Strafverteidiger, und ich bin keiner.« Sein Zeigefinger malte einen unsichtbaren Kreis auf meiner Schulter nach. »Und wir waren für Gentry nicht im Bereich Strafrecht tätig. Es war ausnahmslos M&A.«

Merger & Acquisitions, Fusion und Übernahmen. Ich weiß

noch, wie ich Adam gesagt habe, er solle doch froh darüber sein, Transaktionsaufgaben zu haben, die nichts mit Kriminellen zu tun haben. Letztendlich war er ja derjenige, der sich darüber beschwert hatte, als Strafverteidiger für Wirtschaftsrecht auf der falschen Seite des Gerichtssaals zu stehen.

»Und warum ermitteln die Behörden nun?«

»Gentry hat ziemlich viele Auslandsgeschäfte getätigt. Manchmal haben die Akteure anderer Länder Erwartungen, mit denen die Regierung der Vereinigten Staaten ein Problem hat.«

»Was denn für Erwartungen?«

»Von oben nach unten jeden in der Kette zu bezahlen. Manche Leute interpretieren es als den Spielraum der ›kulturell gebotenen Sorgfaltspflicht‹, doch das FBI nennt es Bestechung. Einer der Gründe, warum Gentry uns angeheuert hat, war, dass wir ihnen helfen sollten, einen Vertrag abzuschließen, ohne irgendwo die Grenze zur Korruption zu überschreiten. Der Zufriedenheitsgrad der Mandanten von R&B liegt zwei Jahre nach Abschluss internationaler Fusionen und Übernahmen bei achtundneunzig Prozent.«

»Und das tut ihr, indem ihr ihnen helft, ganz bis an die Grenze zu gehen?«

»Hm-mm.« Sein Finger hatte aufgehört, rhythmische Kreise zu ziehen. Jake war wieder eingeschlafen, einfach so.

Ich beschloss, dasselbe zu tun, zählte meine Atemzüge und versuchte, sie seinen anzupassen. Es klappte nicht.

Ich stand auf, zog mir Unterwäsche und ein T-Shirt an und ging in seine Küche. Eines der Dinge, die mir an Jake gefielen, war sein guter Geschmack. Seine Stadtwohnung sowie auch sein Haus in East Hampton waren klar und modern, mit einem maskulinen Touch und einer Mischung aus neutralen Farben. Als ich auf dem stählernen Barhocker saß und mein Laptop aufklappte, malte ich mir aus, dort eine Dinner-Party zu veranstalten.

Ich rief die Karte auf, die ich mit einem Lesezeichen versehen hatte. Es war die Gegend in Queens, um den Punkt herum, an dem Adam in den letzten beiden Tagen seines Lebens abgesetzt und wieder abgeholt worden war. Ich hatte bereits jeden Straßennamen innerhalb von zwei Kilometern um den U-Bahnhof gegoogelt, an dem ihn der Uber-Service abgesetzt hatte, wusste jedoch immer noch nicht, wo Adam diese Stunden verbracht hatte. Ich war sogar ein paar Mal hingefahren und war mit seinem Foto in der Hand durch die Gegend gelaufen, hatte aber nicht gewusst, wem ich es hätte zeigen sollen.

Wenn die Polizei jemals versucht hatte, dieser Geschichte nachzugehen, die am Ende von Adams Lebens stand, so hatten sie es mir nie gesagt. Meine Vermutung war, dass sie aufgehört hatten, anderen Fährten nachzugehen, nachdem sie sich erst einmal auf Ethan eingeschossen hatten.

Doch jetzt, nachdem Jake wegen einer drohenden strafrechtlichen Ermittlung gegen Gentry Alpträume hatte, dachte ich wieder über das nach, was ich schon als Sackgasse abgeschrieben hatte.

Ich googelte »FBI Kew Gardens« und wusste sofort, dass ich richtig lag. Direkt dem U-Bahnhof gegenüber poppte ein roter Marker auf. Zusätzlich zur Karte sah ich das Foto eines schwarzen Glaskastens, eines Bürogebäudes, das ich selbst schon betreten hatte. Es beherbergte eine Apotheke und ein 24-Stunden-Fitnesscenter im Erdgeschoss, aber was auf den restlichen elf Stockwerken passierte, entzog sich meiner Kenntnis. Als ich die Adresse googelte, hatte ich eine Radiologische Praxis gefunden, ein Leasing-Büro und eine Krankenversicherung.

Doch jetzt wusste ich, wonach ich suchen musste. Dort, auf der Internetseite des New Yorker FBIs stand, was ich die ganze Zeit gesucht hatte: »Neben unserem Regionalbüro in Manhattan haben wir fünf weitere lokale Büros in dieser Gegend.« Das Büro in Queens war in der Kew Garden Road.

Wenn nun Mitarbeiter des mittleren Managements der Regierung Informationen zugespielt hatten, vielleicht hatte Gentrys Beraterfirma dasselbe getan – speziell, wenn der Anwalt ein ehemaliger Staatsanwalt war, der wütend darüber war, dass seine Frau ihn gedrängt hatte, sich zu prostituieren, indem er die Leute verteidigte, die er früher hinter Gitter gebracht hatte? Ich dachte an die E-Mail, die ich Carol und Roger Mercer geschrieben hatte, dem Justiziar der Gentry Group, auf die ich keine Antwort erhalten hatte. Ich hatte es als ein Zeichen gewertet, dass sie entweder zu beschäftigt waren oder keine Informationen für mich hatten, doch nun fragte ich mich, ob meine Frage nach Adams nicht stattgefundenem Meeting einen Nerv getroffen hatte.

Hinter mir hörte ich das Klatschen nackter Füße auf Fliesen. »Du siehst gut aus, so halbnackt in meiner Küche.«

Ich lehnte mich zurück, um einen Kuss entgegenzunehmen. »Ist das dein Buch?«

Im Impressum der *Eve* stand ich immer noch als Chefredakteurin, doch während Ethans schwebenden Verfahrens war ich freigestellt. Rückblickend hätte ich mich zwingen sollen, meine Bürozeiten beizubehalten. Letztendlich erinnerte mich Olivia immer wieder daran, dass es ihr Job war, Ethans Verteidigung vorzubereiten, und nicht meiner. Mit Ethan in

Untersuchungshaft gab es für mich nichts anderes zu tun, als ihn zweimal pro Woche zu besuchen und ihm Hoffnung zu geben, dass all das nur vorübergehend war.

In der Zwischenzeit hatte ich versucht, meine Memoiren fertigzustellen. Die Kapitel über meine Karriere waren fertig. Jake wusste, dass ich mich mit den persönlicheren Abschnitten schwertat. Wie sollte ich das Fazit aus zwanzig Jahren feministischer Verlagsarbeit ziehen, ohne über die Liebe zu sprechen, die ich einem Vater entgegenbrachte, der meine Mutter schlug, wenn er zu viel getrunken hatte, oder die Abneigung gegen eine Mutter, die aus meiner Sicht zu wenig getan hatte, um sich selbst oder ihre Töchter zu schützen? Und nun, wo jeder die Hintergrundgeschichte meiner Ehe kannte, musste ich auch über meine Beziehung zu Nicky schreiben.

»Ich denke langsam, dass der Vorschuss zu niedrig war«, witzelte ich. »Hey, du hast doch erzählt, dass gegen Gentry ermittelt wird? Schau dir das mal an.«

Ich schob mein Laptop zu ihm hinüber, damit er die Karte sehen konnte. »Das FBI hat ein Büro in Queens, direkt neben dem U-Bahnhof.« Er wusste, dass ich seit längerem versuchte, herauszufinden, wo Adam in diesen letzten beiden Tagen gewesen war.

»Bist du sicher? Das Regionalbüro ist in Manhattan.«

»Entschuldige, nicht das eigentliche Regionalbüro, sondern so etwas wie eine Vertretung. Ich denke, es ist ein lokales Büro.«

Er zuckte die Achseln. »Was zeigt, wieviel ich von Strafrecht verstehe.«

»Ist es möglich, dass dieses Büro gegen Gentry ermittelt hat?«

»Ich glaube nicht. Wir hatten Kontakt zum Southern District.«

Ich wusste von Adams ehemaliger Anstellung, dass das Büro des Bundesanwalts des Southern District auch Manhattan und die nördlichen Stadtgebiete einschloss, während Queens und Brooklyn zum Eastern District gehörten.

»Kannst du das herausfinden?«

»Worum geht es hierbei denn?«

»Vielleicht hat Adam dem FBI Informationen über Gentry zugespielt.«

»Das wäre eine eklatante Verletzung der Berufsethik. Er hätte seine Anwaltslizenz verloren.«

Aber hätte Adam das gekümmert? Ich war vermutlich der einzige Mensch, der wusste, wie sehr Adam mit sich gekämpft hatte, seit er den Job bei Rives & Braddock angenommen hatte. Er fühlte sich nicht mehr wie einer von den Guten. Es war, als wäre er ein anderer Mensch geworden.

»Es tut mir ehrlich leid, Chloe, aber darüber darf ich nicht reden. Diese Regel breche ich nicht, noch nicht einmal für dich.«

»Was mache ich denn dann mit diesen Informationen?« Ich deutete auf mein Laptop. »Das könnte der Grund sein, warum Adam getötet wurde. Es beweist, dass Ethan unschuldig ist.«

Er zog mich an sich und küsste mich auf den Kopf. »Ich bin dafür nicht der richtige Ansprechpartner.«

Am nächsten Morgen wachte ich in meinem Bett durch die weit entfernte Stimme von Nicky auf, die meinen Namen rief.

Ich ging in den Flur, wo sie mir schon entgegenkam. Hinter ihr auf dem Küchentresen sah ich bergeweise eingepackte Süßigkeiten auf dem Küchentresen. »Happy Halloween«, murmelte ich und wusste nicht, wann Nicky das letzte Mal vor mir aufgestanden war.

»Draußen auf der Treppe steht ein Mann, der sagt, er würde den ganzen Tag auf dich warten, wenn er müsste.«

Der Kerl war ein Gerichtszusteller mit einer Vorladung für mich. Ich stand auf der Zeugenliste der Anklage für Ethans Verhandlung.

26

Allein die Auswahl der Geschworenen dauerte vier Tage. Einige der potentiellen Geschworenen hatten die üblichen Ausreden: Kleinkinder, auf die sie aufpassen mussten, Jobs, zu viel zu tun. Ein paar von ihnen legten es wahrscheinlich darauf an, hinausgeworfen zu werden, wie zum Beispiel der Typ, der erklärte, die Angeklagten müssten beweisen, dass sie unschuldig seien. Doch das größte Problem war, Leute zu finden, die sich nicht bereits eine Meinung zu dem Fall gebildet hatten. Fast alle hatten vorher irgendetwas in den Medien gelesen oder gehört, und die meisten betraten zumindest mit dem Funken eines Standpunktes das Gerichtsgebäude. Und meiner Meinung nach fielen diese vorgefassten Meinungen nicht zu Ethans Gunsten aus. So, wie eine Frau, die sagte: »Ich meine, seine Mutter ist … irgendwie berühmt. Ich glaube nicht, dass man ihn festnehmen und anklagen würde, wenn er es nicht getan hätte.«

Olivia hatte versucht, uns zu überzeugen, dass die negativen ersten Eindrücke letztendlich für Ethan von Vorteil waren, weil dadurch all diese Leute aus der Jury herausflogen. Diejenigen, die übrig blieben, waren, ihren Worten zufolge, entweder »wenig informierte Geschworene« oder »sehr unvoreingenommen«. Für mich hörte es sich so an, als würde sie denken, dass nur dumme Leute für einen Freispruch stimmen würden, was wenig ermutigend war.

Am ersten Tag der Verhandlung, nachdem die Geschworenen ausgewählt und eingeschworen worden waren, trug ich enganliegende schwarze Hosen, eine weiße Seidenbluse und einen grünen Blazer. Zu meiner Überraschung hatte das Internet an diesem Nachmittag darüber eine Menge zu sagen. Unterstützer trugen grün und posteten Fotos mit den Hashtags #StiefmutterPower und #BefreitEthan. Die Gegner ... nun, sie waren dagegen.

Der Name der Richterin lautete Lydia Rivera. Mein erster Instinkt war Erleichterung, dass es eine Frau war, in der Annahme, dass sie für einen angeklagten Teenager mehr Mitgefühl haben würde, doch wie sich herausstellte, war sie eine ehemalige Staatsanwältin. Olivia bat uns, diese Tatsache weder auf die eine noch die andere Art zu interpretieren. »Wir hätten es besser treffen können, aber auch deutlich schlimmer.«

Der Staatsanwalt war ein Mann namens Mike Nunzio. Olivia zufolge hatte er weniger Erfahrung als einige der anderen stellvertretenden Bezirksstaatsanwälte, die im Suffolk County Mordfälle übernahmen, doch er würde im Büro als Senkrechtstarter angesehen.

Nunzios Eröffnungsplädoyer war eloquent und selbstbewusst. Seine Haltung erinnerte mich an Adam. Die Berufsethik verbat es Staatsanwälten, ihre persönliche Meinung darüber kundzutun, ob sie den Angeklagten für schuldig hielten. Doch Adam hatte immer gesagt, dass es nicht nötig sei, die Worte »Ich halte den Angeklagten für schuldig« zu benutzen. Er war davon überzeugt, dass die Geschworenen merkten, wenn ein Anwalt mit innerer Gewissheit sprach. Als Mike Nunzio die Beweise erwähnte, die gegen den Beschuldigten angeführt werden würden, hörte er sich an wie ein Mann, der vollkommen davon überzeugt war, dass Ethan ein kaltblütiger Killer sei.

Olivia hatte uns gesagt, wir sollten darauf vorbereitet sein, dass Einspruch gegen Nickys und meine Anwesenheit im Gerichtssaal erhoben werden könnte. Ich stand ausdrücklich auf der Liste der Zeugen, und Nicky konnte theoretisch immer noch einbestellt werden. Doch obwohl Nunzio uns sehen konnte, während er durch den Gerichtssaal schritt, legte er dagegen keinen Einspruch ein.

Nach fünfzehn Minuten hörte ich auf, mir Sorgen darüber zu machen, ob er uns aus dem Saal werfen würde, und lauschte konzentriert seinen Aussagen. Wenn er von »dem Angeklagten« sprach, hörte sich das für mich nicht nach Ethan an. Es war, als spräche er über eine fiktionale Figur einer Fernsehshow. Er beschrieb Ethans Entwicklung von einem kleinen Jungen ohne Mutter zu einem privilegierten Jungen, der eine Privatschule besuchte und zwischen dem Multi-Millionen-Dollar-Apartment in Downtown Manhattan und dem luxuriösen Strandhaus in East Hampton hin und her pendelte. Er sprach über ihn als verzogenen Teenager, der sich weigerte, auch nur das geringste Maß an Disziplin zu akzeptieren.

»Haben Sie schon einmal vom Wohlstandssyndrom gehört? Sie werden erfahren, dass Ethan Macintosh darunter litt und dass sein Vater, Adam Macintosh, umgebracht wurde, weil er fest entschlossen war, seinen Sohn auf eine andere Spur zu setzen.«

Olivias Einspruch wurde stattgegeben, doch ich konnte sehen, dass die Beschreibung meines Sohnes als verwöhntes, verzogenes Gör angekommen war. Nach meiner Zählung waren mindestens vier Geschworene deutlich skeptisch, als Olivia Ethan als naives, traumatisiertes Kind schilderte, das in einer schäbigen polizeilichen Ermittlung ausgetrickst worden war.

Wie Olivia prophezeit hatte, war Detective Guidry die erste Zeugin. Sie war die Zeugin, die die grundlegenden Fakten über den Mord an Adam zusammengestellt hatte: Wer er war, wo er gelebt hatte und wie er gestorben war. Ich spürte, wie alle Augen, einschließlich Ethans, mir folgten, als ich während Nunzios ausschweifender PowerPoint-Präsentation über Adams Wunden den Saal verließ. Ich war diejenige, die ihn gefunden hatte. Ich hatte noch klar vor Augen, wie ich ein Sofakissen auf die Wunden gedrückt hatte, in der Hoffnung, ihn irgendwie zu retten, doch in dem Wissen, dass er längst nicht mehr lebte. Bevor ich die Tür hinter mir schloss, blickte ich Ethan in die Augen und hoffte, dass er verstand. Ich würde seinem Fall nicht helfen, wenn die Geschworenen sahen, wie mir wieder übel wurde, so wie in jener Nacht im Haus.

Ich fuhr ins nahegelegene Hyatt, in dem Nicky und ich uns ein Zimmer gemietet hatten, um einen Ort zu haben, an dem wir uns während der Verhandlung zurückziehen konnten, sollte es notwendig werden, da das Gericht ungefähr eine Stunde von East Hampton entfernt lag. Während der kommenden beiden Stunden hielt mich Nicky per SMS auf dem Laufenden, was die Ergebnisse von Guidrys anschließender Ermittlung anging. Die Sache mit der Alarmanlage, die Dinge, die man in Ethans Schrank gefunden hatte, das Fenster, das so wirkte, als wäre es zerbrochen worden, *nachdem* das Haus verwüstet worden war. Zumindest waren es keine Überraschungen.

Während einer kurzen Unterbrechung, bevor Olivia die Möglichkeit hatte, Guidry ins Kreuzverhör zu nehmen, kehrte ich ins Gerichtsgebäude zurück.

»Nunzio hat immer noch keinen Einspruch gegen unsere Anwesenheit während der Verhandlung eingelegt?«, fragte ich.

Olivia schüttelte den Kopf.

»Ist das ungewöhnlich?«

»Er macht sich wahrscheinlich Sorgen, wie das aussehen würde. Sie sind eine Person der Öffentlichkeit. Außerdem sind Sie Witwe und die Mutter des Angeklagten – Mütter, um genau zu sein. Ich würde da vorerst nichts hineininterpretieren.«

Es war schwer, das *vorerst* im Satz zu ignorieren.

Olivia nutzte das Kreuzverhör, um all die Beweise aufzulisten, die der Polizei in ihrem Prozess gegen Ethan fehlten. Keine Tatwaffe, keine DNA-Beweise, kein Blut an Ethan oder seiner Kleidung und keine weggeworfene blutige Kleidung irgendwo in der Nähe unseres Hauses.

Olivia zeigte ein Foto mit dem Messerblock auf unserem Küchentresen. »In jedem Schlitz steckte ein Messer, als Sie das Haus betreten haben, korrekt?«

Guidry stimmte zu.

»Und alle anderen Messer, die Sie in dem Haus gefunden haben, waren gewöhnliche Besteckmesser?«

»Das ist korrekt.«

»Und es war gewiss kein gewöhnliches Messer eines Essbestecks, das die Wunden des Verstorbenen verursacht hat?«

»Nein, definitiv nicht.«

Sie wiederholte dieselben Fragen mit einem Foto unseres Messerblocks in unserer Stadtwohnung.

Die Schlussfolgerungen waren klar. Es gab keinerlei Beweise, dass das Messer, das benutzt worden war, um Adam umzubringen, aus einem unserer Haushalte stammte.

»Genau genommen, Detective, haben Sie keinerlei Beweise, die Ethan in irgendeiner Art mit diesem Verbrechen in Verbindung bringen, nicht wahr?«

»Nein, aber…«

Olivia hatte keine weiteren Fragen an die Zeugin. Ich meinte zu sehen, wie eine der Geschworenen – eine sechsundzwanzigjährige Frau, die in einem Einkaufszentrum arbeitete – in meine Richtung nickte.

Die erste Zeugin, die nichts mit dem Gesetzesvollzug zu tun hatte, war Margaret Carter, die Leiterin der Casden, Ethans High-School. Margaret hat ein aufgesetzt förmliches Auftreten, doch sie entspricht nicht dem Stereotyp einer Privatschulrektorin. Sie ist eher eine Hausfrau von der Upper East Side als eine englische Internats-Matrone. Nunzio begann damit, Margaret ihre eigenen Elite-Referenzen aufzählen zu lassen (Phillips Exeter, Yale, dann ein Masterabschluss in Erziehungswissenschaften an der Columbia), gefolgt von etwas, das sich schwer nach Werbung für Casden anhörte. Zehn Jahre in Folge war die kleine Schule in jedem einzelnen Erstsemerster der Ivy-League-Universitäten vertreten gewesen.

Ich dachte an die Doppelstrategie, die ich gefahren hatte, damit Ethan auf die Casden kam. Das eine Ziel war, dass Ethan angenommen wurde. Ich zog sämtliche mir verfügbaren Strippen, einschließlich der Einrichtung eines Praktikumprogramms für Schüler der High-School bei der *Eve* zur Förderung von Nachwuchsjournalisten. Das andere Ziel war, Adam zu überzeugen.

Aus seiner Sicht waren staatliche Schulen für uns beide gut genug gewesen. Für die Möglichkeiten, die eine Schule wie Casden bot, hätten wir damals alles gegeben, doch Ethan würde es als selbstverständlich hinnehmen. Ich versuchte, ihn davon zu überzeugen, dass Ethan die Schule gleichgültig sei, weil er nicht genug gefordert wurde. Wenn er erst einmal auf einer Einrichtung wie Casden sei, würde er daran wachsen. Irgendwann setzte ich mich durch, doch Adam machte deutlich, dass er nur um des Friedens willen zustimmte und nicht, weil er mit mir einer Meinung war.

Ich hätte niemals gedacht, dass es einmal dazu führen würde, dass Margaret gegen Ethan in dessen Mordprozess aussagte.

Nachdem Nunzio mit den Informationen über die Schule durch war, stellte er fest, dass Ethan zum Zeitpunkt von Adams Tod gerade die zehnte Klasse der Casden absolvierte.

»Gab es im Herbstsemester seiner zehnten Klasse einen Zwischenfall, bei dem während der Schulzeit eine Waffe im Rucksack des Angeklagten gesichtet wurde?«, fragte der Staatsanwalt.

»Ja, das ist richtig.«

Olivia hatte versucht, zu verhindern, dass man unseren Besitz einer Waffe sowie die Tatsache, dass Ethan die Waffe mit in die Schule gebracht hatte, mit den Indizien zu verknüpfen, und dagegen Einspruch eingelegt. Nachdem Richterin Rivera sich entschieden hatte, dass die Hinweise auf die Waffe relevant waren, hatte Olivia vereinbart, dass Margaret als Zeugin zu den Gerüchten Stellung nehmen konnte, es hätte einen Schüler gegeben, der die Waffe in Ethans Rucksack gesehen hatte. Wie Olivia uns erklärte, wäre eine direkte Befragung von Ethans Mitschülern unter den Augen der Jury für uns kein Gewinn, weil er versucht sein könnte, in seinen Schilderungen zu übertreiben, ob sie nun vorteilhaft waren oder nicht.

»Bitte, erzählen Sie den Geschworenen, was passiert ist.«

»Nachdem die Stunde angefangen hatte, lungerte einer unserer Schüler vor meinem Büro herum. Ich hatte den Eindruck, er wolle mit mir sprechen, war aber nicht sicher, wie er es angehen sollte. Wenn Sie dreißig Jahre dabei sind, bekommen Sie ein Gefühl dafür, wie Teenager ticken. Also habe ich ihn hereingerufen und ihn direkt gefragt: ›Was würdest du mir gerne sagen?‹ Er fragte mich, was ein Schüler tun sollte, wenn er mitbekommen hätte, dass ein anderer Schüler eine Waffe mit in die Schule gebracht hätte. Ich klärte ihn über das auf, was er meiner Ansicht nach schon wusste – dass es eine gefährliche Situation sei, über die wir unbedingt Bescheid wissen müssten. Ich fragte ihn, wie er sich fühlen würde, wenn etwas Tragisches geschähe und er vorher nichts gesagt hätte. An diesem Punkt erzählte er mir, dass Ethan Macintosh eine Waffe in seiner Schultasche habe.«

Für das Protokoll ließ der Staatsanwalt Ethan durch Margaret identifizieren. Ich spürte, dass alle Augen auf mir lagen, als Margaret erklärte, wie sie dem Schulprotokoll gefolgt und mich zu einem Gespräch geladen hatte, um das Problem zu adressieren.

Es war eine Verwechslung. Wenn wir zwischen den Häusern pendeln, haben wir eine lange Liste der Dinge, die wir jeweils mitnehmen, und manchmal stopfe ich Dinge irgendwo hinein, wo sie gerade hineinpassen. Das hatte ich ihr erzählt. Es stimmte, zumindest der größte Teil davon – ein Manko unserer für gewöhnlich methodischen Planung. Einmal fand Adam nach einer Woche eine Banane in seinem Tennisschuh.

Doch die andere Seite der Waffengeschichte erzählte Margaret den Geschworenen nicht. Das wäre eine Sache, die ich erklären müsste, wenn ich irgendwann im Zeugenstand sitzen würde.

»Sofern Sie mit Ethans Eltern über disziplinarische Maßnahmen wegen des Zwischenfalls mit der Waffe gesprochen haben, mit wem der beiden haben Sie da geredet?«

»Zunächst mit seiner Stiefmutter, Chloe Taylor.«

»Haben Sie auch mit seinem Vater, Adam Macintosh, gesprochen?«

»Ja, ich habe sie angerufen, und dann sind beide zu einem persönlichen Gespräch in die Schule gekommen.«

»Und wie würden Sie ihre Reaktionen beschreiben?«

Olivia legte Einspruch gegen die Frage ein, weil sie zu vage war, und Rivera gab dem statt.

Staatsanwalt Nunzio formulierte seine Frage direkt um: »Schien ein Elternteil besorgter zu sein als das andere, was Ethans derzeitigen Status an der Schule anging?«

Diesmal wurde Olivias Einspruch abgelehnt.

»Ich hatte den Eindruck, dass seine Stiefmutter die Episode schnell hinter sich lassen wollte, während Adam ehrlich besorgt war, dass sein Sohn Probleme haben könnte.«

»Probleme welcher Art?«

Olivia hatte sich noch nicht ganz von ihrem Stuhl erhoben, als die Richterin Nunzio schon mahnte, die Frage umzuformulieren. Zu den vielen Anträgen in der Vorverhandlung gehörte auch, die Zeugenaussagen bezüglich Ethans schulischen Leistungen und allgemeiner sozialer Stellung zu beschränken. Die Staatsanwaltschaft hatte zeigen wollen, dass Ethans Noten schlechter wurden und dass er als Einzelgänger bekannt war, doch Olivia hatte die Richterin überzeugt, dass diese Hinweise irrelevant waren.

Ich vermutete, dass Nunzio Margaret nun aus dem Zeugenstand entlassen würde, nachdem sein Versuch, die Regeln der Vorverhandlung zu umgehen, gescheitert war. Stattdessen fragte Nunzio: »Warum denken Sie, dass Adam Macintosh sich mehr Sorgen um seinen Sohn machte als seine Frau?«

»Weil er sich einige Monate später bei mir nach dem Ablauf erkundigt hat, wenn er Ethan auf eine Militärschule geben wolle.«

Ich starrte auf Ethans Hinterkopf und wartete darauf, dass er sich umdrehte, damit ich ihm versichern konnte – irgendwie, mit meinem Gesichtsausdruck –, dass das niemals passieren würde. *Dreh dich um, Ethan. Sieh mich an. Warum drehst du dich nicht um?*

»Und was genau sagte er Ihnen gegenüber zu seinem Wunsch, seinen Sohn auf eine andere Schule zu geben?«

Olivia erhob Einspruch, weil die Frage nach einem Bericht aus zweiter Hand verlangte, doch die Richterin erklärte, dass die Frage Adams damaligen Gemütszustand widerspiegele.

»Er erzählte mir, dass es seit dem Zwischenfall mit der Waffe weitere Probleme gegeben habe. Dass er seinen Sohn kaum noch wiedererkennen würde. Dass Ethan vom Weg abgekommen sei. Ich erinnere mich nicht mehr an seine genauen Worte, doch ich weiß noch genau, wie er sagte, dass er immer gehofft hatte, dass die Erziehung am Ende eine größere Rolle spielte als die Natur. Er machte sich Sorgen, dass Ethan etwas von den selbstzerstörerischen Zügen seiner Mutter geerbt haben könnte – ich meine seiner leiblichen Mutter, nicht der Stiefmutter, Ms. Taylor.«

Ich merkte, wie Nicky meine Hand griff, zum ersten Mal an diesem Tag.

»Und er dachte, eine Militärschule wäre die Antwort?«

Ethan hatte sich immer noch nicht umgedreht. Olivia hatte ihm vermutlich dieselben Anweisungen gegeben wie uns. »Egal, was passiert, wirken Sie nicht überrascht. Seien Sie alles, nur nicht das. Die Geschworenen müssen während der gesamten Beweisdarlegung der Staatsanwaltschaft glauben, dass es noch eine andere Seite der Geschichte gibt, die sie nur noch nicht gehört haben.« Und ich wartete jetzt darauf, die andere Seite der Geschichte dieser Sache mit der Militärschule zu hören.

»Er war sehr eisern, was diese Sache anging. Warten Sie, ich kann mich an den genauen Wortlaut erinnern. Er sagte, Ethan bräuchte, ich zitiere, mal einen richtigen Tritt in den Hintern. Er dachte, eine der Möglichkeiten sei, ihn von der Casden zu nehmen und ihn auf eine der härteren staatlichen Schulen zu geben. Doch er neigte eher zu einer Militärschule und fragte mich ganz konkret, welche von ihnen die ›unerbittlichste‹ sei, wie er sich ausdrückte.«

»Und, haben Sie ihm eine Liste gegeben?«

Sie schüttelte den Kopf, und Nunzio erinnerte sie daran, dass sie es für den Gerichtsschreiber in Worten ausdrücken müsste.

»Nein, habe ich nicht. Es ist nicht meine Aufgabe, Schüler an andere Schulen zu vermitteln. Und davon abgesehen dachte ich – zumindest damals –, dass Ethan einfach nur Aufmerksamkeit suchte.«

»Wissen Sie, ob Adam seine Pläne für einen Schulwechsel mit seiner Frau Chloe Taylor besprach?«

»Nicht mit Gewissheit. Aber er erzählte mir, dass Chloe versuchen würde, dagegen anzugehen, aber dass er der Vater sei und das letzte Wort habe, da sie nur die Stiefmutter sei.«

Das Wort *nur* tat weh, egal wie oft ich es hörte.

»Und wann hat diese Unterhaltung stattgefunden?«, fragte Nunzio.

»Ich weiß das genaue Datum nicht mehr, es war wohl Ende des Semesters. Ich schätze, ungefähr einen Monat bevor Adam ermordet wurde.«

»Haben Sie jemand anderem von Adams Absicht erzählt, seinen Sohn auf eine andere Schule zu schicken?«

»Das habe ich.«

»Und wem?«

»Ich habe es dem Angeklagten erzählt, Ethan Macintosh.«

Ein allgemeines Flüstern stieg von der Zuschauergalerie auf, das jedoch schnell von einem Hammerschlag der Richterin unterbunden wurde.

»Sie haben ihm gesagt, sein Vater würde darüber nachdenken, ihn auf eine Militärschule zu schicken?«

»Ja. Ich dachte, er würde dadurch den Ernst der Lage erkennen. Besonders, nachdem bei mir der Eindruck entstanden war, seine Stiefmutter würde ihm ermöglichen, Ausflüchte zu suchen.«

Olivia erhob Einspruch, wodurch ich mich nur noch schuldiger fühlte.

»Und was hat der Angeklagte, Ethan Macintosh, gesagt, als Sie ihm mitteilten, sein Vater denke darüber nach, ihn auf eine Militärschule zu schicken?«

»Er sagte, und daran erinnere ich mich genau: ›Das kann er

nicht mit mir machen. Ich werde einen Weg finden, ihn aufzuhalten.‹«

Und selbst da drehte sich Ethans Kopf kein einziges Mal.

Schweigend verließen Nicky und ich gemeinsam mit Olivia das Gerichtsgebäude, mit dem Gesichtsausdruck, den wir unter ihrer Anleitung geübt hatten – besorgt, aber zuversichtlich, gefasst, aber mit einem Hauch Empörung. Wir sprachen tatsächlich erst wieder miteinander, als wir in Olivias Suite im Hyatt eingetroffen waren. Sie war – neben einem Wohnbereich und einem Schlafzimmer – mit einem Konferenztisch und einem Whiteboard ausgestattet und offensichtlich für Anwälte gedacht, die im nahegelegenen Gerichtsgebäude einen Fall verhandelten.

»Wussten Sie von dieser Militärschulsache?«, fragte Olivia. Nicky und ich saßen nebeneinander am Konferenztisch, die Anwältin stand vor uns.

»Absolut nicht.« Ich griff den Rand der Tischplatte, um meine Hände am Zittern zu hindern. »Warum ist ihnen gestattet, uns so anzugreifen? Warum wussten Sie nichts davon?«

Olivia schürzte die Lippen. »Ms. Carter stand auf der Zeugenliste, doch sie hat sich geweigert, mit mir oder meinem Ermittler zu sprechen. Ich denke, das ist der Grund, warum Sie eine Zeugenaussage machen sollen. Man wird Sie in den Zeugenstand rufen und über jedes einzelne Mal befragen, an dem Adam und Ethan einen Konflikt hatten. Sie werden behaupten, sein Motiv sei gewesen, dass er verhindern wollte, von Adam weggeschickt zu werden, und ihn deswegen getötet hat.«

Olivia hatte versucht, den Schaden zu minimieren, indem

sie Margaret im Kreuzverhör dazu bekam, zuzugeben, dass sie Ethans Kommentar nicht als Bedrohung wahrgenommen hatte, da sie niemanden sonst davon in Kenntnis gesetzt hätte.

»Ich hatte keine Ahnung. Aber was viel wichtiger ist: Ich hätte es nie zugelassen.«

»Versuchen Sie nicht, mir etwas vorzumachen, so wie Sie es bei der Rektorin getan haben.«

»*Wie bitte?* Ich mache *niemandem* etwas vor.«

»Ich hätte Sie in dieser Sache nicht so schnell vom Haken lassen sollen, Chloe. Um ehrlich zu sein, war mein Eindruck von Ihnen wegen dem, wer Sie sind und was Sie in Ihrem Job geleistet haben, vom ersten Tag an verklärt. Aber niemand ist perfekt. Hier geht es nicht um Ihr öffentliches Image, okay? Wir sind hier im richtigen Leben. Und ich kann Ethan nicht helfen, wenn ich bei Gericht ständig Überraschungen vor die Füße geworfen bekomme.«

»Ich sagte Ihnen doch, ich hatte keine Ahnung, dass Adam über eine Militärschule nachdachte. Was weiß ich? Vielleicht ist diese Frau verwirrt, oder sie lügt.«

Olivia schnaubte. »Sie haben sie doch da drinnen gesehen. Sie ist ein Profi. Die Geschworenen haben ihr geglaubt. *Ich* habe ihr geglaubt. Und, glauben Sie mir, ich werde darüber auch mit Ethan sprechen. Ich kann ihn nicht vor Dingen schützen, von denen er mir nichts erzählt.«

»Na ja, vielleicht hatte Adam sich wieder beruhigt, seine Meinung geändert, und Ethan hatte es als vorübergehenden Wutausbruch abgetan. Er hat mir gegenüber nie ein Wort darüber verloren.«

»Und über genau das rede ich gerade«, sagte Olivia. »Was haben Sie mir sonst noch alles verschwiegen?«

Ich schloss die Augen. Wo sollte ich anfangen? Ich wollte nur, dass Ethan nach Hause kam. Ich hatte glauben wollen, dass diese Verhandlung endlich das Ende dieses Alptraums war. Ich wusste nicht, was ich tun würde, wenn diese Geschworenen es nicht ermöglichen würden.

»Du hast mich mit derselben Geschichte abgespeist«, sagte Nicky plötzlich leise. Ich sah, wie ihre Augen mich durchbohrten. »Du und Adam, ihr beide. Ihr habt mir immer gesagt, wie glücklich Ethan wäre. Wie gut er sich machte. Es hörte sich bei dir so an, als würde ich alles ruinieren, wenn ich auftauchen würde. Als wäre ich ein Virus, der eure perfekte Familie infizieren würde.«

Sie wollten beide eine Erklärung, die ich ihnen nicht geben konnte.

Olivia ließ nicht locker. »Wenn die Rektorin der Schule das wusste, wissen wir nicht, was andere noch sagen könnten. Ethan könnte mit anderen Kindern gesprochen haben. Adam könnte es einem Freund anvertraut haben. Er könnte Militärschulen angerufen haben und nach freien Plätzen gefragt haben. Ich habe die tiefe Bindung zwischen Adam und Ethan unterstrichen, und das hier untergräbt alles. Wie stark waren die Spannungen zwischen den beiden in Wahrheit?«

Ich wusste nicht mehr, was ich glauben sollte. Adam hatte offensichtlich Margaret Carter gesagt, dass er seinen eigenen Sohn nicht mehr wiedererkennen würde, aber so hatte ich mich, was meinen Mann betraf, während des zurückliegenden Jahres gefühlt. Wenn er wütend wurde, war er ein vollkommen anderer Mensch.

Ich hatte wieder vor Augen, wie Adam Ethan angeschrien hatte, nachdem er Kevins Marihuana gefunden hatte – oder zumindest *dachte* ich, es wäre Kevins Marihuana. Wenn ich raten sollte, hatten ihn wahrscheinlich nur Ethan und ich jemals so ausrasten sehen. Und dann, nachdem wir später am Abend allein in unserem Zimmer gewesen waren, hatte nur ich allein mitbekommen, wie seine Feindseligkeit eskaliert war.

»Es war schlimm, okay?«

Nicky blickte mich zornig an, als Olivia fragte: »Wie schlimm?«

»Nicht körperlich, aber Adam meinte, er würde Ethan gar nicht mehr wiedererkennen, genau wie Margaret gesagt hat. Manchmal hat er nachts sogar geweint und gesagt, er sehe Ethan immer noch als kleinen Jungen vor sich, der erst mit vier Jahren angefangen hatte zu sprechen, aber der ihm ein Glas Erdnussbutter gab, wenn er spätabends noch am Küchentisch saß und arbeitete, weil er wusste, dass Adam zum Nachtisch gern mal heimlich einen Löffel davon aß. Doch als Ethan ihn enttäuschte, ging er auf ihn los und versuchte, ihn gewaltsam zu dem Jungen zu machen, den er sich wünschte, anstatt zu dem, der er eigentlich war. Und Ethan schaltete nur noch mehr auf stur. Es ging so weit, dass ich mich fühlte, als würde ich wie auf Eiern gehen, wenn die beiden im selben Raum zusammen waren.«

»Nun, ich denke, wir wissen jetzt, warum Nunzio nichts dagegen hat, dass Sie im Gerichtssaal sitzen. Er will, dass Sie sich seine Beweislage mit eigenen Augen ansehen.«

»Was hat das zu bedeuten?«

»Sie haben Ihren Mann doch geliebt, oder?«

»Natürlich habe ich das.«

»Okay. Also will die Verteidigung Ihnen das Gefühl vermitteln, dass Ethan Ihnen Adam weggenommen hat. Sie halten

Sie vermutlich nur für die Stiefmutter. Wenn sie Sie überzeugen können, dass Ihr Stiefsohn derjenige war, der ihn umgebracht hat, dann werden Sie wollen, dass Ethan für das, was er getan hat, bestraft wird. Sie glauben, dass sie in Ihnen im Grunde eine Zeugin für sich selbst haben anstatt für den Angeklagten.«

Im Raum breitete sich Schweigen aus.

»Können sie mich wirklich zwingen, darüber auszusagen?«, fragte ich. »Über Adam, Ethan und mich?«

Sie fingen beide gleichzeitig an zu reden. Olivia versuchte, mir die rechtliche Seite meiner Situation zu erklären. Meine Kommunikation mit Adam war durch die Ehegatten-Immunität geschützt, jedoch nur hinsichtlich unserer Ehe. Was Ethan anginge, hätte ich nicht das Recht zu schweigen, da ich, wie sie mich wieder einmal erinnerte, lediglich die Stiefmutter sei.

Gleichzeitig machte Nicky mir Vorwürfe, dass ich ihr Informationen über Ethan vorenthalten hätte.

»Ich werde einfach keine Zeugenaussage machen«, kündigte ich an. »Wenn sie mich irgendetwas fragen, was Ethan schadet, werde ich nicht antworten.«

»Dann würde man Sie wegen Missachtung des Gerichts belangen.«

»Gut. Dann sollen Sie mich ins Gefängnis stecken.«

Verzweifelte Zeiten verlangen nach verzweifelten Taten. Ich fragte mich, ob die Tweeter mit den Hashtags sich auf meine Seite stellen würden.

»Das würde nur dazu führen, dass Ethan schuldig wirkt«, erklärte Olivia.

»Ist es das, was Sie denken?«, fragte ich. »Dass Ethan schuldig ist?«

Sie schwieg. Als wir uns das erste Mal getroffen hatten, hatte sie mir gesagt, sie sei zutiefst überzeugt davon, dass Ethan unschuldig sei. Wenn sie jetzt Zweifel hatte, wie konnte sie dann von zwölf Geschworenen erwarten, dass sie ihr glaubten?

»Ich werde sagen, dass ich es war.«

An irgendeinem Punkt hatte Nicky ihren Kopf vor sich auf ihre verschränkten Arme sinken lassen, die auf der Tischplatte lagen. Sie drehte das Gesicht zur Seite, als sie sprach, doch ich konnte sie fast nicht verstehen.

»Du sagst, du hättest was getan?«, fragte ich.

»*Es.*« Sie richtete sich auf. »Ich werde sagen, ich hätte Adam umgebracht. Um mir Ethan zurückzuholen.«

»Himmel, Nicky. Das ist jetzt wenig hilfreich, okay?« Wir hatten über die letzten sechs Monate Fortschritte gemacht, aber das jetzt war typisch für meine Schwester.

»Ich mache keine Witze. Wenn du bereit bist, wegen Missachtung des Gerichts ins Gefängnis zu gehen, trete ich in den Zeugenstand und sage, ich sei diejenige, die sie suchen.«

Olivia schüttelte wieder den Kopf. »Bitte kommen Sie nie wieder auf solche Gedanken, okay? Mit einem solchen Stunt sorgen Sie nur für eine Verurteilung.«

»Aber warum? Alles, was wir brauchen, sind begründete Zweifel, oder nicht? Alternative Tatverdächtige: genau hier.« Sie zeigte mit beiden Daumen auf sich.

Ich fragte mich, ob sie tatsächlich etwas über Strafrecht aufgeschnappt hatte, während sie mit Adam verheiratet war, oder zu viele Wiederholungen von *Law & Order* geguckt hatte.

»Ist dir klar, wie schnell Nunzio das widerlegen würde?«, erklärte ich aufgebracht. »Sie würden zum Beispiel deine Telefondaten vorlegen. Wie erklärst du dann, dass dein Handy in Cleveland eingeloggt war, während du hier warst, um deinen Exmann umzubringen.«

Ich sah, dass Nicky darauf keine Antwort hatte.

Olivia hob beide Hände, wie um uns zu beruhigen. »Ich weiß Enthusiasmus zu schätzen – von Ihnen beiden –, aber es wirkt so, als seien Sie beide bereit, Ihren Sohn zu retten, was alle unsere Zeugen wie Lügner dastehen lässt und Ethan wie den Schuldigen. Und, Nicky, Meineid kann ich nicht zulassen. Und selbst wenn ich Sie in den Zeugenstand ließe und Sie versuchen würden, ein Geständnis abzulegen, würden die Sie in der Luft zerreißen, oder sie würden einfach argumentieren, dass Sie und Ethan es gemeinsam getan hätten, er würde verurteilt, und Sie wären die Nächste. Also, verzeihen Sie mir meine Direktheit, aber seien Sie nicht dumm.«

»Was ist mit Ihrem Versprechen?«, fragte Nicky. »An welchem Punkt stehen wir jetzt?«

Olivia hatte versprochen, absolut ehrlich zu sein, wenn wir verlieren würden. »Das Versprechen steht, und wir befinden uns immer noch im grünen Bereich, okay? Wir haben eine Strategie. Wie müssen uns nur daran halten.«

Die Strategie war nichts Weltbewegendes. Es ging lediglich um begründete Zweifel. Keine Mordwaffe. Keine blutige Kleidung. Keine DNA.

Bevor Nicky und ich wieder zurück nach East Hampton fuhren, fragte ich Olivia, ob sie schon eine Chance gehabt habe, meiner Theorie über Adams Absichten in Kew Gardens zu folgen. Meine ursprüngliche Neugier, was sein Treffen mit der Gentry Group anging, war während Ethans Verteidigung in den Hintergrund getreten, doch die Entdeckung des gegenüberliegenden FBI-Büros und des schwebenden Verfahrens gegen die Firma hatte alles verändert.

»Ich habe darüber nachgedacht, wie ich das Thema am besten angehe, aber die Vorbereitungen für die Verhandlung hatten Priorität.« Für mich hieß das, sie hatte überhaupt nichts getan. »Bleiben Sie dran, okay? Ich weiß, dass sich der Tag heute nicht großartig anfühlte, aber wir haben Guidrys Worte, in denen sie zugibt, dass sie über keinerlei Beweise verfügen. Das ist nicht sensationell, doch es ist eines dieser Dinge, die zu einem Freispruch führen. Und es liegt noch ein langer Weg vor uns. Fahren Sie nach Hause und versuchen Sie, sich auszuruhen.«

Ich würde erst ruhen können, wenn Ethan nach Hause käme. Es spielte keine Rolle, was die Staatsanwaltschaft dachte. Ich würde ihm nicht den Rücken zukehren, egal, was passieren würde.

27

Über die kommenden zweieinhalb Wochen wurde die Fahrt zwischen dem Gerichtsgebäude und dem Haus in East Hampton zu unserer täglichen gemeinsamen Pendelstrecke. Ich fuhr in der Regel morgens, während Nicky auf dem Heimweg hinter dem Steuer saß. Nach ein paar Meinungsverschiedenheiten hinsichtlich des Radiosenders spielte es sich ein, dass diejenige, die fuhr, auch den Sender aussuchen durfte.

Auch im Haus spielte sich ein Rhythmus ein. Normalerweise kaufte ich im Blue Heron ein, einem früheren Bauernmarkt am Straßenrand, der sich zu einem schicken Gourmet-Tempel entwickelt hatte. Nicky war tatsächlich eine gute Köchin. Diejenige, die das Menü bestimmte, kochte auch, während die andere beim Vorbereiten und Aufräumen half.

An diesem speziellen Samstagabend hatte ich mich für etwas Einfaches entschieden, gegrilltes Hühnchen, grüne Bohnen und Babykartoffeln. Eine größere Herausforderung war, dass wir zwei Gäste zum Abendessen hatten, die übers Wochenende im East End waren: Catherine und Jake. Ich hatte Jake als Freund von Adam vorgestellt, der schon seit Wochen einmal vorbeikommen wollte, um zu sehen, wie es mir ging, doch ich hatte das Gefühl, dass Nicky auf den ersten Blick wusste, wer er für mich war.

Mein Verdacht wurde bestätigt, nachdem ich Jake gebeten

hatte, ob er die *haricot verts* putzen könne, während ich das Hähnchen dressierte und Catherine unsere Martinis nachfüllte.

»Also, ich erinnere mich noch an eine Zeit, als Chloe sie ›grüne Bohnen‹ genannt hat, wie jeder andere in Amerika auch«, sagte Nicky. Während sie mit der Schale geschrubbter Kartoffeln hinter mir vorbeiging, flüsterte sie mir ins Ohr: »Schon komisch, dass der heiße Anwalt genau wusste, wo die Schneidebretter stehen.«

»Nicky«, sagte ich laut, »wo ich gerade diese helfenden Minions in der Küche habe, könntest du vielleicht in Betracht ziehen, all diese Halloween-Dekorationen vor dem Haus zu entfernen.«

»Spielverderberin.« Eines der Dinge, das sie neben die Tür gehängt hatte, war ein Vampir mit Bewegungssensor, der gackerte und wackelte, wenn man vorbeiging. Thanksgiving war schon eine Woche her, aber ich erschrak immer noch jedes Mal, wenn ich das Haus verließ. »Ehrlich gesagt, bin ich besser darin, Dinge aufzustellen, als sie wegzuräumen.«

»Du wirst noch zu einer dieser verrückten alten Damen, die das ganze Jahr über einen geschmückten Tannenbaum im Zimmer stehen haben.«

»Lasst die Witze über verrückte alte Tanten«, sagte Catherine und reichte uns die frischen Martinis. »Ich fühle mich dadurch persönlich angegriffen.«

Ich hörte, wie Jakes Handy, das auf dem Küchentresen lag, einen Ton von sich gab. Die Nummer auf dem Bildschirm war eine von nur zehn oder fünfzehn Nummer, die ich auswendig kannte – die Telefonzentrale der *New York Times*. Er musste sie auch wiedererkannt haben, denn er legte das Gemüsemesser zur Seite, sagte, diesen Anruf müsse er annehmen, und ging durch die Schiebetür auf die Terrasse.

»Hmmm«, sinnierte Nicky und wackelte mit den Fingern. »Soll ich jetzt das Bohnenputzen übernehmen oder all die grausigen, fröhlichen Dinge von unserer Veranda entfernen?«

»Pack all das Zeug weg, bitte«, sagte ich.

Catherine sah Nicky hinterher, als sie mit einer Trittleiter aus der Haustür trottete. »Ihr zwei scheint ganz gut miteinander klarzukommen.«

Ich zuckte die Achseln und nahm einen großen Schluck Gin, von dem ich wusste, dass ich es am nächsten Morgen bereuen würde.

»Und wenn man dann bedenkt, dass du letzten Sommer noch gesagt hast, du könntest unmöglich die ganze Zeit der Verhandlung mit ihr unter demselben Dach verbringen.«

Ich vermied Catherines Blick, während ich ein langes Stück Küchengarn abschnitt und begann, das Hühnchen zusammenzubinden. »Das war, bevor mir klar wurde, dass sie die Einzige ist, die versteht, wie groß meine Angst ist.«

Als Jake wieder hereinkam, streifte sein Arm wie zufällig meinen, während er die dünnen, leuchtenden Bohnen in einer Lage auf dem Backblech ausbreitete. Ich sah ihn streng an, doch als unsere Blicke sich trafen, merkte ich, wie sehr ich mir wünschte, dass wir uns so verhalten könnten, als wären wir ein ganz normales Paar.

»War das die *Times*?«, frage ich.

»Heftige Verletzung der Privatsphäre?«, sagte er mit einem Lächeln.

Ich sagte die Nummer aus dem Gedächtnis auf. »Dieselbe Nummer, die jedes Mal angezeigt wurde, wenn sie mich wegen einer Stellungnahme angerufen haben.« Ich wählte die Vergangenheit, weil ich inzwischen nicht mehr angerufen wurde; ich leitete ohnehin alle Medienanfragen an Olivia weiter.

»Nur ein Reporter«, sagte er.

»Wegen Ethan?«

»Nein, natürlich nicht.«

»Dann ein Mandant?«

Catherine hustete, ein kleiner Wink mit dem Zaunpfahl, dass meine Neugier an Unhöflichkeit grenzte. Doch sie hatte natürlich keine Ahnung, dass Jake mehr für mich war als nur einer von Adams ehemaligen Kollegen. Nach dem letzten Jahr mit Adam, in dem so viel unter den Tisch gekehrt worden war, fühlte ich mich bei Jake so wohl, dass ich fast vergaß, dass ich, wenn man es genau nahm, immer noch eine Lügnerin war.

Nach dem Abendessen machten sich Catherine und Jake wieder auf den Weg zurück in die Stadt.

»Bist du sicher, dass Catherine noch fahren kann?«, fragte Nicky, während sie die von jeder Deko befreite Tür hinter sich schloss.

»Ich bitte dich, Catherine ist seit 1986 nicht mehr selbst gefahren.« Das war stark untertrieben. Ich wusste zufällig, dass sie ihre Haushälterin angewiesen hatte, den Porsche einmal pro Woche um den Block zu fahren, damit die Batterie nicht den Geist aufgab.

»Muss nett sein«, sagte Nicky.

Ich begann, die Geschirrspülmaschine zu füllen, und unterbrach dann kurz meine Tätigkeit, um mir einen Schluck Barbaresco einzuschenken.

»Bist du sicher, dass du morgen vor Gericht klarkommst?«, fragte sie und spähte auf das Glas in meiner Hand.

Seit der Sache mit Adam und Ethan trank ich mehr als gewöhnlich, doch ich hätte nie gedacht, dass ich den Tag erleben würde, an dem ausgerechnet meine Schwester mir Vorhaltungen wegen meines Alkoholkonsums machen würde.

»Ganz ehrlich? Nein. Und ich könnte eine ganz Kiste von diesem göttlichen Zeug trinken, und es würde keinen Unterschied machen. Aber irgendwie werde ich es schon hinbekommen.«

»Du warst schon immer gut darin, mit allem klarzukommen, was dir vor die Füße geworfen wurde«, sagte sie.

Schweigend arbeiteten wir nebeneinander, ich befüllte den Geschirrspüler, während sie abräumte und die Pfannen und Töpfe abwusch.

»Ich denke immer wieder daran, wie du zu Beginn der Verhandlung zu Olivia gesagt hast, du wärst bereit, auszusagen, dass du diejenige gewesen seist, die es getan hat. Meintest du das wirklich ernst?«, fragte ich.

»Einhundert Prozent. Ich würde alles für Ethan tun. Du nicht?«

Natürlich würde ich das. Ich würde keine Sekunde zögern, um mit Ethan zu tauschen, wenn das möglich wäre. Doch es war Nicky, die auf diese Möglichkeit gekommen war, nicht ich.

»Es tut mir leid, dass ich nie begriffen habe, wie viel er dir bedeutet.« Meine Stimme war zu einem Flüstern herabgesunken. »Ich denke, es war einfacher für mich, das zu tun, was ich getan habe, in dem Glauben, dass du ihn gar nicht wirklich wolltest.«

Als ich aufsah, starrte sie mich an. Das heiße Wasser lief, und von ihren Händen tropfte die Seife. »Ihn wollen«, sagte sie, als wären ihr die Worte fremd. »Das ist eigentlich nur eine Frage, wenn man schwanger wird, und ja, Adam und ich haben darüber nachgedacht. Aber nachdem Ethan erst einmal geboren war, stellte sich diese Frage nicht mehr. Er war da. Dieser neue, unglaubliche, unausgereifte, fordernde kleine Kerl war da. Und er brauchte mich. Er brauchte mich ... so sehr. Und jeden Tag hatte ich das Gefühl, ihm alles zu geben, was ich konnte, und es würde doch nie genug sein.« Sie wischte sich das Gesicht mit dem Handrücken ab, um die aufsteigenden Tränen zu vertreiben. »Also, ja, ich meinte es so, als ich sagte, ich würde alles für Ethan tun. Für ihn ins Gefängnis zu gehen wäre viel einfacher, als es war, ihn aufzugeben, damit Adam ihn ohne mich großziehen konnte. Aber ... wie du schon angemerkt hast, haben sie mein Handy in Cleveland geortet, und es würde Ethans Situation nur noch verschlechtern.«

Ich ließ ein Spültab in die Geschirrspülmaschine fallen, schloss die Tür, um sie einzuschalten, und nahm dann noch einen Schluck Wein. Ich wusste, dass ich zu viel getrunken hatte, aber das war mir inzwischen gleichgültig.

»Du hast ziemlich schnell darauf hingewiesen, dass sie in der Lage sein würden, meine Worte zu widerlegen«, sagte Nicky.

»Ich habe zu viele Krimiserien geguckt.«

»Nein, aber das ist okay. Ich kenne dich. Du bist bei mir stets nur vom Schlimmsten ausgegangen.«

»Nein, bin ich nicht. Worüber redest du überhaupt?«

»Lass es, Chloe. Okay? Ich kann damit leben. Du hast meine Verbindungsdaten überprüft. Oder hast die Polizei dazu gebracht, es zu tun. Es war mir sofort klar, als du direkt gesagt hast: ›Sei nicht blöd. Dann holen sie deine Telefondaten heraus.‹«

Mein erster Instinkt war, es abzustreiten, doch ich wollte damit aufhören, dieselben alten Muster zu wiederholen, die uns über anderthalb Jahrzehnte zu Fremden gemacht hatten. »Ich entschuldige mich dafür«, sagte ich. »Adam war gerade ermordet worden. Ich wusste nicht mehr, wem ich noch vertrauen konnte.«

Sie schüttelte den Kopf. »Ist in Ordnung. Ich hab's begriffen.«

Erst als es in der Küche nichts mehr gab, was wir noch saubermachen konnten, begannen wir wieder zu reden.

»Erinnerst du dich überhaupt noch daran, dass wir uns einmal nahegestanden haben?«, fragte sie. »Ich weiß ja, wie ungern du über die Vergangenheit sprichst. ›So viel Drama‹«, fügte sie hinzu und ahmte mich dabei nach.

»Letztendlich bin ich nur ein Gefühlsroboter.« Wie oft hatte sie mich schon so genannt, wenn ich mich geweigert hatte, über unsere Kindheit zu sprechen? »Aber ja, ich erinnere mich. Du kamst aus der Schule und bist nach Hause gerannt, hast die Kinder ignoriert, die auf der Straße Ball gespielt haben, nur damit du bei mir sein konntest.« Ab kurz nach drei begann ich am Fenster zu stehen, wie ein Hund, der auf die Rückkehr seines Herrchens wartet. Nicky nahm mich mit in den Park, wo sie mir auf dem Karussell so lange Anschwung gab, bis ich trotz wildem Kichern schrie, sie solle aufhören. Und wenn es regnete oder zu kalt draußen war, befestigte sie Preisschilder an einigen Dingen im Wohnzimmer, und wir spielten Kaufladen. Es war ihre Art, mir das Addieren und Subtrahieren beizubringen. Ich war nicht sicher, ob ich mich wirklich an all diese frühen Begebenheiten erinnerte oder ob Nicky mir später so oft davon erzählt hatte, dass sie sich in meinem Gedächtnis eingegraben hatten.

»Ich war zehn Jahre alt, und meine beste Freundin war eine Vierjährige«, sagte sie trocken.

»Weißt du noch, wie Mom uns zwang, abends unsere Gebete aufzusagen, und ich totale Angst bekam?«

Ich hatte vergessen, wie sehr ich Nickys schallendes Lachen mochte. »Jeden Abend hattest du Panik, dass der liebe Gott einfach deine Seele behalten würde.«

Lieber Gott, ich leg mich schlafen,
mit meiner Seel' in Deinen Hafen.
Und sollt' ich sterben vor dem Wachen,
will ich Dir meine Seel' vermachen.

Warum zwingen wir Kinder, etwas so Furchteinflößendes aufzusagen?

Ich lernte erst mit acht Jahren, wie man betete, denn erst, als Dad zu den Anonymen Alkoholikern kam, fingen meine Eltern an, in die Kirche zu gehen.

»Ich hatte solche Angst«, erinnerte ich mich. »Doch dann hast du das Gedicht für mich verändert: Und sollt' ich sterben vor dem Wachen, wart' ich am Waldsee und wir lachen.« Es war immer noch ein gruseliger Gedanke, doch zumindest wären Nicky und ich zusammen an einem vertrauten Ort.

Sie fing amüsiert an zu lächeln. »Du hast echt ein schlechtes Gedächtnis.«

»Nein, habe ich nicht.«

»Nicht grundsätzlich, doch es ist, als hättest du Löcher im Hirn, was Cleveland angeht. Es war eindeutig der Bergsee, denn dahin sind meine Freunde und ich am Wochenende heimlich gefahren, um zu saufen und zu kiffen. Es war meine kleine Rache, weil wir beten mussten, nur weil Dad aufhören wollte zu trinken.«

»Der Witz ist mir entgangen«, sagte ich und war ein wenig traurig über ihre Berichtigung.

Sie zuckte die Achseln. »Außerdem warst du diejenige, die den Waldsee lieber mochte, weil dort jedes Jahr das Kinder-Angeln stattgefunden hat. Du hast es nach all den Jahren vielleicht einfach verwechselt.«

Ich ging beide Versionen im Kopf noch einmal durch und stellte fest, dass sie recht hatte. Es war eindeutig: *wart' ich am Bergsee.*

»Guck doch nicht so deprimiert«, sagte sie. »Ich habe gesehen, wie dir der Wein schmeckt. Das wäre ein deutlich besseres Jenseits, als herumzusitzen und darauf zu warten, dass deine Schwester auch stirbt.«

»Da ist was dran«, sagte ich. »Wie lange hat die Phase mit dem Beten angehalten?«

»Mein gesamtes neuntes Schuljahr, bis er im Sommer wieder rückfällig wurde.« Irgendwann blieb unser Vater dann endgültig nüchtern, aber nicht beim ersten Versuch. Als das Programm schließlich Wirkung zeigte, schien er sich mehr auf die tatsächlichen Schritte zu konzentrieren, als uns in die Kirche zu zwingen. Nicky ging ins Wohnzimmer und setzte sich aufs Sofa. »Erinnerst du dich eigentlich noch an sein Trinken?«

Normalerweise würde ich einen Augenblick wie diesen als Anlass nutzen, um ins Bett zu gehen, doch ich stellte fest, dass ich die Unterhaltung fortführen wollte. Mit dem Wein in der Hand setzte ich mich zu Nicky auf das Sofa. »Klar. Wenn ich nach Hause kam und schon auf dem Bürgersteig die Stones spielen hörte, wusste ich, dass wir ihn drinnen wahrscheinlich mit einem Bier in der Hand vorfinden würden.«

»Es war nie nur ein Bier, Chloe. Er hat zwei Sixpacks weggezogen. Mom war es so peinlich, für die Bierdosen das Pfand zurückzuholen, dass sie uns dazu verdonnert hat. Weißt du nicht mehr?«

»Kann schon sein.«

»Mom und ich haben gehasst, wie sehr du ihn geliebt hast.«

Diese Aussage war schockierend in ihrer Klarheit. Ich stellte mein Weinglas auf den Tisch. »Ich weiß nicht, wie ich damit jetzt umgehen soll, Nicky.«

»Ist schon gut, du warst klein. Viel zu klein, um es zu verstehen. Aber du warst immer so glücklich, wenn er die Musik aufdrehte, dich packte und mit dir im Kreis tanzte. Aber Mom und ich wussten, dass das erst der Anfang seiner Art zu feiern war. Erinnerst du dich daran, wie Mom dir an solchen Abenden demonstrativ den Schlafanzug angezogen und dich früh ins Bett gesteckt hat? Sie und ich drehten die Musik Stück für Stück ein winziges Bisschen leiser – genug, damit du einschlafen konntest, aber nicht so viel, dass Dad es bemerkte und wütend wurde. Ich habe dich das nie gefragt, aber weißt du eigentlich noch, wie er Mom geschlagen hat?«

Ich nickte. »Natürlich.« Nur ein paar Mal und nur wenn er betrunken war. Ich hatte kein Bild mehr davon vor Augen. Hatte ich es gesehen? Oder nur gehört? Irgendwie wusste ich, dass es passiert war.

»Warum war er dir dann immer so viel näher als sie?«

Ich wusste es wirklich nicht. So hatte ich es auch noch nie gesehen. »Ist das überhaupt die Entscheidung eines Kindes? Es war eher so, als wäre er derjenige gewesen, der entschieden hatte, mir nahe zu sein. Sie nicht.«

»Weil sie immer versucht hat, Dad zu gewissen Dingen zu bringen und sein Leben zu organisieren. Hast du das nicht gemerkt? Hast du nicht gesehen, wie schlecht es ihr ging?«

»Natürlich habe ich das. Doch damals dachte ich, es könne gar nicht so schlimm sein, denn sonst würde sie ihn ja verlassen. Es schien eher, als würde sie ihn als Ausrede für all das benutzen, was mit ihr selbst nicht stimmte.« Ich hatte meine gesamte Karriere damit zugebracht, über das Macht-Ungleichgewicht zwischen Männern und Frauen zu schreiben und dabei nie realisiert, wie scheinheilig ich war, wenn es um meine eigene Familie ging.

»So, wie du auch über mich gedacht hast?«

Wie oft hatte ich Nicky schon gesagt, dass sie aufhören sollte, ihre Kindheit für ihr Versagen als Erwachsene verantwortlich zu machen. »Nein«, sagte ich leise. »Zumindest jetzt nicht mehr.«

»Du hast nie verstanden, dass wir beide im Prinzip verschiedene Eltern hatten. Ich erinnere mich noch, wie Dad unserer Mutter die Scheiße aus dem Leib getreten hat, während sie zusammengekrümmt am Boden lag. Ich erinnere mich, wie er besoffen nach Hause gekommen ist, in mein Bett gekrabbelt ist und seine Hand in meine Unterhose geschoben hat, weil er dachte, ich sei Mom.«

»Oh, Nicky.« Die ganze Zeit über hatte ich instinktiv versucht, sie zum Schweigen zu bringen. »Das wusste ich nicht.«

»Du wolltet es nicht wissen. Aber das ist in Ordnung. Heute

begreife ich es. Der Glaube daran, dass du einen guten Daddy hattest, der für dich nur das Beste wollte, hat dir erlaubt, die zu werden, die du jetzt bist. Darum bist du so ehrgeizig. Und wahrscheinlich hast du recht damit, dass ich ihn als Ausrede dafür benutzt habe, mir anderthalb Jahrzehnte meines Lebens zu versauen.«

Ich konnte das Surren des Geschirrspülers in der Küche hören. »Was ist damals an dem Abend im Pool mit Ethan passiert, Nicky?«

Sie schüttelte den Kopf. »Es war die schlimmste Nacht meines Lebens, und ich erinnere mich an gar nichts mehr davon.«

Trotz des Weins schaffte ich es, aufzuwachen und mich für den Prozess fertigzumachen. Als ich die Tür zur Speisekammer öffnete, um mir Brot für meinen Avocado-Toast zu holen, durchbrach ein wildes, schrilles Gegacker die Stille. Der neue, batteriebetriebene Vampir zappelte an der Deckenlampe.

Nicky grinste, als sie ein paar Minuten später zu mir in die Küche kam, doch ihre Stimme klang ernst. »Hey, ich dachte, das solltest du sehen. Jake wurde zitiert. Und es geht um diese Firma, von der du sagtest, dass Adam sie ständig erwähnt hat.«

Sie reichte mir ihr iPad. Ein kurzer Artikel im Wirtschaftsteil der *New York Times* war geöffnet. Als könne sie meine Gedanken lesen, sagte Nicky: »Ich habe alles durchgesehen. Eine der positiven Seiten, wenn man unter Schlaflosigkeit leidet.«

Dem Artikel zufolge hatte vor drei Tagen die Gentry Group, ein führendes Aktienunternehmen in den Bereichen Energie, Gesundheitspflege und verarbeitende Industrie, ihre Meldungen bei der Börsenaufsicht aktualisiert und eröffnet, dass das in London ansässige Unternehmen Rückstellungen in Höhe von vierhundert Millionen Pfund für mögliche Vergleichszahlungen an das Wirtschaftsministerium und die Börsenaufsicht vornehmen würde, nachdem ihnen mitgeteilt worden war, dass bestimmte Verhaltensweisen außerhalb der Vereinigten Staaten das Anti-Korruptions-Gesetz oder andere Anti-Bestechungs-Gesetze verletzt hatten.

Von Rives & Braddock wurde der Anwalt Jake Summer zitiert: »Die Gentry Group führt eine interne Ermittlung durch und arbeitet bereitwillig mit allen Ermittlungsbehörden zusammen. Sie haben im Interesse einer umfassenden Transparenz ihren Finanzreport aktualisiert, und wir sind zuversichtlich, dass jegliche Unregelmäßigkeiten ein gewisses Maß nicht überschreiten werden, wenn man sie ins Verhältnis zum Umfang der Auslandsgeschäfte dieses global operierenden Konzerns setzt.«

Nirgendwo in dem Artikel wurde Adam Macintosh erwähnt, seine Beziehungen zur Gentry Group oder die Tatsache, dass er sechs Monate zuvor umgebracht worden war.

28

Dass ich an diesem Tag wahrscheinlich in den Zeugenstand gerufen würde, hatte sich bereits herumgesprochen. Im Laufe der Verhandlung war die Anzahl der Kameras vor dem Gerichtsgebäude auf durchschnittlich ein bis zwei pro Tag gesunken, doch nun wurden wir von einer Meute Journalisten begrüßt, als wir am Bordstein vor dem großen Betongebäude hielten.

Ich stellte mich gerade darauf ein, dass ich mich gleich durch die Menge schieben musste, während sie mir Fragen entgegenbrüllten, als ich merkte, wie der Wagen wieder Gas gab. Nicky, die hinter dem Steuer saß, hatte das Handy am Ohr. Ich hörte nur ihre Seite des Telefonats, die zunächst den großen Pulk Reporter beschrieb und dann mehrfach hintereinander *Ja* und *Mhm-mh* sagte.

»Olivia sagt, sie schickt einige Beamte, die uns am Hintereingang in Empfang nehmen.«

Ich nickte. »Gut gemacht.«

»Siehst du, du bist nicht die einzige Taylor, die sich um Sachen kümmern kann«, sagte Nicky mit einem Lächeln.

Schau mich an. Während Staatsanwalt Nunzio mir eine Frage nach der anderen stellte, konnte ich nur denken: *Schau mich an, Ethan. Warum schaust du mich nicht an? Die Geschworenen sehen dich. Du wirkst, als würdest du dich schämen. Du wirkst schuldig.*

Olivia beugte sich zu ihm hinüber und flüsterte Ethan etwas ins Ohr. Ein paar Sekunden später schaute er auf, und unsere Blicke trafen sich. Ich unterdrückte ein Keuchen, bevor es meinem Mund entweichen konnte, und bat Nunzio dann, seine letzte Frage zu wiederholen.

»Könnte man behaupten, dass der Erfolg Ihrer ThemToo-Artikelserie Ihnen in der Öffentlichkeit eine höhere Sichtbarkeit verliehen hat?«

Ich bestätigte es.

»In welcher Weise?«

Olivia erhob Einspruch gegen die Unklarheit der Frage, dem stattgegeben wurde.

»Werden Sie zum Beispiel jetzt um ein Autogramm gebeten, wenn Sie in der Öffentlichkeit unterwegs sind.«

»Wann immer es geht, bewege ich mich nicht mehr in der Öffentlichkeit«, sagte ich. »Aus Gründen, die wohl offensichtlich sein sollten«, fügte ich hinzu und warf einen Blick auf die Reporter im Gerichtssaal.

»Vor dem Tod Ihres Mannes jedenfalls und nach dem Erfolg Ihrer ThemToo-Serie wurden Sie da um Autogramme gebeten?«

Die Frage ließ den Staatsanwalt kleinlich wirken. »Höchstens ein paar Mal.«

»Das *Time Magazine* hat Sie als eine der einflussreichsten Menschen des Jahres aufgelistet?«

»Ja, gemeinsam mit anderen Journalisten. Wir waren Teil einer Gruppe, die ausgewählt wurde, um die Bedeutung des First Amendment, der Meinungsfreiheit, zu unterstreichen.«

»Genau genommen, wurden Sie außerdem von der *Glamour*, *Cosmo*, *Vanity Fair* und *Vogue* als Wegbereiterin gepriesen.«

»Darum habe ich nicht gebeten«, erwiderte ich. »Ich bin Chefredakteurin einer deutlich kleineren, konkurrierenden Zeitschrift und bin davon überzeugt, dass sie das alle getan haben, um mich zu irritieren.«

Das leise Gelächter schien Nunzio kurz aus dem Rhythmus zu bringen. Er wollte nicht, dass ich sympathisch wirkte. Doch ich würde ihm das Gegenteil beweisen. Diese Geschworenen mussten mich so sehr mögen, dass es ihnen unmöglich erschien, dass ich einen Jungen großgezogen hatte, der seinen Vater ermorden würde.

»Sie wurden vom *New York Magazine* interviewt und nach Erfolgstipps gefragt?«

»Das ist korrekt. Es ist eine Serie für *The Cut*, die ›Wie ich es geschafft habe‹ heißt.«

»Sie haben einen Artikel in der *New York Times* veröffentlicht, wie Sie Ihre Sonntage verbringen?«

»Ja.«

Nachdem ich die Fragen nach meinem Autorenvertrag und ein paar zusätzlichen Auszeichnungen beantwortet hatte, drängte Richterin Rivera den Staatsanwalt, zum nächsten Punkt zu kommen. »Ich denke, die Geschworenen haben es begriffen«, sagte sie trocken.

»Aber nicht alle Folgen Ihres Bekanntheitsgrades waren positiv, nicht wahr? Ich spreche von Ihren Erfahrungen mit den sozialen Medien. Wie würden Sie die beschreiben?«

Ich hatte keine Ahnung, worauf Nunzio mit dieser Frage hinauswollte, versuchte aber, die Gelegenheit zu nutzen, um mich wieder mit den Geschworenen zu verbünden. Ich erzählte von meiner anfänglichen Unsicherheit, die sozialen Medien beruflich zu nutzen. »Ich bin da ein bisschen altmodisch, vermute ich, und habe als sehr junge Frau eine Karriere im Printbereich angestrebt, nur um dann festzustellen, dass alles über den Haufen geworfen wurde, als ich gerade den Fuß in die Tür gesetzt hatte. Doch ich habe den Dreh rausbekommen. Die Leser interessieren sich für den Menschen hinter den Worten. Meine beliebtesten Instagram Posts sind die von unserer dicken Katze, Greedy Panda.«

»Aber Sie bekommen auch negatives Feedback.« Nunzio formulierte seinen Satz noch nicht einmal als Frage.

»Ja. Das gehört wohl einfach dazu, wurde mir gesagt.«

»Und Sie haben sogar Drohungen erhalten, richtig?«

»Ja. Als Adam ermordet wurde, hatte ich eigentlich von der Polizei erwartet, dass sie in diese Richtung ermittelt ...«

Nunzio schnitt mir das Wort ab. »Nach einem Blick auf Ihre Posts in den sozialen Medien scheint es so, dass Sie manchmal auf diese Kommentare antworten?«

»Selten. Das da draußen ist eine neue Welt. Manche Leute denken, die beste Taktik sei ein heftiges, öffentliches Anprangern, doch normalerweise ignoriere ich so etwas einfach.«

»Aber Sie lesen das Feedback?«

»Nicht jeden einzelnen Kommentar, aber ja, ich überfliege sie gelegentlich.«

Nunzio ging zu seinem Tisch und nahm ein Blatt Papier von einem Stapel. »Ich entschuldige mich im Vorfeld, aber sind diese Kommentare einigermaßen repräsentativ für das negative Ende des Spektrums dessen, was in den sozialen Medien über Sie geschrieben wird? ›Sie ist total eingebildet. Komplett fake.‹ ›Männer-hassende, unterdrückte Lesbe.‹ ›Jemand sollte ihr den Mund stopfen, mit einem …‹, dann wird ein vulgärer Ausdruck für das männliche Genital benutzt. Ist das Teil Ihrer üblichen Dialoge in den sozialen Medien?«

Ein paar Geschworene zuckten zusammen. Die Frau aus dem Einkaufszentrum keuchte laut auf. Olivia und ich hatten geplant, diese Beweise anzuführen, um anzudeuten, dass ein Fremder in unser Haus eingedrungen sein könnte. Nunzio schien zu diesem Punkt kommen zu wollen, bevor wir es konnten.

»Ja, leider«, sagte ich. »Ich habe mehrfach täglich Vergewaltigungsdrohungen bekommen – und bekomme sie immer noch.«

»Stammen diese Kommentare von einer großen Anzahl von Internetnutzern, oder ist es ein kleinerer Kreis von Leuten, die jeweils mehrere Kommentare schreiben?«

»Das weiß man letztendlich nicht, denn eine Person könnte theoretisch zweihundert Accounts mit unterschiedlichen Nutzernamen haben. Ich würde sagen, dass es eine Reihe von Nutzernamen gibt, die ich als Mehrfachtäter wiedererkenne, aber normalerweise sind es nur zufällige Leute, die Müll von sich geben.«

»Was ist mit BilboB? Hört sich das bekannt an?«

»Ich denke, ja.«

»Alpha3?«

»Nein, aber das bedeutet nicht, dass es keine Post von ihm gegeben hat.«

»KurtLoMein?«

»Ja, an den erinnere ich mich. Die Ironie ist, dass mein Mann ein großer Fan von Nirvana und dessen Leadsänger Kurt

Cobain war, daher blieb der Name haften. Ich würde diesen Leuten jedoch ungern weitere Beachtung schenken, wenn Sie nichts dagegen haben, Mr. Nunzio.«

»Verständlich«, sagte er und legte das Blatt Papier weg, von dem er abgelesen hatte. »Und haben Sie je mit Ihrem Stiefsohn, dem Angeklagten, über seine Gefühle gesprochen, was Ihre Arbeit betraf?«

Olivia erhob Einspruch, weil es in dieser Frage um das besondere Verhältnis zwischen Eltern und Kind ging.

Richterin Rivera bat beide Anwälte zur Richterbank. Nach einigen Minuten des Flüsterns wies sie mich an, die Frage zu beantworten. Anscheinend war ich in den Augen des Gerichts kein Elternteil Ethans.

»Wenn Ethan sieht, dass mein Name irgendwo auftaucht, macht er mich manchmal darauf aufmerksam«, erklärte ich. »Er hat mir deutlich gesagt, dass er stolz auf mich ist. Als ich letzten Mai eine wichtige Auszeichnung erhalten habe, war er bei der Feier dabei. Wenn Sie sich die Aufzeichnungen des Abends auf YouTube ansehen, können Sie ein paar Leute pfeifen und jubeln hören. Das waren Ethan und Adam.« Bei der Erinnerung lächelte ich traurig. Es schien eine Ewigkeit her zu sein. Ich wusste noch, wie ich in dem Moment gedacht hatte, dass sich bei Adam und mir vielleicht doch alles wieder einrenken würde.

Nunzio wechselte plötzlich die Gangart und stellte eine Reihe von Fragen über die Alarmanlage im Haus.

»Stimmt es nicht, dass Sie und ihre Familie beim Verlassen oder Betreten des Hauses die Alarmanlage regelmäßig an- oder ausstellten?«

»Nicht jedes Mal, da bin ich mir sicher.«

»Eher häufiger als weniger häufig?«

»Ich denke nicht.«

Dieses Thema hatte ich mit Olivia geübt und ließ mir von Nunzio jedes Stückchen Information aus der Nase ziehen. Er war jedoch irgendwann imstande festzustellen, dass ich der Polizei zweimal gesagt hatte, dass wir die Anlage selten benutzten, doch die Aufzeichnungen der Sicherheitsfirma zeigten eine regelmäßige Benutzung. Er hatte bereits einen Mann von der Sicherheitsfirma kommen lassen, der bestätigte, dass die Alarmanlage am Abend von Adams Mord eingeschaltet worden war, und zwar kurz bevor ich das Haus verlassen hatte, um auf die Dinnerparty zu gehen. Dann war sie wieder abgeschaltet worden, als Adam eingetroffen war; kurz nach 21:30 war sie wieder aktiviert und dann um 23:10 wieder abgeschaltet worden, ungefähr zwanzig Minuten nach dem Zeitpunkt, von dem Kevin Dunham ausgesagt hatte, Ethan am Strand abgesetzt zu haben.

»Obwohl Sie also behaupten, dass Ihre Familie die Alarmanlage selten nutzt, außer, wenn Sie in der Stadt sind oder sich allein im Haus befinden, wurde sie innerhalb von ein paar Stunden vier Mal an- und ausgestellt.«

»Ja, offensichtlich.«

»Sie sagen das, als würde es Sie überraschen, Ms. Taylor. Und Sie behaupten, nicht zu wissen, dass Ihre Alarmanlage regelmäßig benutzt wurde?«

»Natürlich nicht. Im Nachhinein, nachdem ich die Aufzeichnungen gesehen habe, wird mir klar, dass es eines dieser Dinge sein muss, die einem so ins Blut übergehen, dass man gar nicht mehr darüber nachdenkt.«

»Als Sie nach Hause kamen, Ihren Mann ermordet vorfanden und offensichtlich ein Einbruch stattgefunden haben musste, haben Sie sich da nicht gefragt, warum die Alarmanlage nicht angesprungen war?«

»Ich hatte angenommen, dass sie nicht aktiviert war.«

»Ist es nicht so, Ms. Taylor, dass Sie die Polizei darüber angelogen haben, weil Sie sich selbst gewundert haben, warum ein Einbruch keinen Alarm ausgelöst hat?«

Ich blickte erst Olivia an, dann die Richterin. »Ich bin nicht sicher, ob ich die Frage überhaupt verstehe.«

»Ich will deutlicher sein. Ist es nicht so, dass Sie vom ersten Moment an, als Sie mit der Polizei sprachen, Ihren Stiefsohn verdächtigt haben?«

»Nein, das ist absolut falsch.«

»Dann möchte ich Sie Folgendes fragen, Ms. Taylor. Wer außer Ihnen, Adam und dem Angeklagten kannte zur Zeit des Mordes den Code?«

»Die Haushaltshilfe und ein Handwerker.«

»Und nachdem Ihr Mann ermordet worden war, haben Sie da den Code geändert?«

Nein, ich hatte ihn nicht geändert. Jemand war in mein Haus eingebrochen, hatte meinen Mann ermordet, die Alarmanlage ausgestellt, und ich benutzte immer noch denselben Code. Warum hatte ich ihn nicht geändert? Ich warf Olivia einen kurzen Blick zu. Ihr Gesicht war ausdruckslos. Es gab keinen Weg, der Frage auszuweichen. Ich musste sie beantworten.

»Nein«, sagte ich.

Bevor ich herausfinden konnte, wie die Geschworenen auf mein Beibehalten des Codes reagierten, schaltete Nunzio wieder um und fragte mich nach Adams Absicht, Ethan auf eine Militärschule zu schicken.

»Das hat er mir gegenüber nie erwähnt«, erwiderte ich. »Ich vermute mal, wenn er es ernst gemeint hätte, dann ...«

Nunzio erhob Einspruch gegen meine Spekulationen, und die Richterin wies mich an, nur die gestellten Fragen zu beantworten.

»Könnte man behaupten, Ihr Mann und Ethan hätten vor dem Mord ein angespanntes Verhältnis gehabt?«

Olivia legte Einspruch ein, die Frage sei zu vage.

»Würden Sie sagen, dass Ihr Mann und Ihr Stiefsohn sich nahestanden?«, fragte der Staatsanwalt stattdessen.

Ich bejahte die Frage, obwohl Olivia Einspruch erhob.

»Haben die beiden sich gestritten?«

»Natürlich. Alle Kinder streiten sich mit ihren Eltern. Aber es waren normale Sachen – ob Ethan alle Hausaufgaben gemacht hatte, wie lange er abends wegbleiben durfte, solche Sachen.« Ich sah zu Ethan hinüber. Er umklammerte die Armlehnen seines Stuhls.

Nunzio ging zu seinem Tisch und nahm sich einen dünnen Stapel Papiere, die dort aufgereiht lagen. Ich konnte sehen, dass er einige Zeilen angestrichen hatte. »Du bist ein Loser. Ein zugedröhnter Zombie.« Olivia war auf den Beinen, doch Nunzio las weiter. »Du verlierst deinen Verstand, genau wie deine Mutter. Ist es das, was du willst? Ein gestörter Irrer zu sein?«

Ich kannte die Quelle der Formulierungen nicht, die Nunzio zitierte, doch es war offensichtlich, von wem sie handelten. Ich versuchte, Nicky nicht anzusehen, als Olivia vor Empörung aufsprang. Ich war davon überzeugt, dass meine Schwester es schaffen würde, diese Sache durchzustehen, ohne zusammenzubrechen, wenn sie meine Augen jetzt nicht sehen musste.

»Das ist ungeheuerlich, Euer Ehren. Ich habe keine Ahnung, was die Staatsanwaltschaft da vorliest. Es wurde der Verteidigung in den Vorverhandlungen nicht vorgelegt, und ich sehe keine Grundlage für deren Relevanz«, erklärte Olivia.

Die Richter rief die beiden Anwälte wieder zu sich.

Als sie wieder auseinandergingen, kündigte Rivera an, die Geschworenen sollten das Material, das der Staatsanwalt vorgelesen hatte, ignorieren, und Nunzio erklärte, dass er keine weiteren Fragen an mich habe. Olivia nahm mich nicht ins Kreuzverhör, behielt sich jedoch das Recht vor, mich als Zeugin der Verteidigung erneut in den Zeugenstand zu rufen.

Dann rief Rivera eine kurze Pause aus, damit die Anwälte sich mit ihr beraten konnten.

Ich verließ den Zeugenstand in dem Moment, als Ethan von seinem Stuhl aufstand, um Olivia ins Richterzimmer zu folgen. Als wir aneinander vorbeigingen, streckte ich die Hand aus, und unsere Fingerspitzen berührten sich. Der Deputy Sheriff an seiner Seite schüttelte streng den Kopf, doch ich sagte lautlos »Danke« für den kurzen Moment.

Nachdem ich meinen Platz neben Nicky wieder eingenommen hatte, lehnte sie sich an mich und flüsterte: »Was war das alles für ein Zeug, von wegen zugedröhnter Zombi, was er da vorgelesen hat?«

Ich schüttelte den Kopf. Ich wusste es nicht, aber es hörte sich genau wie etwas an, das aus Adams Mund stammen konnte.

Nicky und ich blieben die gesamte Pause auf unseren Stühlen sitzen. Wir hatten erfahren, dass die Reporter, die keine Skrupel hatten, uns auf den Fluren und den Toiletten Fragen zu-

zubrüllen und Fotos zu schießen, sich uns innerhalb des Gerichtssaales nicht nähern würden.

Fast vierzig Minuten später kamen Nunzio, Olivia und Ethan aus dem Zimmer der Richterin. Der Gerichtsdiener eilte aus der Tür des Saales, was ein Zeichen dafür war, dass er bald darauf mit den Geschworenen zurückkehren würde.

Zu meiner Überraschung ging Olivia am Tisch der Verteidigung vorbei und kam in unseren Bereich des Gerichtssaales. »Ich brauche jetzt von Ihnen beiden ein Pokerface, okay?« Keiner von uns beiden zuckte zusammen. »Wir haben heute nur noch einen Zeugen, und ich will nicht, dass die Geschworenen Sie beide ansehen, wenn er seine Aussage macht. Also stehen Sie beide jetzt auf, gehen ganz ruhig hinaus, fahren zurück zum Hotel und warten dort auf mich.«

»Geht es jetzt um den Streit zwischen Adam und Ethan, den Nunzio anscheinend zitiert hat?«

Sie schüttelte den Kopf. »Nein, aber darüber müssen wir auch noch reden, daher treffen wir uns, wenn die Verhandlung für heute geschlossen wird.«

»Olivia, was geht hier vor sich?«

»Pokerface ziehen, okay?« Wir beide nickten. »Der nächste Zeuge ist der Techniktyp des Polizeireviers. Ethan ist KurtLo-Mein. Und jetzt gehen Sie.«

29

Olivia hatte nur eine Kopie des Ausdrucks. Nicky und ich hockten nebeneinander auf dem Hotelbett und lasen gleichzeitig.

Der Ausdruck in meiner Hand enthielt jeden einzelnen Kommentar, den KurtLoMein je auf Poppit gepostet hatte. Der Großteil handelte von Computerspielen wie Fortnite und 2K, aber eine verstörende Anzahl wies auf Gefühle von Isolation und Ablehnung hin, einerseits gegen seine Eltern, die ihn nicht länger zu verstehen schienen, und andererseits auf Mädchen, die sich weigerten, ihm Aufmerksamkeit zu schenken. Er beteiligte sich außerdem regelmäßig an den Kommentaren über #ThemToo und im Besonderen über mich.

Es war nicht nur der clevere Name, durch den sich dieser Poppit-Nutzer abhob. Statt der typischen Lasst-uns-alle-die-Männerhasser-vergewaltigen-Posts schrieb diese Person stets mit einer gewissen Autorität und behauptete, eine Art Insiderwissen zu besitzen. Er beschrieb mich als schwächer und weniger selbstsicher als die Rolle, die ich geschafft hätte zu kultivieren. Dass ich nur so täte, als wäre ich stark. Dass ich eine Heuchlerin sei. **Quatscht ständig davon, die Welt müsse lernen, Frauen anders zu behandeln, ist aber in ihrem eigenen Leben voll der Feigling. Interessiert sich mehr für ihr Bilderbuch-Image als für die Wirklichkeit.** Der Kommentar hatte ziemlich ins Schwarze getroffen, und jetzt wusste ich auch, warum.

Genau genommen war jeder Post von KurtLoMein über mich negativ, bis zu dem letzten – eine Erwiderung auf die weit verbreitete Spekulation, dass ich Adam umgebracht hätte: Wir sollten nicht vorschnell urteilen. Nach allem, was wir wissen, ist sie auch ein Opfer. Der Kommentar war gepostet worden, kurz bevor man Ethan verhaftet hatte.

»Wie können sie sicher sein, dass das Ethan ist?«, fragte ich.

»Das können sie nicht, aber sie wissen definitiv, dass die Post von seinem Laptop stammen, der überall bei Ihnen eingeloggt war, in Ihrer Wohnung, dem Haus und Casden. Wenn wir auch nur versuchen zu argumentieren, dass es jemand anderes sein könnte, verlieren wir die Jury.«

»Aber vielleicht weiß Ethan, wer ... «

Dann wurde mir klar, dass Olivia ihn schon gefragt haben musste. Ethan hatte bereits bestätigt, dass er diese scheußlichen Dinge über mich geschrieben hatte.

»Warum hat er das getan?«, fragte ich.

»Das steht mir nicht zu, Ihnen zu erklären.« Olivia schaute mich ernst an. »Ich werde argumentieren, dass Jugendliche alles Mögliche sagen, was sie nicht meinen, wenn sie online sind. Ich habe bereits einen Experten von Yale als Zeugen angefragt, der über die Nutzung sozialer Medien von Jugendlichen schreibt.«

»Die meisten der Geschworenen haben Kinder«, sagte ich. Ich konnte nicht aufhören, diese Kommentare zu lesen, von denen jeder einzelne wie ein Schlag in den Magen war. »Sie werden wissen, dass das hier nicht normal ist.«

»Leider müssen wir auch noch über das hier reden.« Meine Anwältin klappte ihren Laptop auf und klickte auf eine Nachricht ziemlich weit oben im Eingangskorb. Als der Anhang langsam hochgeladen wurde, erklärte sie uns, was wir gleich sehen würden. »Das Zitat, das Nunzio angefangen hatte im Gerichtssaal vorzulesen. Als er danach fragte, ob es zwischen Adam und Ethan Spannungen in der Beziehung gegeben hätte.« Wir nickten beide. »Die Polizei hat auf Ethans Laptop ein Video gefunden. Es sieht so aus, als hätte er es ohne Adams Wissen aufgezeichnet. Das war zwei Wochen vor dem Mord.«

Wir waren bereits auf dem Montauk Highway, als Nicky das Radio ausschaltete.

»Also, wie häufig war Adam so wie in dem Video?«, fragte sie.

Die Augen geschlossen, die Rückenlehne zurückgestellt, wollte ich nur noch davonschweben, bis ich nie wieder eine Frage über Adam beantworten müsste. »Nie. Zumindest nicht in den ersten zehn Jahren, die er hier war.«

Ich wandte den Kopf zur Seite und sah Nicky rechnen. »Also die letzten beiden Jahre?«

»Nicht ganz. Und dann auch nicht die ganze Zeit. Am Anfang gab es ein oder zwei Ausbrüche, dann weitere und schlimmere. Es baute sich langsam auf.«

Ich wusste nicht, ob dieser Zwischenfall auf Olivias Laptop das einzige Mal gewesen war, dass Ethan mitbekommen hatte, wie sein Vater derart außer Kontrolle geriet, doch die Tatsache, dass er es aufgezeichnet hatte, legte nahe, dass dem nicht so war. Olivia zufolge behauptete Nunzio, das Video nicht früher als Beweismittel eingereicht zu haben, weil es erst dann relevant wurde, als ich behauptet hatte, Adam und Ethan stünden sich nahe und hätten eine normale Vater-Sohn-Beziehung. Richterin Rivera hatte Nunzio gewarnt, keine Spiel-chen im Beweismittelverfahren zu spielen, doch sie würde ihm trotzdem erlauben, das Video am nächsten Morgen vor-zuführen.

In dem Video benahm sich Adam noch schlimmer als an dem Tag, an dem er den Beutel Gras gefunden hatte. Sogar noch schlimmer als nach dem Waffenfiasko. Nicht so gemein, wie er zu mir manchmal war, doch grausamer und herzloser gegenüber Ethan, als ich je gedacht hatte.

ETHAN: Meine Güte, Dad. Eben gerade schickst du mich in mein Zimmer, und jetzt kommst du rein und brüllst mich an.

ADAM: Weil dein Zimmer dein scheiß Refugium ist. In deinem Zimmer kannst du deine Dreihundert-Dollar-Sweatshirts auf den Boden knallen, dir deine Tausend-Dollar-Kopfhörer aufsetzen und in einem Computer verschwinden, in dem du den Rest der Welt ignorieren kannst.

ETHAN: Was genau willst du denn jetzt gerade von mir? Soll ich mein Zimmer aufräumen? Gut, dann räume ich mein Zimmer auf.

ADAM: Ich will, dass du dich zusammenreißt. Du gehst durchs Leben, als wäre alles egal. Du konzentrierst dich nicht auf die Schule. Du hast keine Hobbys. Chloe hat dich auf diese Schule voller verzogener Gören gegeben, damit du Kontakt zu all denen hast, die dir wichtige Tü-ren öffnen könnten, aber du hast dort keinen einzigen Freund.

ETHAN: Das stimmt nicht …

ADAM: Stattdessen hängst du mit Losern ab und verkaufst für sie Drogen. Du läufst mit einer Waffe durch die Gegend.

ETHAN: Himmel, Dad, ich hab es dir doch schon tausendmal gesagt. Das war nicht mein Gras, und mit der Waffe, ich weiß nicht, warum ich das gemacht habe. Wahrscheinlich wollte ich Aufmerksamkeit oder so.

ADAM: Meine Aufmerksamkeit hast du, soviel ist mal sicher. Ich weiß nicht, wann du so geworden bist, Sohn.

ETHAN: Wie geworden?

ADAM: Du bist ein Loser, ein zugedröhnter Zombie. Merkst du nicht mal, dass du deinen Verstand verlierst, genau wie deine Mutter? Ist es das, was du willst? Ein gestörter Irrer zu sein?

Die Mitschrift war nicht so heftig wie das eigentliche Video, in dem Adam ein rotes Gesicht hatte, brüllte und mit den Armen wedelte, während Ethan auf dem Bett saß, die Knie an die Brust gezogen. Ich wusste, wie es sich für ihn in dem Moment angefühlt hatte – er war bereit, alles zu tun, *alles*, damit sein Vater aufhörte zu brüllen.

Ich stellte mir vor, wie Ethan vom Strand nach Hause ging, noch bekifft vom Abhängen mit Kevin, und auf Adam traf, obwohl er dachte, es sei niemand zu Hause. Was, wenn Adam auf ihn eingedroschen hatte? Wenn Ethan vielleicht ein Messer bei sich hatte, um cool zu wirken, so wie damals mit der Waffe? Konnte die böse, dunkle Seite Adams die böse, dunkle Seite seines Sohnes ans Licht gebracht haben?

Ich wusste nicht, wie ich Nicky erklären sollte, wie das alles angefangen hatte. »Ich hätte Adam nie drängen sollen, zu dieser Anwaltskanzlei zu wechseln. Ich denke, er fühlte sich unter Druck gesetzt, weil ich mehr verdiente als er – also, *viel* mehr – und er das Gefühl hatte, mithalten zu müssen. Jeden Tag hasste er den Job ein Stückchen mehr. Und er hat getrunken. Viel getrunken.«

»Das ist keine Entschuldigung dafür, ein verdammtes Arschloch zu sein.«

Nein, war es nicht, und darum fühlte ich mich berechtigt, die Sache mit Jake anzufangen. »Ich schwöre dir, die einzigen Male, dass ich mitbekommen habe, dass er so zu Ethan war, sind an dem Tag gewesen, an dem er das Gras gefunden hat, und dann wegen der Sache mit der Waffe.«

»Das war nicht leicht für mich anzusehen, Chloe. Habt Ihr beiden Ethan all die Jahre das über mich erzählt? Dass ich eine Drogensüchtige wäre und eine Irre?«

»Nein, natürlich nicht.« Diese Worte hatten wir nie benutzt, aber natürlich wusste Ethan, dass Nickys Probleme dazu geführt hatten, dass er nur mit seinem Vater nach New York gezogen war.

»Denn genauso hat Adam immer mit mir geredet«, sagte meine Schwester. »Wenn niemand dabei war. In der einen Minute schien er der süße, perfekte Adam zu sein, und dann habe ich, während er lernte, zu viel Lärm beim Putzen der Küche gemacht, und plötzlich hat er mich angeschrien und mir gesagt, ich hätte keine Ahnung, unter welchem Druck er stünde, da ich noch nicht mal auf dem College gewesen wäre. Er hat mich schlecht gemacht und mir das Gefühl gegeben, ich sei wertlos. Wenn ich versucht habe, zu widersprechen oder wegzugehen, hat er mich so hart gepackt, dass ich noch tagelang diese kleinen ovalen Blutergüsse auf dem Arm hatte. Und dann, als ich schwanger war, ging eine Zeitlang alles gut, doch als das Baby einmal da war, konnte ich einfach nicht mehr die sein, die ich für ihn sein sollte. Ich habe ewig gebraucht, um zu begreifen, dass es vermutlich ganz normale Wochenbettdepressionen gewesen sind, doch ich habe gesoffen und Antidepressiva und Schlaftabletten genommen – alles nur, damit ich mich ein bisschen besser fühlte, Tag für Tag. Ich weiß noch, wie er mich genauso angeschrien hat. Mir gesagt hat, ich sei ein ›Loser‹ und würde ihn und das Baby nicht verdienen. Er hat mir Ohrfeigen gegeben und behauptet, ich würde ihm nicht zuhören.«

Ich schüttelte den Kopf. »Du hast nie etwas gesagt«, murmelte ich.

»Habe ich. Doch, habe ich! Nachdem ihr beide mich eingewiesen hattet, als das mit dem Pool passiert war, habe ich versucht, es zu erklären.«

Zu dem Zeitpunkt hatte ich ihr jedoch nicht mehr geglaubt. Ich dachte, sie würde Adam die Schuld an ihren Problemen geben, genau wie sie unserem Vater immer die Schuld gegeben hatte. Und selbst nachdem ich zugesehen hatte, wie Adam sich im letzten Jahr verändert hatte, hatte ich seinen Zorn nie mit dem in Verbindung gebracht, was zwischen ihm und Nicky passiert war. Möglicherweise gefiel mir der Gedanke nicht, so zu sein wie Nicky.

»Warum hast du nichts gesagt, als es passiert ist?« Mein Tonfall machte deutlich, dass es kein Vorwurf war. Ich glaubte ihr und versuchte, sie zu verstehen.

Ihre Hände krallten sich um das Lenkrad. Als sie schließlich antwortete, sprach sie leise. »Weil ich Adam geliebt habe. Und mich glücklich schätzte, ihn zu haben. Ich sagte mir, er stünde unter einer Menge Druck und ich machte meine Sache nicht gut genug. Weißt du, was ich immer getan habe, um ihn glücklich zu machen? Ich habe mich gefragt: ›Was würde Chloe tun?‹«

Bei dem Gedanken, wie bitter das für sie gewesen sein musste, kamen mir die Tränen. Ich wusste nicht, was ich sagen sollte, also schwieg ich und ließ sie weiterreden. »Ich weiß noch, wie du mir sagtest, wie gut ich aussehen würde, als ich damals, im Sommer, zu meinem Highschool-Klassentreffen gegangen bin. Ich war gekleidet wie du. Ich habe mich *benommen* wie du. Ich wollte dort hingehen und intelligent, erfolgreich und selbstbewusst wirken, also habe ich mir gesagt: Scheiß drauf, dann bin ich eben ein Wochenende lang wie Chloe. Und Adam schien es offensichtlich zu gefallen. Während unserer ganzen Beziehung habe ich mich so gefühlt, als wäre ich eine Betrügerin.«

Langsam begriff ich, warum sie so sicher war, dass Adam nach New York gezogen war, um mit mir zusammen zu sein.

»Und, seien wir doch ehrlich, verglichen mit dem Scheiß, den Mom mit Dad durchgemacht hat, schien es gar nicht so schlimm zu sein. Zumindest hat er mich nicht richtig *geschlagen*.«

Ich merkte, wie sie mich ansah und dabei gleichzeitig versuchte, die Augen auf der Straße zu lassen. Wartete sie darauf, dass ich etwas erwiderte?

»Na ja, es tut mir immer noch leid.« Wir wussten beide, dass das eine lahme Antwort war. Als deutlich wurde, dass ich nichts weiter dazu sagen würde, schaltete sie das Radio wieder ein.

Zwei Meilen später war ich diejenige, die es ausschaltete. »Was wäre gewesen, wenn wir Jungs gewesen wären?«

»Was soll die Frage?«, wollte Nicky wissen.

»In unserem Haus aufzuwachsen, mit denselben Eltern. Du hast rebelliert. Ich wurde zum Kontrollfreak. Aber was, wenn wir Jungs gewesen wären?« Ich erinnerte mich an einen Artikel, den ich über Jungen und Massenschießereien gelesen hatte. Er passte zu meinen Recherchen in den dunkelsten Ecken des Internets, wo gekränkte junge Männer gegen die Gesellschaft wüteten – und speziell gegen Mädchen –, weil man ihnen ihre Rechte verwehrte. »Wenn sich Mädchen verloren fühlen, verletzen sie sich selbst. Jungs verletzen andere.«

»Ethan ist ein guter Junge. Fang nicht mit so was an.«

»Was wäre passiert, wenn dieses andere Kind der Rektorin nichts von Ethans Waffe erzählt hätte?«

»Aber das war doch ein Versehen, wegen der Pendelei zwischen der Stadt und dem Haus und dem ganzen Zeug, was ihr dabei mitgeschleppt habt.«

Ich schüttelte den Kopf. »Blödsinn, Nicky. Wir haben keine Waffe mit in die Stadt genommen, und wir haben definitiv keine in Ethans Rucksack gesteckt. Er hat mir gesagt, er hätte nur wie ein cooler, harter Typ wirken wollen, um sich von der Masse der anderen Kids abzuheben. Ich hätte es ernster nehmen sollen.«

»Und was willst du jetzt damit sagen?«

»Ich habe den Code der Alarmanlage nicht geändert, Nicky. Warum habe ich ihn nicht geändert?«

Sie wohnte inzwischen seit sechs Monaten bei mir in East Hampton, und wir benutzten immer noch dieselben sechs Zahlen, Ethans Geburtstag, jedes Mal, wenn wir kamen oder gingen. Wenn ich wirklich dachte, dass ein Fremder Adam ermordet hatte, warum hatte ich dann den Code nicht geändert? Warum hatte Nicky mich nicht gebeten, ihn zu ändern?

Aber niemand von uns beiden würde das laut aussprechen.

»Vielleicht kann Olivia etwas mit diesem Zeitungsartikel anfangen«, sagte Nicky.

Ich hatte ihr den Artikel aus der *New York Times* über die Ermittlungen gegen die Gentry Group wegen Korruption gegeben. »Wie Olivia doch immer sagt, wir brauchen nur begründete Zweifel. Und nur ein einziger Geschworener reicht, um einen Freispruch zu erzielen.« Keiner von uns beiden klang optimistisch. »Also, wenn das alles vorbei ist, was werden wir dann tun?«

»Was meinst du?«

»Wenn Ethan nach Haus kommt.« Wir wussten beide, dass ich uns Hoffnung machen wollte. »Du bist seine leibliche Mutter, doch bei mir ist er aufgewachsen, und in Adams Testament werde ich als Vormund genannt. Mein Verständnis ist, dass ein Richter im besten Interesse des Kindes handeln würde, wenn wir anfingen, uns über das Sorgerecht zu streiten.« Nachdem Adam ermordet worden war, hatte ich gebetet, dass Nicky zu dumm sei, um zu realisieren, dass ich nicht automatisch der Vormund sein würde, doch nun war ich diejenige, die das Thema anschnitt.

»Warum sollten wir uns streiten?«

»Weil wir die Taylor-Schwestern sind.«

Sie lachte kurz leise auf. »Deine Anwälte würden mich wahrscheinlich überrollen, insbesondere, weil du offensichtlich einen davon vögelst.« Nun lachte sie lauter. »Ethan ist doch kein kleines Kind mehr. Bis das Gericht das entschieden hätte, würde er achtzehn. Lassen wir das einfach, okay?«

»Also, was machen wir dann?«

Sie zuckte die Achseln. »Wir finden einen Weg. Aber, damit du eines weißt, Chloe: Als die Polizei mich wegen Adam angerufen hat, bin ich nur nach New York gekommen, um mich zu überzeugen, dass mit Ethan und dir alles in Ordnung ist. Ich wollte, dass du mich persönlich siehst, damit du weißt, dass ich mich verändert habe und du auf mich zählen kannst, falls du meine Hilfe brauchst. Es ist mir nie in den Sinn gekommen – nicht ein einziges Mal –, zu versuchen, dir Ethan wegzunehmen.« Ich wandte mein Gesicht ab, schaute aus dem Beifahrerfenster und wischte die aufsteigenden Tränen weg. »Ich weiß, dass du dir jetzt Vorwürfe machst, aber du hast meinen Sohn gut erzogen. Du hast ihm ein besseres Leben ermöglicht, als er es bei mir je hätte haben können. Das ist zwischen uns geregelt. Ehrlich.«

Ich war danach eingeschlafen, denn Nicky musste mich wecken, als wir in die Einfahrt einbogen.

»Olivia hat uns eine Nachricht geschickt. Sie denkt, Ethan muss am Ende doch noch in den Zeugenstand.«

30

Es war seit zwei Wochen Jennifer Guidrys erster Tag, an dem sie frei hatte. Zwischen Zeugenaussagen, der Leitung der Ermittlung im Fall Ethan Macintosh und der Ermittlung in einem Fall von Brandstiftung hatten sich bei ihr genug Überstunden angesammelt, dass sie ihre gesamten Weihnachtseinkäufe auf einen Schlag erledigen könnte, doch sie brauchte dringend eine Pause. Amy konnte sich bei der Bank keinen Tag frei nehmen; in Wahrheit freute sich Guidry darauf, einmal einen ganzen Tag für sich allein zu haben.

Sie saß im Babette's vor ihrer dritten Tasse Kaffee und blätterte durch alle Zeitungen. Ihr Ritual war, mit einem Lokalblatt anzufangen, dem *East Hampton Star*, dann der *Newsday*, für den Rest von Long Island, und dann zur *New York Times* überzugehen. Sie war erleichtert, dass keine der Zeitungen bisher herausgefunden hatte, was sie und die Feuerwehr bereits wusste: Der Großbrand der Vierzig-Millionen-Villa direkt am Meer, die einem A-Promi-Regisseur gehörte, war vorsätzlich gelegt worden. Der Regisseur hatte persönlich einen Typen für Special Effects angeheuert, damit es wie ein Elektrobrand aussah. Sofern es in ihrem Ermittlungsteam keine undichte Stelle gab, würde die Nachricht erst an die Öffentlichkeit gelangen, nachdem der Regisseur am späteren Abend mit einem Haftbefehl in Los Angeles aufgegriffen worden war.

»Noch mehr?«, fragte Ivy, die Kellnerin, und bot ihr einen weiteren Kaffee an. Guidry wusste, dass Ivy ursprünglich nur für die Saison angestellt worden war, weil sie einen eigenen Job brauchte, während ihr Freund vorübergehend für eine private Sicherheitsfirma in einem Partyclub in Montauk arbeitete. Nachdem die Polizei am Labour Day auf einen Notruf in ihrer Ferienwohnung reagiert hatte, erstattete sie zwar keine Anzeige, aber sie zog aus. Inzwischen hatte sie sich Guidry und unzähligen Anderen angeschlossen, die für einen jungen Sommer zum East End gekommen waren, um dort ein neues Leben zu beginnen.

»Besser nicht, sonst schaffe ich meinen Strandspaziergang nicht, ohne irgendwo aufs Klo gehen zu müssen.« Der Herbst war Guidrys liebste Jahreszeit. Die vielen Feriengäste waren wieder abgereist, die Blätter verfärbten sich, und die Wellen dröhnten. Amy hatte als Freundin viele gute Seiten, aber sie ging nie lange mit Cosmo spazieren. Guidry freute sich schon, ihren wunderschönen Boxer ohne Leine über den Maidstone Beach galoppieren zu sehen.

Während sie auf die Rechnung wartete, blätterte sie durch den Wirtschaftsteil der *New York Times*. »Gentry meldet FBI-Ermittlung.«

Irgendwas an dem Namen kam ihr bekannt vor. Es wurde als »führendes Aktien-Unternehmen in den Bereichen Energie, Gesundheitspflege und verarbeitende Industrie« beschrieben. Dann kam ein Zitat des Firmenanwaltes, Jake Summer, der New Yorker Rechtsanwaltskanzlei Rives & Braddock: »Die Gentry Group führt eine interne Ermittlung durch und arbeitet bereitwillig mit allen Ermittlungsbehörden zusammen.«

Die Gentry Group war die Firma, die Chloe Taylor immer

wieder erwähnt hatte, als sie herauszufinden versucht hatte, wo Adam Macintosh die letzten beiden Tage seines Lebens verbracht hatte. Guidry hatte sich die Mühe gemacht und hatte Uber kontaktiert, doch sie hatte nichts erfahren, was Chloe nicht schon wusste – dass er an der U-Bahn-Station Kew Gardens abgesetzt und wieder abgeholt worden war. Da bei den Ermittlungen alles auf seinen Sohn Ethan hindeutete, hatte sie die Nachforschungen fallengelassen.

Im Jahr zuvor hatte Guidry eine kleine Rolle bei der Aufklärung eines großen Post-Diebstahls gespielt, der sich von Queens bis Brooklyn und über Nassau und die Suffolk Countries hingezogen hatte. Die Angeklagten hatten mehrere Millionen Dollar in Schecks gewaschen und gefälscht. Als Guidry zum Regionalbüro des FBI fuhr, das die Ermittlungen leitete, hatte sie neben dem U-Bahn-Hof Kew Gardens geparkt.

Sie grübelte immer noch darüber, als sie schon in ihrem Honda saß und den Motor anwerfen wollte. Es ist nur ein Anruf, dachte sie. Was macht das schon?

Sie durchsuchte ihre alten E-Mails und versuchte, sich an den Namen des Agenten zu erinnern. Wie konnte sie den vergessen haben? Es war ein netter Kerl gewesen. Er sah auch süß aus und hatte sie gefragt, ob sie mit ihm essen gehe. Sie fühlte sich immer noch ein bisschen schlecht, dass sie ihm nicht den wahren Grund genannt hatte, warum sie seine Einladung abgelehnt hatte.

Damon Katz. Da war er. Sie tippte auf die Telefonnummer in seiner E-Mail-Signatur, um ihn anzurufen, und landete auf seiner Mailbox.

»Agent Katz, hier ist Detective Jennifer Guidry von der Suffolk Country Police. Wahrscheinlich erinnern Sie sich an mich von der Tobin- und DeLagio-Ermittlung vor ein paar Jahren. Vielleicht könnten Sie mir bei etwas helfen. Hatten Sie letztes Frühjahr zufällig Kontakt zu Adam Macintosh? Es hatte möglicherweise etwas mit einer Firma namens Gentry Group zu tun – ich frage mich, ob er an zwei bestimmten Tagen im Mai möglicherweise bei Ihnen im Büro gewesen ist. Rufen Sie mich doch bitte zurück, wenn es geht.«

Als sie kurz darauf in die Newtown Lane einbog, sagte sie sich bereits, dass er niemals zurückrufen würde. Sie wusste noch nicht einmal genau, warum sie so neugierig war. Ethan Macintosh war ihr Täter. Das hatte sie gleich gewusst, von Anfang an.

31

Ich schaute Ethan an, der im Zeugenstand saß, und konnte sehen, wie sehr er sich in den vergangenen sechs Monaten seit seiner Verhaftung verändert hatte. Sein Oberkörper und die Schultern waren breiter, die Stimme tiefer. Jetzt, wo sein Gesicht ausgeprägter war, erinnerten das Kinn und die Kieferpartie stark an Adam. Er war noch kein Erwachsener, aber nichts an ihm wirkte noch wie ein Junge.

Nicky und ich wussten, dass Olivia viele Stunden bei Ethan verbracht hatte und ihn auf seine Zeugenaussage vorbereitet hatte, doch wir hatten keine Ahnung, was er tatsächlich sagen würde. Wir wollten glauben, dass Olivia Ethan in den Zeugenstand gerufen hatte, weil seine Unschuld für die Geschworenen offensichtlich sein würde, wenn sie seine Seite der Geschichte erst einmal gehört hatten. Aber wahrscheinlicher war, dass sie glaubte, man würde ihn verurteilen, wenn sie es nicht probierte.

Nachdem Olivia ihm im Gerichtssaal eine Reihe von Fragen gestellt hatte, wo er geboren war, wann er nach New York gezogen war, wo er lebte, sowie nach weiteren Hintergrundinformationen, schwand Ethans Befangenheit zusehends. Nachdem er ausreichend entspannt zu sein schien, ging sie mit ihm den Verlauf der Mordnacht durch, was ihn betraf. In großen Teilen deckte sich seine Version mit der von Kevin Dunham.

Sie waren den ganzen Abend zusammen gewesen, bis auf ein Zeitfenster von einer Stunde. Der einzige Unterschied war der Grund für die Trennung. Kevin hatte ausgesagt, dass Ethan sich mit jemandem am Strand treffen wollte, um ihm Gras zu verkaufen, während Ethan behauptete, er habe gebeten, am Strand abgesetzt zu werden, während Kevin mit Drogen dealte.

Olivia präsentierte Ethan eine Liste der Gegenstände, die wir nach dem Mord an Adam als gestohlen gemeldet hatten, und zeigte ihm dann eine passende Liste der Gegenstände, die in der Stadt auf dem obersten Regal seines Schranks gefunden worden waren.

»Nun, sind die drei Gegenstände aus deinem Schrank dieselben, die im Haus als vermisst gemeldet worden waren?«

»Ja.«

»Und wie sind diese Gegenstände in deinen Schrank gekommen?«

»Ich habe sie dort hingelegt.«

»Erinnerst du dich noch daran, wann du sie dort hingelegt hast?«

»Ja. Es war Samstagabend.«

»Welcher Samstagabend genau?«, fragte sie.

»Der Abend, nach dem mein Dad ermordet worden war. Mom und ich sind an dem Nachmittag zurück in die Stadt gefahren.«

Olivia nannte das genaue Datum im Mai, das Ethan bestätigte.

»Warst du im Besitz dieser drei Gegenstände, als ihr an jenem Nachmittag East Hampton verlassen habt, um in die Stadt zu fahren?«, fragte Olivia.

»Nein.«

»Also, wo waren diese Gegenstände, bevor du sie ins oberste Fach deines Schranks gesteckt hast?«

»In meinem Zimmer.«

»In welchem Zimmer?«

»In meinem Zimmer in der Stadt.«

»Bitte erkläre uns, warum du diese Sachen in deinen Schrank gesteckt hast.«

»Mom war ins Bett gegangen, und ich wusste, dass ich bestimmt nicht einschlafen könnte. Ich habe immer gedacht: Er kommt nie mehr zurück, er kommt nie mehr zurück. Selbst jetzt ist es schwer zu glauben, aber diese erste Nacht war ... wirklich hart. Und ich habe mich in meinem Zimmer umgesehen und habe an all die Male gedacht, an denen ich nicht auf ihn gehört habe. Und ihn enttäuscht habe.« Sein Gesicht verzog sich, und ich konnte erkennen, dass er gegen Tränen ankämpfte. »Er hat mir immer gesagt, mein Zimmer sei ein Saustall ... wenn Schweine überteuerte Klamotten horten würden«, fügte er mit einem traurigen Lächeln hinzu. »Also habe ich angefangen, mein Zimmer aufzuräumen. Und ich habe die Sachen gefunden, die ich der Polizei als gestohlen gemeldet hatte.«

Olivia zeigte ihm ein Foto seines Zimmers, ein Ausdruck eines Standbildes, aus dem Video, als er sich mit seinem Vater gestritten hatte, das die Jury schon kannte. Dann präsentierte sie ein Foto, das die Polizei von seinem Zimmer gemacht hatte, während sie unsere Wohnung durchsucht hatte, an dem Tag, an dem Ethan verhaftet worden war. Es war zu sehen, dass das Zimmer auf dem zweiten Bild deutlich aufgeräumter war.

»Warum hast du die Sachen dann in deinen Schrank gesteckt, anstatt zum Beispiel deiner Stiefmutter zu erzählen, dass du sie gefunden hast?«

Ethan blickte zu Boden, er wirkte beschämt und sah dann wieder auf. »Ich habe mir gedacht, da sie sowieso schon als gestohlen gemeldet waren, könnte ich sie ebenso gut behalten. Das war dumm. Und falsch.«

»Und warum hast du das getan?«

»Ich hatte Angst. Ich hatte mitbekommen, wieviel mehr Geld wir in letzter Zeit hatten, und ich dachte, es wäre, weil Dad in dieser Kanzlei arbeitet. Ich hatte Angst, dass wir bankrott gehen würden, und dachte mir, eine Versicherung würde ein paar tausend Dollar schon nicht vermissen. Ich wollte die Sachen verkaufen, sollten wir je Geld brauchen.«

Es war eine plausible Erklärung. Die Geschworenen wussten jedoch nicht, was ich wusste. Ethan hatte mich am Samstagnachmittag gebeten, zu Kevin zu fahren, um seinen Rucksack zu holen, doch später am Abend war der Rucksack leer – abgesehen von dem Wegwerfhandy.

Ethan hatte auch eine Erklärung, warum er Adam heimlich in seinem Zimmer aufgezeichnet hatte. »Er war so enttäuscht von mir – und es hörte sich so an, als wäre ich ein echt schlechter Mensch. Ich meine, ich bin nicht perfekt. Ich hätte jeden Rat befolgen können, den er mir je gegeben hat, und wäre trotzdem nicht Klassenbester oder so perfekt wie er oder meine Mom.«

»Nur, um das für die Geschworenen klarzustellen: Damit meinst du deine Stiefmutter Chloe Taylor, richtig?«

Ethan nickte und sagte dann »Ja« für den Gerichtsschreiber. »Ja, aber ich nenne sie Mom. Ich meine, sie hat mich immer so genommen, wie ich bin, aber Dad war wirklich verärgert, dass ich nicht mehr so wie sie beide war. Bei ihm hörte es sich so an, als wäre ich kurz davor abzustürzen. Und, ja, er hat sogar davon geredet, mich auf die Militärschule zu schicken. Also habe ich ihn aufgenommen. Ich dachte, es wäre so etwas wie eine Intervention – wie dieses Mädchen, das bei Instagram dieses Video gepostet hat, wie ihr Vater den ganzen Abend betrunken ist. Doch ich wollte es nicht veröffentlichen. Ich wollte ihm zeigen, dass *er* derjenige war, der verrückt gespielt hat, wenn wir uns gestritten haben. Ich war normal. Ich *bin* normal. Und jetzt habe ich das Gefühl, dass mich sogar die Polizei so behandelt, als wäre ich ein furchtbarer Junge.«

Als er sich mit den Handflächen über das Gesicht rieb, sah er einen kurzen Augenblick wieder aus wie ein kleines Kind.

»Also hast du deinem Vater das Video gezeigt?«

Ethan schüttelte den Kopf.

»Du musst laut antworten«, erinnerte Olivia ihn.

»Nein. Ich fand es zu schlimm. Ich wollte seine Gefühle nicht verletzen.« Nun konnte Ethan die Tränen nicht zurückhalten. Er schniefte ein paar Mal und fuhr sich mit dem Ärmel seines Sakkos über die Augen, bevor er sich wieder fing.

»Es gibt noch eine Sache, über die ich mit dir reden muss, Ethan. Du hast gesagt, dass du deine Stiefmutter, Chloe Taylor, mit Mom ansprichst. Liebst du sie?«

»Ja.«

»Und bist du stolz auf sie?«

»Sehr. Ich meine, gucken Sie doch, was sie alles geschafft hat.«

»Hast du diese Posts über sie auf der Poppit-Seite geschrieben, unter dem Namen KurtLoMein?«

Er sah mich gequält an und sagte leise: »Ja.«

»Warum?«

»Ich weiß es ehrlich nicht. Es war nur … Alles veränderte sich. Sie hat immer schon hart gearbeitet, aber dann wurde sie irgendwie berühmt wegen ihrer Zeitschrift. Und dann, als es mit dem ThemToo-Zeug so richtig losging, war sie für die Leute wie eine Heldin. Sie war die ganze Zeit beschäftigt, selbst wenn sie zuhause war, sie hat in ihrem Arbeitszimmer gesessen und geschrieben oder hat sich ihre Socials angesehen. Ich glaube …«

»Du meinst die sozialen Medien?«, stellte Olivia klar.

»Ja. Wie Twitter, Facebook, Instagram. Dad hat immer gesagt, sie sei schlimmer als ein Teenager, und sie sagte, er würde den Druck nicht verstehen, unter dem sie stünde. Dass sie Fünfundzwanzigjährige hätte, die ihr auf den Fersen wären und ihr den Job abnehmen würden, sobald sie dem digitalen Trend hinterherhinken würde.« Die Augen einiger Geschworener bewegten sich in meine Richtung. Es war klar, dass kein Sechzehnjähriger einen solchen Satz formulieren würde, außer wenn er ihn von einem Erwachsenen gehört hatte. »Ich habe gehofft, darüber ihre Aufmerksamkeit zu bekommen, denn ich wusste ja, dass sie das las, was die Leute im Internet über sie schrieben.«

»Zum Schluss, Ethan: Bist du irgendwann, nachdem Kevin dich am Freitagabend abgeholt hat und bevor du mit deiner Mutter am Samstagmorgen zurückgekehrt bist, zu eurem Haus gegangen?«

»Nein.«

»Hast du deinen Vater, Adam Macintosh, umgebracht?«

»Nein, das habe ich nicht. Das schwöre ich.«

»Ich habe keine weiteren Fragen, Euer Ehren.«

Falls Ethans Kreuzverhör ihm irgendwelche Sympathien bei den Geschworenen eingebracht hatte, so traf das bei Staatsanwalt Nunzio keineswegs zu. Er stand nur einen halben Meter vor dem Zeugenstuhl, seine Stimme verriet Skepsis und Empörung. Er hatte sich absichtlich so hingestellt, dass er Ethan den Blick auf Olivia und daher auch Nicky und mich versperrte, die hinter ihr saßen.

Er durchlöcherte jeden Aspekt von Ethans Aussage. Was den Verlauf des Abends anging, trieb er Ethan durch die eine Stunde, die er allein am Strand war, und ließ es so klingen, als sei es einem Jugendlichen unmöglich, eine Stunde allein zu verbringen, ohne eine einzige SMS oder einen Social-Media-Post zu verschicken. Beim Marihuana stellte er Ethan eine Frage nach der anderen zu den Kosten von dessen diversen Besitztümern und behauptete, dass er und nicht Kevin derjenige gewesen sein musste, der das Gras verkauft hatte. Bezüglich der Gegenstände im obersten Fach seines Schranks machte er sich über die Vorstellung lustig, dass ein Jugendlicher von Ethans Schlag glauben würde, ein paar gebrauchte Luxusartikel könnten für ein Haushaltsbudget etwas Substantielles beitragen.

Die gesamte Zeit über legte Olivia immer wieder Einspruch ein – Hörensagen, Relevanz, zu vage, Spekulation –, so dass Nunzio ihr schließlich vorwarf, sie versuche ständig, ihn beim Kreuzverhör aus dem Rhythmus zu bringen.

»Ich würde über die Motive der Verteidigung nicht spekulieren«, sagte Richterin Rivera, »Aber ich teile sein Anliegen, Ms. Randall. Sie wissen, wie eine Verhandlung abläuft. Der Staatsanwalt ist an der Reihe, Fragen zu stellen.«

Je mehr Nunzio in Schwung kam, desto aggressiver wurde er. »Ist es nicht so, dass du diese Dinge genommen hast, um einen Einbruch vorzutäuschen, nachdem du deinen Vater umgebracht hattest, damit er dich nicht auf die Militärschule schickt?«

»Nein, das stimmt nicht!«

»Ist das nicht der Grund, warum du solche hasserfüllten Dinge über deine Stiefmutter gepostet hast? Die Frau, die dich immer verhätschelt hat, sich für dich entschuldigt hat und Ausreden für dich erfunden hat, hatte plötzlich keine Zeit mehr, um dir den Rücken freizuhalten.«

Ethan schüttelte immer wieder den Kopf, während Olivia Einspruch erhob, dass Nunzio den Zeugen bedränge. Stopp, dachte ich. Bitte, jemand muss diesen Ankläger stoppen.

Nunzio begann, aus den Poppit-Posts vorzulesen. »Sie ist *schwach*, hast du geschrieben. *Eine Heuchlerin. Ein Feigling. Interessiert sich mehr für ihr Bilderbuch-Image als für die Wirklichkeit.* Du hast diese Sachen gesagt, weil Chloe Taylor dich nicht länger vor der Disziplin deines Vaters beschützt hat, also hast du die Sache selbst in die Hand genommen.«

»Euer Ehren, Mr. Nunzio *misshandelt* diesen Zeugen.«

Während die Richterin im Begriff war, den Einspruch abzuweisen, schlug Ethan seine Hände auf das Geländer vor sich. »Sie verdrehen das alles. Ich habe nur versucht, ihre Aufmerksamkeit auf mich zu ziehen. Das Einzige, was ich meinte, war, dass sie sich mehr Sorgen darüber machte, was andere Leute von ihr dachten als über das, was in unserem eigenen Haus vor sich ging!«

»Was in eurem Hause vor sich ging, war doch, dass dein Vater es schließlich satthatte, dir zu erlauben, deine eigenen Regeln zu setzen, nicht wahr?«

»Nein.«

»Und als du nicht länger ständig deinen Willen durchsetzen konntest, hast du ihn umgebracht, nicht wahr?«

»Nein!«

»Hast du deshalb eine Waffe in deinem Rucksack gehabt? Hattest du geplant, ihn zu erschießen?«

Olivia, die Richterin und Ethan sprachen gleichzeitig. »Entbehrt jeder Grundlage, Euer Ehren.« »Abgewiesen.« »Was, machen Sie Witze?«

»Hat dein Vater die Waffe deswegen beseitigt? Um sich vor dir zu schützen?«

»Himmel, nein! Er hat meiner Mutter die Scheiße aus dem Leib geprügelt, okay? Und sie hat es zugelassen, und deshalb habe ich ihn aufgezeichnet.«

Ich hörte hinter mir jemanden aufstöhnen, als Nicky mir die Hand auf mein Knie legte und es drückte.

»Euer Ehren…«

Die Richterin hob die Hand und warf Olivia einen strengen Blick zu, der sie wieder zurück auf ihren Platz schickte.

»Hast du deswegen deinen Vater erstochen?«, wollte Nunzio wissen. »Um deine Stiefmutter zu beschützen, weil sie misshandelt hat?«

Ethan lehnte sich im Stuhl zurück und schaute hinunter auf seinen Schoß. »Nein«, murmelte er. »Ich schwöre, ich habe es nicht getan, aber vielleicht hätte ich es tun sollen.«

Olivia bat um eine Pause, doch die Richterin wies sie an, ihre Fragen zu stellen. Die Anwältin erhob sich, als wäre sie auf diesen Moment komplett vorbereitet.

»Ethan, ich weiß, dass die Staatsanwaltschaft es wie eine große dramatische Entdeckung aussehen lassen will…«

Nunzio war noch nicht von seinem Stuhl aufgestanden, als die Richterin Olivia schon ermahnte, unnötige Kommentare zu unterlassen.

»Nun gut. Doch nur, damit wir uns einig sind: Als du am Morgen, nachdem dein Vater gestorben war, mit Detective Guidry gesprochen hast, hat sie dich da *gefragt*, ob es Unstimmigkeiten zwischen deinem Vater und deiner Stiefmutter gegeben hätte?«

»Nein.« Ethan war immer noch aufgewühlt, aber seine Stimme war ruhig und ausgeglichen.

»Hat sie dich gefragt, ob dein Vater gewalttätig gegenüber deiner Stiefmutter war?«

»Nein.«

»Genau genommen wolltest du nicht, dass jemand von diesen Gewalttätigkeiten erfährt. Stimmt das?«

Er nickte und fügte dann für das Protokoll ein »Ja« hinzu.

»In Ordnung. Aber nun, da es heraus ist, hast du deinen Vater dabei gesehen, dass er gegenüber deiner Stiefmutter Gewalt anwendete?« Dafür, dass Olivia so tat, als wäre das alles für sie ein alter Hut – und lediglich ein kleines Ablenkungsmanöver der Anklage –, verdiente sie einen Academy Award, denn ich war absolut sicher, dass sie das erste Mal davon hörte.

»Nein, ich habe nicht wirklich gesehen, wie es passiert ist. Aber ich konnte es hören. Sie denken, wenn ich in meinem Zimmer bin, höre ich nur laute Musik und es sei so, als wäre ich nicht da. Aber ich habe schon gemerkt, wenn sie Stress hatten. Ich habe zugehört, wenn sie sich gestritten haben. Ich hatte Angst, sie würden sich scheiden lassen, denn Chloe ist im Grunde meine Mom, und ich wusste nicht, was passieren würde, wenn sie sich trennen würden. Und einige der Streitigkeiten waren … schlimm, richtig schlimm, so dass ich dumpfe Schläge wahrnehmen konnte. Und dann, ein paar Mal, war es klar, dass er ihr wehtat.«

Ich merkte, wie ich mir so fest auf die Unterlippe gebissen hatte, dass es blutete. Der metallische Geschmack war derselbe wie das eine Mal, als Adam mir mit der geschlossenen Faust ins Gesicht geschlagen hatte. Als andere Leute den Bluterguss auf meiner Wange und den Riss in der Lippe sahen, erzählte ich ihnen: »Kannst du dir vorstellen, dass ich tatsächlich vor eine Wand gelaufen bin? Adam sagt, ich bräuchte eine bessere Ausrede, sonst kommt noch die Polizei und holt ihn.« Da hatten alle gelacht.

»Woher wusstest du, dass er Chloe wehtat, Ethan?«

»Weil sie geschrien hat: ›Adam, du tust mir weh.‹ Doch wenn er wütend wurde, konnte man ihn nicht mehr stoppen. Darum habe ich ihn gefilmt. Ich hatte keinen Weg gefunden, aufzunehmen, wie er ihr wehtut, also habe ich beschlossen, zu zeigen, wie er mich anschreit, damit er zumindest sieht, wie sehr er durchdreht, wenn er wütend wird.«

»Um das klarzustellen: Hat dein Vater dich je geschlagen?«

»Nein.«

»Und hat irgendwas hiervon in irgendeiner Weise mit dem Mord an deinem Vater zu tun?«

»Nein, weil ich es nicht getan habe.«

»Und warum hast du nicht schon früher irgendwem davon erzählt, dass dein Vater gegenüber deiner Stiefmutter gewalttätig war?«

»Weil sie ganz offensichtlich nicht wollte, dass es jemand erfuhr, denn sonst hätte sie ja etwas dagegen getan.«

Genau wie KurtLoMein geschrieben hatte. Ich war schwach. Ein Feigling. Eine Heuchlerin. Ich war genau wie meine Mutter.

32

»Ich muss mit Ethan sprechen. Es muss doch einen Weg geben.«

Olivia und Nicky hatten es geschafft, mich aus dem Gerichtsgebäude zu schaffen, nachdem ich mich geweigert hatte, es zu verlassen, bis Richterin Rivera mir gestattete, Ethan zu sehen. Da ich in dem Fall eine Zeugin war, war mir solange verboten, mit ihm zu sprechen, bis der Prozess beendet war, doch er musste wissen, dass ich das alles nicht hätte zulassen dürfen. Ich hätte ihn besser beschützen sollen. Nun tigerte ich in Olivias Hotelsuite auf und ab wie ein gefangenes Tier und stellte mir vor, mit wieviel Angst und Schuldgefühlen Ethan kämpfte.

»Chloe! Sie müssen mir zuhören!«

»Wollen Sie, dass ich ihr eine Ohrfeige gebe?«, fragte Nicky vom Sofa aus. »Das wollte ich schon immer.«

Ich blieb stehen und starrte sie an. »Ernsthaft, Nicky? Nur du kommst auf die Idee, nach dem was gerade im Gerichtssaal passiert ist, einen solchen Witz zu reißen.«

»Hat doch funktioniert, oder? Olivia versucht, dir etwas zu erklären.«

»Es wäre Amtsmissbrauch, wenn ich mitten in einer Verhandlung meinen Mandanten mit einer Zeugin sprechen ließe, besonders nach einem Moment wie diesem. Aber ich kenne Sie, Chloe, okay? Nach sechs Monaten denke ich, dass ich Sie kenne. Ich werde mit Ethan reden. Und ich werde ihn wissen lassen, was Sie ihm mitteilen möchten, ohne dass es eine Absprache unter Zeugen ist. Verstehen Sie?«

Ich nickte, holte tief Luft und versuchte, meinen Puls zu beruhigen.

»Also, können wir jetzt bitte über diese Zeugenaussage sprechen? Nicky, vielleicht könnten Sie im Raum nebenan ...«

»Nein, ist schon gut. Ich möchte, dass sie bleibt.« Ich setzte mich neben meine Schwester auf das Sofa. »Ich hätte es dir gestern Abend beinahe erzählt, als du über Adam geredet hast. Es war ... genauso, wie es im letzten Jahr zwischen uns gewesen ist. Es hat genauso angefangen, wie du gesagt hast – er hat mich am Arm gepackt, als ich ihn während einer seiner Tiraden einfach stehengelassen habe. Ich habe ihm gesagt, sollte er mich je wieder anfassen, wenn er wütend ist, dann wär's das. Doch dann ließ ich es wieder zu. Er hat mich gestoßen, aber ich habe mir am nächsten Morgen gesagt, dass er betrunken war und ich ihn wegen irgendetwas angebrüllt hatte, an das ich mich nicht mehr genau erinnern konnte. Doch die Grenze war überschritten.«

Adams Job als Staatsanwalt hatte nicht nur seiner Identität gedient, einer der Guten zu sein – es hatte ihm auch ein Gefühl von Macht gegeben. Nachdem die Macht fort war, begab er sich unter seinem eigenen Dach auf die Suche nach dieser Art Kontrolle, doch nichts stellte ihn länger zufrieden.

»Es wurde schlimmer«, sagte ich, »aber ich habe einfach nur die Schmerzgrenze verschoben. Ich wollte gehen, doch ich konnte nicht. Und es hatte nichts damit zu tun, warum andere Frauen sagen, dass sie nicht gehen können. Ich konnte wirklich nicht gehen.«

Nicky verdrehte die Augen.

»Was war das?«

»Nichts.«

»Du hast die Augen verdreht.«

Olivia unterbrach mich. »Sie beide. Vielleicht…«

»Erkennst du es denn nicht, Chloe?« Nicky stand auf, ging zum Konferenztisch und schuf so eine Distanz zwischen uns. »Du bist *genau* wie jede andere Frau, die nicht gegangen ist. Mom. Ich. Du. Alles das Gleiche.«

»Blödsinn. Ich konnte nicht gehen, weil ich keinerlei Rechte an Ethan hatte. Wie oft hat man mich während dieser Verhandlung daran erinnert, dass ich *nur* die Stiefmutter bin? Ich bin diejenige, die er Mom nennt. Ich bin diejenige, die ihn großgezogen hat. Aber ich konnte ihn nie adoptieren, also konnte ich nicht gehen.«

»Also ist das alles *meine* Schuld?«

»Nein, das habe ich nicht gesagt.«

»Aber das ist das, was du gedacht hast. Himmel, Chloe, warum hast du mir nichts davon erzählt? Ich hätte für dich da sein können. Wir hätten einander helfen können.«

»Weil es, verdammt, niemanden etwas anging, okay?«

Nickys Augen weiteten sich, und sie schnaufte kurz. Olivia stand verlegen zwischen uns. Jetzt war ich die Verrückte im Raum. Was noch ein weiterer Grund war, warum ich nicht gewollt hatte, dass irgendwer etwas erfuhr.

»Gut, ich bin eine Heuchlerin, wie Ethan schon gesagt hat. Aber wie hätte das bei Chloe Taylor ausgesehen, einer der Anführerinnen der Bewegung, wenn sie sich alle paar Wochen von ihrem Ehemann schlagen lässt? Und in der Zwischenzeit habe ich mir eingeredet, es sei nur eine Phase. Ich habe mich gegen die Vorstellung gewehrt, dass er tatsächlich ein schlechter Mensch sein könnte. Es war einfacher, zu denken, es sei nur vorübergehend. Situationsabhängig. Und ich fühlte mich verantwortlich, weil ich ihm das Gefühl vermittelt hatte, kein richtiger Mann mehr zu sein. Ich habe mich so geschämt, aber habe mir gesagt, ich hielte an meiner Würde fest, indem ich… na, du weißt schon.«

Ich sah keinen Grund, Olivia etwas über meine Affäre mit Jake zu erzählen.

Olivia räusperte sich. »Sie haben sich anscheinend viel zu erzählen, aber ich denke, wir sollten uns vorerst auf Ethan konzentrieren.«

»Was, wenn er es getan hat, um mich zu beschützen?«, rief ich aus. »Ist es zu spät, zu behaupten, es sei Selbstverteidigung gewesen, nicht wahr?«

»Nun, wenn er es getan hätte, um Sie zu schützen, wäre es Verteidigung einer dritten Person, und das träfe nur dann zu, wenn er diese Person während eines stattfindenden Angriffs verteidigt hätte. Und wenn er versuchen würde, zu behaupten, dass er sich selbst verteidigen wollte, würde ihm niemand glauben. Nicht nach allem, was gewesen ist.«

»Was ist mit vorübergehender Unzurechnungsfähigkeit oder emotionaler Belastung?« Es war, als würden mir zufällige Worte, die ich in Kriminalromanen gelesen hatte, aus dem Mund fallen. »Was, wenn Ethan tatsächlich zurück zum Haus gegangen ist, nachdem Kevin ihn am Strand abgesetzt hat? Vielleicht haben sie sich gestritten, und er war bekifft.« Es war das erste Mal, dass ich diese Möglichkeit laut aussprach.

»Es gibt etwas, das sich ›extreme emotionale Bedrängnis‹ nennt, wodurch es Totschlag wäre und kein Mord. Ich kann die

Jury ganz am Ende, in meinem Schlussplädoyer darum bitten, aber noch bin ich nicht dazu bereit«, erklärte Olivia.

Nicky kam zurück zum Sofa, setzte sich neben mich und nahm meine Hand. »Erinnerst du dich noch an den Abend, als Mom und Dad nach Niagara on the Lake gefahren sind und wir in meinem Zimmer eine Pyjamaparty gefeiert haben und bis drei Uhr morgens aufgeblieben sind?«

Das war zu der Zeit, als das große Zimmer noch ihr gehörte. Ich war ungefähr zehn Jahre alt, und sie war sechzehn, gerade alt genug, dass man ihr die kleine Schwester für ein Wochenende anvertraute. Wir kauften gefrorene Pizza und Chips und aßen Eis, bis wir Bauchweh bekamen. Hinterher kauten wir Lakritz und spielten Parcheesi und Sorry!, bis mich schließlich die Müdigkeit übermannte.

»Du hättest mich am liebsten umgebracht, als ich nach dem Aufwachen mit meinem Versuch, Pfannkuchen zu backen, den Feuermelder in Gang gesetzt habe.«

»Weißt du denn überhaupt noch, warum Dad mit Mom ein Wochenende verreist ist?«

Ich schüttelte den Kopf.

»Es war eine Art Wiedergutmachung. Er war wieder rückfällig geworden. Ich habe Mom geholfen, das blaue Auge mit Abdeckstift zu kaschieren, bevor sie ins Auto stieg.«

»Ich habe geweint, denn ich dachte, sie würden uns verlassen, weil es unsere Schuld wäre, dass sie sich gestritten hatten. Und da hast du mich dann mit zu Kroger's genommen, um so viel Junk-Food zu kaufen, wie wir Lust hatten.« Nicky hatte das Geld aus ihrem Schmuckkästchen benutzt, das sie für ihr Abschlussball-Kleid gespart hatte.

»Und während wir im Schneidersitz auf dem Boden meines

Zimmers saßen, sagtest du: ›Nicky, ich wünschte, wir wären Waisen.‹ Und ich sagte, wir wären wie Oliver Twist, aber mit soviel Junk-Food, wie wir essen könnten.«

»Ich war zehn.«

»Ja, aber ich war sechzehn, und ich weiß noch, wie ich dachte: Jepp, für mich wäre das total in Ordnung, wenn Mom und Dad ... Peng. Aber ich meinte es nicht wirklich. Ethan hatte offensichtlich Probleme mit Adam. Du jedoch auch, oder? Aber du hast ihn nicht umgebracht und Ethan auch nicht. Olivia hat recht. Gib nicht auf.«

Ich blickte ihr in die Augen und wusste, dass sie es so meinte, sah die Intensität, mit der sie an Ethan glaubte. Sie war absolut sicher, dass er unschuldig war, und ich war diejenige, die an ihm zweifelte. Vielleicht stimmte es, dass die Biologie sie in einer nicht nachvollziehbaren Weise an ihn band.

Hinter der gerunzelten Stirn schien sich in Olivias Kopf eine Idee zu entwickeln. »Chloe, Sie haben vorhin gesagt, Sie hätten an Ihrer Würde festgehalten, indem Sie ... Worüber haben Sie da gesprochen?«

Ich seufzte. »Da war nichts.«

»Ach, mein Gott«, sagte Nicky. »Nun erzähl es ihr schon.«

»Lassen Sie es mich so ausdrücken«, sagte Olivia. »Ich hoffe, dass es in Ermangelung von Zeugen und Beweisen und in Ermangelung eines Geständnisses offensichtlich ist, dass es begründete Zweifel an Ethans Schuld gibt. Doch wir haben einige Rückschläge erlitten. Erinnern Sie sich an das Versprechen, das ich Ihnen nach dem ersten Verhandlungstag gegeben habe?«

Ich nickte. Olivia hatte uns gesagt, sie würde uns darüber informieren, wenn sie dächte, dass wir verlieren würden.

»Okay. Genau da stehen wir jetzt. Verstehen Sie, was ich sage?« Ich spürte, wie sich meine Kehle zusammenzog und mir die Tränen kamen. Ich hörte, wie Nicky scharf einatmete.

»Begründete Zweifel könnten an diesem Punkt nicht ausreichen. Es würde helfen, wenn wir den Geschworenen eine alternative Erklärung gäben, eine andere Geschichte, die sie glauben könnten. Ganz ehrlich, wenn Sie kein hieb- und stichfestes Alibi gehabt hätten, hätte ich vorgebracht, dass Sie zumindest ein ebenso starkes Motiv gehabt hätten, Adam umzubringen, wie Ethan.«

»Na großartig!«, entgegnete ich trocken.

»Ethan hat sehr gut erklärt, wie er diese Sachen in seinem Zimmer in der Stadt gefunden hat. Ich denke, die Jury wird mir bei meinem Schlussplädoyer da folgen. Doch wir haben immer noch das Problem des zerbrochenen Glases auf der falschen Seite und die Alarmanlage, die vor dem Mord abgeschaltet wurde. Wenn es nicht Ethan war – und wir glauben doch nicht, dass es Ethan war, richtig?«

»Natürlich nicht«, sagte ich und versuchte, zuversichtlich zu klingen.

»Okay, dann ist doch die vernünftigste Erklärung, dass Adam ins Bett gegangen ist und dann wieder aufstand, weil er unerwartet Besuch bekam, unter Umständen von jemandem, den er kannte. Es fand ein Kampf statt. Dann, hinterher, hat die Person den Tatort inszeniert. Aber wer ist diese Person?«

Schließlich sah ich den Weg vor mir, auf den sie mich leitete. »Sein Name lautet Jake Summer.«

»Aus Adams Kanzlei?«, sagte sie. »Derjenige, der in dem Artikel zitiert wird, den Sie mir gegeben haben, über die Probleme der Gentry Group?«

Ich nickte.

»Wie lange treffen Sie sich schon?«

Ich schloss die Augen und versuchte mich zu erinnern, wann unsere Affäre begonnen hatte. Als wir näher beieinanderstanden als nötig, als er mir half, auf unserer Memorial Day Krocket-Party weitere Limonen für die Margarithas auszupressen. Eine flüchtige Berührung in der Loge der Kanzlei, bei einem Yankee-Spiel. Dann eine Einladung zum Essen, als er sich gerade in seinem Haus aufhielt, während ich mich eine Woche allein zurückgezogen hatte, um zu schreiben.

»Direkt nach Labor Day letztes Jahr.«

»Also ungefähr acht Monate, bevor Adam ermordet wurde?«

»Ja, aber Jake hat ihn nicht...«

Nicky war schon anderer Meinung, noch bevor ich den Gedanken beendet hatte. »Darum geht es hier nicht, Chloe. Man wird ihn nicht verhaften. Olivia braucht ihn nur, um etwas zu haben, was sie der Jury vorwerfen kann, um Verwirrung zu stiften. Wenn sie am Ende des Tages nicht wissen, wer es getan hat, müssen sie Ethan freisprechen. Und du hast Olivia gerade gehört. Sie hat ihr Versprechen gehalten. Wir werden Ethan für immer verlieren, wenn wir jetzt nichts tun.«

»Ich weiß nicht, ob ich es Verwirrung stiften nennen würde«, sagte Olivia, »aber es geht in jedem Falle darum, Zweifel zu säen.«

Ich sah zur Decke hinauf und hoffte, dass eine brillante Lösung vom Himmel fallen würde.

»Ich will ehrlich sein, Chloe.« Olivia war aufgestanden. »Ich habe über mehr als zweihundert Kapitalverbrechen verhandelt, einschließlich dreizehn Morde. In diesem Augenblick glaube ich, dass man Ethan verurteilen wird, wenn wir nicht mit einer alternativen Theorie kommen. Ich kann auf ›extreme emotionale Bedrängnis‹ plädieren, aber das bedeutet immer noch Totschlag. Er bekommt mindestens drei Jahre; es werden jedoch eher zehn. Oder ich rufe Nunzio an und verhandle mit ihm über eine Schulderklärung des Angeklagten. Oder wir unterhalten uns noch etwas über Jake Summer.«

Ich wischte mir mit den Händen über das Gesicht. Ich hatte keine andere Wahl. »Ist es zu spät dafür, dass Nicky den Kopf hinhält?«

Nicky legte die Hände aufs Herz. »Hey, ich bin die ganze Zeit schon bereit dafür.«

»Das funktioniert nicht«, sagte Olivia und deutete in Nickys Richtung. »Also, lassen Sie uns über Jake reden.«

Also erzählte ich ihr alles, was ich über den Mann wusste, von dem ich gehofft hatte, er wäre meine Zukunft.

Wir waren auf halbem Weg nach East Hampton, als Jake mich auf dem Handy anrief. Ich blickte zu Nicky hinüber und wappnete mich, bevor ich den Anruf annahm.

»Hey.«

»Ich habe neben dem Telefon gesessen und wusste nicht, ob ich anrufen sollte.«

»War ein langer Tag.«

»Chloe, ich habe den Bericht über die Verhandlung gelesen. Stimmt das? Was Ethan da gesagt hat?«

»Ich muss noch einmal in den Zeugenstand. Meine Anwältin hat gesagt, ich darf mit niemandem darüber reden. Es tut mir leid. Darum habe ich mich nicht bei dir gemeldet.«

»Bist du zuhause? Kann ich dich zumindest sehen, damit ich weiß, dass mit dir alles in Ordnung ist?«

»Du bist in der Stadt.«

»Nun, ich bin gleich nicht mehr in der Stadt. Olivia Randall hat mich angerufen. Das weißt du vermutlich.«

Ich schluckte und hasste, dass ich ihm das antat. Ich hatte ihn noch nie angelogen. In dieser ganzen Zeit, selbst als Adam noch lebte, war ich Jake gegenüber kein einziges Mal unehrlich gewesen. »Sie hat mich um Namen von Leuten gebeten, die bezeugen können, wie liebevoll Ethan und Adam miteinander umgehen konnten. Du hast so viel Zeit bei uns verbracht...«

»Na klar, ich helfe gern. Sie sagte, sie wolle mich morgen am Gerichtsgebäude treffen, aber ich kann heute Abend schon auf die Hamptons kommen und dort übernachten.«

Olivia hatte Nunzio angerufen, während wir noch im Hotel gewesen waren. Um eine Auseinandersetzung mit ihr über ein paar Verletzungen bei der Vorlage von Beweismitteln zu vermeiden, willigte er ein, dass Olivia Jake als Leumundszeugen aufrief.

»Das ist keine gute Idee, Jake. Wenn die Anklage herausfindet, dass ich mich mit einem Zeugen getroffen habe, kurz bevor du aussagst... Wir sollten noch nicht einmal telefonieren.«

»Ja, du hast recht. Aber das wird alles bald vorbei sein, Chloe. Es wird in Ordnung kommen. Gib nicht auf.«

»Ja.«

»Ich liebe dich.«

»Ich dich auch.«

Als ich auflegte, drehte Nicky ihren Sender mit Liedern der achtziger Jahre auf, so dass wir beide auf dem gesamten Weg nach Hause so tun konnten, als würde sie mich nicht weinen hören.

33

Ich war einundvierzig Jahre alt und hatte es geschafft, auch nur den kleinsten Zwischenfall einer öffentlichen Demütigung zu vermeiden.

Jetzt stand ich unter Eid, vor einem rappelvollen Gerichtssaal, und war kurz davor, über die dunkelsten Momente meiner Ehe auszusagen.

Ich hatte den Fehler begangen, am Abend zuvor, vor dem Zubettgehen in den sozialen Medien zu lesen. Die Trolle hatten mit den beiden Paukenschlägen, dass mein Mann mich körperlich misshandelt hatte und mein Sohn einer meiner aktivsten Kritiker im Internet war, ein Heimspiel.

Also schmäht Chloe Tylor Männer dafür, dass sie Ladies sagen, wie nett sie bei der Arbeit aussehen, aber sie hat kein Problem mit Kerlen, die ihre Frauen verprügeln. Was für eine Schlampe.

Stellt euch mal vor, was für eine Fotze du sein musst, damit dein eigener Sohn sich so über dich auslässt.

Warum hat sie selbst noch niemanden umgebracht?

Schlimmster Mensch der Welt.

Olivia begann damit, festzustellen, dass ich vorher schon im Gerichtssaal gewesen sei und beides gesehen habe, Ethans Aussage und das Video, das er von dem Streit mit Adam gemacht hatte.

»Also haben Sie gehört, dass Ethan ausgesagt hat, dass Adam Ihnen – Zitat – ›die Scheiße aus dem Leib geprügelt hat‹?«

»Ja.«

»Lag er falsch?«

»Nun, ich würde es nicht notwendigerweise so ausdrücken.« Es gab ein paar nervöse Lacher. »Aber ja, er hatte recht damit, dass wir in letzter Zeit Probleme hatten. Und wir haben uns heftig gestritten – ungefähr so, wie Adam in dem Video auftrat, aber nicht in Ethans Anwesenheit. Und es kam dabei auch zu körperlicher Gewalt.«

Olivia hatte mich darauf vorbereitet. Sie hatte mich gestern in ihrer Suite dazu gezwungen, die brutalen und schonungslosen Sätze zu üben, wieder und wieder. Doch jetzt, während ich dort saß, brachte ich sie nicht über die Lippen. Ich blickte Ethan an. Er hatte mich schwach genannt, einen Feigling, eine Heuchlerin, die sich mehr darum kümmerte, was andere Menschen von ihr dachten, als um die Wirklichkeit. Ich musste jetzt anders sein, für ihn.

»Ethan hat die Wahrheit gesagt, von der ich wollte, dass sie nie einer erfährt: Mein Mann, Adam, hat mich geschlagen.«

»Und warum wollten Sie nicht, dass es jemand erfährt?«, fragte Olivia.

Nunzio erhob Einspruch, die Frage sei irrelevant.

»Euer Ehren, die Staatsanwaltschaft hat versucht, es so klingen zu lassen, als hätte Ethan gestern im Gerichtssaal gewissermaßen eine Atombombe fallengelassen, als er diesen Jungen schließlich bedrängte, das dunkelste und beschämendste Geheimnis der Familie preiszugeben. Die Geschworenen haben das Recht, etwas über seinen seelischen Zustand zu erfahren.«

Richterin Rivera gab ihr recht.

»Es war mir peinlich, und ich habe mir die Schuld gegeben. Wahrscheinlich war es auch Selbstverleugnung, in der Hoffnung, es sei nur vorübergehend. Mein Mann ist betrunken, er ist gestresst, es wird nicht wieder passieren. Ich habe ihn so sehr geliebt. Entgegen allen Tabus – er war der Ex meiner Schwester, Himmelherrgott, der Vater meines Neffen. Wir hatten eine Beziehung, und dann habe ich ihn geheiratet, weil ich wirklich geglaubt habe, wir seien Seelenverwandte. Mir war absolut nicht bewusst, dass Ethan von den Misshandlungen etwas mitbekommen hatte, sonst hätte ich sicher anders gehandelt. Aber jetzt verstehe ich, warum er die Kommentare im Internet geschrieben hat. Genau wie er sagte, hat er versucht, meine Aufmerksamkeit zu gewinnen. Um mich aufzuwecken, damit ich die Situation von außen betrachte, selbst wenn er damit meine Scham als die seines eigenen Selbst verinnerlicht hat.«

Der Staatsanwalt erhob sich wieder. »Sie kann die Gedanken des Angeklagten nicht lesen, Euer Ehren.«

»Ich lasse es zu.«

»Mr. Nunzio hat nun behauptet, Ethan hätte ein Motiv gehabt, Adam zu töten, weil er das strengere Elternteil war, während Sie häufiger Milde walten ließen. Um das klarzustellen: Haben Sie Ethan adoptiert?«

»Nein.«

»Wer sind rein rechtlich seine Eltern?«

»Nun, das waren Adam und meine Schwester, Nicole, wobei Adam das alleinige Sorgerecht hatte, seit sie sich vor fast vierzehn Jahren hatten scheiden lassen.«

»Wie lautet Ihr Verständnis, wer jetzt, nach Adams Tod, das Sorgerecht für Ethan hat?«

»Adam wird angeordnet haben, dass Ethan bei mir bleibt, doch er hat diese Klausel in sein Testament genommen, weil seine leibliche Mutter, aus rechtlichen Gründen, vermutlich das alleinige Sorgerecht erhält.«

»Um genau zu sein: Wenn der Staat während dieses Prozesses juristische Mitteilungen an das Elternteil meines Mandanten geschickt hat, wurden diese Dokumente an Ihre Schwester Nicole geschickt, richtig?«

»Ja.«

»Und die Jugendstrafanstalt, wo Ethan während des Verfahrens in Untersuchungshaft sitzt, gestattet Ihnen nicht, ihn nach dem elterlichen Terminplan zu besuchen, sondern stuft Sie als Tante ein, richtig?«

»Ja.«

»Wie viele Male, würden Sie sagen, hat Adam Macintosh Sie misshandelt?«

Von Nunzio kam ein weiterer Einspruch. »Euer Ehren, das Opfer steht hier nicht vor Gericht.«

Richterin Rivera tippte mit einem Stift auf ihren Notizblock. »Ich bin geneigt, dem zuzustimmen. Die schlechten Taten des Opfers sind nicht relevant, außer, sie waren dem Angeklagten bekannt, und der hat sein Wissen gestern in seiner Zeugenaussage umfassend geschildert.«

»Euer Ehren, die Verteidigung führt diese Beweise aus einem anderen Grund an. Ich verspreche, es kurz zu machen.«

»Ein paar Fragen, Ms. Randall, aber bitte schnell.«

Ich versuchte zusammenzuzählen, wie oft Adam mir wehgetan hatte. »Ich habe kein Tagebuch geschrieben. Ich vermute, mehr als acht Mal, weniger als zwölf. Vielleicht zehn Mal.«

»Hat Ihr Mann Sie je fest gepackt?«

»Ja.«

»Sie gestoßen?«

»Ja.«

»Sie geschlagen?«

»Ja.«

»Mit geschlossener Faust geschlagen?«

»Ja.«

»Sie gewürgt?«

»Ja.«

»Hat er bei Ihnen Blutergüsse hinterlassen?«

»Ja.«

»Haben Sie mal geblutet?«

»Ja. Einmal, eine geplatzte Lippe. Danach hat er mich jedoch nicht mehr ins Gesicht geschlagen.«

Wieder sprang Nunzio auf. »Euer Ehren, das hier zielt klar darauf ab ...«

»Mr. Nunzio«, sagte die Richterin, »darf ich Sie bitte daran erinnern, dass Sie derjenige waren, der dieses Thema im Kreuzverhör des Angeklagten zur Sprache gebracht hat? Sie können sich nicht herauspicken, welcher Teil des Themas Ihnen gefällt und welcher nicht.«

Ein winziger Funken Schadenfreude durchfuhr mich, als Nunzio auf seinen Stuhl zurückglitt.

»Haben Sie sich in irgendeiner Weise gegen Ihren Mann gewehrt?«, fragte Olivia.

»Ja.«

»Körperlich?«

»Nein, ich habe einmal versucht, mich zu wehren, aber das ging nicht gut aus.« Für den nächsten Satz blickte ich die Geschworenen direkt an. »Ich habe mich gerächt, indem ich eine Affäre hatte.«

Meine Zeugenaussage hatte den gewünschten Effekt. Die Augen etlicher Geschworener weiteten sich. Alle lehnten sich vor.

»Wann hat diese Affäre begonnen?«

»Letzten September. Direkt nach Labor Day.«

»Also ungefähr acht Monate, bevor Ihr Mann umgebracht wurde?«

»Ja.«

»Und, haben Sie Grund zur Annahme, dass dieser Mann wusste, dass Adam Sie misshandelte?«

»Er muss die Blutergüsse gesehen haben. Ich erzählte ihm, dass ich zu Blutergüssen neigen würde und dass sie vom Pilates kämen. Er hat Witze gemacht, dass ich mir besser einen Sport aussuchen sollte, der keine Folterinstrumente beinhaltete.« Ich sah Jake vor mir, wie er den dunklen Fleck auf meiner Brust küsste, wo ich angeblich gegen ein Fitnessgerät gestoßen war, und wie er sanft mit der Fingerspitze über die Schürfwunde an meinem Hals fuhr, von der ich behauptet hatte, sie stamme von einer Feder, die vom Springboard zurückgeprallt sei.

»Wissen Sie, wo sich dieser Mann in der Nacht, in der Ihr Ehemann umgebracht wurde, aufgehalten hat?«

»Nicht genau. Aber ich habe ihn am darauffolgenden Tag in East Hampton gesehen, wo er ein Haus besitzt.« Als ich an dem Nachmittag bei ihm gewesen war, hatte Jake mir erzählt, er habe den Abend allein verbracht und sich etwas auf Netflix angesehen. Ich war sicher, dass er die Wahrheit sagte. Wir hatten uns noch nie angelogen.

Nunzio blätterte durch Papiere, von denen ich vermutete, dass es meine Handy-Verbindungsdaten waren. Da würde er nichts finden.

»Wusste er, dass Adam am Vorabend allein in Ihrem Haus sein würde?«

»Ja. Das hatte ich ihm sogar selbst erzählt. Ich habe gegen fünf Uhr mit ihm gesprochen. Er war gerade erst in East Hampton angekommen. Ich habe ihm erzählt, Ethan würde bei einem Freund übernachten und Adam würde erst später kommen. Er wollte mich gerne sehen, doch ich sagte ihm, dass ich gleich auf eine Party ginge.«

»Dieser Mann, mit dem Sie sich getroffen haben, wusste also, dass Sie am Abend nicht da waren, Ethan bereits außer Haus war und Adam bald eintreffen würde?«

Nunzio, der immer noch mit den Unterlagen auf seinem Tisch beschäftigt war, murmelte einen Einspruch, dass Olivia die Zeugenaussage machte, dem stattgegeben wurde.

»War sich dieser Mann dessen bewusst, dass nur Sie drei in dem Haus wohnten?«

Nunzio erhob wieder Einspruch, der jedoch abgewiesen wurde.

»Ja«, antwortete ich. Die Bedeutung war klar. Mein Liebhaber musste gewusst haben, dass Adam allein zuhause sein würde, wenn er dort angekommen wäre.

»Wie weit ist es von dem Haus des Mannes in East Hampton bis zu Ihrem Haus?«

»Ungefähr anderthalb Kilometer.« Ich dachte an all die

Male, die ich mich fortgestohlen hatte, um allein am Strand spazieren zu gehen, nur um dann hinter dem Maidstone Club links abzubiegen, um den Bogen zu seinem Haus zu gehen. Ich hasste es, ihm das alles anzutun, doch ich ermahnte mich, dass es für Ethan war.

»Hat dieser Mann Ihrem Ehemann gegenüber je Feindseligkeiten zum Ausdruck gebracht?«

»Das letzte Mal, als ich ihn gesehen habe, bevor Adam umgebracht wurde – ungefähr zwei Wochen vor dem Mord –, bemerkte er einen weiteren Bluterguss.« Diese Aussage stimmte. Adam hatte lange gearbeitet und kam nach Hause, wo er mich mitten auf dem Bett schlafend vorfand. Er trat mich, weil er sagte, dass er mich nicht anders dazu bekommen hätte, mich zu bewegen, doch ich wusste, dass es deshalb war, weil er den ganzen Abend bei der Arbeit festgesteckt hatte. »Ich habe ihm schließlich erzählt, dass die Blutergüsse nicht vom Pilates herrührten, sondern dass Adam gewalttätig war, aber ich Angst hatte, ihn zu verlassen. Mein Liebhaber war aufgebracht. Das Einzige, was ich mir denken kann, ist, dass er das getan hat, um mich zu beschützen.«

Nunzio, der immer noch nach den Handydaten suchte, die er nicht finden würde, erhob leicht verzögert Einspruch. »Spekulation.«

Dem Einspruch wurde stattgegeben, doch der Schaden war angerichtet. Ich konnte es den Gesichtern der Geschworenen ansehen, dass sie mir glaubten. In ihren Augen war ich eine Schlampe, aber keine Lügnerin.

»Mr. Nunzio, wollen Sie nun ein Kreuzverhör durchführen, oder nicht?«

Als ich zusah, wie Nunzio immer noch durch seine Aufzeichnungen blätterte, wurde mir bewusst, wie viele Punkte Olivia miteinander verbunden hatte, um sich ihres Planes so sicher zu sein.

Genau diesen Augenblick hatte sie uns am Abend zuvor in ihrer Suite vorhergesagt. »Wir werden ihm keinen Namen geben«, sagte sie. »Er wird annehmen, dass Sie lügen, um Ethan zu beschützen. Er wird die Verbindungsnachweise nach einem Anruf am Freitagabend durchsuchen, aber keinen finden. Also hat er nur zwei Möglichkeiten: im Trüben zu fischen und Fragen zu stellen, auf die er die Antwort nicht kennt, oder auf das Schlussplädoyer zu warten, um zu argumentieren, dass Sie einen nicht existenten Freund erfunden hätten, um die Jury abzulenken. Er wird Sie noch nicht einmal ins Kreuzverhör nehmen.«

Nun waren wir also an diesem Punkt, und der Staatsanwalt musste eine Entscheidung treffen.

»Keine weiteren Fragen, Euer Ehren.«

34

Auf Olivias Bitten hin hatte Jake im Gerichtsgebäude gewartet. Der Plan, den sie am Vorabend geschmiedet hatte, funktionierte am besten, wenn er den Gerichtssaal in der Erwartung betrat, nach seinem Eindruck von der Beziehung zwischen Adam und seinem Sohn befragt zu werden.

Ich sah, wie ein Lächeln über sein Gesicht glitt, als er an mir vorbei zum Zeugenstand ging. Ich weiß, dass es als Aufheiterung gedacht war, doch ich fühlte mich dadurch nur noch schrecklicher.

Ich ließ meine Hände gefaltet auf dem Schoß liegen und blickte stur geradeaus, während Olivia mit ihm die Standardfragen für Leumundszeugen durchging. Sein Name und Alter. Seine Anstellung bei Rives & Braddock in den letzten fünfzehn Jahren. Die Tatsache, dass er Adam und seine Familie ungefähr vor sechs Jahren durch den Seniorpartner Bill Braddock kennengelernt hatte, der die Zeitschrift *Eve* vertrat. Und zudem, dass die Firma im Anschluss daran vor etwa zwei Jahren Adam als Partner aufgenommen hatte, der sich bei ihnen um Wirtschaftskriminalität kümmerte.

»Würden Sie Adam Macintosh als Freund bezeichnen?«

»Absolut.«

»Verkehrten Sie gesellschaftlich miteinander?«

»Ja. Nachdem er in die Firma eingetreten ist, sogar recht

oft, wenn man es genau nimmt. Unsere Wochenendhäuser liegen nur knapp zwei Kilometer auseinander, und wir haben uns da draußen häufiger getroffen. Und, natürlich, bei der Arbeit.«

»Haben Sie gemeinsam an Fällen gearbeitet?«

Jake schwieg kurz. »Nicht per se. Er war in erster Linie Strafverteidiger. Ich bin Transaktions-Anwalt. Doch wir waren Partner derselben Firma, also könnte man schon sagen, dass wir zusammenarbeiteten. Und wenn Mandanten uns beide brauchten, bildeten wir ein Team.«

»Waren Sie je gemeinsam mit der Familie Macintosh in den Ferien?«

Er nickte. »Ja, ein paar Mal.«

»Und zu welchen Gelegenheiten?«

»Die Firma hat ihr fünfzigjähriges Bestehen groß gefeiert. Ungefähr hundert von uns sind letzten Januar gemeinsam nach Anguilla geflogen. Dann ist eine wesentlich kleinere Gruppe von uns – eher unsere Truppe vom East End – nach Boston zu einem Yankee-Sox-Spiel gefahren.«

»Und sind Ethan Macintosh und Chloe Taylor beide mit auf diesen Fahrten gewesen?«

Jake blinzelte ein paar Mal, als mein Name fiel. »Ja.«

»Also hatten Sie die Chance, beide besser kennenzulernen?«

»Ja, das würde ich so sagen.«

»Und haben Sie eine sexuelle Beziehung zu Chloe Taylor begonnen?«

Jake brauchte nur eine Sekunde. Ich konnte das Flackern in seinen Augen erkennen. Er war vermutlich der intelligenteste Mensch, den ich je kennengelernt hatte. Wie oft hatten Adam und Bill gesagt, dass er das Firmengenie von Rives & Braddock war? Der Anwaltsteil seines Gehirns bewunderte Olivia wahrscheinlich sogar für diesen Schachzug, während ihm gleichzeitig bewusst wurde, dass er nie darauf hereingefallen wäre, wenn nicht aus Loyalität zu mir.

Er wandte sich ruhig an die Richterin, wobei die Augen schnell an mir vorüberglitten. »Ich werde diese Frage nicht beantworten.«

Jakes Aussage rief einen Einspruch von Nunzio hervor. »Fehlende Basis für die Frage, Euer Ehren.«

Olivia hatte eine Erwiderung parat. »Ms. Taylors Zeugenaussage hat ausreichende Hinweise geliefert, Euer Ehren. Wenn notwendig, kann ich sie zurück in den Zeugenstand rufen.«

»Der Einspruch wird abgewiesen«, erklärte Richterin Rivera. »Sie müssen die Frage beantworten, Mr. Summer. Ich kann Ihnen selbstverständlich eine Pause geben, damit Sie die Möglichkeit haben, einen Anwalt hinzuzuziehen.«

»Hat Chloe Taylor Ihnen im Vorfeld von dem Mord an Adam Macintosh erzählt, dass ihr Mann sie körperlich misshandelt?«, fuhr Olivia fort.

»Auf meinen eigenen Rat als Anwalt hin weigere ich mich zu antworten, da ich mich damit selbst belasten könnte.«

Wie ein Mantra wiederholte Jake diesen Satz mehrere Male.

»Haben Sie Ms. Taylor ein Wegwerfhandy geschenkt, damit ihre Privatgespräche nicht von Adam Macintosh oder anderen Mitgliedern Ihrer Firma entdeckt wurden?«

»Haben Sie am Abend des Mordes gegen siebzehn Uhr einen Anruf von Ms. Taylor erhalten, die Ihnen mitteilte, dass sie auf einer Party sein würde und dass ihr Ehemann, Adam Macintosh, an dem Abend allein sein würde, weniger als zwei Kilometer von Ihrem Haus entfernt?«

»Wo waren Sie an dem Abend, an dem Adam Macintosh umgebracht wurde?«

»Jake Summer, haben Sie Adam Macintosh erstochen?«

Bei dieser Frage zuckte Jake leicht zusammen. Ich konnte sehen, wie er sich danach sehnte, sich zu verteidigen. Stattdessen sah er mich mit einem gequälten Gesichtsausdruck an, als er ein letztes Mal antwortete: »Auf meinen eigenen Rat als Anwalt hin weigere ich mich zu antworten, da ich mich damit selbst belasten könnte.«

Als er den Zeugenstand verließ, nahm er den gegenüberliegenden Gang durch den Gerichtssaal, damit er nicht direkt an mir vorbeigehen musste. Als wir ihm zusahen, wie er ging, blickten Nicky und ich ihm wütend hinterher, genauso, wie wir es bei Olivia geübt hatten. Denn letztendlich war das doch der Mann, der meinen Mann umgebracht haben musste.

35

»Hat dir schon mal irgendwer gesagt, dass du ein miserabler Fahrer bist?« Rein technisch war die Höchstgeschwindigkeit auf diesem Stück des Abraham's Path fünfzig Stundenkilometer, doch selbst Normalbürger fuhren im Durchschnitt knapp siebzig. Von ihrem Beifahrersitz aus konnte Guidry sehen, dass Bowen mit konstant fünfzig dahinrollte, sofern er nicht aus Gründen auf die Bremse trat, die nur ihm allein bekannt waren.

»So ziemlich jeder, der mit mir Streife gefahren ist. Ich bin in Queens aufgewachsen. War bei der Navy. Habe es nie geschafft, einen Führerschein zu machen, bis ich mich entschieden habe, Cop zu werden. Ist dir noch nie aufgefallen, dass ich froh bin, wenn ich auf dem Beifahrersitz hocken kann?«

»Ich dachte, du wärst überkorrekt, weil ich eine Frau bin.«

»Du denkst zu viel nach.«

»Oder vielleicht sitzt du nur deswegen gerne hier, damit du all deine Bonbons ins Polster stopfen kannst, wie ein Eichhörnchen in Vorbereitung auf den Winter.« Sie ließ zwei Finger in den Riss im Polster gleiten, zog ein Gummibärchen hervor und warf es aus dem Fenster. »Mal ganz im Ernst: Was stimmt mit dir nicht?«

Er kicherte. »Zuerst war es nur ein Witz. Dann habe ich mich gefragt, ob du es je bemerken würdest.«

»Ich nehme diesen Wagen heute Abend mit nach Hause und lasse diesen Riss ein für alle Mal zunähen.«

Guidrys Handy in der Tasche ihres Blazers summte. Eine 917er Nummer, ein Handy aus der Stadt.

»Guidry.«

Agent Damon Katz vom FBI. »Ich habe Ihre Nachricht erhalten, in der Sie nach der Gentry Group fragen.«

»Nicht Gentry im Allgemeinen«, stellte sie klar. »Nach ihrem Anwalt, Adam Macintosh.«

Bei Macintoshs Namen trat Bowen auf die Bremse, und Guidry wurde gegen ihren Rückhaltegurt geschleudert. Sie warf ihm einen genervten Blick zu.

»Sie werden sich wahrscheinlich inzwischen gedacht haben, dass ich mit den Fallbeauftragten Rücksprache gehalten habe und die nicht besonders entgegenkommend waren bezüglich Informationen zu einer Ermittlung, an der ich nicht beteiligt bin.«

»Ja. Verstehe.«

»Nun, das scheint sich offensichtlich geändert zu haben.«

»Hm.«

Ein weiterer Tritt auf die Bremse von Bowen, der sie ansah und leise »Was?« hervorstieß.

»Haben Sie etwas dagegen, wenn ich Sie auf Lautsprecher stelle? Es sind nur mein Partner und ich im Wagen.«

»Kein Problem.« Nachdem er auf Lautsprecher gestellt war, fuhr Katz fort. »Also, einer der Fallbeauftragten hat mir gerade eine positive Rückmeldung gegeben. Er meinte, als Sie zuerst angerufen hätten, hätte es gewirkt, als stocherten Sie im Nebel. Dann hat er gestern die Nachrichten über den Mordprozess mit diesem Kind gesehen.«

»Sie versuchen es dem Seitensprung der Frau anzuhängen.«
Auf Nunzios Bitte hin hatten Bowen und Guidry am Vorabend
Jake Summer aufgesucht, um zu hören, ob er ihnen etwas mit-
zuteilen hatte – wie zum Beispiel ein Alibi für die Mordnacht.
Wie erwartet, hatte er sich geweigert, ohne einen Anwalt mit
ihnen zu reden.

»Angeblicher Seitensprung«, flüsterte Bowen neben ihr.
Bisher hatten sie keine Handy-Verbindungsnachweise oder
andere Beweise gefunden, um Chloe Taylors Behauptung be-
legt zu finden, dass sie und Summer eine Affäre hatten. Bowen war davon überzeugt, dass Chloe und die Anwältin des
Jungen sich die ganze Geschichte ausgedacht hatten, um die
Geschworenen zu verwirren. Doch wenn das der Fall war, verstand Guidry nicht, warum Summer sich hinter seinem Anwalt verschanzte, anstatt die Theorie in Grund und Boden
zu stampfen. Vielleicht stimmte das mit der Affäre, und er
ließ die Verteidigung damit durchkommen, um das Kind zu
schützen.

»Ja, also, die Sache ist so«, sagte Katz nun. »Die Anklage des
Gentry-Falles hat sich mit dem Staatsanwalt wegen des Mord-
falls in Verbindung gesetzt, aber da Sie diejenige waren, die das
Ganze in Bewegung gesetzt hat, meinte der Agent, ich könnte
Ihnen Rückmeldung geben. Ich habe nicht alle Details, aber
Sie hatten recht – Adam Macintosh war an den beiden Tagen,
die Sie mir genannt haben, bei uns im Büro. Er hat um eine Ko-
operationsvereinbarung gebeten, wenn er Informationen über
Gentry zur Verfügung stellt.«

»Was ist mit der anwaltlichen Schweigepflicht?«, fragte
Guidry.

»Kommt nicht zum Tragen, wenn der Mandant in ein laufendes Verbrechen verwickelt ist. Oder wenn die Anwälte Mitverschwörer sind.«

»Dann hatte Macintosh auch Dreck am Stecken?«

»Nein, oder zumindest hat er das behauptet. Doch seine Kanzlei schon, und er war gewillt, beide auffliegen zu lassen, Gentry und die Kanzlei. Und er wollte auf keinen Fall, dass seine Partner etwas davon erfuhren. Der Fall wird vom Vertretungsbüro in Manhattan betreut. Er hat mit den Agents verabredet, dass sie sich hier treffen, denn er wollte nicht, dass jemand ihn beim Betreten oder Verlassen des Gebäudes sieht, der ihn möglicherweise noch aus seiner Zeit als Stellvertretender Bundesanwalt kennt.«

»Also war die Affäre mit Chloe Taylor möglicherweise nicht der einzige Grund, warum Summer Macintosh aus dem Weg haben wollte?« Jake Summer war derjenige gewesen, der der *New York Times* ein Zitat über die Gentry-Ermittlung geliefert hatte, also musste er einer der Anwälte sein, die an der Sache arbeiteten.

»Vielleicht«, sagte Katz. »Und darum hat der Anwalt unseres Falls den Anwalt Ihres Falls angerufen, und deshalb rufe ich Sie an. Wenn ich raten sollte, dann hören Sie schon ziemlich bald von einem angepissten Staatsanwalt. Der Fallbeauftragte sagte, wenn Sie nicht angerufen und wegen Macintosh nachgefragt hätten, wäre die Ermessensentscheidung, die Informationen mit der örtlichen Strafverfolgungsbehörde zu teilen, möglicherweise anders ausgefallen.«

»Darum kümmere ich mich schon. Wissen Sie denn genau, dass Macintosh angeboten hat, Jake Summer hochgehen zu lassen? Ist es möglich, dass Summer das herausgefunden hat?«

»Diese Informationen hatte er tatsächlich noch nicht preisgegeben, aber offensichtlich ist Summer einer der führenden Anwälte des Mandanten. Anscheinend hat Macintosh Garantien gefordert, dass er nicht nur nicht belangt wird, sondern darüber hinaus als Anwalt ins Büro des Bundesanwalts zurückkehren konnte. Das war wohl nicht so ganz einfach zu regeln. Dann wurde er umgebracht. Scheint, als hätten Sie einen relativ wasserdichten Fall gegen diesen Jungen, aber die Abteilung will nicht, dass uns das alles um die Ohren fliegt, wenn die Sache ans Licht der Öffentlichkeit kommt. Und damit wissen Sie jetzt alles, was ich weiß.«

»Verstanden. Danke für die Vorwarnung, Katz.«

»No problemo.«

Guidry beendete das Gespräch.

»Du hast wegen dieser Gentry-Sache das FBI angerufen?«, fragte Bowen.

Nachdem Chloe Taylor zu Beginn der Ermittlungen erwähnt hatte, sie wisse nicht, wo Adam sich die letzten beiden Tage seines Lebens aufgehalten habe, war der Name »Gentry« in ihren Gesprächen nicht mehr gefallen.

»Ich hatte neulich in der *Times* diesen Artikel über Gentry gelesen, gegen die ermittelt wird, und mir fiel ein, dass das FBI ein Vertretungsbüro direkt am Kew Gardens hat. Da wurde ich neugierig«, sagte Guidry und zuckte mit den Schultern. Sie war diejenige gewesen, die die Untersuchungen auf Ethan eingeengt hatte. Es war ihr Aufruf gewesen, ihn zu verhaften, selbst nachdem Chloe Taylor sie gedrängt hatte, herauszufinden, wo Adam die letzten beiden Tage seines Lebens gewesen war.

»Und jetzt hast du es geschafft, entlastende Beweise auszugraben, die Nunzio mit der Verteidigung teilen muss.« Als

Staatsanwalt war Nunzio gezwungen, die Verteidigung auf potentiell entlastende Beweismaterialien aufmerksam zu machen, selbst wenn der Prozess kurz vor dem Ende stand.

Sie bogen auf den Parkplatz des Reviers ein, als Guidrys Handy klingelte. Es war Nunzio, und er war nicht besonders glücklich, genau wie Agent Katz vorhergesagt hatte.

»Sie wissen, was eine Anwältin wie Olivia Randall damit macht, oder? Sie haben mir gerade zwei volle Tage beschert, an denen ich geteert und gefedert werde.«

Selbst ohne Lautsprecher hatte Bowen genug gehört, um die Situation zu erfassen. »Du wirkst noch nicht einmal verstimmt. Damit könnte dieser Junge davonkommen«, sagte er, nachdem das Gespräch mit dem wütenden Staatsanwalt beendet war.

Damit konnte Guidry leben. Vielleicht wäre dieser Junge nie verhaftet worden, wenn sie von Anfang an das ganze Bild im Blick gehabt hätte. Wenn sie in der Jury säße, wüsste sie, wie sie entscheiden würde.

36

Es war inzwischen so lange her, dass ich eine Nacht in unserer Wohnung verbracht hatte, dass ich den falschen Schrank öffnete, als ich mir ein Wasserglas holen wollte, weil ich in Gedanken noch in der Küche in East Hampton war. Mir wurde bewusst, dass ich tatsächlich noch nie ganz allein in der Wohnung gewesen war. Selbst Panda war inzwischen draußen in East Hampton.

Dreieinhalb Wochen nach Beginn von Ethans Prozess war ich schließlich für einen Tag zurück in die Stadt gefahren, um mich mit dem Vorstand des Magazins zu treffen. Theoretisch stand der Verlag seit Ethans Festnahme geschlossen hinter Team Chloe, doch die persönlichen Informationen, die während der Verhandlung ans Licht gekommen waren, forderten ihren Tribut.

Wenn die sozialen Medien irgendein Anhaltspunkt waren, so bewunderten mich diejenigen, die mich vorher schon respektiert hatten, nur noch mehr, während viele Leute, die mich schon vorher gehasst hatten, mich nun noch weniger leiden konnten. Doch es gab eindeutig eine laute Gruppe früherer Unterstützer, für die ich jetzt »gestorben war« und die mich als verlogene Galionsfigur betrachteten, die verschwinden müsste. Und dank der weitreichenden Berichterstattung über Ethans Verhandlung gab es massenweise Leute, die noch nie zuvor von mir gehört hatten, die mich jedoch jetzt für eine Schlampe hielten, die die Misshandlungen durch ihren Ehemann als Entschuldigung nahm, um mit dem Mann eine Affäre zu haben, wegen der ihr Mann ermordet worden war und ihr Stiefsohn im Gefängnis landete.

Mein Ich aus früheren Jahren hätte Tage damit zugebracht, mich auf dieses Meeting vorzubereiten, und hätte Analysedaten und eine aussagekräftige Geschichte miteinander verwoben, um den Vorstand von meinem Wert zu überzeugen. Stattdessen hatte ich eine einseitige Erklärung auswendig gelernt, wie sehr ich mich *Eve* verschrieben habe, zusammen mit einem Versprechen, jede Entscheidung zu respektieren, die sie bezüglich der Zukunft der Zeitschrift fällen würden. Ungeachtet dessen plante mein Verlag bereits eine Auflage von einer halben Million für meine Memoiren, und mein Vertrag mit der *Eve* garantierte mir eine siebenstellige Abfindungssumme, wenn sie mich feuerten.

Ich klebte einen Karton zu und legte dann eine Pause ein, um mich zu strecken. Ich griff mein Handy vom Schreibtisch und schickte Olivia eine SMS: **Nichts Neues?**

Es war der dritte Tag der Jury-Beratungen.

Nein. Ich rufe Sie direkt an. Versprochen. Und immer daran denken: das ist gut für uns.

Olivia zufolge hätten die Geschworenen Ethan inzwischen längst schuldig gesprochen, wenn der Fall so sonnenklar gewesen wäre, wie Nunzio ihn präsentiert hatte. Drei Tage im Geschworenen-Zimmer bedeuteten, dass sie sich nicht einigen konnten, was wiederum hieß, dass mindestens ein Geschworener auf unserer Seite war.

Ich hatte mir vorgenommen, den Abend in unserer Wohnung

dazu zu nutzen, meinen Arbeitsplatz aufzuräumen und einzupacken. Wenn Ethan freigesprochen würde, dürfte er direkt danach den Gerichtssaal verlassen und mit uns nach Hause gehen. Nicky und ich hatten entschieden, optimistisch zu sein, und bereiteten uns darauf vor. Wenn er wieder zuhause war, konnte Nicky nicht länger in seinem Zimmer schlafen.

Ms. Schwartz aus dem zwölften Stock zog in vier Monaten nach Florida. Ich hatte bereits einen einjährigen Mietvertrag unterzeichnet, mit der Option, die Wohnung zu kaufen. Für die Zeit dazwischen hatte ich einen wunderbaren kleinen Schreibtisch aus Acrylglas für mein Schlafzimmer gefunden und würde mein Arbeitszimmer in einen netten kleinen Raum für Nicky umwandeln, bis ihre eigene Wohnung bezugsfertig war.

Ich öffnete die oberste Schublade meines Schreibtisches, holte einen Schlüssel aus der hintersten Ecke und setzte mich dann mit einem leeren Umzugskarton auf den Boden, um die Akten durchzusehen, die ich zuhause lagerte. Die Hälfte davon – alte Kontoauszüge und Quittungen – wanderten in den Schredder. Den Rest könnte ich bis auf Weiteres unten in meinem Kleiderschrank verstauen.

Als ich bis zum vermeintlich letzten Ordner gekommen war, fand ich noch eine unbeschriftete, braune Fächermappe. Ich nahm sie aus der Schublade, schob das Gummiband zurück, öffnete sie und erkannte sofort Adams krakelige Handschrift wieder, die auf den zerknitterten Post-its zu sehen war, die an den Rändern einiger Seiten hervorstanden.

Während ich die Seiten durchblätterte, erinnerte ich mich an Adams wütenden Blick, als ich eine spitze Bemerkung über ein Whiskyglas machte, das ich am Vortag auf meinem Schreibtisch gefunden hatte. Er hatte mir nie gesagt, warum er in meinem Arbeitszimmer gewesen war, doch ich fasste es als einen weiteren bedeutungslosen Machtkampf auf. Damals nahm ich an, dass er lediglich etwas auf meinem Computer nachgesehen hatte, anstatt seinen Laptop anzuschalten.

Acht Tage später war er umgebracht worden.

Beim Durchsehen der Unterlagen wurde mir klar, dass er an etwas gearbeitet hatte, das er nicht in der Kanzlei aufbewahren wollte.

Es mussten mindestens zweihundert Seiten sein. Finanzberichte. Ein Diagramm mit Tochterfirmen, die sich ganz im Besitz der Mutterfirma befanden, sowie anderen angeschlossenen Firmen. Aktennotizen über Vereinbarungen für verschiedene Fusionen und Übernahmen. Einige Abschnitte waren farbig markiert. Andere waren mit Post-it-Zetteln oder mit Pfeil-Aufklebern versehen. Die meisten hatten etwas mit der Gentry Group zu tun, doch einige Firmennamen schienen keinen Bezug zu haben. Mir fehlten die juristischen und betriebswirtschaftlichen Kenntnisse, um den Großteil davon einordnen zu können.

Doch als ich am Ende des Ordners angekommen war, fand ich acht gelbe Seiten aus einem Notizblock, die mit Adams Handschrift in blauer Tinte beschrieben waren. Ich war wahrscheinlich der einzige Mensch der Welt, der seine Handschrift problemlos lesen konnte.

Es war eine achtseitige Kurzfassung: (I) Wie ich über Gentry erfahren habe; (II) Handlungsmuster von R&B; (III) Was ich brauche.

Ich reimte mir genug zusammen, um die Verbindung zu den schwebenden Ermittlungen gegen Gentry zu erkennen. Olivia hatte es sogar geschafft, einen FBI-Agenten zu Ethans Verfahren in den Zeugenstand zu holen, der die Ermittlung in groben Zügen erklärt hatte. Wie Jake mir gesagt hatte, kaufte und fusionierte Gentry Firmen, kaufte im Ausland Produktionsstätten, Energielieferanten und -verteiler, um ihre globalen Geschäftsfelder auszudehnen. Doch während er behauptete, dass Rives & Braddock seine Mandanten bei Laune hielt, indem sie sie auf die richtige Seite der Gesetze lenkten, glaubte Adam, dass Gentry sie überschritt – wiederholt. Sie hatten ein kompliziertes Netzwerk an Scheinfirmen errichtet, um die Tatsache zu verschleiern, dass sie genau das taten, was Jake als die verbotene Versuchung bezeichnet hatte – jeden Akteur in der Kette zu bezahlen.

Teil III war eindeutig. Adam wollte komplette Immunität; er verlangte einen Freibrief des Justizministeriums, dass er keine Straftat begangen hatte, die anwaltliche Schweigepflicht nicht verletzt und sich innerhalb der ethischen Grenzen seines Berufs bewegt hatte; und er wollte seinen alten Job im Büro des Bundesanwaltes zurück.

Teil II war jedoch am schwersten für mich zu verdauen. Die ersten beiden Stichpunkte bezogen sich auf R&Bs durchschlagenden Erfolg, was internationale Transaktionen im Vergleich mit anderen Kanzleien betraf, und die Anzahl der international operierenden Firmen, die sie innerhalb der letzten drei Jahre als neue Mandanten dazugewonnen hatten. Doch es waren die letzten beiden Anmerkungen, bei denen ich das Blut in meinen Ohren rauschen hörte.

*   R&B begleitet die Mandanten nicht; R&B initiiert, rekrutiert und plant

*   Bill Braddock: Geht direkt nach erster Vertragsunterzeichnung zum jeweiligen Justiziar; er ist der »Gute« versus den »Bösen« des

zugeteilten Teams. Erhält im Gegenzug Anteile des abgeschlossenen Deals für »PC LLC«.

Ich blätterte rückwärts durch die Vertragspapiere und fand Buchungen für Zahlungen an »PC LLC«. Patsy Cline, Bills Lieblingssängerin, nach der er auch sein Pferd benannt hatte.

Augenblicklich wurde mir bewusst, wie viele Dinge ich in den letzten sechs Monaten Bills fortgeschrittenem Alter zugeschrieben hatte. Als er auf der Gala so tat, als hätte er noch nie von der Gentry Group gehört. Nach Adams Mord die Presse nach deren Anruf nicht zurückzurufen. In den anschließenden zwei Tagen noch nicht einmal mich anzurufen. Und die ganze Zeit war ich so überzeugt davon, dass er mich unterstützt hatte und für mich nicht nur ein Anwalt, sondern ein echter Freund war.

Ich ging die Unterhaltung auf der Gala noch einmal durch. Als ich erwähnt hatte, dass Adam sich mit Leuten von Gentry in der Nähe des JFK traf, wusste ich nicht, dass das FBI in der Nähe ein Büro hatte, aber vermutlich wusste Bill das. Ich war diejenige gewesen, die Adams außerplanmäßige Aktivitäten verraten hatte. Es war mein Fehler, dass Bill herausgefunden hatte, dass Adam mit dem FBI kooperierte.

Würde Bill morden, um sich selbst zu schützen? Ich dachte über all die Male nach, die ich ihm gesagt hatte, er sei mein achtzigjähriger Seelenverwandter. Du bist ein Scharfschütze, Bill Braddock. Sei nicht so rücksichtslos.

Ich griff nach meinem Handy und rief Olivias Nummer auf. Als ich gerade die Anruftaste drücken wollte, hielt ich inne.

Mir gegenüber musste sie kein Anwaltsgeheimnis wahren. Das hatte sie mir mehrfach deutlich gesagt. Wenn ich ihr diese

Aufzeichnungen übergab, würde sie die mit Nunzio teilen müssen, so, wie er gezwungen gewesen war, ihr zu erzählen, was er über die FBI-Ermittlung bei Rives & Braddock wusste. Aus Adams Zeit als Anwalt wusste ich, wie ein Verfahren durch neu entdeckte Beweise auf den Kopf gestellt werden konnte. Die Anklage könnte ausgerechnet dann, wenn anscheinend alles zu Ethans Gunsten lief, auf Ungültigkeit des Verfahrens wegen Rechtsfehlern plädieren. Wenn das passierte, mussten wir noch einmal ganz von vorn anfangen, und das zweite Verfahren könnte für Ethan noch schlechter laufen.

Ich stopfte die Dokumente zurück in die Fächermappe, schob sie in die Schublade und stapelte die restlichen Ordner aus dem Karton davor. Dann verschloss ich den Schreibtisch und ging in die Küche auf der Suche nach meinem Portemonnaie. Nachdem ich den Schlüssel an meinem Schlüsselbund befestigt hatte, schenkte ich mir ein Glas Wein ein. Die Umzugsleute würden die Sachen nicht vor nächster Woche ins Lager schaffen. Wenn die Geschworenen nicht zu dem richtigen Urteil kämen, könnte ich immer noch behaupten, ich hätte die Mappe erst später gefunden, und wir hätten noch eine weitere Chance, um zu kämpfen.

Ich hatte meinen Wein fast ausgetrunken, als mein Handy klingelte. Es war Olivia. Manchmal fragte ich mich, ob sie mich überwachen ließ.

»Ist etwas passiert?«, fragte ich.

»Der Sachbearbeiter der Richterin hat angerufen. Sie will, dass ich morgen um halb zehn zu ihr komme.«

»Ist die Jury zu einem Ergebnis gekommen?«

»Das sagen sie nie, damit nichts nach außen dringt. Aber ja, das ist meine Erwartung.«

»Okay, ich werde da sein.« Ich würde mein Meeting mit dem Vorstand absagen und ihnen stattdessen die Erklärung schicken, die ich für diese Gelegenheit vorbereitet hatte. Wenn sie meine Entscheidung nicht verstehen würden, wollte ich meinen verdammten Job sowieso nicht wiederhaben.

»Mit Ihnen alles in Ordnung?«, fragte Olivia.

Ich schwieg kurz und dachte an die acht gelben Seiten in Adams Unterlagen. Ich war diejenige gewesen, die Adam und Bill Braddock einander vorgestellt hatte. Ich war diejenige gewesen, die ihn gedrängt hatte, zu der Kanzlei zu wechseln. Ich hatte ihm gesagt, wir sollten uns *glücklich* schätzen, jemanden wie ihn an unserer Seite zu wissen.

Bill hatte Adam umbringen lassen, und es war alles mein Fehler. Und wenn ich es Olivia erzählte, könnte die Polizei es vielleicht sogar beweisen. Adam mit seiner weißen Weste und den penibel genauen Aufzeichnungen würde seinen eigenen Mord vom Grab aus aufklären.

Aber alles, was jetzt zählte, war Ethan.

»Ja, alles in Ordnung.«

»Möchten Sie morgen früh mit mir zusammen rausfahren?«

»Nein, nicht nötig.«

Fünf Minuten später stieg ich in mein Auto. Ich wollte bei Nicky sein.

Richterin Rivera hatte vielleicht versucht, geheim zu halten, dass die Jury sich entschieden hatte, doch ihre Bemühungen waren vergeblich gewesen. Vor dem Gerichtsgebäude standen mehr Übertragungswagen als an jedem anderen Tag des Verfahrens.

Als Ethan durch den Seiteneingang hereinkam und die Szenerie in dem überfüllten Gerichtssaal erblickte, erstarrte er für einen Moment. Seit dem Tag, an dem er festgenommen worden war, hatte er nicht mehr so verängstigt ausgesehen. Das hier war die Weggabelung, an der wir erfahren würden, ob es das Ende eines vorübergehenden Alptraums war oder der Anfang einer noch viel schlimmeren Zukunft.

Olivia flüsterte dem Deputy, der sie zum Tisch der Verteidigung brachte, etwas zu, und der nickte. Sie wandte sich an Nicky und mich, winkte uns zu sich und erlaubte jedem von uns, Ethan kurz zu umarmen.

Stille legte sich über den Gerichtssaal, als der Gerichtsdiener Richterin Rivera ankündigte. Sie wiederum verkündete, was wir alle vermutet hatten – dass die Geschworenen, die nun hereinkommen würden, zu einem Urteil gekommen waren.

Nachdem sich alle gesetzt hatten, bat Richterin Rivera den Sprecher der Jury aufzustehen.

Ich erkannte den Mann wieder, der sich erhob. Es war der in Ruhestand befindliche Eigentümer eines Bauunternehmens in North Folk. Ich dachte, er hätte ein paar Mal finster geguckt, als ich meine Zeugenaussage gemacht hatte, aber ganz sicher war ich mir nicht.

Die Richterin fragte ihn, ob sie zu einer einstimmigen Entscheidung gekommen seien.

»Sind wir, Euer Ehren.«

»Würde der Angeklagte sich bitte erheben?«

Als Olivia und Ethan aufstanden, griff Nicky nach meiner Hand. Es war endlich soweit.

»Würde der Sprecher bitte das Urteil verlesen?«

»Wir, die Geschworenen, befinden den Angeklagten einstimmig für nicht schuldig.«

Ethan sagte etwas zu Olivia, das ich nicht hören konnte. Sie antwortete, und dann drehte er sich um und schaute uns an. Ich streckte die Arme über das Geländer aus, umarmte ihn und fühlte dann auch Nickys Arme um mich. Diesmal brauchten wir keine Erlaubnis des Deputys. Wir konnten uns so lange umarmen, wie wir wollten.

Als wir schließlich auseinandergingen, blickte Ethan erwartungsvoll zur Richterbank. »Was passiert jetzt mit mir?«

»Wir fahren nach Hause«, sagte ich. »Lasst uns hier verschwinden und nie mehr zurückkehren.«

37

Nicky und ich hatten entschieden, trotz des starken Verkehrs am Freitag mit Ethan direkt in die Stadt zu fahren. Es würde wohl noch eine Weile dauern, bevor er das Haus in East Hampton wiedersehen wollte.

Er schlief bis zum Mittag des nächsten Tages – oder zumindest tat er so. Um diese Uhrzeit war ich bereits wieder mit einer bunten Mischung aus T-Shirts, Hoodies und Cargohosen in Größe L von Bloomingdale's zurück. Ethan schien in den letzten Monaten enorm gewachsen zu sein.

»Ich dachte, du könntest ein paar neue Klamotten gebrauchen.«

»Du wolltest doch nur shoppen gehen«, murmelte er mit einem Grinsen, als ich ihm die Einkaufstüten reichte.

Panda kam unter dem Sofa hervor, strich in Lichtgeschwindigkeit dreimal an ihm vorbei und kam dann im Bogen zurück, um sich zärtlich an Ethans Bein zu reiben. Sein Schnurren erfüllte das Zimmer.

»Greedy Boy!«, rief Ethan aus und ließ die Einkaufstüten fallen, um ihn auf den Arm zu nehmen.

Es war Nickys Idee gewesen, der Haushälterin in East Hampton zwei Tage frei zu geben, wenn sie dafür an diesem Morgen die Katze in die Stadt brachte.

Außer Schlaf brauchte Ethan etwas zu essen. Nicky und ich

kochten das ganze Wochenende, morgens, mittags und abends, und freuten uns zu sehen, dass er auch zwischendurch etwas naschte. Wir zogen uns hintereinander alle Folgen von *Bosch* rein, die er verpasst hatte, während er in U-Haft saß. Wir bewunderten, wie Panda Ethan überall hin folgte, selbst ins Bad.

Eines taten wir jedoch nicht: Wie sprachen nicht über Adam. Oder über das Urteil. Oder über die wirklich wichtigen Erkenntnisse, die bei Ethans Verfahren zutage gekommen waren. Oder über Bill Braddock, dessen Kanzlei und die Unterlagen, die in der Schublade lagen, die die Umzugsleute am Mittwoch abholen würden.

Schließlich, am Dienstagmorgen, klopfte ich an Ethans Zimmertür, nachdem ich es im Innern rumoren gehört hatte, und fragte, ob wir reden könnten. Es saß an genau derselben Stelle, an der er sich zusammengekauert hatte, als Adam ihn angebrüllt hatte. Ich ließ mich auf seinem Bett nieder und fragte ihn, wie es schulisch bei ihm weitergehen sollte. »Ich bin ziemlich sicher, dass ich Rektorin Carter dazu bekäme, dir Nachhilfeunterricht zu organisieren, damit du den Stoff wieder aufholst.«

»Ich gehe da nicht wieder hin.«

Ich nickte. Diese Antwort hatte ich erwartet. Er hatte die Casden noch nie gemocht, ich hatte ihm diese Schule aufgezwungen.

»Okay, wir haben Zeit, um eine Lösung zu finden.«

»Ich will auf das Harvest Collegiate.«

Das war eine staatliche Schule an der Fourteenth Street.

»Gut, dann kümmere ich mich darum.«

»Danke.«

»Außerdem bin ich bei einer Trauerberatung, weil wir deinen Dad verloren haben. Die Psychologin heißt Anna, aber sie kennt einige Männer, die im selben Bereich tätig sind, hier und auf Long Island. Ich dachte, dass könnte dir vielleicht auch helfen.«

Ethan blickte auf seine Hände. »Du glaubst, ich brauche einen Seelenklempner.«

»Nein, überhaupt nicht. Aber du hast deinen Vater durch ein schreckliches Verbrechen verloren, ganz abgesehen davon, was du in den vergangenen sechs Monaten durchgemacht hast. Ich wäre eine totale Lusche« – bei diesem Wort lächelte er –, »wenn ich dir keine Möglichkeit geben würde, mit jemandem darüber zu reden.«

»Ich wollte die Waffe nicht benutzen, weißt du.«

»Ich weiß.« Wusste ich es wirklich?

»Ich wollte mich wirklich nur wichtigmachen. Diese Kids da, die sind, ich weiß nicht … Die sind wie Erwachsene. Ich wollte einfach anders sein. Das war blöd von mir.«

»Ist okay, Ethan. Das liegt alles hinter uns.«

»Und es tut mir leid wegen dieser Kommentare auf Poppit.«

Er wirkte so niedergeschlagen, dass mir das Herz wehtat. »Ehrlich, ist schon in Ordnung. Ich weiß, dass du versucht hast, mir die Augen zu öffnen.«

»Ich wusste nicht, dass du nicht gehen konntest – ohne mich zurückzulassen. Darum hast du es ausgehalten, oder? Damit du immer noch meine Mom sein konntest?«

Ich streckte die Hand aus und tätschelte seinen Arm. »Es ist kompliziert, Ethan, aber jetzt wird alles gut.«

»Ich habe die Sachen aus dem Haus mitgenommen, Mom – die Schuhe und den Lautsprecher.«

»Nichts davon spielt mehr eine Rolle.« Erzähl es mir nicht, dachte ich. Ich will es nicht wissen. Ich versuchte immer noch, herauszufinden, was ich mit den Informationen machen sollte, die Adam über Bill zusammengetragen hatte.

»Kevin hat sich mit jemandem wegen eines Deals getroffen, genau, wie ich gesagt habe. Weil ich keinen Ärger wollte, hat er mich am Strand abgesetzt. Aber dann war mir kalt, mir wurde langweilig, also bin ich nach Hause gegangen, um mir einen Hoodie zu holen.«

»Ethan...« Wenn ich ihm nun befohlen hätte zu schweigen, hätte ich für immer sein Vertrauen verloren. Ich musste mir anhören, was er zu sagen hatte, was immer da auch kam.

»Ich habe Dad gefunden.«

Mein Gesicht wurde heiß. Ich musste meine Hände stillhalten, damit sie nicht zitterten. »War er schon...«

Er nickte. »Ja. Es war... schlimm.«

Ich wusste nicht, was ich sagen sollte. Schweigend saß ich da, wartete auf eine Erklärung.

»Ich bin derjenige gewesen, der das Haus verwüstet hat, das Fenster eingeschlagen hat und diese Sachen in meinen Rucksack gesteckt hat. Aber ich schwöre, er war bereits tot, als ich zuhause ankam.« Seine Unterlippe begann zu zittern.

»Ethan, ich verstehe nicht...«

»Ich dachte, du hättest es getan.«

Mein Mund klappte auf, doch es kam kein Wort heraus.

»Ich habe gesehen, wie er dich behandelt hat. Und ich wusste, wie wichtig diese Zeit gerade für deine Karriere war. Du wolltest nicht, dass irgendjemand davon erfährt. Du hast in der Falle gesessen. Und als ich ihn dann so gefunden habe, dachte ich, es hätte etwas damit zu tun, was gerade zwischen euch ablief. Dass er dir wieder wehgetan hätte und du dich gewehrt hättest.«

»Ich habe deinem Vater nichts angetan, Ethan. Das weißt du doch jetzt, oder?«

Er nickte. »Ich auch nicht.«

»Ich weiß«, sagte ich.

»Sucht die Polizei denn jetzt überhaupt noch weiter?«

»Natürlich«, sagte ich, obwohl ich wusste, dass sie das nicht tat. Ich lenkte das Gespräch auf ein anderes Thema. »Ist es für dich in Ordnung, wenn du bei mir bleibst? Mit Nicky in der Nähe?«

Als Ethan lächelte, wirkte er tatsächlich glücklich. »Ja. Das wird gut. Irgendwie mag ich sie.«

»Du musst nicht ›irgendwie‹ sagen. Es verletzt meine Gefühle nicht, dass ihr euch nähergekommen seid.« Ich rang nach Worten, um ihm zu erklären, wieviel sich verändert hatte, während er fort war, bis mir bewusst wurde, dass es keiner Eile bedurfte. Jetzt, wo Ethan wieder zuhause war, würde er schon selbst sehen, was sich alles verändert hatte. »Genau genommen tut es mir leid, dass du nicht schon früher eine engere Beziehung zu ihr aufbauen konntest. Sie hat sich, seit du klein warst, sehr verändert, und das habe ich erst bemerkt, nachdem das alles passiert war.«

»Ich wollte sie besser kennenlernen – schon früher. Aber Dad hat mich nicht gelassen, und ich wollte nicht, dass du denkst, dass ich, na ja, dich ablehne. Aber, Mom, ich habe …«

»Ethan, du musst mir nichts mehr erklären.« Ich umarmte ihn fest. »Jetzt wird alles gut. Nicky wird noch sehr lange bei uns sein. In Ordnung?«

Er schwieg kurz, als wolle er noch etwas sagen, doch dann glitten die Sorgen aus seinem Gesicht. »Aber ich kann immer noch nicht glauben, dass ihr Schwestern seid.«

Ich fand Nicky in dem Raum, der die nächsten vier Monate ihr Schlafzimmer sein würde. Mein Schreibtisch und die Kartons waren in die Ecke neben der Fensterbank geschoben worden, um Platz für einen Kleiderschrank zu schaffen. Sie hatte ihr iPad aufgeklappt, saß im Schneidersitz auf dem Schrankbett und fluchte leise vor sich hin, während sie versuchte, ein Lederband durch einen winzigen Metallring zu ziehen.

»Das wird toll aussehen.« Sie hatte uns die Skizze des Leder-Colliers gestern gezeigt. »Wenn ich es je fertigbekomme.« Sie warf die Teile auf das Bett. »Hätte ich all mein Werkzeug dabei, wäre ich schon gestern fertig gewesen.«

»Darüber habe ich nachgedacht. Wenn du mehr Zeug aus Cleveland holen musst, bevor deine Wohnung frei wird, ist das okay.«

Sie war ehrlich erstaunt. »Na klar.«

»Ich hätte es schon früher anbieten sollen, aber...« Wir waren mit anderen Dingen beschäftigt gewesen. »Ich habe auch noch einmal über das nachgedacht, worüber wir bezüglich Bill gesprochen hatten.« Ich setzte mich neben sie auf das Bett, vorsichtig, um ihre Schmucksachen nicht durcheinanderzubringen.

»Ich weiß, dass du es hasst, wenn irgendwas in der Schwebe bleibt, besonders etwas so Ernstes«, sagte sie. »Aber es ist gerade nicht dein Job, in der Gegend herumzurennen und Verbrechen aufzuklären, Chloe. Dein Job ist es, dich um Ethan zu kümmern.«

Ich hatte Nicky die Unterlagen gezeigt, die ich in meiner Schublade gefunden hatte, und sie überzeugte mich davon, sie vorerst nicht zur Polizei zu bringen. Aus ihrer Sicht war Ethan endlich wieder nach Hause gekommen, und das Letzte, was wir brauchten, war, unsere Familie wieder in den Mittelpunkt des allgemeinen Interesses zu bringen. Die Regierung ermittelte bereits gegen die Gentry Group und war so ausreichend alarmiert über eine mögliche Verbindung zu Adams Mord, dass sie Nunzio über Adams Kontakte zum FBI in Kenntnis gesetzt hatte. Nicky schien davon überzeugt, dass das FBI die Wahrheit herausfinden würde, ob ich ihnen nun Adams Unterlagen geben würde oder nicht.

»Aber was, wenn Adams Mord nie vollständig aufgeklärt wird? Ethan wird den Rest seines Lebens unter einer Wolke des Misstrauens leben. Die Leute werden sich immer fragen, ob er es nicht doch war.«

Nicky drückte kurz meinen Unterarm. »Wir haben doch darüber geredet, Chloe. Lass uns den Ball einfach eine Weile flach halten. Du weißt doch, wie angepisst die Staatsanwälte sind, wenn man ihnen bei einer Verhandlung ihren eigenen Arsch auf dem Tablett serviert. Wenn du sie wieder vorführst, fangen sie noch an, gegen *dich* zu ermitteln.«

Soweit wir wussten, hatte Jake für den Abend von Adams Mord kein Alibi. Es gab nichts, die Polizei davon abzuhalten, vorzubringen, dass Jake Adam umgebracht hatte, und ich war diejenige, die ihm das angehängt hatte.

Nicky sah, dass ich immer noch innerlich zerrissen war. »Die Unterlagen sind in deinem Schreibtisch sicher. Wenn das FBI die Punkte nicht miteinander verbindet, kannst du dich später immer noch melden.«

Sie hatte recht. Ich erlaubte mir, den Gedanken fortzuschieben. Sechs Monate lang hatte ich mich auf nichts anderes als Adams Mord konzentriert. Jetzt musste ich an die Zukunft denken.

TEIL IV

CHLOE

38

Drei Wochen später

Als ich die Wohnungstür öffnete, wurde ich von frischem Tannenduft begrüßt.

Es war das erste Mal seit drei Jahren, dass wir einen anständigen Weihnachtsbaum hatten, und dieses Jahr ließen wir nichts aus. Nicky und Ethan hatten die zwei Meter hohe Tanne vom Union Square Greenmarket nach Hause geschleppt, während ich auf dem Bürgersteig aufgepasst hatte, dass nichts passierte. Und wir hatten eine noch größere Blautanne in unserem Haus in East Hampton, wo wir den Weihnachtstag verbringen wollten.

Ich warf meine Aktentasche und die Post auf die Bank im Eingangsbereich, kickte meine Stiefel von den Füßen und hängte meinen Mantel auf. Als ich um die Ecke zum Wohnzimmer kam, bemerkte ich einen Strang Lametta auf dem Holzboden, neben dem zwei Weihnachtsbaumkugeln lagen, die sich gelöst hatten.

»Panda«, rief ich, als ich die Dekorationen wieder zurück an ihren Platz hängte. »Greedy Boy!«

Der Kater kam unter dem Sofa hervor, zischte wie ein Ninja am Baum vorbei, nur um dann eine Runde im Wohnzimmer zu drehen und wieder unter dem Sofa zu verschwinden.

»Du verrücktes Huhn!«

Trotz Nickys Nachricht am Morgen, dass sie ein Rezept

gefunden habe, das sie unbedingt nachkochen wolle, waren die Küche und auch der Rest der Wohnung leer. Sie hatte mir ein »opulentes Abendessen« versprochen, wenn ich von der Arbeit nach Hause käme.

Ich zog mein Handy aus der Aktentasche und schrieb eine SMS. **Frau, wo bleibt mein Abendessen?**

Ich wartete, bis Punkte auf dem Bildschirm auftauchten, gefolgt von **Sorry. Haben zu lange Weihnachtsgeschenke geshoppt und kaufen jetzt Lebensmittel. Italienisch. Opulent, ich versprech's.**

Ich nahm mir die Post von der Bank und ging in die Küche. Dort griff ich zunächst nach der Weinflasche unter der Kücheninsel, entschied mich dann stattdessen für einen Martini. Ich hatte allen Grund zum Feiern. Es war Freitagabend, und der Bonus-Scheck, den ich an diesem Tag bekommen hatte, machte deutlich, dass mein Job bei der *Eve* im Moment sicher war.

Der erste Schluck Gin brannte, doch der zweite rann sanft die Kehle hinunter. Ich drückte auf die Fernbedienung, um auf dem kleinen Fernseher in der Küche neben dem Kühlschrank die Nachrichten zu schauen, und wandte mich dann dem Stapel Post zu. Es waren so viele Last-Minute-Weihnachtsgeschenk-Kataloge gewesen, dass der Postbote den Stapel, den er unten beim Portier gelassen hatte, mit einem Gummiband hatte zusammenbinden müssen.

Als ich am Boden des Stapels ankam, fand ich einen braunen Umschlag, der an Ethan gerichtet war. Er war vom Cuyahoga County Clerk of Courts.

Was konnte Ethan vom Gerichtswesen Clevelands wollen? Ich sagte mir, dass es wahrscheinlich etwas war, um das Olivia während der Verhandlung gebeten hatte, und dass ich es schon herausfinden würde, wenn Ethan wieder zuhause war.

Ich schaffte es durch zwei Kaufhauskataloge, bis ich den Umschlag öffnete. Das Anschreiben war ein Formular, auf dem das Datum der Anfrage stand, die Seitenzahl und die bezahlte Summe. Im April war eine Einzahlung von fünfundzwanzig Dollar eingegangen, mit der Bitte um einen Auszug aus dem Archiv, und dann, vor kurzem, eine weitere Zahlung der Restsumme, für das Kopieren der entsprechenden Seiten, insgesamt zweiundvierzig Dollar.

Es war der Fall *Adam Macintosh vs. Nicole Taylor Macintosh*. Dies waren die Aufzeichnungen von Adams Sorgerechtsstreit mit Nicky, bevor sie sich einigten. Ich erinnerte mich vage an eine Abbuchung von fünfundzwanzig Dollar, die ich nach Adams Tod auf unserer Kreditkartenabrechnung gesehen hatte. Ich hatte angenommen, dass er mal wieder eine unserer privaten Kreditkarten für berufliche Ausgaben benutzt hatte, doch die Transaktion stammte von Ethan. Er war auf der Suche nach den Umständen, weswegen er Nicky verlassen musste.

Ich hatte die Akte gelesen und den Umschlag dann in meine Aktentasche gesteckt, als ich die Schlüssel im Schloss hörte. Als Nicky und Ethan dann eintraten, schwer bepackt mit Tüten, stand ich immer noch im Flur.

»Hey«, sagte Nicky und traf mich beinahe mit der Tür.

»Hey«, sagte ich, nahm ihr einige Tüten ab und stellte sie auf die Bank. »Ich muss noch mal ins Büro, ich habe da etwas vergessen, was ich heute Abend noch machen muss, tut mir leid. Ich hole es mir schnell und bin gleich wieder zurück.«

Nicky warf Ethan einen Blick zu. »Ich habe den Eindruck, hier versucht sich jemand vor dem Kochen zu drücken.«

»Du bist doch diejenige mit dem opulenten Rezept. Unseretwegen könnten wir uns auch was bestellen.«

»Gut. Dann koche ich allein. Aber *du*«, sagte Nicky und zeigte auf mich, »bist besser schnell wieder hier. Und *du*«, sagte sie zu Ethan, »bist der DJ, während ich koche.«

Mein Lagerraum befand sich bei Hudson Yards. An der Seite des Ziegelsteingebäudes war ein gigantisches Plakat angebracht, auf dem der beste Spruch des Monats stand: »Endlich genug Platz, um so zu tun, als würden Sie zuhause Yoga machen.«

Die Umzugsleute hatten sich an meine Anweisungen gehalten und den Schreibtisch so am Eingang abgestellt, dass man die Schubladen öffnen konnte, ohne etwas umzuräumen. Ich öffnete die oberste Schublade und fand, was ich suchte – Ethans Wegwerfhandy. Ich versuchte es einzuschalten, doch der Akku war leer.

Ich war halb beim Fahrstuhl, als ich mich wieder umdrehte. Ich öffnete die Aktenschublade und holte Adams Akte über Rives & Braddock heraus.

Als ich wieder zuhause ankam, war der Tannenduft dem von Butter und Knoblauch gewichen. Nicky und Ethan waren in der Küche. Meine Schwester entfernte die Stiele von einem Haufen Peperoni, während er ihr Songs von seinem iPad vorlas und sie fragte, was sie hören wolle.

»Keine Sorge. Das sind Shishitos. Überhaupt nicht scharf, versprochen. Warte, wohin gehst du?«, sagte sie zu mir.

»Ich schlüpfe nur in ein paar bequemere Klamotten. Bin gleich zurück.«

Ich schloss die Tür, warf meine Aktentasche auf das Bett

und öffnete die Nachttischschublade. Ich hatte immer noch das Aufladegerät des Wegwerfhandys, das Jake mir geschenkt hatte. Ich schloss es an das Handy an, das ich in Ethans Rucksack gefunden hatte. Es passte.

Ich wusste schon, welche Nummer ich finden würde, aber ich musste sicher sein. Der Bildschirm leuchtete auf. Gleich war es soweit.

39

Ich wartete, bis Ethan am nächsten Tag das Haus verließ, um zu einer Bowling-Party zu gehen, mit der einer der Casden-Kids seinen Geburtstag feierte. Ich war überrascht, dass Ethan auf der Einladungsliste stand, und noch überraschter, als er zusagte.

Das Wegwerfhandy hing in meinem Schlafzimmer immer noch am Ladegerät. Ich nahm es ab, holte den Umschlag des Cuyahoga County Clerk of Courts heraus und ging den Flur hinunter zu Nickys Zimmer. Nach einem kurzen Klopfen an der Tür rief sie, ich solle hereinkommen. Sie trug ein Bündel Kleidung, das auf der Bank am Fenster gelegen hatte. »Entschuldige, ich räume gerade ein bisschen auf.«

»Nicky, du brauchst das Zimmer nicht für mich sauberzumachen. Es ist deins.«

»Ich räume für mich selbst auf. Ich werde nie so überkorrekt sein wie du, aber ein *totales* Schwein bin ich auch nicht.« Sie ließ die Sachen auf die Kommode fallen. »Was gibt's?« Sie deutete auf den Umschlag in meiner Hand, als ich mich auf den Rand ihres Bettes setzte. An meiner Miene merkte sie, dass ich mit ihr über etwas reden wollte.

Ich klappte das Handy auf und las die Nummer vor, die ich bereits auf dem Bildschirm aufgerufen hatte. Sie war unter N abgespeichert. Eine 440er Vorwahl. Als ich das Handy in Ethans Rucksack gefunden hatte, dachte ich mir zunächst nichts dabei – nur ein weiterer von Ethans Freunden, von denen wir nichts wissen sollten, nahm ich an. Die Vorwahl von Cleveland war 216 gewesen, als ich dort lebte. Anscheinend hatten sie die 440 hinzugefügt, nachdem ich weggezogen war.

Ich hatte am Vorabend bereits versucht, die Nummer anzurufen. Die Frau am anderen Ende sagte mir, sie habe diese Nummer erst seit einem Monat.

Nicky runzelte die Stirn und biss sich auf die Lippe.

»Er hat dich oft angerufen«, sagte ich. »Seit Monaten.« Als Ethan sich vor einer Weile von der Seele hatte reden wollen, was an dem Abend, als Adam ermordet wurde, passiert war, hatte ich ihm das Wort abgeschnitten und ihm versichert, dass die Spannungen zwischen Nicky und mir der Vergangenheit angehörten.

Meine Erwartung war, dass Nicky jetzt lügen würde, denn in meiner Vorstellung log Nicky immer, wenn sie in die Ecke gedrängt wurde. Stattdessen gab sie es zu. »Ungefähr vor einem Jahr hat Ethan angefangen, verstärkt den Kontakt zu suchen. Er meinte, er wolle mich besser kennenlernen. Ich war diejenige, die ihm gesagt hat, er solle sich ein Wegwerfhandy besorgen, und ich habe dasselbe getan. Ich hatte panische Angst, dass Adam oder du mitbekommen könntet, dass er mich anruft und ihr einen Weg fändet, den Kontakt noch stärker zu unterbinden, als es eh schon der Fall war.«

Die Angst war nicht unbegründet. Adam hatte in ihrer Sorgerechtsvereinbarung festgeschrieben, dass Nicky Strafen drohten, wenn sie irgendeine Form von unerlaubtem Kontakt zu Ethan aufnehmen würde.

Ich erinnerte mich, wie Ethan ins Wohnzimmer gekommen

war, um uns den Artikel in der *Post* zu zeigen, dass er eine Waffe mit in die Schule gebracht hatte. »Eine Waffe?«, hatte Nicky damals gesagt. »Davon hast du mir ja gar nichts erzählt.«

Die Bemerkung fand ich zum damaligen Zeitpunkt merkwürdig. Ich erzählte ihr nie irgendetwas über Ethan, weil wir kaum telefonierten. Doch die Bemerkung war gar nicht an mich gerichtet gewesen, sondern an Ethan. Was auch immer er ihr erzählt hatte, musste es wohl nicht alles gewesen sein.

»Er hat mit dir über uns geredet?«, fragte ich.

»Anfänglich nicht. Ehrlich, zunächst schien er nicht zu wissen, über was er mit mir reden sollte, aber ich merkte, dass er die Verbindung suchte. Also habe ich einfach von meinem Leben erzählt. Den Schmuck, den ich herstelle. Die Tomaten, die ich versucht habe zu ziehen, obwohl ich offensichtlich keinen grünen Daumen habe. Ich habe ihm lustige Sachen über dich erzählt, als wir noch Kinder waren. Die alte Tessa von nebenan wurde zu einer der Hauptpersonen meiner Geschichten – wie ich sie immer erwischt habe, wenn sie den Müll der Nachbarn durchwühlte, auf der Suche nach verborgenen Schätzen.« Die Nachbarin meiner Eltern, Tessa, war die verrückte alte Dame des Ortes gewesen, als ich klein war. Vermutlich war sie damals nur so alt gewesen, wie ich es heute war. »Über die Zeit wurde er aufgeschlossener. Und es wurde deutlich, dass er Probleme mit Adam hatte.«

Ich schüttelte den Kopf. »Ich verstehe gar nicht, warum er mir davon nichts erzählt hat.«

»Und ich habe nicht verstanden, warum du *mir* nichts erzählt hast. Inzwischen hat sich viel verändert. Ich war damals der Ansicht, dass Ethan fast erwachsen war und anfangen könnte, selbst zu entscheiden, welche Rolle er in seinem eigenen Leben spielen wollte. Nach und nach hat er angefangen, mir mehr davon zu erzählen, was bei euch los war – Adam, der die Macht behalten wollte und versuchte, alles und jeden zu kontrollieren. Da kamen all die alten Erinnerungen wieder bei mir hoch. Er erzählte, dass Adam nach der Sache mit dem Gras oft stichprobenartig sein Zimmer durchsuchte und ihn wie einen Kriminellen behandelte. Ich habe ihm übrigens geglaubt, dass er das Zeug nicht vertickt, aber er hat es geraucht – und zwar viel. Zu viel. Es erinnerte alles an mich in der Zeit, bevor ich nüchtern wurde. Ethan hat geschworen, er sei nicht abhängig, doch er würde sich damit besser fühlen. Und dann hat Adam wohl versucht, Ethan weiszumachen, dass er all diese furchtbaren Dinge getan hatte, wenn er high war.«

»Was meinst du mit ›furchtbaren Dinge‹?«

»Also, ich vermute, dass er zusammenklappt, wenn er zu viel gekifft hat. Wie ein Schlaf, aus dem man nicht aufwachen kann.« Ich dachte an all die Male zurück, in denen Ethan nach Hause gekommen und auf dem Sofa quasi ins Koma gefallen war. Mir war noch nicht mal bewusst gewesen, dass er high gewesen war. »Adam hat ihn angebrüllt und versucht, ihn zu wecken, aber Ethan hat geschlafen. Und dann hat Adam ihm später erzählt, dass Ethan ihn angebrüllt hätte, weil er in sein Zimmer gekommen war. Und dann hat er ihm erzählt, dass er Panda beinahe verletzt hätte, als er ihn von seinem Bett geworfen hätte.«

»Adam hat mir nie etwas davon erzählt.«

»Das war anscheinend immer, wenn du nicht zuhause warst. Nach der Sache mit Panda begann Ethan sich zu fragen, ob Adam sich das alles nur ausdenkt.«

»Aber warum?«

»Damit er sich schlecht fühlt. Um ihn zu kontrollieren. So machen das Missbrauchstäter, Chloe. Sie treiben ihre Opfer in den Wahnsinn. Adam hat Ethan erzählt, dass er langsam genauso verrückt würde wie seine Mutter – genau wie in dem Video. Und darum hat Ethan die Webcam in seinem Zimmer aufgestellt. Er wollte wissen, ob das alles die Wahrheit war. Er glaubte es nicht, konnte aber nicht begreifen, warum Adam ihn anlügen sollte.«

»Und was hast du daraufhin getan?«

»Ihm nur zugehört. Er brauchte jemanden, mit dem er reden konnte.«

Ich wollte gerade ansetzen zu sagen, dass Ethan zu mir hätte kommen können, doch offensichtlich dachte er, er könnte das nicht. Wenn ich mich nicht selbst wehren konnte, wie sollte ich dann ihn schützen?

»Hat er dir erzählt, was Adam mir angetan hat?« Ich brachte die Worte immer noch kaum über die Lippen.

»Ja. Und es hat mich fast um den Verstand gebracht, dass er dir wehtat. Ich habe so häufig darüber nachgedacht, ob ich dich anrufen soll, doch ich wollte Ethans Vertrauen nicht enttäuschen. Und ich hatte Angst, dass es auf mich zurückfallen würde, wenn ihr beiden wüsstet, dass Ethan und ich telefonieren. Und dann, eines Tages, irgendwann im April, kam Ethan plötzlich damit, dass Adam über das gelogen haben könnte, was damals am Pool passiert war, als er klein war. Ich meine, ich erinnere mich an gar nichts mehr von dem Abend. Ich hatte einfach angenommen, dass Adam die Wahrheit erzählt hatte. Ich war entsetzt. Ich war sicher, dass ich Ethan niemals absichtlich etwas angetan hätte, doch der Rest, dachte ich, stimmte. Tatsächlich hätte es aber auch so sein können, dass

Adam mich unter Wasser gedrückt und dann wieder herausgezogen hatte. Das hätte ich nie mitbekommen.«

Schließlich zog ich die Papiere aus dem Umschlag auf meinem Schoß. »Die Bluttests des Krankenhauses ergaben 0,18 Promille, gemischt mit Flu-ox-e-tin ...« Ich sprach die Silben einzeln aus.

»Prozac«, sagte sie. »Tut dem Körper gut, aber nicht mit Alkohol im Blut.«

»Plus Zolpidem.«

»Ein Schlafmittel.«

»Soweit hat mir Adam alles erzählt. Doch in dem Bericht steht auch, dass du Prellungen am Arm hattest. Adam sagte, das müsse passiert sein, als er dich aus dem Wasser gezogen hat. Als du zu dir gekommen bist, sagte er, hättest du dich gegen ihn gewehrt und versucht, wieder ins Wasser zu gelangen.« Adam war einer der am meisten bewunderten jungen Staatsanwälte im Büro des Bezirksanwaltes. Niemand hätte seine Version des Hergangs infrage gestellt. Er war der heldenhafte Vater, der seinen Sohn vor einer gestörten Frau gerettet hatte.

»Möglicherweise. Wie ich schon sagte, ich erinnere mich an gar nichts mehr. Oder vielleicht ist es passiert, weil er mich reingeworfen hat, während ich das Bewusstsein verloren hatte. Ehrlich, ich würde gern glauben, dass das passiert ist, aber ich werde es nie mit Sicherheit wissen. Doch Ethan begann, ernsthaft infrage zu stellen, ob Adam damals gelogen hat. Er hat es ihm während eines Streits einmal vorgeworfen, und das war dann der Punkt, an dem Adam davon anfing, ihn auf eine Militärschule schicken zu wollen.«

»Aber vielleicht gibt es doch noch einen Weg, es herauszufinden, Nicky.« Ich gab ihr eine Seite des Polizeiberichts von dem Abend, als Adam Ethan aus dem Swimmingpool gerettet hatte. Ich hatte den Abschnitt, den sie lesen sollte, bereits farbig markiert.

Macintosh sagt, seine Frau schien bewusstlos zu sein. Als er versuchte, sie aus dem Wasser zu ziehen, begann sie sich zu wehren. Sie sagte immer wieder: »Ich werde ein Engel über dem Waldsee sein.« Laut Macintosh ist es eine Erinnerung aus der Kindheit seiner Frau. Er erklärte, es beziehe sich auf die Familienversion eines Gebetes »Lieber Gott, ich leg' mich schlafen«. Er hielt es für einen Ausdruck des Wunsches seiner Frau, ihr Leben zu beenden.

»Das hast du vorher noch nie gesehen?«, fragte ich.

Nicky schüttelte den Kopf. »Das ergibt keinen Sinn. Ich habe ihm nie davon erzählt. Und das ist noch nicht mal die richtige Zeile. Es war ›Und sollt' ich sterben vor dem Wachen, wart' ich am Bergsee und wir lachen‹. Wir haben darüber gesprochen, zu Prozessbeginn, weißt du noch?«

Dann machte es bei mir klick. *Sie* hatte sich an die richtige Zeile erinnert, aber *ich* nicht. Ich hatte sie in meinem Kopf über die Jahre verändert. Und bei einem von Adams Anrufen, weil er sich solche Sorgen um Nicky machte, hatte ich ihm erzählt, was für eine tolle große Schwester sie gewesen sei, als ich klein war. Ich erzählte ihm, welche Angst ich gehabt hatte, wenn ich mein Gebet aufsagen musste und sie sich eine Version ausgedacht hatte, bei der wir beide Engel waren. Und dann sagte ich ihm meine veränderte Version auf, einschließlich des falschen Namens des Sees.

»Er hat gelogen, Nicky. Du hast nicht versucht, dich umzubringen.«

»Was bedeutet, dass ich nicht versucht habe, Ethan etwas anzutun.«

»Du *hast* Ethan nichts angetan. Er konnte damals noch nicht einmal sprechen. Er hat wunderbar geatmet, als die Sanitäter kamen. Adam hat sich die ganze Geschichte ausgedacht – damit er gehen und Ethan mitnehmen konnte.«

»Wann hast du das da bekommen?«, fragte sie und deutete auf die Akte.

»Gestern. Ethan hat sie im April angefordert. Der Sachbearbeiter muss so lange gebraucht haben, um die Unterlagen aus dem Archiv herauszusuchen.«

Sie griff hinüber, nahm mir den Stapel Papiere aus der Hand und begann darin zu blättern.

»Hast du Adam deshalb umgebracht?«, fragte ich schließlich. »Weil er dir Ethan gestohlen hat? Weil du das komplette Sorgerecht zurückhaben wolltest?«

Sie schüttelte den Kopf. Ich habe mein Leben lang angenommen, sie sei eine Lügnerin, doch diesmal wünschte ich mir wirklich, sie würde es abstreiten.

Doch sie stritt es nicht ab, zumindest nicht den Teil, dass sie Adam getötet hatte. »Es war, weil Adam angefangen hatte, dir wehzutun, und ich konnte sehen, wie das Ethan kaputtmachte. Er ist darunter *zerbrochen*, der süße kleine Kerl. Ihn fortschicken? Ihn einfach so rausschmeißen? Wirf einen Blick in die Zeitungen, die sind mit Schlagzeilen über abscheuliche Männer gefüllt, die mal ungeliebte kleine Jungs gewesen sind.«

Genau wie ich gefragt hatte: Was, wenn wir Jungs gewesen wären?

»Es war nicht das, was ich wollte, Chloe, aber Ethan hatte mich am Donnerstagabend angerufen – nachdem du diesen

Presse-Preis gewonnen hattest. Er sagte, er hätte sich die ganze Zeit vor Angst fast in die Hosen gemacht, dass Adam nicht auftauchen würde und er dann durchdrehen würde, wenn du enttäuscht gewesen wärst. Ich vermute, es hat an dem Abend alles funktioniert, doch ich merkte, dass Ethan auf einem Pulverfass saß. Er erzählte, ihr würdet am Wochenende nach East Hampton fahren und er würde die Nacht bei einem Freund verbringen, um Adam aus dem Weg zu gehen. Also bin ich direkt am nächsten Morgen ins Auto gesprungen, nach dem Motto: Scheiße, dann kümmere ich mich eben selbst um Adam, wenn es sein muss. Dann war ich bei eurem Haus und wusste nicht weiter. Ich habe sogar gesehen, wie du zu dieser Party gegangen bist. Du hast so hübsch ausgesehen.«

Ich ließ meine Schwester reden.

»Dann habe ich einfach gewartet, und Adam ist nach Hause gekommen. Irgendwann habe ich allen Mut zusammengenommen und geklingelt. Er hat mich hereingelassen.« Das war die Stelle, an der die Alarmanlage ausgeschaltet worden war. »Ich sagte ihm, Ethan würde ihn besser durchschauen, als ich es je gekonnt hätte, und dass ich nicht zulassen würde, dass er ihm das antut, was er mir angetan hatte. Ich würde nicht zulassen, dass er unseren Sohn kaputtmachte. Ich hatte so *hart* daran gearbeitet, mich zu bessern. Ein anderer Mensch zu sein. Und innerhalb von Minuten war alles wie weggeblasen. Ich fühlte mich klein. Unterwürfig. Und dann habe ich … es getan. Mit dem Messer.«

»Hast du dich verteidigt? Hat er versucht, dich anzugreifen?«

Nicky schüttelte den Kopf. »Das könnte ich behaupten, aber es stimmt nicht. Ich erinnere mich an sein Gesicht, als ihm klar wurde, was ich mit dem Messer getan hatte. Er war so schockiert. Und dann hat er mich angesehen, mit einem Ausdruck wie: Okay, das wirst du bereuen. Aber dann habe ich noch einmal zugestochen.« Ich wusste, dass sie insgesamt fünf Mal zugestochen hatte. »Es tut mir so leid, Chloe. Ich weiß, du hast ihn geliebt.«

»Dein Handy. Du hast es absichtlich in Cleveland gelassen. Und das Messer. Bei uns fehlten keine.«

»Ich trage immer noch Dads altes Klappmesser mit mir herum, wo immer ich bin – oder zumindest habe ich das bis zu jenem Abend getan.« Unser Vater hatte das Messer geliebt. Ich hatte mehrfach versucht, ihm ein schöneres zu kaufen, doch er blieb seiner Fünfundzwanzig-Dollar-Klinge treu. »Mein Handy habe ich zuhause gelassen, weil ich solche Angst hatte, dass er mich vor Gericht zerren würde, weil ich unangekündigt bei eurem Haus aufgetaucht war. Ich dachte, ich lüge einfach und streite es ab, und an meinen Telefondaten sieht man, dass ich das ganze Wochenende im guten, alten Cleveland war.«

Nicky hatte versucht, den Manipulierer zu manipulieren, und hatte ihn stattdessen umgebracht.

»Du zeigst mich an, oder? An diesem Punkt ist mir letztlich egal, was mit mir passiert. Ich will, dass es Ethan gut geht, und ich weiß, dass das so sein wird, wenn er bei dir ist – jetzt, wo Adam fort ist.«

Ich würde sie nicht anzeigen. Es würde meinen Sohn zerstören – unseren Sohn.

»Hast du das Messer noch?«

Nicky sagte, sie habe es in ihrem Haus in Cleveland versteckt.

»Gut, dann denke ich, dass es an der Zeit ist, dass du noch ein paar deiner Sachen nach New York holst.«

40

Bill begrüßte mich an der Tür mit einer seiner typischen warmherzigen Umarmungen. Seine hellblauen Augen funkelten, als er einen Schritt zurücktrat und mich zufrieden anlächelte. »Ich habe mich schon so langsam gefragt, ob ich dich je wiedersehen würde, Miss Chloe.«

Wir hatten ein paar Mal telefoniert, uns jedoch seit Beginn von Ethans Verhandlung nicht mehr gesehen. Nun hatten wir den zweiten Weihnachtstag, und Bill verbrachte die Woche in seinem Haus in Amagansett, nur eine Viertelstunde von unserem Haus in East Hampton entfernt.

Ich überreichte ihm eine Geschenkbox, um die eine Schleife aus schwarzer Seide gebunden war. »Die Packung verrät schon die Hälfte. Ich wollte es eigentlich noch hübsch einpacken, aber ich befürchte, dass ich meine üblichen Ansprüche an mich in diesem Jahr aus dem Fenster werfen musste.«

»Nun, das ist eine sehr höfliche Art, einem Einundachtzigjährigen die Peinlichkeit zu ersparen, sich mit dem Geschenkpapier herumschlagen zu müssen.« Er ging vor ins Wohnzimmer, wo ein Feuer prasselte. »Ich trinke einen heißen Toddy und glaube, du könntest auch einen gebrauchen.«

Bill verschwand in der Küche und kam mit zwei Gläsern zurück. »Fröhliche Weihnachten, meine Liebe. Wir kennen unsere gegenseitigen Lieblingsläden.«

Ein dunkelblauer Kaschmirschal für ihn. Ein Martinishaker aus Silber und Bleikristall für mich. »Oh, den kann ich gut gebrauchen«, sagte ich.

»Wenn ich das durchgemacht hätte, was du dieses Jahr durchgemacht hast, wäre ich noch bis zur nächsten Präsidentschaftswahl betrunken.«

Ich tauschte den Shaker gegen den Toddy und nahm einen Schluck des warmen, leicht mit Honig gesüßten Whiskeys. »Ich bin nicht die Einzige, auf die ein paar Überraschungen gewartet haben«, sagte ich und hob eine Augenbraue in seine Richtung. »Ich hatte keine Ahnung, dass Adam mit dem FBI gesprochen hat. Das weißt du doch wohl, oder?«

Er winkte ab. »Wenn er einfach zu mir gekommen wäre, hätte ich ihm erklären können, dass es nichts gibt, weswegen er sich Sorgen zu machen bräuchte. Adam war neu bei M&A und hat wahrscheinlich voreilige Schlüsse gezogen. Er war gewohnt, auf der anderen Seite des Ganges zu stehen, und verstand nicht, wie diese Deals abgewickelt werden, von den internationalen ganz zu schweigen.«

»Aber, das FBI *ermittelt* doch gegen Gentry. Und dem Agenten zufolge, der bei Ethans Verhandlung ausgesagte, hörte es sich so an, als würde auch eure Kanzlei genauer angesehen.«

»Das FBI versucht immer, die Anwälte in die Skandale ihrer Mandanten mit hineinzuziehen. Es ist eine Abschreckungstaktik – um uns davon abzuhalten, unseren Job zu machen.«

»Aber warum hat Adam versucht, mit ihnen über eine Kooperation zu verhandeln, wenn es nichts gab, worüber er sich Gedanken zu machen brauchte?«

»Dein Ehemann war – bei allem Respekt – immer ein bisschen zu heilig für die Privatwirtschaft. Er dachte, er stünde über der Arbeit, aber man steht immer zu seinem Mandanten. Punkt. Du begreifst sicher, was ich damit meine.«

Ich zuckte die Achseln. »Ich bin kein Anwalt.«

»Nein, aber du hast eine monatelange Verhandlung überlebt, in der die Regierung Ethan des Mordes beschuldigt hat. Und ich habe gesehen, wie du für ihn gekämpft hast. Du hast doch nie geglaubt, dass Jake der Mörder war, oder?«

Er starrte mich mit seinen ungemein charmanten blauen Augen an. Ich blickte zur Seite. »Nein.«

»Entschuldige«, sagte er, die Stimme weicher. »Das muss schwer für dich gewesen sein. Doch mein Punkt ist, dass du alles getan hast, um Ethan zu helfen. Ich werde niemandem gegenüber auch nur ein Wort darüber verlieren, ehrlich, aber ich habe keine Sekunde geglaubt, du hättest Jake erzählt, dass Adam die Hand gegen dich erhoben hat. Wenn es so gewesen wäre, dann hätte die Polizei Adam quicklebendig vorgefunden, aber mit zwei blauen Augen und einer gebrochenen Nase, die er hätte erklären müssen. Du hast getan, was du tun musstest, um deinen Sohn zu schützen.«

Ich nahm einen weiteren Schluck meines Drinks.

»Ich weiß«, sagte er und wedelte mit der freien Hand. »So oder so, sag jetzt nichts. Ich bin nur ein alter Mann, der alle seine Möglichkeiten durchspielt. Aber eines möchte ich noch sagen: Selbst Jake versteht die Situation, in der du gesteckt hast. Er liebt dich, weißt du.«

Ich blickte zu Boden. Das hier würde noch härter werden, als ich gedacht hatte. »Das ist nicht möglich«, sagte ich. »Jetzt nicht mehr.«

»Ich verstehe es. Er hat sich verändert. Er hat damals so gestrahlt – jetzt weiß ich, dass es wegen dem war, was er mit dir hatte. Er vermisst dich. Du solltest ihn irgendwann anrufen, wenn die Zeit dafür reif ist.«

Ich ermahnte mich, dass Bill nur so tat, als würde ihm etwas an Jakes Glück liegen. Genau wie ich zugelassen hatte, dass eine Jury sich fragte, ob Jake ein Mörder war, hatte Bill zugelassen, dass Olivia und die Presse angedeutet hatten, Jake sei derjenige, der für die Straftaten in der Gentry Group zuständig sei. Ich wusste, dass es anders war.

»Das wäre ein bisschen eigenartig, wenn Jake letztendlich wegen dem eingesperrt wird, was Adam der Regierung gesteckt hat. Ich kann einen Wirtschaftskriminellen in meinem Leben gerade nicht gebrauchen.«

Bill lächelte, sein Blick glitt in die Ferne.

»Ich mache keine Witze, Bill. Ethans Anwältin sagte, das FBI hätte sich so angehört, als stünden Festnahmen kurz bevor, und sie haben eindeutig eure Firma im Visier. Was, wenn es nicht nur Jake ist? Was, wenn sie auch hinter dir her sind?«

»Ich habe mit Sicherheit nicht vor, ins Gefängnis zu gehen.«

»Natürlich nicht. Ich sage nur, du solltest dich vorbereiten. Vielleicht solltest du dir schon mal einen eigenen Anwalt nehmen, nur für den Fall.«

»Ich bin einundachtzig Jahre, mein Liebes. Jede Art von Gefängnisstrafe wäre mein Todesurteil. Wenn das passieren sollte, rein hypothetisch, würde ich das Licht abschalten. Ich hatte ein gutes Leben.« Es war eindeutig nicht das erste Mal, dass er über diese Frage nachgedacht hatte, und seine Antwort klang nicht hypothetisch. »Nun, lass uns aufhören, über Verfahren, übereifrige FBI-Agenten und all dieses paranoide Zeug zu reden. Erzähl mir lieber, wie es dir geht, jetzt, wo Ethan wieder zuhause ist.«

Fast eine Stunde lang unterhielten wir uns über Nicky und Ethan, die Rohfassung meiner Memoiren und dass mich sogar ein Filmagent angerufen hatte, der Interesse an der Story hatte. Es fühlte sich fast wieder so an wie in alten Zeiten, mit meinem liebsten, achtzigjährigen Freund.

Nach unserem zweiten Drink ging Bill in die Küche, um eine Flasche Wein zu öffnen, doch ich hob die Hand und hielt ihn ab. »Wenn ich damit weitermache, bin ich nicht mehr in der Lage, nach Hause zu fahren. Aber ich danke dir, dass ich kommen durfte. Du bist all die Zeit so wunderbar zu mir gewesen, das werde ich dir nicht vergessen.«

Ich stand auf, um zu gehen, und stopfte meinen schicken Martinishaker in meine Handtasche. Als wir zur Haustür gingen, tätschelte ich Bills Arm. »Weißt du, ich gehe besser noch mal für kleine Mädchen, bevor ich losfahre. Darf ich?«

»Selbstverständlich. Du kennst dich ja aus.«

Ich entschied mich für das Bad des Gästezimmers. Es schien eine logische Entscheidung zu sein. Ich hatte vor ein paar Jahren zwei Nächte in diesem Zimmer verbracht, als wir in unserem Haus über Silvester einen Stromausfall hatten.

Während ich das Wasser laufen ließ, um die Hände zu waschen, zog ich die Latexhandschuhe aus meiner Tasche und streifte sie über. Ich nahm den hellgrauen Weidenkorb aus dem unteren Regal des Toilettentisches, der mit frischen Handtüchern gefüllt war. Ich faltete ein weißes Geschirrtuch mit Waffelmuster auseinander, holte das Klappmesser meines Vaters heraus und versuchte dabei, nicht auf die braunen Flecken am Ende der Klinge zu schauen. Ich legte es ganz unten in den Korb und stapelte die Handtücher dann wieder obenauf.

Dann zog ich die Handschuhe aus, stopfte sie in meine Tasche und spülte meine Hände kurz ab.

Als ich in den Flur zurückkam, trug Bill seinen neuen Kaschmirschal und wartete bereits mit meinem Mantel. »Wie findest du ihn?«, sagte er und warf sich ein Ende des Schals über die Schulter.

»Du hast es immer noch drauf, mein Lieber«, sagte ich und zog meinen Mantel an. »So einen wie dich nennen die Mädels im Büro einen heißen Typen.«

»Ich liebe ihn. Und ich liebe dich.«

»Ich liebe dich auch«, sagte ich und umarmte Bill ein letztes Mal.

Ich fuhr von seinem Haus direkt zum Polizeirevier. Dort fragte ich, ob ich etwas für Detective Jennifer Guidry abgeben könne. Zu meiner Überraschung tätigte der Sachbearbeiter einen kurzen Anruf, und ein paar Minuten später erschien Guidry.

Ich übergab ihr die Fächermappe, die Adam in meinem Schreibtisch versteckt hatte. »Die hier habe ich gefunden, als ich meinen Schreibtisch aufgeräumt habe. Es geht um die Gentry Group und Adams Kanzlei. Ich dachte, Sie könnten sie an Ihren FBI-Kontakt weitergeben.«

Olivia hatte mir gesagt, dass wir vermutlich nie von Adams Kooperation mit dem FBI erfahren hätten, wäre Guidry nicht gewesen. Sie öffnete die Mappe und blätterte durch die Seiten.

»Ich weiß immer noch nicht, wer Adam umgebracht hat. Aber hier steht genug drin, um Bill Braddock für ein paar Jahre hinter Gitter zu bringen. Ach, und, Sie sollten dem FBI mitteilen, dass Bill auch in seinem Haus in Amagansett Unterlagen aufbewahrt. Er arbeitet immer dort.«

41

Vier Monate später

»Seid ihr beide echt sicher, dass ihr dieses Haus verkaufen wollt?« Ethan stand im Garten, die Hände auf den Hüften, und blickte über die achttausend Quadratmeter Wald hinter dem Haus meiner Eltern. »Dieses Grundstück ist echt krass. Also, man könnte da hinten ja richtig campen.«

»Hab's einmal versucht«, sagte ich. »Hatte danach einen großen Spinnenbiss.«

»Darf ich mit dem Dreirad-Chopper noch mal den Hügel runterfahren?« Ethan war entzückt gewesen, als er in Nickys Garage ein neongelbes Dreirad für Erwachsene gefunden hatte, anscheinend ein Geburtstagsgeschenk, das sie sich von einem Freund zurückgeholt hatte, der sie drei Jahre zuvor betrogen hatte.

»Hau rein«, sagte sie. »Das Ding verkaufe ich bei Goodwill, wenn wir fahren.«

»Kommt nicht infrage. Ich finde schon einen Weg, es mitzunehmen.«

Wir sahen ihm hinterher, als er wie ein Riesenbaby davonstrampelte. »Ich weiß nicht, wann ich ihn das letzte Mal so glücklich gesehen habe.«

»An dem Tag, als er vom Mord freigesprochen wurde«, sagte Nicky. »Das war eindeutig ein Höhepunkt.«

»Es scheint doch alles mit ihm in Ordnung zu sein, oder?

Das bilde ich mir doch nicht nur ein?« Ethan kam gut an der öffentlichen Schule zurecht, mit dem Unterrichtsstoff und den Freunden. Sein Therapeut hatte seine Besuche sogar auf einmal pro Woche zurückgestuft. Dass das FBI das Messer, mit dem Adam getötet wurde, gefunden hatte, half wahrscheinlich auch, genau wie Bill Braddocks Beharren auf seinem Recht zu schweigen. Ethan glaubte jetzt, dass sein Vater gestorben war, weil er versucht hatte, seine weiße Weste wiederzubekommen, statt dass es etwas mit unserer Familie zu tun hatte. Auch die öffentliche Meinung änderte sich. Selbst wenn Bill nie verurteilt werden würde, würde mein Sohn nicht für den Rest seines Lebens unter einer Wolke des Misstrauens leben.

»Nein, das bildest du dir nicht ein«, bestätigte Nicky. »Es geht ihm gut. Wirklich gut.«

Wir gingen wieder zurück ins Haus, um die Dinge einzupacken, die sie mit nach New York nehmen wollte.

»Ich muss wirklich sagen, ich kann kaum glauben, dass das dasselbe Haus ist, Nicky. Du hast phantastische Arbeit geleistet.«

Das alte Haus meiner Eltern war kaum wiederzuerkennen. Sie hatte den Teppich abgezogen und die Böden selbst aufgearbeitet. Hatte in einem Zimmer nach dem anderen die Tapete abgekratzt. Hatte die dunkelbraunen Küchenschränke hellgrau gestrichen. Sie erzählte mir, sie hätte sogar den Kaminschutz selbst zusammengeschweißt. Er war hell, modern und kunstvoll.

»Danke. Ich dachte, der Abschied würde mir schwerer fallen, doch ich bin bereit.« Das Haus würde nächste Woche auf den Markt gehen, und die Maklerin sagte, sie hätte vielleicht sogar schon einen Käufer. Nicky hatte angeboten, den Erlös aus dem

Verkauf mit mir zu teilen, da ich ihr ja meine Hälfte des Hauses überlassen hatte, als meine Mutter starb, doch ich versicherte ihr, dass das Haus schon lange ihr allein gehören würde. Sie würde nach New York ziehen, zumindest, bis Ethan aufs College ging. Ich hatte ihr versprochen, sie bei der Miete für die Wohnung zu unterstützen, doch sie hatte eine Arbeit bei David Yurman in SoHo gefunden und hoffte, den Job soweit ausbauen zu können, dass sie irgendwann Schmuck entwarf, anstatt ihn nur zu verkaufen. Ich war trotzdem stolz auf sie, dass sie ganz allein in New York eine Verdienstmöglichkeit gefunden hatte.

Mein Handy summte. Es war eine SMS von Olivia Randall. Ich wusste, dass sie herauszufinden versuchte, was der Bezirksstaatsanwalt von Suffolk County wegen des Messers unternehmen würde, das das FBI in Bill Braddocks Haus gefunden hatte, während sie im Rahmen der Ermittlung gegen Gentry eine Hausdurchsuchung bei ihm durchgeführt hatten. Das Kriminallabor hatte bestätigt, dass es sich um die Waffe handelte, die Adam getötet hatte, aber bisher war Bill von der Bundesregierung nur wegen der Straftaten angeklagt worden, die er über die Kanzlei begangen hatte. Es stellte sich heraus, dass die Bestechungsgelder, die die Gentry Group rund um den Globus bezahlte, nur ein Teil der massiven Korruption gewesen waren, die Bill im Namen seiner Mandanten beaufsichtigt hatte.

Schon auf den ersten Blick sah ich, dass Olivias SMS lang war:

Tut mir leid, dass ich nur kurz schreibe, aber ich habe diese Woche eine Verhandlung. Ich habe endlich Nunzio ans Telefon bekommen, und er hat seine Meinung nicht geändert. Da sie bereits einen Prozess verloren haben, sind sie nicht der Ansicht, dass die Mordwaffe allein, ohne weitere Beweise, die Braddock mit dem Messer in Verbindung bringen, ausreicht, um ihn festzunageln. Aber ich habe auch gute Nachrichten. Mein Kontakt im Büro des Bundesstaatsanwaltes sagt, dass Braddock sich auf einen Deal eingelassen hat, vier Jahre einzusitzen. Die Regierung war einverstanden, dass er seine Haftstrafe nicht vor dem Dienstag nach Labor Day anzutreten braucht, doch zumindest kommt er für eine Weile richtig hinter Gitter. Ich hoffe, das verschafft Ihnen ein bisschen Frieden. Ich melde mich, wenn ich mit meiner Verhandlung durch bin, aber kontaktieren Sie mich gern, falls Sie vorher irgendetwas benötigen. Alles Gute, Olivia

Nunzios Entscheidung war genau das, was ich erwartet hatte. Ich wusste von Adam, wie schwer es war, einen zweiten Verdächtigen anzuklagen, nachdem die Staatsanwaltschaft bereits gegen jemand anderen aufgelaufen war. Ohne Anklage, gegen die er sich verteidigen musste, berief sich Bill auf sein Recht zu schweigen und gab keinerlei Hinweise preis, wie ein altes Klappmesser unter seinen Gästehandtüchern gelandet sein könnte.

Bill hatte immer gesagt, dass von allen Orten, an denen er je gewesen sei – Venedig, Kyoto, Island, Belize, Südfrankreich –, kein Ort so wunderschön sei wie das East End von Long Island. Er hatte eingewilligt, sich schuldig zu bekennen, aber wollte den Sommer noch in Amagansett verbringen. Ich konnte nicht aufhören, darüber nachzudenken, was Bill das letzte Mal, als wir uns sahen, gesagt hatte. *Jede Art von Gefängnisstrafe wäre mein Todesurteil. Wenn das passieren sollte, rein hypothetisch, würde ich das Licht abschalten. Ich hatte ein gutes Leben. Ich* hatte das Gefühl, ich wusste, wie Bill den Labor Day verbringen würde.

Ich tippte eine Antwort: **Klagen sie auch Jake an?** Als ich seinen Namen auf dem Bildschirm vor mir sah, fühlte er sich nicht mal mehr wirklich an. Ich löschte die Nachricht und schickte stattdessen ein **Danke**.

Nicky wedelte mit einer Hand vor meinem Gesicht und versuchte, meine Aufmerksamkeit auf sich zu ziehen.

»Entschuldige.«

Sie hielt eine blau-grüne Vase in Form eines Vogels hoch. »Behalten oder wegwerfen?«

»Für meinen Geschmack etwas zu unkonventionell«, sagte ich.

»Du hast recht. *Behalten!*«

Sie lächelte und sah mich aus dem Augenwinkel an, als sie die Vase in eines ihrer weißen Geschirrtücher mit Waffelstruktur wickelte. Es war dieselbe Art Geschirrtuch, das sie benutzt hatte, um Dads altes Klappmesser einzupacken.

»Warum hast du das Messer behalten?«

Sie wich meinem Blick aus und wickelte weiter Schnickschnack vom Kaminsims ein. »Ich weiß nicht mehr, wie oft ich auf dem Weg zurück nach Cleveland angehalten und mich nach einem Ort umgesehen habe, wo ich es loswerden könnte. Jedes Mal, wenn ich aus dem Wagen aussteigen wollte, habe ich Panik bekommen, dass jemand mich sehen könnte. Also bin ich weitergefahren.«

»Du hättest es hinterher entsorgen können.«

»Vielleicht habe ich im Hinterkopf gedacht, dass ich es vielleicht noch brauchen würde – als letzte Zuflucht. Ich habe gegen Ende der Verhandlung sogar darüber nachgedacht, es irgendwo bei Jake zu deponieren, aber konnte mich dazu nicht überwinden. Ich hatte gesehen, wieviel er dir bedeutet hat.«

Das kaufte ich ihr nicht wirklich ab. Sie hatte noch nicht einmal gefragt, wo Jake wohnte, was ja harmlos gewesen wäre.

»Oder vielleicht war es deine Schick-Chloe-in-den-Knast-Karte, falls ich dir zu viel Ärger bereitet hätte?«

»Wow, du warst noch nie besonders witzig. Bleib bloß bei deinem alten Job, Schwesterherz.« Als unsere Blicke sich trafen, wurde ihre Miene ernst. Genau wie ihr Tonfall. »Du müsstest inzwischen wissen, dass ich nie etwas tun würde, das dich verletzen könnte, oder? Ich bin nur aus einem einzigen Grund zu Adam gefahren: weil ich dich und Ethan beschützen wollte.«

»Ich weiß. Und du hast recht, ich bin nicht besonders komisch.« Als die Kiste voll war, nahm ich eine Rolle Paketband, klebte sie zu und schrieb mit einem Edding NICKYS HIPPIE-SCHEISS darauf.

Natürlich würde ich nie erfahren, wann genau Nicky die Entscheidung gefällt hatte, Adam umzubringen, oder was sie geplant hatte, wenn er erst einmal tot war. Ich wusste lediglich, dass sie sich verändert hatte seit der Nacht, in der ich mich für Adam entschieden hatte und nicht für sie. Und auch ich hatte mich verändert.

Und wir beide würden uns weiter verändern, aber ab jetzt würden wir es gemeinsam tun.

Anmerkung der Autorin

Ich weiß, dass die Leser und Leserinnen oft gern mehr über die ursprüngliche Idee hinter dem Roman erfahren möchten. Ob Sie es nun glauben oder nicht, fällt es mir manchmal schwer, mich an die unausgereifte Konzeption eines Buches zu erinnern, wenn es erst einmal fertig ist. Bei *Die perfekte Schwester* ist das nicht der Fall, denn dieser Roman vervollständigt eine thematische Trilogie von Romanen, die die Komplexität weiblicher Beziehungen und die diversen Rollen erkunden, die Frauen heute in der Gesellschaft spielen.

Während wir uns durch die Hektik des Alltags manövrieren, zeigen wir unseren Ehegatten, Exgatten, Kindern, Eltern, Geschwistern und Kollegen oft unterschiedliche Gesichter und versuchen uns dabei selbst zu kennen und uns treu zu sein. *Die perfekte Schwester* handelt von manchmal widersprüchlichen Beziehungen zwischen erwachsenen Geschwistern. Ich hoffe, dass der Roman außerdem zum Nachdenken über die häufig geschlechterspezifische Natur von Drohungen anregt sowie über Missbrauch und Gewalt in unserer Kultur. Aber meine größte Hoffnung ist, dass der Roman Ihnen gefallen hat (und dass meine eigenen geliebten Schwestern, Andree und Pamala, wissen, dass er nicht von uns handelt!).

Danksagungen

Wie bei allen meinen Büchern wurde ich auch bei diesem von einem ganzen Dorf an Freunden, ehemaligen Studenten, Kollegen und Nichten und Neffen unterstützt, die mir großzügig mit ihrer Sachkenntnis in verschiedenen Bereichen aushalfen: Bennett Capers, Kaitlyn Flynn, Joanna Grossman, Damon Katz, Michael Koryta, Lucas Miller, Isaac Samuels, Michaela Siebecker, David Smith, Jonathan Streeter, Emma Walsh und Jack Walsh.

Ich habe das Glück, von klugen, hart arbeitenden Verlagsprofis umgeben zu sein: Meine Lektorin, Jennifer Barth, der dieses Buch gewidmet ist, Amy Baker, Marissa Benedetto, Jonathan Burnham, Heather Drucker, Caitlin Hurst, Dough Jones, Jennifer Murphy, Kate O'Callaghan, Sarah Ried, Mary Sasso, Virginis Stanley, Leah Wasielewski und Lydia Waever von Harper Collins; Angus Cargill, Lauren Nicoll und Sophie Portas von Faber&Faber; Guilia De Biase von Edizioni Piemme; Philip Spitzer, Anne-Lise Spitzer, Lucas Ortiz und Kim Lombardini der Spitzer Agency; Jody Hotchkiss und Sean Daily von Hotchkiss & Associates.

Und wie immer, möchte ich Ihnen danken – den Leserinnen und Lesern –, dass Sie mit Ihrer eigenen Phantasie diese Geschichte zum Leben erweckt haben.

Und schließlich danke ich Euch, meiner unglaublichen Welt

an Freunden und Familie, besonders meinem bemerkenswerten Mann Sean. Hatte ich ein Glück, Baby, als ich dich gefunden habe.

Kathryn Croft
Während du schläfst
Thriller
Aus dem Englischen von Eva Riekert
368 Seiten. Broschur
ISBN 978-3-7466-3620-7
Auch als E-Book erhältlich

Eine verhängnisvolle Affäre

»Du wachst neben einem Toten auf. Es ist nicht dein Ehemann – und es ist auch nicht dein Bett.«

Ohne jede Erinnerung an die Nacht zuvor erwacht Tara in einem fremden Bett. Neben ihr liegt ihr freundlicher Nachbar Lee – mit einem Messer in der Brust. Hat sie ihn ermordet? Zum Glück hat sie kein Blut an den Händen. Tara schafft es, in ihr Haus zurück zu schleichen und die harmlose Nachbarin zu spielen. Doch dann gerät ausgerechnet ihre Tochter in Verdacht, eine geheime Affäre mit dem Nachbarn gehabt zu haben.

Der Bestseller aus Großbritannien – ein Thriller mit hundert Prozent Spannungsgarantie!

Regelmäßige Informationen erhalten Sie über unseren Newsletter. Jetzt anmelden unter: www.aufbau-verlag.de/newsletter

Christiane Dieckerhoff
Vermisst
Ein Spreewald-Krimi
304 Seiten. Broschur
ISBN 978-3-7466-3651-1
Auch als E-Book erhältlich

Die Tote im Spreewald

Als ihr nachts in der Nähe von Lübben ein unbeleuchtetes Auto die Vorfahrt nimmt, kann Kriminalobermeisterin Klaudia Wagner im letzten Moment ausweichen. Doch dabei überfährt sie eine Frau. Klaudia ist am Boden zerstört. Dann die Überraschung: Die Frau galt bereits als tot. In einem Indizienprozess wurde ein Mann als ihr Mörder schuldig gesprochen. Wo aber ist Jennifer Böseke in den letzten zwei Jahren gewesen? Klaudia beginnt zu ermitteln und gerät an eine Frau, die als Spreewaldhexe gilt und die seit der Unglücksnacht einen jungen Mann vermisst, der in ihrem Haus gewohnt hat.

Ein rätselhafter Kriminalroman vor der eindrucksvollen Kulisse des scheinbar idyllischen Spreewalds.

Regelmäßige Informationen erhalten Sie über unseren Newsletter. Jetzt anmelden unter: www.aufbau-verlag.de/newsletter

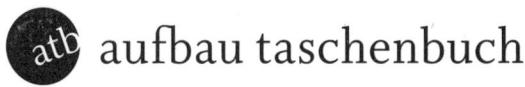

Sofie Sarenbrant
Hinter deinem Rücken
Thriller
Aus dem Schwedischen von Hanna Granz
393 Seiten. Klappenbroschur
ISBN 978-3-7466-3657-3
Auch als E-Book erhältlich

Waschen – schneiden – sterben

Jede Frau träumt davon, sich hier frisieren zu lassen – bei Stefano de Luca, im angesagtesten Salon Stockholms. Als die wunderschöne Angelina Silver dort zu arbeiten beginnt, scheinen die Geschäfte noch besser zu laufen. Nur Jenny, bisher der Star des Salons, beäugt missgünstig die Künste ihrer neuen Kollegin, die aus ihrer Herkunft ein Geheimnis macht. Dann wird der erste Kunde ermordet – und das ist erst der Anfang.

Ein Thriller mit einem ungewöhnlichen Schauplatz – von dem neuen Krimistar aus Schweden.

Regelmäßige Informationen erhalten Sie über unseren Newsletter. Jetzt anmelden unter: www.aufbau-verlag.de/newsletter

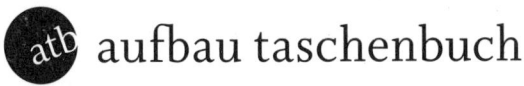